我的美少年时代

My Years as an Adonis

熊非鱼 著

当代世界出版社

图书在版编目（CIP）数据

我的美少年时代 / 熊非鱼著. —北京：当代世界出版社，2016.4
ISBN 978-7-5090-1087-7

Ⅰ.①我… Ⅱ.①熊… Ⅲ.①长篇小说—中国—当代 Ⅳ.①I247.5

中国版本图书馆CIP数据核字（2016）第042421号

书　　名：	我的美少年时代
出版发行：	当代世界出版社
地　　址：	北京市复兴路4号（100860）
网　　址：	http://www.worldpress.org.cn
编务电话：	（010）83908456
发行电话：	（010）83908409
	（010）83908455
	（010）83908377
	（010）83908423（邮购）
	（010）83908410（传真）
经　　销：	全国新华书店
印　　刷：	北京墨阁印刷有限公司
开　　本：	710毫米×1000毫米　1/16
印　　张：	22
字　　数：	350千字
版　　次：	2016年4月第1版
印　　次：	2016年4月第1次
书　　号：	ISBN 978-7-5090-1087-7
定　　价：	39.00元

如发现印装质量问题，请与承印厂联系调换。
版权所有，翻印必究；未经许可，不得转载！

目录

【军训篇】

宝钗的烦恼（上） ～ 4

宝钗的烦恼（下） ～ 17

凤姐的遭遇（上） ～ 28

凤姐的遭遇（下） ～ 43

湘云的头发（上） ～ 59

湘云的头发（下） ～ 73

后记 ～ 88

【开学篇】

元春的英语（上） 94
元春的英语（下） 109
探春的回答（上） 122
探春的回答（下） 143
黛玉的礼物（上） 166
黛玉的礼物（中） 186
黛玉的礼物（下） 207
后记 226

【考试篇】

宝钗的烦恼（上） 232
宝钗的烦恼（下） 248
凤姐的遭遇（上） 265
凤姐的遭遇（中） 277
凤姐的遭遇（下） 290
湘云的头发（上） 306
湘云的头发（下） 327
后记 345

军训篇

开学篇

考试篇

我的美少年时代

他独自一人，

走在海水般苦涩的时间里。

泡沫和枯枝涌上沙滩，

淹没足踝后的，

一串脚印。

刻足为记，

海水上涨一厘米，

时光也就这样，

少了一厘米。

梦里有很多摇晃的蓝光，

后来渐渐看清楚了，

那是一片，

巨大安详的洋面。

海浪晃动成的天空，

朝着大地的尽头，

倾斜。

滚滚而去的蓝色时光，

像儿时双亲递出的怀抱，

怎么却，

如此寒冷。

一觉醒来,

才发现,

原来夜里又把被子蹬掉了。

清晨雾气混乱成一片,

如虚焦镜头下,

薄薄光影,

贴在他泪水潮湿的面颊上。

坐起身,

枕边留着一张小纸条。

他拾起来,

上面写着:

"别难过,

儿子。

爸爸妈妈,

其实很爱很爱你。"

宝钗的烦恼（上）

  宝钗问老头子："爷爷，时间都去哪儿了？"

  老头子笑而不语，以为宝钗不读文学，改研究哲学了。

  直到宝钗把自己手腕伸过来，老头子这才明白，原来是他手表坏了。

——《孙氏家训》

  随着泉州八月气温像等差数列一样一天一天往上升，持续到眼下，已经到了天理难容、地理也难容的地步。午后窗口灌进的聒聒蝉鸣，听起来，也像是世界在烈日炙烤下渐渐融化的声音。

  街道上行人稀少、尘土飞扬，路边的绿化带在阳光剧烈的照射下，凋萎成病恹恹的一小条。就连路口中心那些巨大的环形花圃，现在也萎缩成了干巴巴的海苔，就算早中晚都有冒着酷暑的环卫工人定时浇水，它们也依旧一副嘴唇干裂焦灼难耐的样子。大地仿佛着了火，一切都在阳光中熊熊燃烧，热度侵蚀着这个世界的每一寸肌肤。

  夏天，真是个适合晒衣服以及晒人的季节。

  宝钗坐在二楼的落地窗后，像乌龟一样伸长脖子，眯着眼睛盯着远方层层叠叠的屋顶发呆。他趿着人字拖，斜靠在一把塑料椅上，阳光从窗外枝叶的缝隙中透进来，在地上露出一串斑驳的光柱。清晨的空气像一杯鲜榨芒果汁一样馋人。天气好成这样，可宝钗却哪儿都不想去，毕竟对于他这种患了懒癌、全身运动细胞死绝的人来说，这么好的天气，除了睡觉之外，最适合干的事情就是发呆了。

  老实说，整个漫长闷热的夏天时光，宝钗都陷在一种极度郁闷的情绪里面。就像是被一层蜡封住了身体所有的毛孔，整个人陷入一种闷热和昏昏沉沉的状态。每天什么事也不想做，就这样搬把椅子或者干脆席地坐在窗后，眺望着远方层层叠叠的灰色屋顶，然后高一暑假就在他发呆的空隙里跑过一大半。

宝钗从小住爷爷家，在如此乏味的假期里，每天窝在家中，能看到的也就只有爷爷奶奶，连父母都很少见面。父母是北京某考古研究所的工作人员，在外奔波四处发掘文物，一年到头难得回泉州几次，对泥土的熟悉程度甚至大于对儿子的熟悉程度。同样，儿子对楼下开食杂店兼卖海鲜秃顶老头的亲切程度显然也要大于对父母的亲切程度。

做父母本来就是个充满技巧性的活儿，遗憾的是，现在大部分的父母未经任何培训就上岗了。而宝钗对此尤为遗憾，在他的印象里，他的父母似乎根本就没上过几天岗。要是父母与子女也是一种雇佣关系的话，宝钗心想，自己将不得不表示十分遗憾地把他们给辞退了。

小的时候，宝钗对于"考古"这个词总是一知半解。人们对于自己所不了解的事物会产生一股莫名其妙的憧憬与膜拜感，宝钗带着这种心态看事物，于是幻想自己做考古工作的父母也像时下盗墓小说里描写的，是那种穿梭于各种古墓机关、身手不凡亦正亦邪的盗墓贼。他看过安吉丽娜·朱莉主演的《古墓丽影》，想当然地认为父母肯定也是骑着拉风的哈雷重型机车，戴着拉风的黑超墨镜，动不动就拿两把同样拉风的AK47横扫一片。于是父母的模糊形象在他心中立马变得熠熠生辉且立体生动起来，他们不再只是照片里并肩站着冲镜头僵硬微笑的两张陌生脸庞，而是小说电影里描绘得酷炫潇洒的盗墓侠客。

宝钗那时打心眼里崇拜父母和他们的工作，有段时间，北大的考古专业一度是他的人生最高目标。

尤其是小学四年级那次惨兮兮的期末考之后，宝钗走在回家的路上，低头看看成绩单上的山河一片鲜红，欲哭无泪。因为成绩单这种东西同小三的性质其实是一样的，就是都是旨在破坏家庭和谐。宝钗一想到回去之后爷爷看见成绩单，免不了脱裤子被一顿痛打，他在那一瞬间突然产生一股冲动，想要拦下路边一辆人力三轮车立马去北京找父母，从此过上没有考试、课间操、眼保健操，只有盗墓挖掘金银财宝的刺激生活。

那个黄昏安静而凉爽，站在空无一人的街道上，他发誓自己当时的的确确就是这么想的。

直到许多年以后，宝钗同学才意识到当时想法的荒谬。因为现在，他终于明白了两件事：第一，要从福建去北京，光靠蹬人力三轮是绝对到不了的；第二，凭他那我见犹怜不好意思拿出来献丑的成绩，就算报考古专业也还是进不了北大。而且所谓的盗墓和考古根本就是两码事——其实也可以说是一回事，起码工作性质一样，就是都是刨人家的坟，只不过盗墓是非法偷偷摸摸地刨，而考古是打着国家名义，依法理直气壮地刨。何况我国当今如此强调依法治国，可见考古人员刨人家坟时那理直气壮的程度。

而那些所谓的盗墓小说根本就是科幻小说，要是挖坟真的像小说情节里的那样九死一生有去无回，估计本来就没人念的大学考古系就真的彻底没人念了。

宝钗在终于分清了神话与现实的界限之后，父母的工作就此彻底褪去光环，小时候对父母积累起的膜拜感也顷刻间烟消云散。他生日蛋糕上的蜡烛数量一根加一根，而父母一年到头依旧难得见几次面，即使是在电话里也说不上三句话，其中"喂"和"再见"就占了两句。说实话，现在要不是每月一次的例行电话，以及时不时从北京寄回来的各种考古小玩意儿的话，宝钗险些都忘了自己还有爸妈了。

他甩掉一只人字拖，靠在椅子上，跷起脚丫拿手指头挠了挠。想起今年注定又要在没有父母陪伴的情况下长大一岁，看着天空中飘浮的云朵，不由得深深叹了口气。

一个人的幼年时期同长大后，似乎有向两个极端方向发展的趋势。宝钗小时对外面的世界憧憬无比，常常幻想着能闯荡四方行万里路，结果长大之后，却成天宅在家里，连客厅到卧室都不肯多走一步。

爷爷总说他太孤僻了，一天到晚把根扎在家里，担心他再这样发展下去，以后连媳妇都找不到。于是拔掉网线，往他兜里塞五十块钱，强迫他从电脑桌下来，换了睡衣把鸡窝头梳直出去走走。可宝钗就是不愿意，不让他打dota，他就到客厅里看电视，起码"年度青春偶像爱情大戏"《乡村爱情》都播到第四部了。要是连《乡村爱情》都不让看，就干脆到房间里睡觉，除了吃喝拉撒，可以窝在被子里一整天。爷爷奶奶见他宁愿烂在家里就是不愿意踏出家门口，也拿他没辙。

对于宝钗这类人的生活状态，有这样一句名言警句来形容："人们之所以习惯孤独，是因为他们不修通往外面的路，反而筑墙把自己围起来。"在宝钗看来，那不过也只是一句正确无比的废话而已。什么狗屁习惯孤独，这世上从来没有人习惯孤独，更没有人喜欢孤独，只是能够忍受孤独罢了。要是真的有通往外面的路，谁会舍得把砖头浪费拿来砌墙。

而且孤独也并非全无益处，起码每次宝钗为自己宅死制造借口时，他就会自言自语：一个人能够忍受和自己做伴，也是有很多好处的，其中之一就是，他不必为了顺从或者讨好别人而改变自己。

好比昨天下午，班里两个关系很好的女生打电话过来，头一句话就问宝钗在哪里。宝钗问："说简单点还是具体点啊？"

"具体点！"

"好吧，"宝钗深吸一口气，"我现在在我家第二个楼层东边卧室旁边厕所的马桶上。"

"死变态。"对方骂了一句，然后问他待会儿要不要去爬山。

宝钗放下话筒，赤脚跑到阳台上一看，骄阳似火，满世界滚烫的白光能杀死人，吓了一跳，心想这两个蠢女人是不是疯了。

"到底去不去啊？"那头问。

"哦——"宝钗脑中飞速转动编造推脱的理由，"想起来了，忘了和你们说了，其实我有很严重的恐高症！平常上下楼梯都要手脚并用，别提爬山了！我看我就不去了，你们好好玩哈。"

"这样，"女生那头不肯放弃："那，去鬼屋？"

"我怕鬼！"

"去游泳？"

"我怕水！"

"这个世界上有没有什么是你不怕的？"对方哭笑不得。

宝钗沉思一番，说："有，我不怕待在冷气房里一边吃薯条，一边看《乡村爱情》。"

"死宅男，鄙视你！"那头愤怒地挂上了电话。

宝钗放下话筒，长舒一口气，他就这样靠着装孙子躲过被太阳晒成花蛤干的危险。但在家也过得并不轻松，因为家里还有一个对他要求异常严格的老头子。宝钗从七岁开始就和爷爷奶奶生活在一起，在老头子的严加管教下，宝钗活着的这十七年从来就没能逃脱书写悲惨人生的命运，即使这个暑假也仍然是如此。

他家老头子想当年年轻时，也是壮志凌云，发誓活着总有一天要出人头地，否则就死无葬身之地。结果都发了这样的毒誓了，仍然不幸食言，奋斗了大半辈子，最后也不过在鲤城区一家小医院里当个小医生，为了能多卖二十块钱的药，还经常昧着良心把病人的小感冒骗成慢性流感。

老头壮志凌云了一辈子，终于明白自己已无出头可能，于是把希望全寄托到孙子宝钗身上，盼望他能继承自己大志，继续替他出人头地。

因为同样是"苛求"这两个字，放在自己身上是一种痛苦，而安在别人身上则无疑是一种快乐。爷爷从小强迫宝钗读各种"经史子集"、报各种培训班，一心苛求将孙子塑造成为自己理想中的完美人格，把宝钗折腾得愁眉苦脸眉头紧锁，年纪轻轻就成了小老头。

宝钗受尽折磨，苦不堪言，越发觉得这个家像个牢笼，让人喘不过气来。他常常觉得自己就是一只趴在窗户上的苍蝇，明明前面一片光明，却总是找不到自由，以至于看着窗外飞过的鸟时，都会产生一种逃遁的冲动。

可不待在爷爷家，又能去哪里呢？去北京找献身考古事业的父母？他想还是算了吧，恐怕他们俩连自己生的儿子到底是男是女都忘了。宝钗估计，自己要是哪天突然出现在父母面前，他们一定会摸着自己的头，互相对望惊叹："呀！原来我们生的是个儿子啊！"

所以宝钗只得继续留在爷爷家，当爷爷的好孙子。于是他就这样不仅常常在外面被女生们嘲笑装孙子，就算回到家也是得继续乖乖当孙子——而且都是不会兵法的那种。

对于自己的这种处境，宝钗同学感慨不已。某天，他又坐在窗后对着天空中的云沉思（发呆），灵光一闪，终于寻找到了问题的真相。宝钗认为，自己之所以形成今天这种里外当孙子的局面，除了一方面因为自己本来就是孙子（对此他倒没什么好说的），另一方面也同他家老头子打小对自己的教育有很大关系。

为此，就不得不深入谈谈宝钗爷爷这个人到底是一个怎样的人。

宝钗爷爷和孙悟空五百年前是本家，都姓孙，嫡配刘氏，育有一对子女。女儿远嫁河北石家庄，因为在生孩子这件事的速度上略胜于宝钗妈妈，加上河北电话信号比北京信号先到福建，于是宝钗就多了个只比他大几分钟的表哥。老头子以行医为业，在鲤城区中医院当了三十多年内科大夫，退休之后，回到住所梁上巷开了家小小的"孙氏大药坊"，以继续妙手回春，济世"骗人"。

走进他的"孙氏大药坊"，满墙挂的都是一面面大红锦旗，据说都是被他治好的病人送的。锦旗上话语各异，有称赞他"救死扶伤"的，有赞他"术精岐黄"的，还有文笔狗屁不通的，直接送他个"绝世名医"，简单粗暴而不失大气。对这些谬赞，老头子均不以为过誉，欣然接受。药坊医费昂而患者少，所以他总有大把时间用来欣赏墙上的锦旗，陶醉其中。

俗话说，小三当久了就有机会转正，同样的道理，假话听久了就也有可能变成真话。老头子每天对着一墙的假话陶醉其中，时间一久，自己都相信自己真的是绝世名医了。病人们赞宝钗爷爷是名医，但其实名医的标准宽泛得很。能医得好人当然算医术高超，但要是从来都医不坏人，那也不容易。宝钗爷爷从业多年，医人无术而医人无数，诸位病人居然都能从他手里侥幸生还，有惊无险，可谓难能可贵。如此看来，叫他名医倒也当之无愧。

我国自古有医文相通的传统，古时文人混得不得意了，兴许便要归隐山林，研读从医，比如三国的庞统便是一个例证。老头子当了一辈子医生，当得腻了，便也想尝尝鲜，梦想当个文人玩玩。俄国作家阿·托尔斯泰说过："一个人老了的表现不是睡觉会失眠，而是他不再做梦。"从宝钗爷爷如此喜欢做梦这点来看，证明他还不老。

刚好他开的"孙氏大药坊"隔壁就住着一位退休教授。那位教授姓李，以前在福州师范大学教书，在福建文坛小有名气，号称本地"教授圈里文章写得最好的作家，作家圈里书教得最好的教授"。因为年龄过了保质期，几年前从师范大学退下来，现在赋闲在家。李教授在大学里陶冶了一辈子情操，修身养性，没养出文人的才气，倒养出了文人的脾气，为人自负狂傲，不可一世，常有疯狂举动。

每年四月是泉州的梅雨季节，房子潮湿。难得碰上个晴天，巷子里的居民都忙着清扫卫生，把家里的大件小件拿出来晾晒。李教授却不，他就不慌不忙地搬一把藤椅，躺到太阳底下闭目养神。

别人见他这么闲，问他在干吗。

李教授说："我在晒书。"

大家左看右看没看见书，问他："书在哪里？"

"书在这里。"李教授就把衣服卷起来，让大家欣赏他的肚皮，说自己"胸中有韬略千万卷，腹有诗书气自华"，天下的书全都装在他肚子里了。

众人不以为然，当他神经病。唯独宝钗爷爷对李教授的壮举刮目相看，请他到茶馆喝茶，称赞他有文人品性。

李教授自负多年，难得碰上个肯上钩的，也欣喜不已。二人惺惺相惜，臭味相投，互引为知己同道，再加上梁上巷里另外两位同道——巷口卖福利彩票的赵老板，巷尾摆摊算命的钱老板，四人聚在一起号称是"梁上巷四君子"，简称"梁上君子"。

四位君子职业虽各有不同，志趣却相一致，那就是都喜欢"骗"人。因为自古以来，医生"骗"人身，老师"骗"人心，博彩骗人钱，看相骗人命，这四种职业可谓是汇集了世界上骗子最多的地方，碰巧都让四位好朋友给干全了，那关系自然不能不好。四君子志同道合，称兄道弟，在外恨不得乘同一顶轿子，在家恨不得穿同一条裤子，关系真是融洽得不得了。

宝钗爷爷在李教授等一干好兄弟的熏陶下，越发起了文人兴致，骗人有暇，开始研究起怎样当个文人。他心想，孔夫子有言"名不正则言不顺"，想要做个文人，必先正名。于是就张罗着给自己"正名"：住的房子不叫"孙宅"了，索性改名叫"悬壶堂"，表示自己胸怀天下，有悬壶济世的博爱之心。开的"孙氏大药坊"则更名叫"回春院"，取自己医术高明，能够"妙手回春"之意。但回春院这个名字风尘之气太重，与古代什么"丽春院"、"怡红院"有异曲同工之妙，不知道内情的人乍一听，还以为是家新开的妓院，所以常有嫖客慕名而来，吓得老头子连夜撤了"回春院"的牌匾，仍旧叫"孙氏大药坊"。

宝钗爷爷折腾完房子，还嫌折腾得不够，又要折腾到人的身上，于是又张罗着给自己的内人改名。内人姓刘，那个年代重男轻女思想严重，一家老大到老六全是姐妹，他做梦都盼着能生个儿子，所以就给内人起名叫"刘招弟"，寄托了生个弟弟的美好愿望。老头子嫌"刘招弟"这名字太土，翻遍古代文学典籍，私自给内人另拟了十几个芳名，什么"刘寻春、刘恨薇、刘忆桃、刘问兰"，什么花都有。

宝钗奶奶却坚决不吃这一套，老头子一提改名的事，立马被她痛骂一顿，捎带着将他那三位损友也骂了个遍。坚决不肯改名，最后仍旧叫"招弟"。老头子被内人骂得灰头土脸，垂头丧气，只得跑到三位损友那里去寻求安慰，在背地里壮着胆子念叨几句"悍妇，悍妇"、"头发长见识短"、"妇人之道，德言容功，今汝有几何"之类的话自慰一番，也就罢了。

他改房子没改成功，改内人名字又失败，慨叹不已，抱怨生活不公，说自己想实现当个文人的梦想怎么就这么难哩。

——没办法，这就是生活的无奈。毕竟生活就像国足，你永远不知道自己什么时候才能出线一次。

宝钗同学有这样一位烈士暮年而仍然壮心不已的爷爷，其结果可想而知。老头子自己没当成文人，原本想让一对子女继承自己志向，把他们都培养成文人，将来当个文豪什么的，最起码也要是个教授。不料子女偏偏不从他心愿，长大之后，儿子迷上了考古，这倒也罢了，起码还能和文化沾上一点边。女儿更不听话，对一切和文学沾边的东西深恶痛绝，书也不肯好好念，高考后不仅违背父亲心愿，跑到河北"石家庄艺术学院"学舞蹈，而且最后嫁了人，还偏偏嫁给了天底下老头子最痛恨的一种人——商人。

自古文人与商人势不两立，互相看不起，宝钗爷爷素来以文人自居，他平生虽然也爱钱，却向来不爱会挣钱的人。这也可以理解，好比一个人爱吃猪肉，并没有必要强迫他去爱养猪的人。老头子对女儿的忤逆气得火冒三丈，险些要断绝父女关系，最后要不是商人女婿亲自登门负荆请罪，背地里给老头子塞了个大红包并声明红包的事绝不让岳母知晓，否则以宝钗爷爷这么有原则人的一贯作风，他是宁死都不肯同意这门亲事的。

子女的违逆不能不叫老头子感到教育的失败。虽然现在子女已成功从他魔掌中逃脱，幸而香火绵延，孙子宝钗的及时出世又重新燃起老头子的激情。老头子以为"失败乃成功之母"，教育子女的失败一定能转化成经验，让他把孙子给培养好。所以从小就给宝钗制定了宏大的人生规划，每日逼着宝钗看各种老头子自己都看不懂的"经史子集"，一心把他培养成自己理想中的文人典范。

世人常犯的最大错误，就是对陌生人太纵容，而对亲密的人太苛刻，把这种态度颠倒一下，天下太平。可惜老头子偏偏就是不懂，把孙子折腾得死去活来。宝钗年纪尚幼，每天就要被爷爷逼着读书，苦闷不已。眼见身边的小伙伴都能愉快地穿着开裆裤蹲在树底下玩泥巴，他却要被锁在房间里背什么"天地玄黄，宇宙洪荒"、"初，郑武公娶于申，曰武姜"、"泛爱众，而亲仁，有余力，则学文"，觉得自己的人生真是糟透了，小小年纪居然就有"这日子没法过了"的感慨。

虽然老头子拿各种书让他背，幸而宝钗天赋异禀，拥有过目不忘并且背过就忘的神奇本领，所以每日应付向爷爷背书的功课倒也不算太难。因为反正他背了就忘，左脑记右脑忘，就好比往烟囱里灌烟，一边进一边出，倒也通畅无比。

虽然烟囱从来不把烟留下，不过那烟每天都从烟囱里过，天长日久也难免积上一层烟灰。宝钗也是如此，虽然他不管背什么书背过就忘，背得时间久了，也难免会在脑子里积累下一些功底。有时不经意间，这种功底就显露出来了。

宝钗还在读实小的时候，某日晌午，天气炎热，小宝钗睡中觉醒来，赤脚走到客厅里喝水。看见茶几水果盘上群蝇乱飞，祖母正拿着拍子赶苍蝇。宝钗看到那情景，心中突有所感，当即拿来纸笔，一气写下一首七绝：

苍蝇喧谤乱营营，贪腥直入香瓜皮。忽报泰山压城来，魂断形失不肯离。

写完之后自己也看不懂，拿去给爷爷看。老头子童心未泯，把诗拿起来吟诵一番，以为大有意趣，被宝钗勾起诗兴，也仿着作了一首《夏日咏蝇》。拿起来欣赏一遍，心说不得了不得了，怎么会写得这么好，不忍一个人独享好诗，晚上去巷口茶馆喝茶的时候，就拿给赵钱李三位好朋友看。

三位损友见老头子又拿诗给他们点评，还以为又是别人作的，按照以往惯例，便都不肯说好。因为若是说好便显得自己落了俗套，没有批判水平。在这个世界上，能指出别人的缺点永远是一件比能指出别人的优点更有水平的事。于是三人均摇头不止，连声说"不好",说这种水平的诗宝钗爷爷居然也拿来给他们看,真是大大污了他们的眼睛。

李教授更是头摇得像拨浪鼓一样,拿出文人脾性,对诗大批一通:"这种水平的诗也叫诗?什么破诗,我亲孙子都写得出来!"说完哈哈大笑,其他二人跟着大笑。

宝钗爷爷被李教授收作亲孙子,身份连降三级,顿时沉下脸来,说这首诗正是自己写的。

众人吓了一跳,心想他今日怎么不按常理出牌,居然把自己的诗拿出来献丑。慌得连忙改口,齐声称赞。说:"原来是孙兄写的,怪不得笔法如此新奇,刚看的时候还看不出来好不好,现在一看,真是好得不得了,难怪难怪。"

卖彩票的赵老板竖起大拇指:"孙兄这首《夏日咏蝇》啊,以苍蝇喻当世之人结党营私,贪图小利,真可谓是发人深省,令人赞叹——"

然后算命的钱老板连忙接口:"对对,尤其是那第三句'拍蝇割袖不留臭',表达了诗人坚决同势利小人决裂的勇气。孙兄以诗言志,觉悟之高,佩服佩服!"

"哦?"其实宝钗爷爷白天在写这首诗的时候,还真没想那么多。现在给他们一说,自己把诗拿起来,再看一遍,果然就觉得诗里的确表达了如此深邃的思想,顿时被自己倾倒。

李教授刚才失算,误伤了宝钗爷爷,这时也连忙改口,说:"诗写得的确好,超凡脱俗,省人耳目。刚才我说错了,其实这诗若是让我亲孙子来写,也还要差一些,断断不能写得这么好的。"

宝钗爷爷受到李教授赞誉,不计前嫌,连声表示谦虚:"不敢当,不敢当,哈哈!"

四位好友互相拍马屁,茶馆内一时春意融融,满室生香。兴致大涨,越发聊上了瘾,共同探讨文学到深夜,犹不肯回去。直到茶馆老板忍痛宣布,今日免单不收他们茶水钱,四位好朋友方才肯起身,恋恋不舍地互相道别回家。

宝钗从小被爷爷如此严格要求,倒也没令老头子失望。初中毕业后,考进了泉州大名鼎鼎的重点高中"金陵书院"。高二分科,遵照爷爷要他当文人的意愿,当然报文科,并幸运地进了高二唯一一个文科重点班,高二(1)班。

泉州学校特别奇怪，一年级入学的时候不军训，说是要先让学生熟悉熟悉新的教学环境，等到高二开学之前，才安排学生到当地军队参加军训。眼看高一暑假过了四分之三，临近开学，宝钗也预备收拾行装，准备动身去下面竹洞县参训了。

老头子家教最严，没事总喜欢把孙子叫到跟前训话，趁着宝钗要去军训，他又有一篇题目好做。临行前不免对宝钗训诫叮嘱一番，无非是些什么"今汝远行，孤身在外，亦须时刻谨记家训，存身立行"的酸话。宝钗心中暗笑老头子迂腐，然后想起来表哥张英俊，心想他要是在泉州，也省得自己一个人空受老头子聒噪之苦了。

不料老头子仿佛会读心术，见宝钗低头一言不发，就突然说："你表哥虽然还没回来，但我也是要打电话过去叮嘱一番的！你也不必太想念他，'两情若是长久时，又岂在朝朝暮暮'，这句词虽然本来是说男女之情，然而化用在你们兄弟手足之情上，倒也别有一番意趣了。"说完自以为幽默，拈须呵呵大笑。

刻板的人要起幽默，就像猪学会了爬树，总让人有种大吃一惊的感觉。宝钗活这么多年难得见到老头子开玩笑，虽然完全不知道笑点在哪里，可不敢不笑，只得连忙跟着放声大笑。笑完之后，又诧异老头子竟然能猜到他在想什么，暗暗心惊，不敢再胡思乱想了，只好专心听老头子啰唆。爷爷又扯了一会儿，自己也说得口干舌燥，捧起一壶安溪铁观音，方才大发慈悲放宝钗去了。

老头子对宝钗说要打电话到石家庄去，结果他电话还没打过去，吃晚饭时，张英俊倒先从石家庄打过来了。

表哥虽然也在金陵书院读高中，但因为外地籍的关系，不用军训。他待在河北家中掐指一算，知道宝钗明天要去军训，因此特地不远万里打长途到泉州来，谨代表全体河北人民向宝钗表示诚挚祝贺，同时对他致以沉痛的悼念与深切的慰问。

宝钗被张英俊奚落，火冒三丈，回答说不必。他看不惯张英俊的尖酸刻薄，有心灭灭他的得意气焰。眉头一皱，计上心来，于是在电话那头拍拍天灵盖："哎哟！你瞧我，都忘了和你说了！"

"说什么？"

"部长打电话来说过，好像等我们军训一回来，文学部就要改选了。额，好像就是二十六号！"宝钗和张英俊都进了学生会文学部，宝钗知道表哥做梦都想当部长，于是就编了这通文学部要改选的谎话骗他。

那头听见，果然立马惊慌起来，发过来一连串问号："什么？真的吗？我怎么不知道？这么大的事怎么不通知我？啊？"

宝钗见张英俊上当，忍住笑："现在不是通知你了嘛！我也是才知道的。"

"可我回泉州的机票买的是二十九号的呀！"张英俊激动得语无伦次，"我、我、我二十六号根本就回不去，怎么办，怎么办？"

宝钗心中放声大笑，语气却冷静无比，声音低沉凝重得像念诵悼词："那——我也没办法了。"然后替张英俊叹一口气："哎！生死有命，富贵在天，你认命吧。"

张英俊失魂落魄，在那头握着电话筒哀叹："天哪，天哪，怎么会这样……"

宝钗笑得够了，反倒担心张英俊想不开，吞话筒自尽，决定收回玩笑："哎——你等等，我手机好像有个短信过来。"说完，从口袋里掏出一团空气，认真看了一会儿，然后拿起话筒："恭喜，恭喜，好消息！部长刚刚发短信过来说，文学部选举取消，等开学再议。"

"真的？"张英俊噩耗变喜讯，不敢相信自己的耳朵。

"真的。"宝钗语气坚决。

"好耶！"张英俊在电话那头跳起来，险些把电话线从墙上扯下来。欢呼雀跃了一会儿，突然像明白了什么似的："哼！我知道了！"

宝钗吃一惊，以为他发现自己搞鬼，心虚低声问："你知道了什么？"

"这事一定又是校花捉弄我！"张英俊愤愤，"她知道我没回来，所以故意编造了这个谎话来吓我，幸好部长英明，没让她得逞。这个老婊子！走着瞧，等我回来让她好看！"

张英俊口里的"校花"也是文学部成员，平日素与张英俊不和，二人积怨已久。这个校花也是狂妄无比，自诩才女，高一时因在课桌上刻下一句"誓到清华当校花"而威名远扬。最后连校领导都被惊动，亲自下凡，罚了她一百块课桌修补费方才罢休。

宝钗见张英俊疑心到校花身上去了，放下心来，连忙跟着附和。那头张英俊诅咒了校花半天，什么"女人心海底针"、"最毒妇人心"、"唯女子和小人难养也"，宝钗洗耳恭听，词汇量大增。

最后 张英俊说："等开学以后，你要帮我，不能投靠她！"

"放心，不帮你帮谁？"宝钗嘴上答应，心中想，到时候鹿死谁手还不一定呢，自己先答应着，到时候再见机行事，见风使舵。

张英俊不知道是不是河北雾霾吸多了，神志不清，在电话那头絮叨个不停。宝钗肚子饿得咕咕叫，不耐烦了，想起那句"人生就像挂电话，不是你先挂，就是我先挂"的名言，他见张英俊迟迟不肯挂，就"嗒"一声主动先挂了。

"嘟、嘟、嘟……"话筒里传出一阵急促的待机音。

张英俊没想到宝钗居然胆敢挂他电话，看着话筒叫起来："嘿，这小子！"

打电话的唯一好处，就是说的每一句话都会变得值钱。张英俊没想到宝钗敢挂他电话，火冒三丈，原本还要再打过去骚扰，只恨中国电信太无良，打个跨省电话像跨星系通话一样贵。

他心疼话费，只得咬牙切齿地放下话筒："小子！给我等着！"

宝钗的烦恼（下）

> 男人是用来靠的，所以要可靠；女人是用来爱的，所以要可爱。
>
> ——顾大美、顾小美姐妹宣

第二天去军队报到，竹洞离市区好几十公里，所以一大早就得去汽车站赶大巴。

宝钗早上起床有个怪毛病，就是第一次闹钟响时起不来，非要再等十分钟，等第二次响了才起得了床——晚上想睡睡不着，早上想起起不来，这原本就是人们生活中每天都要纠结的两件事。

结果等到八月二十号这天早上，第二次起身调完闹钟之后，迷迷糊糊躺回床上。宝钗心中突然疑惑自己刚才并没有调闹钟，留恋床上的舒适，不肯起身去检查，于是就在反复挣扎中又沉沉睡过去。结果一觉醒来掀开被子，脸被窗外大太阳晒得像猴屁股一样红，转头一看床头闹钟，指针已经指向八点了。

宝钗心说这下惨了，慌忙跳到地上换衣穿鞋，连脸都顾不上洗，拎起地上行李，顶着一头鸡窝乱发就冲出家门。从巷子经过的时候，还得蹑手蹑脚地绕过"孙氏大药坊"，生怕被老头子发现，又挨他一顿臭骂。安全到达巷口，立马招手叫来一辆计程车，一坐进副驾驶座就吩咐去汽车站，路上不停催司机快一点，鼓励他拿出F1锦标赛的激情冲向汽车站。司机被催得心烦意乱，险些上演《绝命出租车》，和一辆运猪的东风货车迎面撞上。

车一到站，宝钗就急匆匆跳下车往外跑。司机从车窗里探出头，吼："憨头仔，里银爱哭爸糊啦！"（注：闽南语，臭小子，你钱还没有付啦。）

宝钗一拍脑袋，只好又折回去付钱。付完钱，在偌大的汽车站里寻找去竹洞县的大巴。八月的火热阳光像开水一样倾泻在汽车站里，水泥地上腾腾冒烟，跑得汗津津的。快到出口的时候，突然看见前面一辆显示"大厝→竹洞"标志的大巴车已经启动，正在缓缓向月台外面驶去。

宝钗急了，拖着行李追到车窗旁边，挥手冲驾驶座上的司机大喊："师傅，怎么就走啦！师傅，等等我，等等我啊！师傅！"

"八戒，你就别追啦！"他刚说完，一个人就从车窗里探出头来阴阳怪气说了一句。

全车人哄堂大笑。

宝钗一愣，才发现那人原来是他的同班同学顾小美。顾小美长发飘飘，像女鬼一样斜倚在窗边，冲他翩翩招手："快上车，晚了就没位子啦！"

大巴"噗"地放出长气，缓缓停下，宝钗跑到车门那边上车。车厢里满满都是乘客，他一上大巴，感觉人头攒动，人山人海，顿时充分认识到我国计划生育的必要性。乘客们互相紧挨着挤在座位上难受，只把屁股留在座位上，而把身体其他器官全挪到过道上。顾小美在后排站起身冲宝钗招手，宝钗举着行李，一路像踏着雷区一样小心翼翼地走过去，生怕踩到过道上那些大小不一奇形怪状的脚。结果运气不好，一路引爆了无数个地雷，被他踩到的人拿各种口音的方言问候他家人，宝钗只得不停道歉。

历尽西天取经般的千辛万难，"八戒"终于挤到顾小美身边，T恤和牛仔短裤已经湿乎乎一片。顾小美碰到他的身体，怪叫一声，问他昨天晚上是不是睡在浴缸里。

宝钗站定，然后才发现除了顾小美，原来她姐姐顾大美也在这儿。顾大美虽然是个女生，不幸长了一副人高马大的伟岸身躯，更不幸还当了连续十年的体育委员，今天她身上即使穿着最近十分流行的那种少女系帆布长裙，在宝钗眼里，仍旧像是套了个装番薯的麻袋。

大美充分发挥身体优势，一人占了两个位子，特意挪出一个座位给宝钗。宝钗感动不已，心想顾大美这身材除了平时用来欺负他，关键时刻也是可以发挥一些正面作用的。挤到大美小美中间，把行李塞到脚下，长舒一口气。二人问他："怎么来得这么晚啊你？磨叽的，孩子都生出来了。"

宝钗当然不肯说是自己睡觉起不来，于是把过错全推到那辆计程车司机身上，连声抱怨司机技术太烂，开车慢得像便秘患者上厕所。不停在背后说他坏话，害得那计程车司机闯红灯时连打了几百个喷嚏。

几人闲扯一番，顾小美突然说："噢，对，忘了跟你说了，后排几位都是咱们1班新同学，给你介绍认识！"

宝钗扭头一看，果然看到后排坐着四个学生模样的人，两男两女。四人都是学校住宿生，顾小美也寄宿，同他们认识，当下给宝钗一一介绍。四位新同学长相各异，尤其是其中一位女生，长得尤为特别——特别的胖。滑稽的是，她明明长成这样，名字却刚好同人相反，姓"范"，名"冰冰"。宝钗快速扫描一眼范冰冰的三围，心中暗暗赞叹，觉得胖女生的人生肯定过得很踏实，因为就凭她这吨位，不管走路还是做事，绝对都是"一步一个脚印"。

当下兴致勃勃地与新同学打过招呼，见到一个人就大声说"久违久违"。轮到胖女生时，胖女生就朝他笑，脸上五官全挤到一起："哎，汉男君，我们以前都没见过面，你说久违干吗？"

宝钗等的就是她这句话，立马像孔乙己一样摇头晃脑："不然不然，冰冰小姐，你只知其一不知其二。这个'久违'，不仅可以表示久未见面，其实也是可以用在初次见面的！"

小美和大美清楚宝钗底细，对他这套"久违"的理论早就听得不胜其烦，见他又卖弄，摇头发笑。

宝钗不满："你们笑什么？"

"笑话！"顾小美说，"我们笑我们的，干你屁事？"

胖女生说："汉男君你说啊，为什么？"

"这个'久违'啊，"宝钗就说，"宋代大诗人苏东坡说过的：'我独未闻今得见，久违浩歌儿女声。'你们看，他之前说了'未闻'，后面又说'久违'，可见他之前不认识人家就说久违了。由此说明，久违是可以用在初次见面的！"

四位新同学没听过他这套理论，啧啧赞叹："你真有才！"

"没办法，"宝钗搓搓手，哈哈笑着表示谦虚，"因为我自幼熟读诗书，精通文墨，邻里大叔大妈阿姨婶婶都交口称赞，说我是——"

顾小美接口："说我是'年少负才，文曲转世，前途无量，大可慌张'！"

"是大可观瞻，不是大可慌张！"宝钗纠正她，讲完才发现自己露馅，顿时恼羞成怒，"要你多嘴！"

顾小美捋了一下头发，嘿嘿笑："因为我怕你自己说出来会不好意思啊，所以才

19

帮你背出来。好奇怪,你居然都没有脸红哎!"

宝钗被小美揭了老底,又羞又恼,说不出话来。

一旁的顾大美雪中送炭:"汉男君,你不是说自己快要出诗集了?"

宝钗被大美提醒,复归得意:"啊对对,我怎么把这事给忘了!"转向新同学,"不瞒诸位,鄙人在作诗上颇有造诣,近期欲出版一本诗集,已经写好一大半了。等鄙作出版,欢迎各位拜读!"

顾小美一瓢水把大美送的炭浇灭:"我记得你去年就这样说了吧,怎么到现在还没写好?我看——是写不出来了吧!"说完,和大美相顾大笑。

宝钗这才明白顾大美刚才是引他上钩,狠狠瞪二人一眼,哼道:"小人得志!你们这些庸俗之辈,不和你们一般见识!"

小美向人高马大的大美看一眼,大美会意,立马"咔咔"活动了一下脖子,用沙包大的拳头挠挠脑袋,然后把手搭在宝钗肩膀上问他:"对不起,你刚才说我什么?庸俗?能不能说大声点,我耳朵不太好——听不见。"

宝钗吓得面如土色:"没听见就算了,好话只说一遍!"

其他同学捂嘴笑。

每次宝钗被大美小美姐妹俩联合起来欺负,总要说她们"小人得志庸俗之辈",然后过了没三秒,立马就屈服于顾大美的拳头之下,屁都不敢再放一个。可见"士可杀不可辱"这句话,其实是要倒过来讲的。

宝钗同学一直认为,一个不成熟男人的标志,是可以为了尊严壮烈地死去,而一个成熟男人的标志,是可以为了生命卑贱地活下来。所以他从第一次被顾大美拿着拳头恐吓那天开始,就暗自下定决心,这辈子都要做一个成熟无比的男人。

大巴在泉州郊区广阔的高速上奔驰着,两旁青山不断向后飞逝。转眼到了一个收费站,停下车缴费。没想到过了一会儿,前方居然又是一个收费站。看来我国的收费站就是多,同人口一样在数量上都绝对是傲冠全球。我国其他方面不如外国,唯独在收费站数量上总算能小小自豪一下,完全可以申请吉尼斯世界纪录,拿到国际上去提升民族自信心的。

大巴是早上八点半从市区出发的,在高速上连续走了三个小时,终于到达一个服务区。一到服务区，大巴司机就"嘎"地将车一停，然后跳下车急匆匆投向厕所的怀抱，可见憋得不轻。众位乘客的耳朵从行车的噪音中得到解放，一阵宁静轻松，也纷纷下车走动购物，活动筋骨。

司机放松之后，提着裤子出来，招呼大家上车。于是众人陆续上车，各自归位。不料乘客里仿佛有人会孙悟空的分身术，刚才下车的时候，座位明明刚好坐满，现在再上车居然就凭空少了三个座位。宝钗、小美和大美三人刚才结伴下车去服务中心里买零食饮料，等他们抱着零食再上车时，却发现没位子坐了。

大巴司机也百思不得其解，摸着那颗肥大得像冬瓜的脑袋，朝车厢后头喊："喂，系无希无郎疼错掐啦？"（注：是不是有人乘错车了。）

乘客们纷纷转头，或颔首低眉思索人生，或45°角仰望窗外天空，表示自己完全没听到司机在说什么。

大巴司机无法，只好转过身来，问站在车门边的三人："你们三个学生仔去哪里？"

三人答："偷夸。"（注："竹洞"闽南话。）

"偷夸！"司机惊叫起来，"偷夸很远啦！"看着三人问："前面还有好长一段路啦，你们一路站着能坚持住吗？"

小美大美说："能！"

宝钗却说："不能！"

司机大吃一惊，没想到三人口径如此不一致，不知道该听谁的好。

顾小美二人也诧异无比，像看见外星生物E·T一样看着宝钗，叉着腰，问："哎，我说你身为一个男生，怎么比我们这些女生还没用啊！你到底是不是男的啊？"

宝钗一开始还有些窘迫，所幸他体力不如人而智力过人，灵机一动，高声叫道："哎，我说你们身为女生怎么比我这个男生还强啊！你们到底是不是女的啊？"

讲话这种事情，向来是一项充满技巧的学问，有时一句相同意思的话，仅仅是换个句式来表达，效果也会大不一样。

比方说，同样是要表达"一个女学生去夜总会当了小姐"这句话，如果你直接说"一个女学生白天在学校上课，晚上却在夜总会当小姐"，听起来感觉可能不太好。可如果你要是说"一个女学生晚上在夜总会当小姐，白天却还坚持去学校上课"，听起来立马就满满的都是正能量了。所以说话的时候，语序特别重要。

果然，宝钗把小美大美那句话换了个语序之后，立马就换成她们窘迫了。大巴司机再问："你们能不能坚持？"

二人为了证明自己是女生，立马换上一副病怏怏的娇滴模样，掩面皱眉道："不能。"

司机犯难不已："这可怎么办？"他又摸摸那颗冬瓜脑袋，突生灵感："哎，要不，你们坐下班大巴吧，我打电话到车站给你们协调一下，下班车该有位子。"

"下班车几点到？"三人问。

司机巴不得他们赶紧下车，想都不想就脱口而出："很快，十几分钟就能到！"

三人看着司机，半信半疑。

司机见他们不信，索性豁出去了，举起手掌指着车厢顶，大声说："我发誓，如果我说得不准，就让我生的儿子没屁眼！信了吧？"

宝钗等人见司机居然肯发此毒誓，感动不已，连声表示相信，于是就决定在服务区等下一班车来。三人走到大巴车窗旁边，范冰冰靠窗，力大无穷，将他们的行李一一递到窗外。

等大巴启动，范冰冰等人把头探出车窗："那么一路顺风！开学见喽！"

"一路顺风！"三人挥手答应。

大巴轰轰走后，三人就站在候车区，等下一班大巴来到。不料下班车竟然未能像冬瓜头司机说得那样快，左等右等，十几分钟过去了，连鬼都没有等到。三人不禁对冬瓜头司机同情不已，心想他生儿子这下真的没屁眼了。

候车区里空空荡荡的，三人孤独伫立，都有了一种被时光遗弃的凄凉感。看来这等车就像富人做慈善，你不需要的时候天天给你送温暖，等你真的需要了却连影都不见。三人等了几个世纪，把手上零食一扫而光，这才终于见到一辆大巴迈着轻盈的步伐姗姗来迟。

车下的人望断愁肠，立马兴奋冲上去拦车，像非洲草原上的狒狒一样对大巴又跳又叫。大巴司机看到车前突然窜出三只野生狒狒，吓了一跳，险些错把油门当刹车冲了出去。

车子一停下来，三人立马提行李往车上钻。顾大美和顾小美抢先找到两个连排的位子坐下，剩中间靠过道旁还空着一个位子，宝钗只好抬着行李坐过去。司机等众人坐定，轰轰地发动车子。那辆大巴为群众服务多年，德高望重，好不容易"吭吭"发动之后，不停喘息，然后突然像个神经衰弱患者一样，浑身一抖，慢吞吞地迈动脚步向前驶去。

宝钗坐定，转头一看，发现旁边位子坐着一位身材发福的大妈，一看就知道晚上没坚持去跳广场舞。那大妈身宽体胖，体型壮硕和顾大美有一拼，再加上怀里抱着的大包小包，简直就是一座巍巍大山，想必即使愚公再世，和他的徒子徒孙再干上几百年，也是移不动的。

大妈见宝钗一脸惊叹地对着她看，冲他和气笑笑。宝钗回以嫣然一笑，心说这大妈真和善。

但是只过了一会儿，宝钗却立马后悔坐在这里了，觉得刚才选择坐这儿真是个战略性失误。因为他发现，身旁那位大妈身上有一股无比奇特的味道。

宝钗嗅觉向来比土狗还灵敏，立即闻出大妈身上那股味道掺杂了衣柜里的陈年樟脑丸，提神醒脑的万金油，庙里拜佛用的檀香，还有另外第四种不知名的气味，居然连他那个狗鼻子也识别不出。

法国作家大仲马说过："法国人有两样东西多，一是情人多，二是香水多。"法国人向来以生性浪漫著称于世，对气味也情有独钟，由此乐此不疲地开发出各种稀奇古怪的香水，甚至还有以脚气和狐臭为卖点的香水品牌。此时此刻，宝钗要是能把那位大妈身上的气味制成香水，相信拿到法国参加比赛一定可以夺魁——起码能把其他参赛选手熏晕。

宝钗紧挨大妈闻着那股味道，感觉自己的神经兴奋又紧张，同时脑袋头晕又目眩。两种相反的感觉交织在一起，让他感觉自己像是掉进了《西游记》里金角怪的阴阳瓶，忽冷忽热，忽上忽下，恍恍惚惚，如醉如痴，感觉自己的灵魂已经和肉体分离。

"救命……"他被熏得连喊的力气都快没了，"我到底死了没有……"

大巴走完高速，终于抵达最后一个收费站，接下来就是普通马路了。变换车道时，大巴驶过缓冲带，车身剧烈颠簸，大妈怀里一个包滚落到宝钗脚下。

大妈"哎哟"一声，俯身就要去捡，宝钗眼看一座大山要压过来，慌忙说："我来！"

说着俯下身，将袋子捡起，立马从袋子里闻到一股浓烈的硫黄皂味。

宝钗不禁悲喜交加。喜的是终于知道那第四种未知气味是什么成分了，悲的是知道是什么成分也没用，还是得接着闻。

大妈腾出一只手接过袋子，笑声同她身材一样爽朗："谢谢你啊，小伙子！"

"不客气，不客气。"宝钗身心俱疲，对大妈勉强咧咧嘴，心中却悲慨无比，心想自己年纪轻轻，今日难道就要被熏死在此地不成。自己可是家中独苗三代单传，孙家香火全系于他一人，长这么大，连女生的手都没摸过呢，就这样被熏死，将来九泉之下有何面目见列祖列宗。

其实宝钗倒是摸过顾小美和顾大美的手，不过在他看来，顾小美那个假小子顶多只能算半个女生，而顾大美那气吞山河盖世豪杰的模样，则连半个女生都不算——这样说来，他还是等于没摸过女生的手。

宝钗想起顾氏姐妹俩，转头一看，发现二人正坐在后面有说有笑，边喝汽水边往袋子里吐着瓜子壳。

他羡慕嫉妒恨，不愿放二人这么逍遥，灵机一动，高声叫道："哎呀！我这边的景色可真漂亮！你们要不要过来看一下噢？"

大美好奇心被勾起："什么景色？"

小美警惕性高，伸手拦住她："你也信他，他这人的话最不可靠了。"

"我好心提醒，"宝钗面露委屈表情，耸耸肩膀，"不看算了。"

大美忍不住了："要看，我和你换一下座位。"

宝钗见大美上钩，忍住心中激动，面不改色，以防被她识破。沉住气和大美换过座位，立马像长时间潜在海底的人终于浮上水面，哈地深吸一口久违的新鲜空气，感觉恍若隔世。

小美捅捅他："喂，你在搞什么鬼？"

"待会儿你就知道了。"宝钗忍住笑。

果然，过了一会儿，顾大美突然虎躯一震，"啊"地叫出声来，把身子探出座位，脸上百味杂陈。

宝钗放声大笑："怎么样？我没骗你吧？"

"漂亮！真漂亮！"大美恨恨，"孙汉男，我要好好谢谢你！"

小美听不出是反话，以为真的有风景看："什么景色这么美？"

大美看到脱难希望，两眼放光，像诱人犯罪的撒旦一样拼命朝小美招手："小美，快坐过来，我和你换！"

"不要过去！"宝钗制止，附在顾小美耳边低语几声。

小美听完，哈哈大笑："原来如此！"

顾大美希望破灭，万念俱灰，心想自己真是没病抓药，自讨苦吃。身旁大妈注意到大美呼吸短促，有呼气无进气，问："怎么啦，大姑娘？有气无力的，是不是病啦。"说着，从袋子堆里抽出手，就要摸她额头。

大美慌忙惊恐地闪避："不不，阿姨我没事！多谢了，多谢了。"

她逃过大妈的手，只可惜大妈身上的气味却不像那只手一样逃脱得掉。《孙子兵法》有云："围而歼之，可也。"那气味熟读兵法，兵分几路，四面夹攻，让大美无处躲避，真是求生不得求死不能。只得像缺水的鱼一样使劲张嘴调节呼吸，脸憋得像番茄。

大妈难得遇上个身材和自己一样苗条的，偏偏热情无比，英雄惜英雄，开始和大美唠家常，向她问长问短，喋喋不休。讲到精彩处，生怕小美听不见，还不停向她这边靠。

大美屏住呼吸听大妈说话，一边点头赔笑："是吗，那可真是……"一边把屁股不断往外挪。

宝钗看到顾大美半死不活的模样，心想她虽然虎背熊腰体格健壮，抗毒能力强，但前路尚且如此漫长，反倒生怕她没到军营就被熏死了，顿起同情之心。不过英国文豪莎士比亚也说过："怜悯，是幸运儿施以可怜人的伪善。"

宝钗同情了她一会儿，想到自己刚从那气味中逃脱，立马拍胸脯暗叫侥幸，那仅有的一点点同情也随着窗外的高温蒸发得无影无踪了。

此时正值八月末梢，泉州酷热未减。天地间泛滥的白光，几乎要把水泥路面烤得冒烟，世界像一口沸腾的油锅在嗞嗞作响。路边植物在滚烫阳光的照射下，萎缩成病恹恹的一小团。滚滚的热浪席卷着泉州的每一处角落，在市区的每一条柏油路上，在屋顶上，在道旁的刺桐枝叶上繁衍生息。即使是远离市区的荒野也未能幸免。

万物在阳光中痛苦炙烤着，剩下卑微的最后一丝呻吟。

车子路上没停，众人的午饭是在大巴上解决的，烈日当空，热气透过车窗缝隙像开水一样渗进车厢，一车子的人被那燥闷熏得昏昏欲睡。

大巴一到竹洞县，路况立马变差，提醒人们，已经从市区到达了真正的荒郊野外。竹洞的马路仿佛参加过二战，遭到纳粹德军狂轰滥炸似的，路面坑洼不平如一张麻风病人的脸。马路患了病，连带着大巴也受到感染，配合地浑身颤抖咳嗽个不停。车上的人从晌午睡梦中被颠醒，在座位上蹿下跳，都疑心大巴已经驶出地球，来到了月球表面。

现在想来，方才明白古人起地名的时候为什么要把这个地方叫作"竹洞"。原来老祖宗料事如神，早已预见到此地马路将会到处是洞，所以才特意在地名里加上个"洞"字。竹洞不仅马路都是洞，就连房子也修得像老鼠洞，个个见不得天日，龟缩在茂密树丛后面害羞不肯见人。好不容易见到一栋超过三层的红砖房，简直就可以尊称为"摩天大厦"了。

大巴司机一副酒精中毒的模样，脖颈热得通红，手死死撑在方向盘上不停地按喇叭。他御车无术，见汽车调皮不肯听话，索性放逐那车子，任其在马路上撒欢，真正做到了老庄的"无为而治"。可惜乘客们的思想境界却没这么高，颠得七荤八素，连五脏六腑都在荡秋千，抱怨不止。

可怜的大美没被那位大妈的气味熏吐，先被车子颠吐了。大妈善良无比，大方地从怀里腾出一个袋子给她吐，又不停地给她拍背，方才感觉好些了。

一行人历经磨难，终于在下午四点左右到达竹洞县汽车站。宝钗三人腰酸背痛，拖着行李下车。但这还不算完，他们还得换乘本地汽车去军训所在军营。那军营又在竹洞的郊区，换句话说，就是泉州郊区的郊区，其荒凉程度可想而知。用"鸟不拉屎"来形容，真是委屈那"鸟"和那"屎"了。

三人在古朴寒酸的竹洞县汽车站月台买车票，然后上了一辆破破烂烂的汽车。竹洞汽车果然富有地方特色，也是以洞见长，窗户不是这里漏了一个角就是那里破了一个洞，行驶在乡间的小路上，大家却并没有"暮归的老牛是我同伴"的悠闲感受，小路上尘土飞扬，车轮卷起的沙子不停地从车窗往车里灌，呛得人咳嗽不止，险些把肺都咳了出来。

众人都没想到荣膺了"全国文明示范城市"、"全国花园城市"、"全国经济百强城市"等一大堆光荣称号的泉州居然还有这种史前文明一般的所在,心想本市宣传部门的美化工作做得真是超尘脱俗,来源于生活,而又远远高于生活。同时也诧异那些近年在各地大兴土木买地盖楼的地产商们怎么就舍得放任这地方鸟不拉屎,也不肯出手管管。

傍晚时分,军训学生们坐着汽车,历经千辛万苦,吃了好几斤土,最后总算到达了荣获"南国第一军"、"祖国南海卫士"、"南疆蛟龙"等美丽称号的编号某部队(保密)的竹洞分营。

此时已到黄昏,太阳收敛起金色双翼,缓缓向地平线靠拢。持续了一整天的闷热终于稍减,明亮的橘黄色光晕从天空中垂下,把周围景物涂上一层氤氲的模糊雾气。旷野中没有一棵树,只有大片大片蓬勃生长的草。有许多小巧的红蜻蜓在绿油油的草尖上低飞,像小小的红色帆船在空中滑翔。

军营大门恢宏壮丽气势磅礴,安静矗立在黄昏中,黑洞洞的入口处就像一个扭转时空的隧道,仿佛随时都会伸出一只巨手,把一切事物拉扯进去。

宝钗和顾氏两姐妹提着行李,站在高大的门下。同那扇灰色大门比起来,每个人都像只渺小而卑微的蚂蚁。

他们不知所措。因为谁也不知道,在接下来为期一周的军训中,前方等待着他们的究竟会是什么。

凤姐的遭遇（上）

某军队首长下基层视察，正好碰上士兵吃午饭。

首长亲切询问："你们这边伙食怎么样啊？"

士兵："报告首长！米饭里土太多！"

首长脸立马沉下来："你们入伍是为了保卫国土，怎么可以挑剔伙食？"

士兵回答："是的首长！可是天天让我们这样吃掉国土真的好吗？"

——《故事会》一则

竹洞县军营占地广阔，一眼望不到边，可见竹洞县地价便宜且毫无升值潜力，而这也从另一个方面佐证了那些房地产商们不肯来的原因。因为商人们都是趋光生物，向来是哪里有钱在发光才肯往哪里去的，这种风景秀丽富有自然野性美的地方只适合谈情而不适合谈钱，他们自然是不肯来的。

军营大门气派无比，两侧各有一座灰乎乎的堡垒，白基黑檐，高耸入云，估计上面有荷枪实弹的岗哨值守。大门内侧迎面就是一座巨大的红色影壁，上面用楷体依次写着"纪律、严肃、整齐"六个烫金大字，熠熠生辉，醒目无比。

今天是军训集结日，各班学生在傍晚时分陆续抵达军营，个个风尘仆仆的，估计路上也是吃了好几斤土。学生们长这么大从没到过军营，新奇不已，像刚出生的小鸡雏一样喳喳叫，到处摸摸看看，刚要掏出手机自拍发朋友圈，几个士兵立马跑过来摆手："干什么！干什么！军营里不许拍照！"

"啊！"学生们被满脸严肃扛着枪的士兵彪悍模样吓了一跳，连忙乖乖地把手机收回口袋。

"严肃点！"士兵命令，"军营不许打闹！排成队列跟我走！"

学生们只得遵照命令，在门口排成长龙，拖着行李跟在士兵们后头走。军营宽阔无边，错综复杂像座大迷宫，大家紧紧挨在一起，生怕一不小心，就会迷路。

士兵引着学生们穿过各式各样的奇怪建筑,七拐八拐,最后拐到中心一个大广场上,被要求放下行李,守在原地待命。

今年金陵书院参训的学生,包括全体高二学生和高三那些补训的在内,总共七百多号人,分成二十个营。高二八个理科班四个文科班,文科班男生全进了一、二、三连,但因为读文科的男生向来稀少,堪比现在市面上没打过瘦肉精的猪肉,不够编制人数,最后又拉了两个理科班男生补充进来。

各班学生在广场上乱哄哄地三五成群随意站着,像群蜜蜂一样嗡嗡作响。这时,从广场旁边开来一辆军队牌照的敞篷车,"轰隆隆"停下。然后从上面下来一群穿着迷彩服的人,肩膀上都戴着肩章,看样子应该是军训教官。

教官们从车上下来之后,并不急着过来,而是先在广场边上列队集合,稍息立正。一个微微有些腆肚的人站前头,一边来回走动,一边说着话。学生们看到别的教官都注视着他一声不吭,唯独他抬头一边说话,一边拿只手气势磅礴地比画,推断出此人必定是个领导。

那领导"嗯嗯啊啊"地比画着讲了一通话,其他教官不停地重复点头动作,显然认为领导说得有理,十分赞同他的话,足见这年头领导说话就是比普通人好使。领导说完之后,命令解散,然后各个教官就"扑哧扑哧"跑过来,将自己所属连队的学生领走。广场上一时间"站过来""跟我走"呼声一片。

领导也径直走到学生堆里,神奇地从身后变出一个大红色的扩音喇叭,举起来朝向人群吼,中气十足:"一连、二连、三连以我为基准,马上到我这边来集合!"

看来这领导就是三个文科连的教官了。三个文科连的男生听到命令,纷纷从地上提起行李向那边聚拢。等走到领导旁边,定睛一看,才发现那领导长相真有特点:面如重枣,唇若涂脂,丹凤眼,卧蚕眉。

众人都吓一跳,心想这位教官怎么长得和三国的关云长那么像,就差下巴加上一道络腮胡子,否则真要把他当成关公转世了——等到军训第二天才知道,原来教官真的姓关,绰号果然就是"关公"。

"关公"岁数约莫三十五六,入伍多年,肩上戴着一杠三星,现为竹洞军营的一名步兵连上尉连长。不过别看这位关公长得五大三粗的样子,想当年读军校时那也是文艺青年一个，属于那种戴着黑框眼镜，披着厚围巾到处题诗留情的类型。结果情网撒得太广，一不小心被他们学校某将门虎女给看中了，招安上门当了入赘女婿，从此过上只有结婚纪念日没有独立日的幸福生活。现在虽然贵为一连之长，回家后仍旧要看连长夫人脸色行事，夫人指东他不敢往西。当然，这些小道消息都是后来别的教官加油添醋地告诉学生们的。

关公集合完众人，拿着花名册站在学生们面前挨个点名。点完名后，命令三个连的学生按照自己所属营地番号排列整齐。初次见面，教官照例要送众人一番教诲。

关公不愧是习武之人，说起粗话来也是得心应手，话里除了主谓宾之外，就数"他**的"这种前置定语用得最多。所幸下面站的全是男生，皮厚耐骂，一边被骂一边还恬不知耻地嘿嘿笑。

关公虽然擅长脏话，却不擅长训话，对着众学生才训了几句话就训不下去了。最后没话讲了，就说："你们，全给我站好喽！看你们小子军姿站得怎么样！站直，不许动！"

学生们听他老子式的训话，惊叹不已，于是只好遵照他的命令，将行李放在脚下，排成队列在太阳底下站军姿。

此时刚接近下午五点，太阳依旧灼人，一大半人在车上连午饭都没吃，都是空着肚子来军营的。只站了一会儿，就被八月末毒辣的阳光晒得晃晃悠悠起来，头昏眼花，闭上眼睛，满世界都是血红色。

关公说要看众人军姿，结果言而无信，自己转头就不见人影不知跑哪儿去了。学生们没他命令，又不敢擅自离开，晒得脸上火辣辣的，汗水覆到眼皮上，变得格外沉重，睁不开眼睛。眼见其他营的学生提起行李陆续从广场上排队离开，羡慕无比。

高二（1）班的黛玉同学站在队伍最后一排。他人长得奇高，平均要高出队列一个头，目标也人。天上太阳见队伍里居然有人敢强出头，心说这还了得，于是枪打出头鸟，集中火力对黛玉进行猛烈轰炸。

黛玉是富家子弟，养尊处优，平时入有高档冷气提供，出有热情的哥接送，哪受得了这份苦，只晒了一会儿浑身就湿漉漉的，脑壳都开始冒烟。更可笑的是，今天明明热得不像话，他却还偏偏打扮成一身黑，黑衬衫黑短裤黑球鞋，像个刚从山西挖煤逃难回来的矿工，那自然不能不热。

黛玉同学浑身难受无比，像被笛声蛊惑了的印度眼镜蛇一样不停地扭动脖子，妄图借此转移头上的热。转头一看，发现右边的湘云正双眼紧闭，做深呼吸状，脸上一副陶醉神情，似乎一点都不热。

他颇为好奇，压低声音唤湘云："嘿，六一兄，你在干吗？"

湘云站原地一动不动，眼睛都不睁，只有嘴唇在动："嘘！甲哥，别和我说话。我现在正在做一件无比重要的事儿。"

"喔？"黛玉只好闭嘴，但他实在好奇，心底像住着个疱疹患者一样痒得难受，过了三秒，又忍不住轻声问，"六一兄，你到底在干吗？"

湘云这才长舒一口气，缓缓睁开眼睛。湘云甩甩额前飘逸的刘海，转向黛玉，意味悠长地说："我刚才在——想象。"

"噢，想象什么？"

"我在把自己想象成一条阴沟。"

"哈？"黛玉吃一惊，"你把自己想象成一条阴沟干啥？"

"甲哥，你不懂，"湘云捋捋长发，"因为阴沟是太阳永远也照不到的地方，我把自己想象成阴沟，这样太阳就晒不到我了。"

"哦！"黛玉被湘云同学的智商深深惊叹道，"有效吗？"

"有效有效，我现在感觉凉飕飕的！"湘云像脱光衣服站在冰箱里一样，浑身哆嗦，牙齿打战，演技逼真可封金马奖影帝，"啊——好冷啊，凉快！我说，你要不要试试？"

黛玉连声回答："好呀，好呀！不过，"说完，他面露犹豫之情："不过我从来没有见过阴沟里什么样哎，怎么办？回首往事，在我这十七年的璀璨土豪人生中，我见过空客A380豪华商务舱长什么样，见过全球限量版的劳力士表长什么样，更见过两万一只的马桶盖长什么样，可我就是没见过阴沟长什么样，怎么办，怎么办？"说完，一脸焦急而无助地看着湘云。

"这样啊……"湘云沉默了，摸摸拔得光可鉴人的下巴，"那就别想阴沟啦，想象成其他你熟悉的东西也成啊。比如说，那些我们生活中常见的事物，都行呀。"

"有理有理，那我马上试试。"黛玉迫不及待地闭上眼睛，开始冥想。

结果过了一会儿，突然叫起来："哎呀，好烫好烫！烫死了！"

"发生了什么，怎么回事？"

黛玉瞪大眼睛，对湘云说："六一兄，我照着你的方法想象了，可是怎么一点效果都没有啊？烫死我了！"

"是吗？"湘云颇为惊奇，"那你把自己想象成了什么？"

黛玉答："太阳。"

"甲哥，你这样想是不对的……"湘云险些晕倒，不得不指出他所犯的常识性错误，"你都热成这样了，怎么还能把自己想象成太阳呢？"

"为啥不能啊？"黛玉一脸呆滞神情。

湘云看着他，深深叹一口气："难道你都没有听说过《种太阳》这首儿歌吗？"说完，看看旁边没人注意，声音走调地哼唱起来："我有一个，美丽的愿望，长大以后能够播种太阳……一颗送给南极，一颗送给北冰洋，啦啦啦啦啦，种太阳，到那时世界每个角落都会变得温暖又明亮……"

"所以呢，"黛玉强忍住听完，问，"这说明什么？"

"你难道没注意到结尾那句'世界变得温暖又明亮'？"湘云一脸严肃地指出，"这就说明，太阳是一种发光发热的物体！既然太阳会发热，你怎么还能想象成它呢，当然烫死了。"

"喔！"黛玉恍然大悟，"太阳原来会发光发热！多么深奥的科学原理！那，我到底应该怎么做嘞？"

"嗯，"湘云摸摸下巴，沉思一番，然后给出建议，"嗯，我认为，你应该把自己想象成一块镜子。这样你就能把阳光全部反射出去，就不用怕热了。"

"好主意，好主意，"黛玉连声称赞，"那我马上试试。"

说完，又立马闭上眼睛。

黛玉想象着，湘云就叉着手站在一旁，耐心等待黛玉的试验结果。结果他那耐心短得像日本女生的裙子，才忍耐了一会儿就没耐心了。黛玉还在旁边冥神闭眼，两米高的身躯像截榕树桩一样一动不动，脸上泛着油光，显然已经达到了物我两忘的境界。

湘云不忍打搅他，闲得无聊，见教官关公还没回来，于是打个哈欠，转头四处张望，观察广场周围情况。

广场上空空荡荡的，军训学生几乎都走光了，剩下不远处站着一连花枝招展的女生。湘云上了十多年的学，书不爱看，漂亮女生最爱看，平生最大的兴趣就是怜香惜玉。他一看到有女生，立马来了兴致，单眼皮小眼睛扩大好几倍，装模作样地45°仰望天空，一边假装欣赏日落，然后眼角余光时不时"不经意"地往女生那边扫。

突然，他闻到一股浓烈而独特的幽香。那股香味随着黄昏的风从不远处飘来，馥郁芬芳，久久回荡在鼻翼间，挥之不去。

"嗯？什么味道？"湘云自言自语。

这种香味令他莫名着迷，是他以前从来都没闻到过的——事实上，湘云同学永远也不会知道那其实是法国顶级进口Lancome（注：兰蔻，法国香水。）香水的味道，毕竟对于他这种平日拿自来水代替啫喱水固定中分发型的无产阶级来说，相信他连Lancome这个单词怎么写都拼不出来。

依据湘云同学多年经验判断，有香气的地方必有美女，就好比有鱼腥的地方必有苍蝇。于是他立马转头，努力瞪大了小眼睛，在那边女生队列里不断搜寻。坚持不懈，眼角险些撑裂，最后果然在队列左后角发现了一个浓妆艳抹、身材出挑的女生，顿时喜出望外。

那女生长得肌肤胜雪，唇红颊白，媚眼如丝，正温婉地和身边人轻声说笑。一头细软而漆黑的头发温顺披在她肩上，像一只安静入睡的水貂。

"美女，有美女……"湘云一见到那女生，目光立马像鱼儿咬了钩，被她牢牢套住了。他变得嘴唇哆嗦，满脸通红，心跳加速，浑身上下涌起一种奇异无比的感觉："啊，这是什么样的一种感觉哟……"

——很久很久以后，当湘云再度回忆起这个黄昏里发生的事，用他自己让人浑身起鸡皮疙瘩的话来形容，当时，他第一眼看到那女生的感觉就像是"盛夏里，田野吹起微风，那是轻柔无比的温度。当看到她的笑容，那个帅气逼人的少年心里突然像盛了满满一掬清泉，随时会倾覆下来。"

"天，为什么军训还穿得这么薄，简直迷死人不偿命啊。"湘云在心中惊叹，喃喃自语，"难道她都不知道我就喜欢穿得凉快的女生吗？"

女生一边和身边人说笑,一边用纤长手指捋着发梢,丝毫没注意到有个家伙正躲在对面偷窥。

湘云如着了魔般盯着女生,心神荡漾,才思如泉涌,立马想着要用世间最动听最美妙的话语来赞颂她。要是他读过李白那首《清平乐词》,也许会吟诵出"云想衣裳花想容,春风拂槛露华浓,若非群玉山头见,会向瑶台月下逢"这样的诗句。然而很不幸,湘云同学对李白的认知至今还只停留在"床前明月光,疑是地上霜"的小学程度。所以,当他苦思冥想绞尽脑汁,苦心孤诣要用世间最美妙的话来赞颂那位女生时,脑子里最后却只是反复回荡着这样一个略带猥琐的词语:"前凸后撅、前凸后撅……"

那个词甚至连成语都不算。"没文化,真可怕"其实是一句令人无比感伤的话。

"前凸后撅、前凸后撅……"

湘云同学活了小半辈子,自诩阅女无数,这世上就没有他没见过的女生类型。直到今天,他才发现,原来金陵书院居然还藏着这么漂亮的女生。这真是应了苏格拉底的那句名言:"我知道得越多,只是越证明了自己的无知。"

湘云素来好学,求知心切,尤其体现在女生方面。而俄国教育家苏霍姆林斯基也说过:"知识,是不会自己送上门来的。"湘云从中受到启迪,心想既然知识不会自己送上门来,自己就主动送上门去,于是当即决定主动出击,引起那个女生注意。

他灵机一动,想出一条妙计。转头看看周围情况,确认教官不在,搓搓手咽口唾沫,然后脚底突然不小心一滑,"哎哟"一声身体倾斜,重心失衡,就要摔倒在地上。结果不偏不倚,刚好就朝着女生那个方向摔过去(他可以对天发誓,摔得这么准真的只是个巧合而已)。

"啊——"就在湘云一脸幸福地跌向水泥地时,没想到赶早不赶晚,教官关公偏偏这时候拎着喇叭回来了。正好就从湘云旁边经过,湘云这一跌,立马摔到教官身上。

军训营长虽然体格魁梧,如关云长再世,无奈近日没训练,荒疏了武艺。被湘云这一撞,居然摔个人仰马翻,喇叭飞出了三米远。

"啊?!"湘云发现自己把教官给撞倒了,大吃一惊。他吃惊的不是自己撞到教官,他吃惊的是教官怎么这么不禁摔,连忙灰溜溜从地上爬起来。

关公颜面尽失,站起来拍屁股,爬起居高临下朝湘云吼,唾沫横飞:"你他娘的搞什么玩意儿！站都站不直！全给我站好了！挺胸，收腹，提臀！"

"是是！"湘云擦擦脸上唾沫星，乖乖依照命令站得笔直，胸脯挺得像斗鸡一样高，半天不敢动弹。

好不容易等教官离开，湘云这才敢偷偷转头，再看向右边。结果他望过去的第一眼，正撞上那个女生朝这边看的目光。

湘云和女生对望着，脑中"轰"地烧了三秒，然后脸不争气地红成番茄，慌忙低下头，开始数地上的蚂蚁。诧异不已，心想自己明明久经情场，历经沧桑，怎么还发挥得这么失常，险些丢脸。

他数地上的蚂蚁数了好久，把蚂蚁身上有几只脚都数完了，这才敢抬头，再往那边瞄一眼。女生和身边人笑着，时不时看看这边，显然是注意到了自己。湘云欣喜若狂，心想刚才那一跤总算没白跌。心底正构思着，待会儿要找个什么听起来不太像搭讪的理由过去搭讪时，没想到那边教官"哔"地吹一声哨子，女生队列一阵骚动，居然缓缓离开了。

"不——"湘云万分懊丧，耷拉着脑袋，眼睁睁看着她们离开广场。思绪再度如抽水马桶一样"咕噜咕噜"涌起，心想难道二人的邂逅真的要像那流星一样，"只在瞬间迸发出耀眼火花，却终究注定只是匆匆路过"？

女生走在队列最后头，快要出广场尽头的时候，她突然转回头，朝这边微微笑了一下，嘴角轻扬如弯月。

湘云欣喜若狂，认定女生一定是在对自己笑，神魂颠倒，险些晕倒，立马又满脸潮红，胸口"扑通"，再度上演"九月傍晚的柔风，轻擦那个美少年的心口"。

他就这样看着那女生渐渐远去，女生在夕阳下的背影修长，像一棵好看而妖娆的树。鼻翼间，仿佛仍然能嗅到那股香气，若有若无，像是拨开密布的阴云，倾泻而出的阳光味道。

湘云手叉着裤兜，目送女生离去的身影，然后潇洒地甩甩刘海，自己也被自己的帅气姿势倾倒，懊丧刚才就该这样做的。心中惋惜地想，我还有机会再见到你吗？

"听说，十八岁之前如果还没谈过一次恋爱，人生就是不完整的。"一旁的黛玉突然低声嘀咕了一句。

湘云吓一跳，从对着广场尽头傻笑中清醒过来，问他："啊——你刚说什么？"

"没什么，没什么，"黛玉睁开眼睛，盯着湘云看，"六一兄，你脸上的表情好怪啊，发生了什么事？是不是发现了什么漂亮女生哪？"

湘云大吃一惊，心想黛玉真是料事如神，一猜就准。虽然他和黛玉同学友谊深厚，情谊历史悠久，平日里称兄道弟，而好兄弟从理论上来说要"有福同享"，不过哲学家也告诉过我们：理论相对于实践来说存在一定的独立性。

所以湘云最后决定坚持那独立性，不告诉黛玉实情，只骗他说，自己在欣赏军营壮阔的日落景色。

"真的？"黛玉像只猎犬一样，从空气中嗅出几丝可疑气息，"不对嘛，我怎么好像闻到了香水——"

"真的！骗你干啥？"湘云连忙拉住黛玉粗大得像树干一样的胳膊，指着天边，"甲哥，你看看天边那些云霞，多么鲜艳，多么漂亮，多么美丽，多么——"词穷了，直接抒情，"啊，好美，我简直深深地陶醉了！怎么样，你感受到那美了没？"

黛玉抬头看看天，然后摇头："没，不就一堆粉红色的云嘛，美在哪里吗？"

"感受不到啊？"湘云摸摸下巴，沉思片刻，"那不如，你把那片粉红的云想象成一张百元大钞，现在呢，能感受到那美不？"

黛玉听完他的话，再抬头看看天，然后立马衷心赞叹起来："哇，你这么一说，果然好美！我也被深深地陶醉了！"

湘云为自己的妙喻自得不已。

关公让众人站了足足一刻的军姿，自己也被太阳晒得头晕眼花，连忙对众人军姿表示满意，宣布稍息原地休整，准备出发去营地。

关公是三个文科连的营长，营长之下，三个连又配一个副教官，分管日常训练。众人站在原地休息了几分钟，副教官也陆续到达。从军服上佩戴的军章来看，应该是班长一类的士官，军衔比关公低。关公见教官到齐，于是把喇叭放嘴边一吆喝"出发"，带着八十多号学生，浩浩荡荡离开广场。路上七拐八弯，穿过许多奢华却低调得看不出用途的军营建筑，最终到达一片荒草萋萋的平房区。

平房，顾名思义，就是用青砖搭的那种只有一层的房子，又旧又破，四面还用高墙围住，只留下正面一扇锈迹斑斑的大门作为入口。

"这么破……"学生们咋舌不已，心想要在这种监狱一样的地方活上一个星期，真是一件无法想象的事儿。

教官们将学生带进营地大院，然后开始"张三""李四"高声吆喝着念名单，挨个分配寝室，分发训练服帽。训练服是那种涤纶面料的材质，轻便舒适且透气性绝佳。分发完训练服，众人抱着行李，在营地里寻找各自的寝室。

营地大大小小总共十几间寝室，按照"甲乙丙丁戊"的记数顺序排列。有些人分配到了"戊"字号寝室，另外一些人则分配到"戌"字号寝室，结果由于那两个字实在太像，两个寝室的学生都给搞混了，互相往对方房间挤，坚称对方的房间才是自己的寝室。争执不下，最后跑去教官休息室询问教官。

没想到教官们也不知道"戊""戌"那两个字怎么区分，最后还是教官打电话请示了他上级，上级又请示他的秘书，总算把"戊"和"戌"两个字给搞懂了。

众人找到房间，各自整理行李，铺床叠被。床是那种上下两铺的铁床，被褥也是军营提供的，清一色的军绿色行军货，摸摸比铁块还硬，难怪都说"铁打的营盘流水的兵"，原来营盘果真是用铁打的。

湘云和黛玉是文科重点班（1）班的学生，分在"丁"室。刚刚分科，寝室众人互不认识，各自铺床叠被，一时间相对无话。

正收拾着，一个精瘦的教官风风火火走进丁室，拍拍手上的蓝色花名册说："大家注意！我待会儿叫到谁的名字，就过来一下啊！"

众人听见，都停下手中的活儿，不知道他要说什么。

教官沾沾唾沫，翻开花名册，上头有个名字"李自冕"。结果他盯着那个"冕"字犹豫了半天，不知道到底是念"冕（miǎn）"还是念"晃（huàng）"。学生们都盯着他看，教官骑虎难下，最后只得硬着头皮，迟疑叫道："谁是李自——晃？"

"我是。"教官话音刚落，靠门边一张铁床的上铺就跳下来一个男生，走到教官面前，说："我就是李自冕。"

教官知道自己念错了，脸上发红，干咳几声，看着凤姐点点头："嗯，小伙子身板不错，挺结实的！花名册上说，你在你们高中一年级是班长？"

"是。"凤姐答,"从幼儿园开始一直是班长。"

教官听了,啧啧咋舌:"不错不错,当了这么多年班长,那你成绩肯定也不错吧?"

"他是我们班的领头羊,也是我们学校文科状元的潜力股!"凤姐还没答话,湘云就眯着小眼睛从后头凑了上来,一脸谄媚地笑,"平时我们学校老师都这么说的!"

教官听了湘云的话,满意地对凤姐点头:"不错不错,室长就你了!接下来一个星期,你就是丁室的室长,这个房间由你负责,卫生内务都由你安排,明白吗?"

凤姐虽然有些意外,还是点点头:"好,我知道。"

"明白就好。"教官和凤姐交代完话,看看众人,留下一句"全体注意,半小时后集合吃晚饭",然后转身走出了房间。

教官前脚刚走,湘云后脚立马就抬上去:"久仰李学霸大名,幸会幸会!"

凤姐正要转身铺被子,被湘云搭上肩膀,有些诧异地看他:"过奖了,你是?"

"哦,我也是1班的,我叫宋六一,以后咱俩就是同班同学了,请李学霸多罩着!"

"这个不敢当,我可不是什么学霸。"凤姐连忙说,"你别客气,我叫李自冕,以后你叫我自冕兄就可以。"

一旁黛玉听见他们对话,心想原来这个男生就是学校大名鼎鼎的李自冕,也连忙放下被子,过来和凤姐认识。"学霸,你好,你好!"二人争着和凤姐握手。尤其是黛玉,凭着那副接近两米的高个使劲往下压,重力势能转化成动能,把凤姐骨头都快捏碎了。

黛玉叫道:"什么什么,原来你就是鼎鼎有名的学霸李自冕?你那么会读书,可是为什么人还长得这么帅?这不科学!"

"为什么会读书就要长得丑?"凤姐有些哭笑不得。

黛玉说:"不都说'人丑就要多读书'嘛?反过来说,学霸那么会读书,应该长得很丑才对嘛!"

凤姐不知怎么回答,看着黛玉表情一本正经的样子,不知道对方是在耍幽默还是他其实是个逗比。

"嗯,听你这么一说,真的很有道理啊。"没想到湘云听了黛玉的话,居然也开始摸下巴思考起来。他看着凤姐,小眼睛眯着,一副沉思模样:"是啊,身为一个如此会读书的学霸，为什么会长得这么帅——居然比我还要帅，不科学。"

凤姐："……"

他才不过和这俩家伙说了几句话而已，现在已经快受不了他们了。心想如果自己真要和这两个逗比当同班同学，以后真不知会是什么情形。

而湘云二人显然不肯放过这个"又帅又会读书"的稀奇品种，在接下来直到晚饭前的时间里，不停地向凤姐问东问西，像苍蝇一样围着他嘤嗡不停。

湘云问："李学霸一般平常几点睡觉啊？"

"一般十一点吧。"凤姐答。

"十一点就睡！"湘云夸张地惊呼，"这不科学！为什么你都不用熬夜？"

"为什么我要熬夜？"

"因为你是学霸啊！"

"……"

黛玉问："学霸是不是从来都不玩电脑？"

有了刚才的教训，凤姐不敢说自己其实经常玩了，认真想了想，然后小心翼翼地试探性询问："一周一次？"

"什么，一周一次！"黛玉惊得跳起来，"一周居然多达一次！我也才不过一周十几次，而你居然多达一周一次！真是太不可思议了！"

湘云一脸震惊地表示赞同："是啊，真的是太不可思议了。"

"……"凤姐不再说话，转身爬上床，开始叠被子。

湘云拍拍他露在床外的腿，大声说："咱们一班总共才八个男人，李学霸你放心，到时候选班长我们一定投你的票，可要为我们男生出头啊！"

凤姐还没答话，旁边的黛玉就连忙表示附和，头点得像小鸡啄米："对对，李学霸，咱们班男生的希望全寄托在你身上了，你一定要为我们出头啊——棒打出头鸟！"

然后，看着凤姐果然像是被迎头打了一记闷棍的模样，疑惑地问："怎么，难道'棒打出头鸟'，不是一句用来赞美人的话吗？"

"你说呢……"凤姐哭笑不得，对他们俩彻底无话可说，心想一班再不济，好歹也是个重点班，难道这两个家伙都是语文免试招进来的么。

二人还不肯放过凤姐，凤姐趴在上铺整理床单塞枕套的时候，围在床边不停向他提问，都是些"学霸睡觉时是不是还在背书""学霸上厕所时是不是还在写作业""学霸吃饭时是不是都在为高考做准备"之类无比天真的问题。

　　凤姐被他俩逗得哭笑不得，不相信到高中了怎么还会有这种幼稚得像小学生一样的家伙。毕竟在这个聪明人满街乱窜的年代，还能保持这种天真无邪（没心没肺）的家伙已经成了濒危珍稀物种了，结果现在倒好，一下就给他碰上了俩。

　　他实在懒得搭理他们俩，只得耐着性子和他们敷衍，到了最后，不管什么问题，一贯以呵呵应之。

　　整理完床铺，教官过来集合众人，拿上饭盒勺子去军营食堂吃晚饭。大家长这么大，还是头一次在军营里吃饭，感觉兴奋又紧张。

　　晚饭总共吃三道菜，西红柿炒鸡蛋、凉拌土豆丝、炒白菜。众人居然吃得津津有味，齐声称赞说，这些菜真是世间珍馐，味道妙不可言。

　　——不过，等到军训最后一天早上，当众人吃完最后一顿西红柿炒鸡蛋、凉拌土豆丝、炒白菜之后，相信他们一定会无比后悔自己第一天说过的话。而目前为止，他们显然还意识不到这一点。

　　吃完美味的晚饭，众人排着队列心情愉快地回到营地。傍晚天气稍稍凉快了下来，偶尔几只鸽子拍着翅膀从树丛间振翅飞过，衬托着黄昏的宁静。道路两旁是大片浓烈得像水墨一样的深绿色，耳畔边有微热的风拂过。

　　营长关公利用走队列的时间，特意教三个连的学生唱了一首抒情性歌曲，内容略显少儿不宜。歌词大意讲述了一个青年参军入伍，临行前与村里一位相恋姑娘难舍难分的动人爱情故事。其中村尾河边草丛里发生的那段情节格外精彩，梗概索然无味，要具体内容才引人入胜。

　　1班的湘云好奇心最强，站在队伍前头，大声询问："教官！不教我们唱军歌么，'团结就是力量'、'打靶归来'、'当你的秀发拂过我的钢枪'什么的？"

　　关公说："你小子懂个屁！描写参军前的歌就不是军歌了么，入伍前入伍后不都是入伍么，就好比凤凰和野鸡不都是鸡么！"

　　大家不得不叹服关公教官的妙喻，连声说"哦"，然后更加卖力起劲地唱那首歌。

男生们在其他方面迟钝麻木，唯独在这种事情上悟性极高，才跟着哼了两遍，居然就已经可以自行合唱。

关公连声表扬众人聪慧，说不愧是重点高中的学生，什么歪门邪道一学就会。于是就命令众人一路高歌着回到营地——万幸路上没有碰见女生队列，否则后果不堪设想。

正式训练明日才开始，晚饭后放大家自由活动，但也只能在营地内走动，权当熟悉熟悉环境。六点之后，营地仍然燥闷，唯独肆虐了一天的蝉鸣声减了下来。大家也懒得动，待在寝室里或坐或趴，玩手机、看书或者干些其他无聊的事，等熄灯哨吹响睡觉。

别人倒还好，唯独高二（1）班的湘云极其好动。此人不知道是不是有多动症，他就仿佛是物理学上讲的电子，需要每时每刻永远保持恒定运动，否则就有变质的危险。湘云一刻闲不住，在营地各房间挨个转悠，探访一班新同学。经过寻访发现，原来丁室除了凤姐之外，还住着另外两名同班同学，元春和探春。

元春同学衣着光鲜，举止粗放，慵懒地拿着一个 iPhone 6 plus 仰卧在床上玩游戏，一望而知是位土豪，甚至可能比同为土豪的黛玉还要更豪一些。因为黛玉手机是 iPhone6，元春同学却是 iPhone 6 plus，比黛玉还要多了一个 plus，所以湘云据此推断元春更土豪。

湘云见元春是个豪（杰），有心结交，于是笑哈哈地凑到他床铺边搭讪："哥们，黄金渔场哈，抓到几条鱼了？"

不料元春却对他爱答不理的，躺在床上，动都不动，只在鼻孔里哼了一声作为回应。湘云讨了个没趣，讪讪退下来，又去认识下铺的探春。

探春倒长得白白净净、文文弱弱，鼻梁上还架着一副厚如啤酒盖的眼镜，天生一块书呆子的材料。果然，湘云还没和他聊三句，探春就扶扶眼镜，从床底下掏出一本比砖头还厚的哲学著作《维特根斯坦论逻辑实证主义之主体性》（注：维特根斯坦，德国哲学家。）递给湘云，一脸期待地问："看过没有？"

湘云被那个长得像一串鼻涕的书名吓住，硬着头皮假装拿起来翻一翻："嗯，读过一点……"然后急忙丢还给探春，仿佛被螃蟹钳到一样。

因为湘云虽然好学无比，不过目前主要集中在女生这一领域，其他学科尚未涉猎。何况俗话也说："每个女人都是一本难懂的书。"湘云连女人尚且读不过来，哪里有空去看真的书，所以二人话不投机，聊了几句，湘云敷衍一番，匆匆告辞。

剩下同班男生全住在西边"戌"室。湘云吃饱了直打嗝，没处消化，本来还想再串去戌室找其他同学谈谈心，结果半路上走着走着，就突然忘了自己要去的到底是"戌"室还是"戍"室了，满脑子糨糊，不得不原路折回。

军营休息得早，九点半准时熄灯，一半的男生拿着洗漱用品到水房刷牙洗脚盥洗一番，然后躺到床上——另一半男生则已经在床上。拉完电闸，营地里顿时一片漆黑，学生们立马一次体会到远离城市文明寄居乡野的宁静感觉。熄灯之后，有教官拿着明晃晃的手电筒挨个房间检查，众人不肯老实睡觉，等教官一离开，立马又拿出手机躲在被窝里玩，寝室里一时间蓝莹莹一片，像冒着鬼火的乱葬岗。

学生们都是天生的夜猫子，有着昼伏夜出的习性，晚上喜欢熬夜不睡，而白天又总喜欢赖床睡觉。但学生们之所以如此喜欢熬夜和赖床，不在于别的原因，其实还都是因为他们太缺乏勇气的缘故——晚上熬夜，是因为他们缺乏勇气去结束旧的一天；而早上赖床，则是因为他们缺乏勇气去开始新的一天。看来想让学生们作息规律，还得先给他们打打气。

于是众人就在这样缺乏勇气的心情中拿着手机刷微博、打手游、看小说，与漫漫夜晚做着不懈斗争，直玩到双眼酸麻，视线模糊，方才放下手机打声哈欠，缩进被窝里睡觉。房间内一片漆黑，阒无人声。

混沌中，时不时从远处传来一两声犬吠，若有若无，仿佛夜的独自朦胧呓语。

凤姐的遭遇（下）

"这是团长发来的一封电报，"一个传令兵前来送报告，"是发给您个人的，营长。"

"你念吧！"营长命令道。

于是传令兵念道："我们这次失利首先应归罪于你的愚蠢与无能！"

"看来，这是一份密码电报，"营长严肃指出，"快，赶紧找个解密人员把它译出来！"

——故事一则

"各营注意，现在立即起床！三分钟后准时到院里集合！迟到者罚不许吃早饭！"才早上五点半，天刚蒙蒙亮，连太阳还躺在地平线下睡觉，营长关公就站在大院里，拿一个特大号的扩音喇叭对各寝室振聋发聩地吼。

众人从痛苦中惊醒，一开始想装作没听见，赖床不起来。后来听见起不来就不给饭吃了，心想这是除了睡觉之外的头等大事，必须高度重视。方才忙不迭地跳下床，穿衣戴帽扎腰带跳到庭院里集合排队，整套动作如行云流水，一气呵成，关公提着喇叭，惊叹不已。

八月清晨，雾气浓重，天空呈现出一种冰凉的灰白色。众人站在庭院里，脖子缩进衣领，不停地打哈欠擤着鼻涕。三连人马集结完毕之后，关公亲自带着众人从营地出发，绕着整个军营晨跑。队伍里好几个男生连腰带都没来得及系好，一路提着裤子跑，被路上倒垃圾经过的女生看到，弯腰笑岔了气。

竹洞军营的大还真不是盖的，才一圈下来，众人已是气喘如牛，两圈下来，众人气喘超牛。跑完回到营地，全体站着叉腰，张大嘴巴拼命吸气放气，其中也包括关公在内。因为关公事先太高估自己的实力了，结果跑了两圈下来，喘得比学生还厉害，险些要丢脸。幸好大家都在喘，也没有人注意他。

晨跑结束之后，拿着水杯脖子上挂条毛巾，拥拥搡搡地到水房里洗漱，然后去食堂吃早饭。参训学生的伙食和军营士兵的伙食是分开弄的，由于军营炊事单位人手不够，因此学生伙食都是由教官们来搭把手。昨天大家吃的还是专业的军营灶，今天就得尝尝教官的业余手艺了。

教官们既要教训练又要当伙夫，那做出的饭菜味道自然不敢恭维。早饭一人供应两个馒头，没有面线糊萝卜糕土笋冻，只有一碗黄不拉几类似于玉米糊糊的东西，不是泉州本地人吃的玩意。那馒头坚不可摧，百折不弯，仿佛不是教官们用厨房蒸笼蒸出来的，是从砖窑里烧出来的，老虎钳都剪不动。

配菜也只有两样，青椒拌土豆丝，以及冰糖拌西红柿。让人没想到的是，青椒土豆丝味道居然是甜的，冰糖西红柿反倒是咸的，也不知道教官们到底是怎么做到的。

高二（1）班八个男生同坐一桌，众同学里，数元春同学最为纨绔。元春打着哈欠斜倚在桌子旁边，一只脚搭在凳子上，一边撕馒头一边唉声叹气。他平常在家里娇贵惯了，哪里吃得下去，"啪"的一声把馒头扔在桌上，砸出一个白印，抱怨不止："这怎么吃得下去！"

旁边的书呆子探春吃苦耐劳，摇头晃脑劝他："'谁知盘中餐，粒粒皆辛苦！'知足吧，没掉几只蟑螂在锅里当调味菜就不错了。"

"有蟑螂也好啊！"元春高声叫，"起码还是荤菜！"

结果不幸愿望成真，最后，果真就从土豆丝盘子里扒出一只蟑螂来。一班八个男生面面相觑，想起刚才咽进喉咙里的东西，险些全"哇"地吐了出来。

吃完痛不欲生的早饭之后，太阳也高高地挂到天空，开始朝世人耀武扬威。不过九点光景，天气就已经热得不像话。知了躲在道旁繁茂的榕树枝叶里，叫得震天响，预示着今日会是热得可怕的一天。

今天上午正式训练，副教官把自己连队带到空旷场地上进行操练，上午练"长枪操"。长枪操是竹洞的传统操练科目，历史悠久，据说已经成为军营文化符号与一项光荣传统，是每次有领导首长来视察时的压轴表演节目之一。

练长枪操用的是一种粗蠢无比的杉木棍，握在手中有种定海神针的沉重感。对士兵来说，这点重量也许不算什么，但对一帮学生来说就重得要命了，因为他们从前所拿过的最重的"棍子"也就只有笔。何况平时考试时，许多人总是望卷兴叹，连笔都抬不起来，即使抬了起来也不知道要在哪里落笔。连笔都握得如此艰难，更别说这种比笔重上几千倍的大棒子了。

　　太阳渐渐升到天中，阳光毒花花的，晒得人脑袋不停地流汗，湿稠稠地往脸颊两侧滚落，连擦的工夫都没有。众人站在火辣辣的太阳底下，遵照教官动作示范，耍了一上午的大棒子，累得叫苦连天。一听说下午还要接着练，顿时倒了一半，不是报告说手痛就是脚痛。教官则是头痛，心想，这还怎么练下去，下午再扛着大棒做操，等明天日出的时候就可以到房间挨个收尸了。

　　于是联名向领导反映，军营领导把情况反馈给了金陵书院校领导。校领导也怕出事，回电请军营斟酌着训，宽严相济——当然，以宽为主，总之千万别出什么事。于是第二天果然就不练长枪操了，改拿轻得多的木枪练西洋刺杀操，踢西洋正步。

　　但是这也只是第二天的事，下午还是得接着甩大棒。众人头顶上方毫无遮挡，放在太阳下炙烤，体力消耗又大，苦不堪言，感觉体内水分就像漏了的鱼缸一样快速流失，好不容易挨到傍晚归营，都快虚脱了。站院子里，把训练服脱下来拧，"哗啦啦"下起一阵小雨。吃晚饭时手上的筷子像有千斤重，硬是提不起来。也不管菜里还有没有蟑螂了，反正舌头都已经分辨不出味道了，蟑螂肉和鱼子酱对他们来说都是同一个滋味。

　　吃完晚饭，拖着沉重得像铅块一样的腿爬回营地休息。关公提议大家再温习一下昨天那首歌，众人刚开始精神一振，齐声说好，无奈心有余而力不足，越唱到后面越没声，最后只剩关公一个人在吼。

　　唱歌，尤其是唱歌这种事，就如同在街上观赏斗殴一样，都是人越多越有兴致的。关公见大家都不唱，他一个人唱也没意思，于是都没声了，全体一声不吭，拖着疲惫的身躯爬回营地，仿佛那身体成了自己的额外负重物。回营之后，也没有力气再打闹了，一半人到水房里随便洗漱一下，另一半人则连随便洗漱都不来一下，匆匆脱衣服扑向铁床的怀抱。只可惜这怀抱是也硬的，一点温情都没有。这还只是第一天而已。

　　今夜如昨，九点半准时熄灯断水，名曰让学生早点睡，谁知道是不是军营舍不得水电费。从对待水电这种一丝不苟的小气劲上，大家倒又找到了在学校读书时的熟悉感觉。

丁室众人也是累了一天，早早入睡。当然，唯独高二（1）班的"电子"湘云就是个例外。"电子"湘云似乎总有使不完的精力，躺在床上，一直啰唆絮叨个不停，白天训练时，他就因为数次和教官慷慨辩论而连累全连人陪他一起罚站，众人早已恨得牙根痒痒。

回来之后，仍旧不安生。洗漱之后躺床上睡不着，于是仰起身，拍拍上铺的床板："甲哥，甲哥，睡了吗？"

黛玉"轰隆隆"硕大身躯在床上转了个个儿，朝向墙壁，不理会湘云呼唤。

湘云又转而朝对面床铺的凤姐喊："喂，学霸，李学霸，你睡着了吗？"

凤姐懒得搭理他，于是说："睡着了。"

"哦。"湘云正要重新躺下，想想，突然觉得哪里不对劲，"不对！你睡着了怎么还会说话？"

"说梦话。"

"不对！你说梦话居然还能如此对答如流？"

"……"

"所以，你不是在说梦话对不对？"

"……"

"既然你不是在说梦话，就证明其实你根本没睡着，对不对？"湘云越说越兴奋，自以为聪明。

"睡吧，快点睡吧，明早还要训练呢。"凤姐不得不善意劝他，"你讲话这么大声，把大家吵到不太好。"

"哦。"湘云抬头，看看四周面露凶光的脸，方才醒悟过来。压低声音："可是学霸，我睡不着。"

"睡不着就数羊。"

"唔。"湘云搔搔像草一样的长发，重新躺下去，开始遵照凤姐的建议数羊，"一只羊，两只羊，三只羊，四只羊……"

结果数到了三百只羊，还是没睡着。于是又朝对面床铺喊，"学霸，我还是睡不着！"

"嗯——"凤姐刚刚入睡，又被湘云吵醒，痛苦地醒转过来，"那就数星星吧。"

"喔。"于是湘云躺下去，开始数星星，"一颗星星，两颗星星，三颗星星，四颗星星……"

这次一直数到了五百颗星星，结果仍旧睡不着。湘云直起身，刚要喊："学霸，我还是——"

"闭嘴！！！"他的啰唆终于引起寝室全体众怒，众人齐声呵斥，齐心协力发出一声惊天动地的喊声。

湘云吓一跳，乖乖把嘴闭上，缩进被窝里，不敢再说话。

众人解决了湘云，觉得瞬间世界都清静了下来，各自闭目，直挺挺躺着，沉睡无言。

凤姐躺在靠门边的上铺，不停犯着迷糊。学霸凤姐不仅是室长，而且还是全连的督导（没办法，能力越大责任越大），今天也是累了一天了，刚才一直被湘云念叨得心烦，现在终于可以安静睡觉，长舒一口气。

没想到才睡过去一会儿，立马又被惊醒。因为他下铺睡着一个胖得像木桶一样的男生，那胖男生站着躺着一样高，每翻个身就像"轰隆隆"地震了一次，而且还一直打呼噜，忽大忽小的，吵得上铺的人根本睡不着。

刚开始那呼噜声还不是很大，响了数十声之后，音调就渐渐地越来越高，像一个旅客在攀登陡峭的山峰。忽然，呼噜声又高了一个音阶，好像那旅客已经攀到悬崖边，让人揪心不已。谁知胖男生的呼噜声停留在悬崖上，居然还能活动自如，回环转折，几转之后竟然又高了一层，然后节节高起，愈高愈险，愈险愈奇。

上铺的凤姐被他吵得心烦，干脆也不睡了，专心欣赏他打呼噜。胖男生呼噜打到顶峰，音调陡然一落，像旅客不慎失足跌下了悬崖，然后愈响愈低，愈低愈细，归至于无——看来那游客跌到山脚摔死了。

凤姐心中为游客的死叫好，呼一口气，心想终于可以安心睡觉了。不料那"旅客"生命力顽强无比，居然没摔死，下铺鼾声突然复大起，如波涛汹涌，如野猪拱地，然后一声爆起，化作千百道雷鸣，让人耳朵应接不暇，不知道要听哪一声才好，但觉花坞春晓，百鸟乱叫。

凤姐实在受不了那胖子了，用力摇摇床板，铁床剧烈摇晃几下，下铺胖子呼噜声骤然停止．松了口气，正准备重新酝酿睡眠，结果房间里鼾声又起。只不过这次鼾声不是下铺胖子发出的，却是对面床上的湘云在作怪。

"轰隆隆——轰隆隆——"湘云的鼾声像是夏夜里池塘的蛙鸣，一蛙鸣而百蛙呼应，在湘云的带动之下，房间里顿时又有好几人打起了鼾。鼾声此起彼伏，如同海上的波涛，你追我赶、奋发争先，一浪高过一浪，剩下凤姐一个人瞪大眼睛盯着天花板。

睡觉打呼噜这事情的性质，向来就同放屁一样，都是自己快乐而别人痛苦的。凤姐听着众人快乐酣睡打呼，剩他一人痛苦无比，翻来覆去把床板摇得咯咯直响，恨不得抱个核弹来与全屋子的人同归于尽。

如此反复折腾好久，众人鼾声方才终于逐渐平息下来。凤姐浑身困顿，身心俱疲，胸脯长长吁了一口气。

今夜无风，晴空万里，明亮的月光从外面照进来，房间门在地板投下一条狭长阴影，分割着黑白两面。凤姐好不容易终于能闭上眼睛，房间里的光亮一瞬间暗了下来，像艘小船一般，渐行渐远。

他的意识越来越模糊，渐渐滑向混沌深处。恍惚之中，听见外面院子好像有一只猫在发情叫春。凤姐迷迷糊糊地心想，现在明明快要秋天，为什么猫还会发春，不过猫发不发春，似乎和是不是秋天也没关系……

午夜十一点多。"吱呀"一声，丁室的玻璃门被人轻轻地推开，一个教官蹑手蹑脚走了进来。

教官在房间里来回走动，到各人床铺旁边挨个仔细查看着，最后停在靠门的凤姐床位边，伸手摇摇他胳膊："哎哎，别睡了，起来值夜了。"

"什么？"凤姐醒转，痛苦无比地揉眼睛。

"站岗，你忘了？"教官把手里一张揉成半卷的纸放他枕边，"喏，这是今天的值班表，待会儿等你站岗时间到了，就通知下一个人轮换，明白？"

凤姐迷糊着答应了一声："唔。"

教官交代完值夜的事，然后转身，轻轻掩上房门，仍旧如鬼魅一般无声无息离开了寝室。

高中军训，各地都有自己的特色，泉州尤为特别，有一项十分古怪、类似于游戏的活动——"夺标"。

各营都配有自己的营旗，营旗是各营象征，也是番号，出操时各营都会把营旗带上，回营的时候就挂在庭院里的旗杆上。所谓"夺标"，就是指利用各种手段把其他营的旗子抢过来。一个营的营旗被抢，是十分丢脸并且严重的事，如果营旗被抢了，最后军训总结时不仅评不上奖，而且全营人的军训成绩都会被扣分。所以各营对此重视无比，出营时由教官亲自带着，晚上回营的时候还会专门派身手好的学生在大院值夜巡逻，防止有人翻墙进营地来偷旗子。

关公带的三个文科连学生本来就少，专门练过武术的更少，守夜哨兵资源十分紧缺，每晚最多只能派两三个学生看守营旗。文重班高二（1）班的人才尤为紧缺，因为我国现在虽然号称推行素质教育，"德智体全面发展"，结果到实践中就完全走了样，变成了"智为主，体次之，德省略掉"。于是上了高中后，学生们均呈现出了体质水平与道德水平双双急剧下降的"大好"局面，因为这代表着他们的智力水平要远远"领先"于后两者了。

能上重点班的学生智商当然勉强凑合，不过另两个方面就值得商榷了。一班诸男生里，就凤姐一个人勉强算得上能文能武，小时候报散打班练过一段时间，所以也被挑去站岗。

凤姐躺在床上挣扎好久，终于下定决心，猛地一打挺，起身下床穿衣服。跳到地上之后，发现下铺的胖子还在酣睡，像四脚朝天的乌龟一样，舒舒服服地趴在床上。

他十分不爽，于是有意把动作幅度弄大，床板晃动得"吱吱"响。胖子从睡梦中猛然惊醒，睁开眼看到一个人影站在床前，"啊"地吓了一跳，警觉地叉手遮住前胸，不清楚对方是要劫财还是劫色。凤姐哭笑不得，不得不温柔地拍拍胖子的肩膀，表示对他那坨肥肉完全没兴趣，让胖子安心继续睡。

换好衣服之后，推开门走出房间，来到走廊上。他低头看看手上的表，电子表屏幕发着幽蓝的光，还差八分钟，就是午夜零点。

盛夏的夜晚潮湿而又闷热。院里的大草坪郁郁葱葱，间杂生长着一些金鱼草和紫罗兰，此时看起来一片模糊，只有白天的时候才能把它们和杂草分辨开来。时不时有一两只绿莹莹的光点从草丛蹿出来，那是市区里难得见到的萤火虫。绿光点一闪一闪，在夜色中悄无声息漂浮着，直到消失在连星光都照不到的阴暗处。

凤姐穿过空旷的中庭，一直走到大门那边。旗杆旁边棕榈树下蹲着两个黑影，看见有人走过来，其中一个人立马"霍"地站起来，低声朝凤姐慌张喊："谁！站住！你说，脑令！不不，口令！"

这男生见到个人就紧张成这样，连话都讲错了，心理素质低成这样，居然也来站岗。

凤姐报出口令："革命军人一块砖，哪里需要哪里搬。"

"革命战士一兜泥，那里需要那里提。"那人放下心来，"自己人，过来吧。"

凤姐走到他们面前，两个值夜的学生起身同他打招呼，互相问"你几班的"。一听凤姐是1班的，立马违心地连声称赞："重点班学生！会读书！"

然后被称赞者也虚情假意地表示谦虚："哪里哪里，重点班普通班都一样，都一样。"

那口气假得自己都不相信，要是真一样的话哪里还用得着分重点班和普通班。人本来就是一种虚伪的动物，嘴上的和心里实际想的往往自相矛盾。说金钱是罪恶，都想要；说高处不胜寒，都在爬；说西天极乐世界最美好，却又都不愿意去。

凤姐自相矛盾了一会儿，留神观察那两个值夜男生。两个男生里，其中一个身材挺拔，浓眉大眼，即使是借着昏暗夜色，依然能隐隐约约地看见他脸上一股俊朗之气蕴流其间。

至于另一个，就是刚才说"脑令"的那位，形象可就差太多了。"脑令"又高又瘦，缩着脖子，双手藏在空荡荡的袖子里，显然十分怕冷。长长的裤管空荡荡，一副弱不禁风风吹就倒的模样。

都说"白天上班的女人靠脑袋，晚上上班的女人靠身材"，其实男人也是如此。凤姐看脑令这副样子，不相信他能熬夜，因为他实在高瘦得可以，抽象化了就是一条直线。更为特别的是，两只眼睛还长得相当有特点，全挤到一起，活脱脱一副斗鸡眼模样。一问，绰号真是"斗鸡眼"，还一惊一乍起来："哎，你怎么知道？"

凤姐心中暗笑，心想谁要猜不出来，也算他眼睛瞎了。

三人都是头一次站岗，嘴上不说，心中掩饰不住激动，在大门口守着无聊，开始互相闲聊切磋手脚。斗鸡眼问凤姐练的什么功夫,凤姐不肯透露师承,随便说了一个:"太极拳。"

"太极拳啊——"斗鸡眼听了,不停摇头,抑扬顿挫地说,"不怎么样。练过一点的人都会,顶多只能算三脚猫功夫。"

别看斗鸡眼长成这副德行,口气却真不小。凤姐心想难道他是真人不露相:"那敢问你会什么绝世武功啊?"

斗鸡眼脸上故弄玄虚好久,然后咽了一口口水:"大名鼎鼎的'葵花心经'!听说过吧?"

凤姐表示自己只听说过《葵花宝典》,从没听说过什么《葵花心经》,心想他那神功里不会也有"欲练此功,必先自宫"之类的话吧。于是问:"哦,那你是不是和东方不败有——"

"没没!"斗鸡眼慌忙撇清和东方不败的关系,"虽然听起来和'葵花宝典'有那么一点点像,不过是完全不同的武功!"讲完,连忙转身问旁边大个男生:"大个,你呢?你会点什么?"

大个"呵呵"笑两声,一脸神秘兮兮的模样:"说出来吓你们一跳!我会降——"

"翔?"二人问。(注:网络用语,"屎"的代称。)

大个装不下去了,只得爽快回答:"不是'翔',是——降龙十八掌。"

"降龙十八掌!"二人吓一跳,"降龙十八掌你都会!"

凤姐心说今晚这两个家伙真是一个比一个不得了,一个会什么"葵花心经",一个会"降龙十八掌",怀疑自己不会是一不小心穿越到金庸小说里了吧。

"可是降龙十八掌不是小说里的武功嘛,"斗鸡眼不相信,"就算真的有也早就失传啦!"

"对,在江湖上确实失传了。"大个点点头,然后压低声音,仿佛隔墙有耳,怕被人偷听到,"不过——我家里藏有一本很老很老的武学秘籍,里面专门介绍了降龙十八掌的掌法,我从小开始练习,已经练了十多年了。"然后得意扬扬地拍拍胸脯:"所以现在,降龙十八掌算是我家的独门绝学!"

"了不起啊。"凤姐啧啧。

斗鸡眼听了，却似乎一点也不惊讶，只是微笑，一脸的笑而不语。

作家张恨水有句名言：人生有两种境界，一种是痛而不言，另一种是笑而不语。大个被斗鸡眼的境界笑得发毛："笑什么，你不相信？"

"不，我相信，"斗鸡眼慢条斯理，"你的降龙十八掌绝技倒是绝技，不过独家却未必。"

"何以见得，难道你会啊？"

斗鸡眼继续笑而不语，突然朗声念道："降龙伏虎最难通，上下随和妙无穷。陷敌深入龙形内，四两能拨千斤动。手脚齐进竖找横，天罡地煞落不空……"

凤姐莫名其妙，不知道他在念什么。大个却大吃一惊："这、这就是降龙十八掌的心法口诀啊！你怎么知道？"

"不稀奇，不稀奇，"斗鸡眼得意扬扬地摆手，"我很小的时候就会背这口诀了！"

他本来想吹嘘说自己一岁就会背了，想想也觉得这话听起来就像贪官和小三说自己之间是真爱一样不可信，不得不忍痛在那个一前加了个一："降龙十八掌的口诀有什么难的，我十一岁就会背了！不瞒二位，其实我家是书香世家，世代饱学，家中藏书甚广，多得不得了，泉州图书馆都没我家书多！尤其是我家收藏的武学典籍，真是多到数不清，各门各派的都有。其中有一本就是《降龙十八掌掌法》，口诀我是从里面背来的。"

大个惊讶："哈，你家也有这本书？我家也有一本，还是我爷爷他爷爷的爷爷从旧货市场里淘来的，那个摆地摊的老板还对我爷爷他爷爷的爷爷说，全世界只此一本呢！"

"地摊老板的话你也信啊，"斗鸡眼说，"现在社会风气这么世态炎凉，人心不古的，就数那些摆地摊的最狡猾了！一不小心就要上当。你们仔细想想，路面上那些城管是何等的英雄豪杰，而地摊老板居然还能和这些豪杰们斗智斗勇，勉强打个平手。可见摆地摊的也是藏龙卧虎啊！"

凤姐点头："说的有道理！"

大个还是不肯相信他爷爷的爷爷的爷爷被地摊老板出卖，心存侥幸，要试探试探斗鸡眼："你说你会降龙十八掌，那我考考你喽？"

"嗯哼,但问无妨。"斗鸡眼摆出武林宗师的口气,淡然一笑。

"那我问你,如果我突然使出一招'亢龙有悔'击你右肩,你要怎么应对?"

"你用'亢龙有悔'打我,"斗鸡眼不假思索地答道,"那我就用一招'利涉大川'守住中盘,牢牢防住你,没错吧?"

"然后呢?"

"你去势不及,来不及收掌,这时候咱们四掌相接,我就和你比拼内力,然后趁机使出'鸿渐于陆'牢牢粘住你的双掌,带着你不停转圈,一直消耗你的内力,恐怕——你就脱身不了啦!"

凤姐没看过《射雕英雄传》,在一边懵懵懂懂,听二人念天书。

大个却心惊不已,心想这小子果然不简单,反应这么快。二人真过招的话,好像确实如此,'鸿渐于陆'出掌连绵不断,一圈接着一圈转,发力者不损一毫而受力者消耗巨大,拼到最后自己肯定精疲力竭,不战而败。心有不甘:"那如果我不等你使出'鸿渐于陆',趁着你转身不及,用'神龙摆尾'攻你后背呢?"

斗鸡眼不慌不忙:"那我就身子前弓,只使出'见龙在田'前半招,就能轻松躲开。对吧?"

"对。"大个沮丧。

斗鸡眼又破了他招数,得意得不行,滔滔不绝地往下说:"然后嘞,我再扭腰向右,使出'鱼跃于渊',用按字诀双掌推出,你就无路可退,只能乖乖向我求饶了!"

说完,得意扬扬,仰头叉腰大笑:"哈哈,你认输了吧——"

话音未落,大个突然伸出手,抓住他手腕:"嘘,别笑了!"

斗鸡眼以为大个说不过他,狗急跳墙要动手,吓一跳:"你、你干吗?"

"你们俩,都别动,"大个压低了嗓门,"从现在开始,谁也不要说话,听我口令行事。"

凤姐见他这副模样,也紧张起来:"怎么了?"

大个看着他们俩,低声缓缓吐出四个字:"墙、边、有、人。"

二人大吃一惊,心想都三更了,院子里怎么还会有人,不会真有其他营的人来"夺标"吧……缓缓转过头,果然看见离大门不远处墙根底下,伏着一团黑乎乎的东西。

那团东西不是静止的,而是沿着墙根缓缓移动,无声无息,形同鬼魅。

一阵风不失时机地吹来,三人后背一齐发凉,紧张得屏住了呼吸。

斗鸡眼激动得不行,心想自己运气真好,头天站岗就能碰上夺标的,大吼一声:"何方朋友,快点现身吧!"

大个捶他一拳:"你叫他干啥?不把他吓跑了!"

"可是,"斗鸡眼搔搔光溜溜的脑袋,"武侠小说里不都这么打招呼的吗?"

凤姐哭笑不得,心想看来这人和他们班的探春一样,都是书呆子。墙边那团黑影听到叫喊,马上人立而起,用尽全力向西边围墙奔去。营地四面围墙都很高,唯独大门西侧比较低矮,看来那人想从那里逃出去。

"追!"不用大个提醒,凤姐早机敏地拔足冲上去。

黑影奔到墙边,纵身一跃攀住墙头,作势要翻过围墙。凤姐及时赶到,欺身向前,抱住他一只脚使劲往下踹。那人腿被扯住,急中生变使出一个千斤坠,放开手将全身重量压在足尖使劲一蹬,凤姐急忙闪避滚开。

斗鸡眼也赶到墙边,见那人脸上裹着一条毛巾,显然不想让人看见他的脸。斗鸡眼纸上谈兵理论研究做了这么多年,还是头一次和人交手,激动大叫:"我来领教领教阁下功夫,得罪了!"看来又是小说里学到的台词。说着,扎马步拿个势,双掌齐齐向前推出——那居然是交手时的起始礼节"苍松迎客",一点攻击性都没有。

蒙面人冷笑一声:"傻子!"压低身体,伸腿顺势往地上一扫,斗鸡眼猝不及防,立马被绊倒在地。

一旁凤姐起身刚冲上来,斗鸡眼"哎哟"扑到他怀里,带着凤姐踉跄几步,然后身体失衡,双双摔倒在地。

大个冲过来,看二人相拥在地,哭笑不得,来不及多想,立马出掌,一招"潜龙勿用"拍向蒙面人肩膀。蒙面人见他掌风凌厉,不敢轻慢,闪身躲过。凤姐也重新挺身扑了上来,蒙面人见无路可退,索性从墙边跳到院子里伸手打住:"自己人!哥几个开开恩,放我出去,有点事要办。"

"几班的你!"大个问。

"高二(2)班。"

"撒谎，"凤姐说，"2班就六个男生，全都住我们寝室。"

蒙面人嘿嘿笑："抱歉抱歉，我可不能把自己的班级说出来，不然明天关公立马就知道我了。"

"那——抱歉了，不能放你走。"大个叉手跨立，像座大山一样，"你不说自己几班，谁知道你是不是其他营跑来的奸细？"

"不是不是！"蒙面人摆手，"我真有点急事，你们不说教官就不会知道，行行好呗。"

一旁的斗鸡眼犹豫地看大个和凤姐："要不，放他出去？反正我们好像也打不过他。"

"放屁！"大个呵斥："三个人还打不过一个？给我上！"

话音刚落，他和凤姐就扑身向前，各自出掌。蒙面学生挺掌相迎，上下翻飞，兔起鹘落，从容不迫。斗鸡眼见三人搅在一起，自己在旁边插不进手，慌了神，连招式都全忘了，索性直接"狗扑屎"，"呀呀"一声扑上去要抱住蒙面人。

蒙面学生看都不看他一眼，抬腿踢他一脚，斗鸡眼被踢中大腿，立马痛得蹲到地上。

凤姐和大个以为他被踢中裆部，慌忙后退，伸手止住蒙面人："别打了！你把他那里给踢了！"

蒙面人趁二人分神，向前一跃，往地上斗鸡眼肩头猛踩一脚，借势飞上墙头，一个"鹞子翻身"就翻过了墙头。墙外草丛传来一阵窸窣响动，几秒之后，复归平静。

大个叫凤姐："快出去追！"

"哦，好！"凤姐冲到墙边，突然愣了一下，又退回来，"墙太高了，我翻不过去。"

"那怎么办？我也过不去！"大个想起地下的斗鸡眼，问："你会轻功吗？"

"不会。"斗鸡眼摇摇头，反问二人，"怎么办？"

大个面露犹豫，沉默半晌之后，说："要不，还是算了吧……反正他是我们营的人，不是来夺标的。"

"他逃了真的不要紧吗？"凤姐问。

"没关系，没关系，别被教官发现就没事。"

凤姐点点头："嗯。"

二人达成一致，回过神来，想起斗鸡眼刚才的糟糕表现，齐声抱怨他："张学友，你功夫美术老师教的吧！这种水平也来站岗！"

斗鸡眼蹲在地上喊痛，还要嘴硬："得饶人处且饶人，正所谓留得青山在不愁没柴烧……"

"烧个屁！"大个一把打断他，"人都跑了！刚才听你胡扯一大通，还以为你真是什么绝世高手呢，原来是个草包！"

凤姐想起斗鸡眼被蒙面人踢到，问他："张学友，你——那里不要紧吧？"

"哪里？"斗鸡眼一脸呆滞。

"就是——那里。"

斗鸡眼看看自己肩膀，发现肩上被踩出一个乌黑鞋印，伸出手拍拍，呵呵笑道："噢！你说这里啊，没事没事，我寝室里还有一件备用的衣服没穿。"

凤姐见他关心衣服不关心那里，心想不用问了，那里肯定无碍。

大个叉着手，看二人说："你们俩要答应我一件事。"

"什么？"

"今晚逃了一个人的事谁都别说出去，天知、地知、你们知，还有我知，明白？"

二人点头："事到如今，也只有如此了。"

大个说完这话，转身走到大树旗杆旁边，解开旗杆上的绳子，"刺溜刺溜"把三角旗从木杆上退下来。

凤姐吃惊："大个，你这是……"

大个把红色旗子塞进训练服衣领，边走过来边说："我把营旗收起来，这样就不怕人偷了，省得担惊受怕。"

"这个……不允许吧。"斗鸡眼犹豫，"你擅自把营旗拆下来，被营长知道怎么办？"

"没事没事，只要待会别人来换班再把旗子挂上去，关公不就不知道了！"

"可要是万一呢！万一被知道了不就麻烦了？"斗鸡眼吞唾沫，紧张得像万一被别人发现就会没命一样。人干点好事，总是希望全世界都知道，干点坏事，总是希望全世界都不知道——人真是太为难这个世界了。

"哪那么多万一！"大个说，"就这样定了！"问斗鸡眼："你到底怎么说？"

"那……好吧。"斗鸡眼点点头，按着腰站起来。

大个又问凤姐："你呢？你怎么说？"

凤姐见他们二人都同意，也无话可说，但心中却隐隐觉得哪里有些不太妥当，可到底哪里不对又说不出来。

斗鸡眼的想法像孙悟空一样，说变就变。他刚刚还反对，站起来之后，立马觉得大个这个主意真是好得不得了，伸手拍大个肩膀，激动道："对对！你把营旗藏了起来，别人如果再来夺标，肯定要大吃一惊，还以为我们的营旗已经被别人抢先夺走了呢，哈哈！只要用这个方法，再来他千军万马也别想把旗子抢走！"

"嗯。"大个说。

斗鸡眼兴致不减："来，来，大个，我们继续谈论过招。之前我们比画招式，说到哪儿了？"

"我之前说用'神龙摆尾'的招式攻你，你说使出'见龙在田'前半招躲开我的拳头，然后再使出'鱼跃于渊'。"

"噢，对对，我使出'鱼跃于渊'之后，再使出按字诀双掌推出，你无路可退，就不得不也推掌和我相抗。然后我再出'鸿渐于陆'，带着你比内力，你就又没辙了！"

"回得妙回得妙，"大个点头，"你用半招化解掉我的出掌，这样就比我多了半招反应时间。我应变不及，给你一拨一带，掌势的方位全部错乱，正是口诀中'陷敌深入龙形内，四两能拨千斤动'的应用。看来你果然深谙降龙十八掌口诀之精妙！"

凤姐听大个表扬斗鸡眼，觉得奇怪，心想他之前明明还一副身怀绝学自负无比的样子，现在怎么突然肯表扬起斗鸡眼来了。

斗鸡眼得意忘形："不只这样，你出'神龙摆尾'打我，我也是可以用'神龙摆尾'回击你的！"

大个面露惊讶："还有这种打法，你要怎么回我？"

"我们出招相同，虽然是以力打力，所谓武学上的'双重行不通'。但是我的'神龙摆尾'其实只是个虚招，你却以为我要硬碰硬，大惊之下肯定发觉不了。由于我们方位相反，这时我只要反掌一探，勾住你的手腕，再使出'见龙在田'一推，你去势难收，自己都会被自己甩出去。尤其是像你——体积这么庞大，这一跌要摔得厉害！"

"原来如此。"大个点头，"我练了这么多年的降龙十八掌，以为已深得其精要，没想到今日居然被你——化解，佩服佩服。"

"不是兄弟我夸口,"斗鸡眼拍拍肋骨根根分明的胸脯,"通观全国,若是论起战术打法,恐怕还没人能胜得了我!"

凤姐心想你牛皮吹爆了吧,祖国十四万万同胞,难道你和十四亿人都比试过。

斗鸡眼却不管这些,说到兴头上,居然忘了刚刚跑了一个人:"啊!我们三个身怀绝技,武功都如此了得(尤其是我),只要我们联起手来,任凭他千军万马也夺不走旗子!哈哈!"说完,一脸骄傲地看二人。

"是吗?"大个不动声色,缓缓地说,"那不一定吧。"

"难道不是这样?"

"别人来了当然夺不走,"大个说,"可是如果万一有奸细呢。比如说,我们三个当中有一个人是从别的连队来的奸细,他趁其他人不注意偷偷把旗子抢了逃走,不也有可能吗?"

斗鸡眼大惊失色:"哎呀,对啊,如果是这样的话就糟了!怎么办?"拍了一会脑袋,自顾自笑起来:"对对,是我想太多了,这怎么可能?我们三个人都长得这么一身正气、正义凛然,怎么会是奸细呢。"说完看凤姐:"李学霸,你说对吧?"

凤姐连忙说:"你别看我,我可不是奸细。"

"呵呵,放心啦,我又没怀疑你。"斗鸡眼说完,看着大个笑,"现在营旗在大个那里,要当奸细也是大个当。但大个怎么可能是奸细呢?他连轻功都不会!"

说完,像个女生一样叉着腰尖笑,又问凤姐:"对吧?"

凤姐还没来得及答,大个突然冷笑一声:"你怎么就肯定我不会轻功?"

"什么,"斗鸡眼笑容僵住,嘴唇翕动,"你、你刚才说什么?"

"不好!"凤姐反应过来,连忙伸手去抓大个肩膀。

为时已晚,大个足尖踮地,身子倒仰,"嗖"的一声瞬间向后疾退两米远,把手搭到围墙边上。

凤姐扑了个空,惊讶万分:"你一直在骗我们,你到底是谁!"

"你猜。"

大个嘴角轻轻一笑,然后转过身双足凝势,一下飞上墙头,轻松翻过,就这样消失在了冥冥夜色中。

湘云的头发（上）

"马云是谁？说认真的，不和你们开玩笑，他真的，居然比我还有钱吗？"

——高二（1）班土豪元春

斗鸡眼迟迟没反应过来，目瞪口呆。

"你快蹲下！"凤姐一拍他肩膀。

"干吗？"

"墙这么高我翻不过去！你当垫脚，我爬出去追他！"

无论做什么事，第一次与第二次的感觉总是不同的。就好比爱情，初恋永远美好纯洁而心甘情愿，等第二次恋爱时立马就变现实了，开始考虑对方卡里有多少钱，名下有几套房。斗鸡眼也是这样，刚才他第一次被人踩还心甘情愿，现在却不乐意了："你翻不过去，大个是怎么翻过去的？"

"我他妈怎么知道？少啰唆！"

斗鸡眼满厢不情愿地蹲下，凤姐踩上他的背，伸手艰难地爬上墙头，那姿势要多难看有多难看。他全身蠕动着，像毛虫一样使劲爬过墙头，滚到墙外泥地上，然后直起身，环顾周围情况。

墙外是一片榕树林，树影斑驳，虫鸣切切，不远处几棵气根榕垂下无数根触须，像鬼魅一样伫立在黑暗中，哪里还有人的影子。

确定找不到大个之后，凤姐只得转身回到围墙边，思考要怎么进去。砖墙表面爬山虎丛生，散发出泥土和陈腐的味道，闻起来让人有种想呕吐的感觉。凤姐面壁许久，确定自己爬不进去，于是跑到大门那边叫斗鸡眼："张学友！"

"什么？"斗鸡眼跑到门边，抓着铁栅栏问："怎么样？找到人了吗？"

"被他逃了！"凤姐用力一拍大门，震得栅栏哐哐响，铁锈屑抖落下来，斗鸡眼忍不住"阿欠"一声打了个喷嚏。擦鼻子问："怎么办？要不要报告教官？"

"旗子都没了！早死晚死都得死，现在去报告不是自寻死路么？"

"死定了，死定了，"斗鸡眼哀叹，"大家军训成绩肯定不及格了，全营人都不会放过我们的！"

凤姐心烦意乱："怎么回事，他是奸细你都不知道？"

"不知道，大个第一个到的，他明明和我对上口令了啊！"斗鸡眼愁眉不展，尖瘦的脸在月光反射下，看起来像只黄鼠狼一样。

他嘴里不停低声咕哝："大个怎么是奸细呢，他怎么就成了奸细了呢？枉费我如此信任他，这年头人与人之间最基本的信任到哪儿去了？"

凤姐刚要说话，斗鸡眼就先挺起干瘦的胸脯，仰头望月，深深叹口气："人性，原本就是这个世界上最不可信的东西哪！"

凤姐看着他弗洛伊德（注：奥地利精神病学家，性恶论主张者。）上身："……所以呢？"

"所以，永远不要相信任何人，never believe anyone。"斗鸡眼看着凤姐，摆出一副智者的深沉口吻，"因为，就算是'believe'，中间也藏着一个'lie'！"

他只是即兴发挥，没想到随口一说就讲出了这么深邃的话，说完自己也吓了一跳。

"呵呵……"凤姐对他没话讲。

斗鸡眼谈完人性，见凤姐站在铁门外，奇怪："哎，你站外面干吗，怎么不进来？"

"墙太高进不去啦，你忘了我刚才怎么出去的？"

"啊！那咋办？"

"外面站一宿呗，反正旗子都被拿走了，我也不用睡了。"

"哎——"斗鸡眼跟着叹气。正要说话，突然间，他的瞳孔缓缓变大，直勾勾瞪着凤姐看。嘴巴张大，却说不出话来："你、你……"

"我？"凤姐问，"我什么？"

斗鸡眼满脸惊恐，伸出一根手指，指着他背后，然后颤抖地蹦出几个字："鬼、鬼啊。"

"喂，你别吓我！"凤姐吓一跳。

他不知道自己身后到底有什么东西，吓得不敢动弹，手脚僵硬地站在原地。僵持良久，轻轻"咕咚"咽了一下口水，自己也觉得这声音大得可怕。然后，就感觉脑后有一股凉风幽幽地吹过来……

顿时脖颈发凉，全身汗毛倒竖，心想，不会真的有鬼吧……

突然，凤姐冷不丁使出一个擒拿势，反手往背后一扣。身后"哗啦"一声响动，什么东西滚落的声音。凤姐转过身，发现那个"鬼"原来是大个，又惊又喜："你！"

随即醒悟过来，疾身上前："旗子给我！"

大个闪身躲过他的拳头："别激动，和你们逗着玩的！"

"那也还我！"

大个把旗子从衣领里掏出来，扔给凤姐："接着！"

凤姐接过旗，像捉泥鳅一样把旗子紧紧攥在手里，仿佛生怕旗子随时会自己溜走，心中石头落了地。见大个在笑，半信半疑："你——真不是奸细？"

"你见过哪个奸细抢了旗子，又自己送回来的。"大个耸耸肩。

凤姐这才相信，上前使劲捶了几下他胸口："你小子！吓我一跳！"

斗鸡眼抓着栅栏，在门内目睹这一切，大喜过望，连忙放马后炮："我早知道大个不是奸细！大个长得这么憨厚，怎么会是奸细呢！现在看来，我果然没错，哈哈！"

大个拍拍凤姐肩膀："进去吧。"

"墙太高了，进不去。"

"我帮你！"

说完，让凤姐走到墙边，自己俯身双手紧握打结作蹬，凤姐扶他肩膀左脚踩上去，被大个一托，借势头翻过围墙。随后大个也"扑通"翻了进来。斗鸡眼围在二人旁边，一边高兴一边抱怨，像只下了蛋的母鸡一样，边来回走动边咯咯叫。

大个问凤姐："我说，刚才我站后面吓你都不怕？鬼都敢抓啊你。"

"鬼？胡扯！"凤姐问，"刚才我脖子后面那阵风是你吹的吧？"

"对呀，怎么？"

"我就说，怎么有鬼还会口臭的！"

三人哈哈大笑。历经波折，有惊无险，在门口说笑不停。夜深寒意渐浓，开始刮起潮湿的冷风，远远天际边闪着几颗疏星，在北方微微颤抖。不知不觉到了凌晨两点，接替值班的同学陆续打着哈欠过来。三人完成交接，互相道别，回寝室睡觉。

凤姐累了大半夜,灌着一身满满的疲倦和寒意回到丁室,坐到床边,脱衣服脱鞋子,准备上床睡觉。

下铺胖子居然还在打呼噜,鼾声响彻天花板,房间其他人睡得跟猪一样死,居然也没被吵醒。凤姐哭笑不得,拿鞋子使劲拍拍床沿,胖子鼾声骤然而止,口中不满地呓语一会儿,"嘭嘭"翻了个身,又沉沉睡去。

第二天果然就不练长枪操了,改踢正步,连教官也换了一拨,据说都是精通分列式的教官。学生们没想到军训这种破事居然也讲究"术业有专攻"的,看来还真不能小觑了这帮教官。

高二(1)班男生全在一连。吃完早饭,新来的教官把一连带到一块有凉荫的训练场地上做操。大家转头,看别的连队都是直接放太阳底下腌晒,热得嗷嗷直叫,唯独一连有树荫乘凉,立马对新教官留下良好印象。

新教官皮肤黝黑,像拿炭刷过一样,全身上下只剩牙齿是白的,去演包青天足可为剧组省下一大笔化妆费。大家看到新教官的黑脸,再想起连长关公的红脸,惊诧教官们上辈子是不是水彩颜料转世,怎么什么颜色的都有。

教官命令众人以排头为基准对齐立正,训练之前,不忘做自我介绍,劈头就毫不客气地说:"我是你们的教官!我姓曾!叫发春!连起来就是曾——发春!记住没有!"

"记住了,记住了!"队伍里几个学生要拍曾发春的马屁,立刻恭恭敬敬叫,"曾哥好!"言毕,发觉哪里不太对劲,连忙又改口:"春哥好!"说完,还是觉得不对劲。

队伍哄然大笑。

"不必,不必!"曾发春摆摆手,"我这人向来比较谦虚,别叫什么'曾哥''春哥'的!我名字里有个'发',以后你们直接叫我'发哥'就可以了。"

众人惊叹不已,齐声恭恭敬敬地喊:"发哥好!"

发哥满脸都是笑容,向众人点头:"大家好,大家好。"

然后终于开始训练。其实叫这位曾发春"发哥",还不如叫他"话哥",因为此人讲话啰唆异常,废话多得像我国近年落马的贪官,抓都抓不完。别的连都"一二一"开步走了,他还要先罗里吧嗦,给一连的学生上理论课。

"我先给大伙讲讲踢正步啊，这个踢正步啊，它很重要，它也很简单。为什么这么说咧，这个踢正步啊，其实跟人走路是一样的。因为，它都需要用到腿……"

学生们心想这不废话嘛，走路不用腿难道用头啊，但看教官一脸正经的模样，不知道他到底是在开玩笑还是认真的，所以都不敢配合地鼓掌大笑。听完之后，只得发出一阵抑扬顿挫的叹声："嗯——噢——啊——"

教官话痨无比，光一个踢正步就唠叨了半个钟头，一连学生们站在凉爽的棕榈树荫下，欣赏着发哥手舞足蹈声情并茂的表演，舒服得想睡觉。套用连长关公的口头禅，这军训要是他爹的天天都能这样，那可真他儿子的太爽了，比他孙子还爽。

发哥说到自以为精彩处，直说得天花乱坠，唾沫横飞，根本停不下来："这个踢正步，其实讲的就三个字：快、准、狠！大家可能会心想，我不是说废话嘛（他总算有点自知之明），套在什么事情上面不是要'快、准、狠'啊，连减肥不都是要'快、准、狠'嘛！我知道，你们有人肯定是说我在放屁——"

没想到他刚说到"放屁"两个字，赶巧不巧，队列里一个学生果然就不失时机地放了一个屁。那屁洪亮无比，威震四方，顿时把发哥的"快准狠"都盖住了。

众人反应过来，齐刷刷盯着放屁者大笑。那放屁的哥们其实真不是故意的，可能是昨天晚上有点着凉了，被众人一笑，顿时尴尬无比。站在那里，不知如何是好。

还是发哥睿智，他被那个屁冲懵了一会儿，好久才清醒过来。等众人笑完，就走到队伍里，亲切拍拍放屁学生的肩膀，问："听你的口音，不像本地人呀，外地的吧。"一问，居然还真不是泉州人，是从厦门那边转学过来的。

"喔！"众人顿时惊叹不已，心说发哥厉害，从屁里都能听出口音，这功力非比寻常，恐怕连语言专家都要望洋兴叹。

发哥讲话原本饱含激情、灵感涌现，被刚才那屁一冲，顿时没了灵感，讲不下去了，只得开始训练。先练基础动作，稍息立正、停止间转法、以排头为基准踩小碎步等。这么多项动作里，发哥对小碎步尤为钟情，起劲地让一连踩小碎步。

众人刚开始偷懒，踩得有气无力，像踩棉花。发哥十分不满意，歪着头眯着眼中指指地，扯着嗓子喊："你们的小碎步呢！我听不见！"

那架势大得像歌星开演唱会，歌星把话筒伸向观众席深情呐喊："你们的声音呢？

让我听见你们的声音！"

众人见不过周杰伦上身，只好抬脚使劲跺，把水泥地跺得震天响。脚都快跺麻了，发哥犹陶醉其中不肯自拔，歪着头把手卷在耳边吼："你们的声音呢！让我听见你们的声音——"

大家见教官这么喜欢跺小碎步，也不叫他"发哥"了，干脆就叫他"小碎步"。没想到后来，练分列式的时候，发哥又开始玩命喊："小列标齐！""小列要标齐！""小列给我标齐！"于是他的外号又成了"小列标齐"。

原地踏步练了许久，日近晌午，太阳显出狠毒的本来面目，天上四溢的白光像是能杀死人。每个学生的脸都被烫成番茄一样的潮红色，汗水黏到眼角，又痒又难受，热辣得睁不开眼睛。

踏步练习结束，开始训练分列式跨步走。众人叫苦连天，因为踏步练习只用待在原地，还可以乘乘荫凉，现在跨步走就不得不离开可爱的树荫了。发哥敬业无比，公而忘私，不管众人是否有被晒死之虞，只管抓训练。命令先进行正步分解练习："注意听我口令啊！抬起左腿，两臂摆直，伸向前方！"

众人遵照指令，如同走钢丝一样，两手摆直，老老实实地把左腿抬出去，像提线木偶一样，半天不得动弹。

队列是以班级为单位排序，第二排1班的学生比较多，其他人都还好，姿势中规中矩。几个人里，唯独一班大名鼎鼎的书呆子探春（此人因军训带的书比行李还重而出名），因为心情过于紧张激动，左右不分，教官要他抬左腿，他居然把右腿给伸了出去。看来人书真的不能读太多，明白太阳东升西落的大道理之后却反而连左右都分不清了。

发哥绕着队列挨个检查姿势，查到第二排，看见探春右腿和旁边人左腿并在一起，发觉不对劲，恼火道："只要抬左腿！是哪个小子把两条腿都抬起来了！"

众人听见，咯噔一下，心想，这不可能吧，虽然一连大部分学生都是文科生，不过"地球是一颗拥有重力的行星"这个物理常识还是勉强知道的，居然还有人能打破牛顿重力定律，同时把两条腿都抬起来？

书呆子探春却知道发哥是在说他,忙不迭收右腿,抬左腿,结果重心不稳,身体一歪摔倒在地,连累身边一干弟兄,顿时像多米诺骨牌一样倒了一大片。众人"哎哟"惨叫一片,从地上爬起来,拍屁股上的灰尘,学关公营长呵斥探春:"怎么回事,站都站不直!""搞什么玩意儿!"

探春站在原地,像个小姑娘一样脸红不已,摸摸眼镜,不敢则声。发哥过来呵斥众人站好,然后继续顶着太阳训练。

分解练习做了十多遍,发哥看看手腕上石英表,发现快到午饭饭点了,得加快进度。于是命令开始练分列式,把一连三十几个人分成五列,一列一列进行正步练习。学生们走时,发哥就在旁边看着,嘶着嗓子吼:"小列标齐!""小列给我标齐!""腿给我抬起来!看谁抬低了,拉出去站军姿!"

站军姿可比踢正步苦多了,手脚紧绷,不得动弹,连汗都不能抹。众人最怕那玩意,都着了慌使劲抬高腿,险些把裤子撑裂,只恨自己没去俄罗斯学过芭蕾舞,不能劈叉。

轮到探春那一列时,探春看身边同学动作夸张无比,个个腿抬得比珠穆朗玛峰还高,又开始浑身紧张,生怕落后,也跟着使劲抬腿。结果最后用力过猛,一个大跨步全身一颠,把脸上的啤酒盖眼镜都颠了出去。

如果说纸尿裤是婴儿的初恋情人,那么眼镜则无疑是近视患者的糟糠之妻。书呆子探春没了老婆,人生顿时黯淡无光,模糊成一片,瞪着死鱼眼举手:"报告教官,我眼镜掉了!"

"别乱动!给我使劲踢起来!"

"报告,我的眼镜……"

"再说话,"发哥冲探春瞪眼,"拉出去站二十分钟军姿!"

"不是……"

"三十分钟!"

"我……"

"四十分钟!"

探春只好闭上嘴巴,乖乖跟着身边人继续踢正步。

他们这一列一直从东边棕榈树踢到营地墙边,发哥才让停下,命令队列原地不动,然后转身又跑过去带第三列。探春担心他糟糠之妻的安危，动又不能动，对着墙壁长吁短叹，那心情正如单相思一般痛苦。

第三排学生直挺挺从那边踢过来。真是怕什么来什么，突然，就听到后面传来"咔拉"一声脆响。

探春心中一惊，叫："呀，我的眼镜！"

顾不上发哥命令，连忙转身跑回去，蹲在地上眼睛贴到地面，像瞎子一样伸手四处摸他的眼镜，最后只找到几块碎片。探春蹲在地上，手里捧着身首异处碎成好几块的眼镜，哀恸："我的眼镜啊！"别人听见那凄惨悲鸣，立马联想到爱情电影里男主角扶着女主角尸体哭天抢地的镜头，不寒而栗。

赶巧不巧，眼镜是被他上铺的元春给踩坏的。土豪元春财大气粗，把他的苹果手机和iPad偷偷带军营来，晚上被窝里打游戏打多了，白天迷迷糊糊，显然没意识到发生了什么事："嗯？"

探春站起身，摸到对面队列里的元春（他真的是用摸）："高鸿鹄，赔我眼镜！"

"干什么！干什么！"发哥一路小跑过来，"杨小乐，谁让你擅自出来的？立马回队列去！"

"可我……"

"现在是训练时间，有什么事待会再讲！纪律！"

探春无法，只得摸摸擦擦站回队列。全连人又走了几趟，发哥吩咐原地休息十分钟，回营地拿饭盒吃午饭。说完之后，自己找一处凉快地方蹲下，拿帽子不停地擦汗。大家也松懈下来，跺脚放松喝水。

探春趁众人休息空当，手捧眼镜遗体去向元春索命。他满脸通红，尖着嗓子叫："高鸿鹄，你赔我眼镜！"

土豪元春斜倚在围墙下，优哉游哉地喝着一瓶脉动饮料。他瞟瞟探春手上的碎片，一脸不屑，慢悠悠地说："一副破眼镜，赔你不就完了。"

探春没想到他这样大方，看到希望："那——你现在就赔我！"

元春放下饮料，从训练服口袋里掏出一个鼓囊囊的钱包，伸指头从里面随意夹出几张粉红色钞票，潇洒一挥："给！这些钱给你买十副眼镜了！"

探春接过钱,把钞票凑到眼皮底下,一看全是粉红色的百元大钞,吓一跳,想不到元春这么豪爽。他有了钱,立马忘了老婆,态度缓和下来,向元春道谢。

"Piece of cake(小意思)啦!"元春摆摆手,一副满不在乎的样子。

"喔,谢谢——"探春口气谦卑。

"豪爽,真豪爽!"探春前脚刚走开,站在旁边围观的湘云就一甩刘海,眯着小眼睛凑上来:"鸿鹄兄,佩服佩服啊。"

高二(1)班众男生里,数"电子"湘云精力旺盛,不管是看美女还是看热闹,哪都能找到此人的影子,仿佛此人就是为看热闹而生的。湘云感慨军训生活空虚,煞有其事地准备了一本日记本,准备写军营日记,四处搜集材料。昨晚刚因为话多惹了众怒,结果刚才元春和探春争论的时候,又好事地凑过来围观。

湘云目睹了元春仗义疏财的全部过程,心中着实钦慕元春同学——尤其是元春同学的钱。等探春离开,就甩甩飘逸的刘海,靠过去和元春搭讪:"我说,鸿鹄兄,军营里又不能买东西,你军训还带那么多钱干什么?"

"什么?什么钱?"元春拎饮料瓶看着他,面露诧异。

湘云小心翼翼指指他口袋:"就是你钱包里的那么多一叠钱啊。"

元春一脸吃惊:"那也叫多钱?"

湘云比他更吃惊:"那还不叫多钱?"说完,拿手在空中画了个圆圈,"那么多一大沓呢!"

元春听完湘云的话,突然仰头放声大笑。笑完之后,问湘云:"我说,你从来都没见过钱吧?这点钱也叫钱?"

湘云只好承认,自己确实从未见过那么多钱集体亮相过。

元春摆手,一脸不屑:"去,piece of cake!这点钱算什么,我平常出门给家门口乞丐的小费都不止这么多呢!"

俄国作家高尔基说过:乞丐就是一种向你的良心征税的人。元春同学对他家门口的乞丐都如此慷慨,可见他十分富有良心。湘云听完元春的话,顿时对他家门口的乞丐羡慕无比,恨不得也立马披上条麻袋,到元春家向他收税。

67

湘云瞄了瞄元春鼓得像怀胎十月的口袋，又想起他刚才仗义疏财的行为，顿时对他的人品（和钱）肃然起敬："鸿哥，你真太豪爽了，佩服佩服！"

元春全名叫"高鸿鹄"，湘云刚才还叫他"鸿鹄兄"，现在改口叫"鸿哥"，口气俨然大不相同。

元春受到赞扬，谦虚道："去，我家里有的是钱！这几张小纸片算什么？"

"这么有钱，"湘云惊叹，"你家到底是做什么的？"

这一问倒立马把元春给问住了。因为土豪元春向来只知道自己家里有的是钱，还真不知道自己家为什么这么有钱。其实这也不能怪他，就好比你吃一个鸡蛋，觉得鸡蛋很好吃，却未必要知道下这只蛋的母鸡长什么样。

元春不明所以，干脆信口开河："我家——什么都做！"

"真的！你家开商场吗？"

"开！"元春想都不想就说。

"你家炒基金吗？"

"炒！"

"你家办工厂吗？"

"办！"

湘云问了一大堆，元春都回答得像饼干一样，又干又脆。湘云已经找不出还有什么已知的人类商业领域是他家没涉足的了，他挠着下巴琢磨一番，最后又想起一个十分重要的行业："那——你家做房地产生意吗？"

"做！"元春已经形成条件反射，0.1秒之后脱口而出，"当然做！"

"啧啧，果然有钱啊！"湘云同学不由得表示衷心赞叹。

因为湘云在家里时，吃饭席间，常常会听到父母谈论某某房地产商又投资了几个亿，在泉州哪里买了一块地准备盖商品房，然后又能赚多少多少钱。这年头，最富有的是卖房者而最穷的该是买房子的人。根据科学研究，人的肠道面积接近两百平方米，而在一线城市，一套房子能过一百平方米就已经算豪宅。人住的地方居然还没屎住的地方大，可见现在人活得果然是生不如"屎"。

近几年全国各地都在大兴土木，最有钱的估计也就属那些房地产商了，随便捉一只都富可敌国。在湘云印象中，谁只要在做房地产生意，那一定是相当有钱的。所以湘云对元春同学越发刮目相看了。

原地休息十分钟后，发哥带着一连去西边军队食堂吃饭。掌勺的教官倒是换了一拨，不过还是熟悉的配方、熟悉的味道。吃完和天气一样滚烫的午饭，众人浑身汗津津地回营地睡觉。

书呆子探春眼镜破了，现在连分辨人是男是女都有困难，好在营地里清一色都是男的，不用担心自己有误吃女生豆腐或者被女生误吃豆腐的风险。虽然手头有元春给的钱，可也不能把钞票拿起来戴，可见"钱不是万能的"这句话果然没错。幸好2班一个男生有副多余的眼镜，他们班凤姐和那人熟，借来给探春勉强戴戴，等回去再配。探春对凤姐感激不尽。

众人嫌寝室里闷热，不仅不盖被子，浑身还脱了个精光，总算剩下一点羞涩之心，强忍住冲动没把内裤也脱掉。军营配的枕头保温效果奇好，才贴着枕了一会儿，立马热乎得像新鲜出炉的俄罗斯大列巴。别人皮厚无所谓，贴上去就睡，唯独土豪元春脸娇嫩无比，他娇生惯养，平日在家皮肤都要用"欧莱雅"套装来保养，现在被热枕头一烫，险些要起泡。

元春赤条条地在床上翻来覆去，脸像摊煎饼一样越翻越热，最后干脆把枕头一扔，坐床上大骂不止。丁室其他人都成了太上老君炼丹炉里的孙悟空，热得自身难保，索性连同情心也一并热掉了，任凭他破口大骂，自己睡自己的。

元春睡不着，突然想起探春床底下藏着满满一箱子书，于是就跳下床，问他借书。探春好书成痴，连军训也带了一大堆书来看。探春没想到元春为人倨傲，原来也如此好学，欣喜引为同道，于是就十分乐意地从床上爬起，钻进床底把箱子拉出来。拍拍膝盖上的灰，从箱里挑出一本自己珍藏的《查拉图斯特拉如是说》（注：德国哲学家尼采的著作。）给元春，满以为他会喜欢。

没想到元春才瞄了一眼封面，就摆手："不要这本，这本太低了。"

"哦。"探春想不到元春眼界这么高，连尼采的书都不入他法眼。惊叹不已，于是又从箱子里取出一本康德的《纯粹理性批判》，问，"那这本书怎么样？"

"还是低。"元春说。

探春咬咬牙，再取出一本柏拉图的《理想国》，心想，这本书号称"西洋哲学之祖"，你总没话说了吧。

没想到元春连看都不看就说："这个更低。"

探春不由得诧异万分："我说鸿鹄兄，这三本书可都是哲学领域里鼎鼎有名的著作，能读透一本就很厉害了，为什么你全说太低呀？"

元春："我不是要拿来读啦，我是拿来当枕头垫，所以太低了……"

探春顿时晕倒。只好跪到地上扒拉箱底，从箱子里掏出一本巨厚的《十万个为什么》（著名儿童科普读物），问这个怎么样。

元春接过，放手里掂了掂，高兴地点头："这个高！我喜欢！"于是拿回床上当枕头用，果然舒爽无比，清凉一中午。

丁室其他人热得翻来覆去睡不着，听元春躺床上大叫拿书枕头凉快，动了凡心，于是也纷纷下床争先恐后问探春借书。探春满箱子书顿时被搬运一空，就连那些晦涩的哲学书和古文典籍都没被放过——这大概也是有史以来文学第一次如此受到追捧了。

教官们精力旺盛，在众人午睡的时候，还要挨个进房间巡视学生睡觉。一走进丁室，发现人人脑袋下居然都枕着一本厚书，酣然沉睡，脸上挂着满足的幸福微笑。教官诧异之余，感动嗟叹不已，心说，学生们真是勤奋，连睡觉都不忘与书做伴。学生们如此好学，看来我中华民族伟大复兴指日可待。

下午爬起床之后，更加热得不行。碧空中万里无云，一轮烈火高吐，走在路上，从鞋底传来地面的灼热，像是踩着一口沸腾作响的油锅。

发哥自己也怕热，像公园假山的猴子一样手搭凉篷带着一连四处转悠，寻觅阴凉地方训练。结果七绕八绕，最后居然拐到北边女生们的训练场地去了。众男生又惊又喜，纷纷竖起大拇指称赞发哥这个路带得好，表扬他心有所指，意有所动。发哥自己也惊奇不已。

果不其然，众人立正稍息，刚在场地上站了几分钟的军姿，边上就走来了一群女生。男生们这两日群居在荒凉的平房区，已经有好几日没见过雌性生物，现在一来就是一整群，顿时像狗见到了屎一样，害馋痨地看个不停。

发哥装模作样呵斥:"看什么看!没见过女的?把头全给我摆直罗!"

众人乖乖把头转回去。结果等没人注意发哥了,他自己倒在偷看。女生们见到对面一个贼眉鼠眼的家伙,不停往这边探头探脑,纷纷"噢"地嘲笑起哄。

发哥被女生们讥笑,大没面子,回头就和一连的男生打赌,说你们信不信,十分钟之内女生连里肯定有人要晕倒。男生们都不信,心想这年头阴盛阳衰,女生可比男生们强多了,说男生先晕他们倒还信一些。

不料过了一会儿,果然就听到那边"扑通"一声,有女生晕在地上。众人没想到发哥说得这么准,连忙大拍马屁,夸发哥:"好厉害!发哥真是料事如神!"有点文采的还称赞他"神机真妙算,智盖诸葛亮",并哀叹"既生发,何生亮"。

发哥得意扬扬,刚要说话,听见女生连那边的教官喊:"曾发春,有水没有!这边要喝水!"

发哥刚才还笑话女生体力差,其实是身在曹连心在汉,一颗粉红的心早飞向女生那边。见那边教官叫他过去,立马变节,乐颠颠地拍拍腰上的水壶:"有有!要多少有多少!"说完连队伍也顾不上带,屁颠屁颠跑过去了。

众人见发哥跑了,顿时松懈下来,各自跺脚休息,拿袖子擦脸上脖子上的汗。

那边发哥给晕倒女生喂过水,又拿毛巾给她擦脸,动作轻柔得像三月纷飞的柳絮。等女生睁开眼睛醒过来,女生连教官立马过河拆桥:"曾发春,这没你的事,你可以走了。"

发哥舍不得走,装模作样地端详研究:"哎呀——这个女孩的情况不太妙啊,我看我还有必要在这里观察观察。"

"我看你是想留在这边,舍不得走了吧!"女生连教官揭穿发哥老底。

众女生配合地齐声尖笑,发出一阵嘘声。

发哥大没面子,尴尬地干笑几声:"我是那种人吗,你这人真是,乱说话破坏我形象……"

女生连教官说:"不然这样,我征求下姑娘们的意见,看大家愿不愿留你。"说完问女生们:"你们说,要不要把他留在这里?"

"啊——"发哥一脸真挚饱含期望地看着女生们,众女生却连想都不想就齐声答:

"不要！我们才不要他在这儿！"

发哥没料到女生们如此绝情，心都碎了，在女生连教官催逼下，只得恋恋不舍起身，嘴里咕哝："走，走还不行嘛……"一边往回走，一边安慰自己说，现在的女孩子都太肤浅，只看外表不注重内在美，以后迈入社会，迟早要吃大亏的。

回到一连那边，看见男生们或坐或趴，七扭八歪，一副晒日光浴的悠闲模样。发哥顿时火冒三丈："干什么！干什么！我还没死哪，全都给我起来！"

众人懒洋洋地站起身，见发哥那副颓丧样儿，就知道他是被女生赶回来的，心中发笑。

"看看你们，"发哥呵斥众人，"站没站相，衣冠不整，一副散兵游勇的败军之相！我看哪，女生都比你们强多了！"

发哥原以为拿男生们同女生对比，能够激起他们的斗志，没想到男生个个皮厚得超出他的预想，面不改色，被训了也无动于衷。有几个居然还点了点头，显然是赞同女生确实比自己强。

发哥气不打一处来，当即吩咐全连原地站半小时军姿，谁要是敢动一下，全体再加半个小时。

"不要啊……"众人号啕一片，委屈无比，心想这年头男生不如女生本来就是事实好吗，自己做人这么诚实居然还要挨罚，说好的"诚信做人，幸福一生"呢。（注：见泉州街头随处可见的宣传标语。）

湘云的头发（下）

高二（1）班的宝钗同学自幼胆小如鼠，远近闻名。他家巷口有一根笔直的电线杆，说也奇怪，常常有人在那儿出事。五岁时，曾经有一对夫妇不小心骑车被撞倒，当场毙命。

一天晚上，小宝钗跟着他家老头子在回家路上经过那里，宝钗突然说："爷爷！电线杆上有两个人。"

宝钗爷爷吓一跳："小孩子不要乱说！"

"不骗你，我真的看见了两个人！"宝钗瑟瑟颤抖。

"在哪里？"宝钗爷爷心惊胆战，壮着胆子牵宝钗走到电线杆面前，问，"那两个人在哪里？"

宝钗指指电线杆上的一个牌子，只见牌子上面写着："交通安全，人人有责。"

——《孙氏家训》

午后三点半，一天中气温最高的时刻。骄阳似火，赫赫炎炎，锋利热光像无数把达摩克里斯之剑一样笔直穿透下来，四下里泛滥的白光几乎把地面烤得冒烟，那种水泥蒸发出的难闻气息熏得人头昏脑涨。张开嘴就是干燥的热，随时能吐出火来。蝉躲在枝头敲着震耳欲聋的鼓，躁动空气如同一股滚烫的洪流势不可挡。

炎热剧烈蒸发着每个人说话与思考的欲望。

众人挨罚站，头顶上方毫无遮蔽，直接暴露在太阳底下，快晒死了。唯独末排一小撮学生因为个子矮，侥幸能站在草地边树荫下，有生第一次为自己的身高而感到自豪。可见这世上凡事都有相对性，"矮"并非在任何时候都是种缺点。就像钱并非万能，长得矮其实也并非是万恶的。

此时此刻，高二（1）班的宝钗就是其中暗自庆幸的一员。

这届文科重点班男生都出奇的高，或者说，其他班男生都出奇的矮，大部分1班学生均站在队列最前列,坚守第一线同毒辣太阳作着艰难抗争。八个男生里,唯独住在"戊"室的宝钗,因为身高优势(他特别矮),得以站最后一排躲在树荫底下乘凉。

宝钗站在密不透风的队伍末梢,汗流浃背,眯着眼睛盯着前排人后脑勺发呆。老实说,自从来竹洞参加军训之后,宝钗就一直陷在一种极度郁闷的情绪里头(又来了)。遥想两天前,他辞别家中老头子,和大美小美俩闺蜜舟车劳顿鞍马辛苦,千辛万苦赶来竹洞县参训。宝钗原本以为,来途路上所受的艰辛就是极限了,没想到那也只是苦难的前奏而已。连续几天的高强度训练,让他这个不爱动弹只喜欢安静思考人生的文艺少年去了半条命,等军训结束,觉得自己就可以像蝮蛇一样蜕下一层皮了。

宝钗心想,自己要求又不高,只不过是想平平淡淡从从容容地做个安静的美男子,不用费劲站军姿踢正步,仅此而已,上天怎么就连这么简单的要求都不肯答应他哩。

他被训练场上肆虐的热风刮得满脸是汗,因为发哥有命令,又不敢伸手去擦,皮肤覆上一层黏腻的潮湿感,汗水滚落到眼角,难受无比。宝钗眯起眼睛,看到别人直接暴晒在阳光之下,再看看自己身上尚留得一寸凉阴,方才稍感欣慰。对于身处困境中的人,即使是略施小惠,也会怀着比平时强烈十倍的心情加倍感激的。他这几日忙着训练,腹中一腔饱学无处发作,刚想即兴作首小诗,赞美一下这树荫,突然就觉得肩膀上垂下来一个毛茸茸的物体,仿佛还在蠕动,又酥又痒。

扭头一看,居然是一只花斑大蜘蛛从树上落了下来。

宝钗自幼博览群书,受书中文人气质荼毒,生性心比天高,胆子却比沙门氏菌还小。一发现蜘蛛一爬上脖颈,立马吓得向前头发哥大喊:"报告!有蜘蛛!有蜘蛛!"

发哥被太阳晒昏了头,听见宝钗呼喊,居然把"有蜘蛛"听成了"有只猪"。他环顾四周,连根猪毛都没发现,疑惑:"在哪里,在哪里?"

宝钗:"在我头上!"

全连人愣了三秒,放声大笑。

"再开玩笑!"发哥以为宝钗戏弄他,恼怒呵斥,"给我站好!"

宝钗大敌临头,哪里肯站好,又不敢用手去拨,歪头直跳:"我头上真的有蜘蛛(有只猪),有蜘蛛(有只猪)!"

旁边人忘了站军姿,哈哈笑得七倒八歪。蜘蛛见宝钗乱跳,深感此头不宜久留。

74

都说水往低处流人、往高处走，那蜘蛛身为小虫而胸亦有大志，于是瞄准宝钗正前方一个高耸的脑袋喷出蛛丝，"嗖"地一下飞到那人头上。

站在队伍最前头的学生不是别人，正是1班个子最高的黛玉同学。黛玉身为纨绔子弟，从小娇生惯养，白长了金刚那么大个，也是胆小如鼠，平时见到螃蟹都要腿软，更别提蜘蛛了，吓得连忙大吼："报告报告！我脖子上也有蜘蛛（有只猪）！"

宝钗找到知音，委屈无比："看吧！我就说有蜘蛛！"

众人"哎哟哎哟"笑得东倒西歪，眼泪都出来了。发哥调动毕生智慧寻找不见那只猪的踪影，终于放弃，学黑猫警长，眼睛瞪得像铜铃："你们俩！在逗我？"

二人连忙摆手："不骗你，不骗你，真的有蜘蛛（有只猪）！"

"滚出来！"发哥见二人死不悔改，断喝一声，把宝钗二人双双拎出队列，一路拎到场边旗杆底下，罚他俩站军姿，"给我老实站好，我没说停就一直站下去！站到我满意为止！"

宝钗舍不得树荫，对黛玉说："快，把蜘蛛抓出来给他看！"

黛玉鼓起勇气，闭上眼睛，哆哆嗦嗦地到头上摸物证。不料蜘蛛这时居然不翼而飞，不知跑到哪里去了。

二人百口莫辩，只得悻悻在旗杆底下站着。其他人顶着火辣辣的太阳继续训练，同一班两个可怜虫相比，他们显然也好不到哪里去。

结果这一站，发哥就把他俩给忘了，连傍晚收队都忘了叫他们。吃完晚饭回到营地，1班尚未谋面的班主任打电话到军营来，口头对众同学表示亲切慰问。然后由凤姐召集男生开内部班会（没办法，能力越大责任越大），众人坐在院子草地上围成一圈，传达班主任讲话精神。左召右召，没看到黛玉和宝钗，其他人都说没看见，面面相觑。

凤姐想了想，问湘云："你没看见德甲兄？你俩关系那么好？"

"关系？"湘云问，"什么关系？"

凤姐："就是关系嘛。"

"我当然知道关系，"湘云说，"我是问你指的是哪种关系。关系分成很多种，有好关系，有坏关系，有正当关系，有不正当关系。你在问我和德甲兄是什么关系之前，要说清楚你到底问的是正当关系还是不正当关系，我才好回答你，我们到底是什么关系嘛。"

"怎么，"凤姐吓一跳，"难道你们真有不正当关系？"

湘云答："没有。"

众人晕倒："那你还扯这么多……"

"这不是扯和不扯的问题，"湘云捋捋精心梳过的刘海，一本正经地说，"事关我和德甲兄的声誉清白，当然要说清楚。你们不知道，现在社会这么乱，如果你说两个男的之间有某种'关系'，别人就会误会到是那种'关系'。但很显然，我和德甲兄其实是那种关系，而并不是你们所认为的那种关系——"

"好了，好了，"凤姐不得不制止他继续话痨下去，"回到正题，回到正题，你们到底有谁见到他俩了？"

湘云刚要说话，凤姐说："看见的可以发言，没看见的别说话！"

于是众人都陷入了沉默，坐在草地上，一声不吭。良久之后，书呆子探春看看旁边的人，小心翼翼地举起手："室长，他俩下午不是被教官罚站了吗？我想会不会，会不会他们也许根本就没回来……"

经书呆子这么一提醒，众人才终于想起来这么一回事，大叫不好，连忙跑去休息室向发哥报告。发哥正躲在被窝里贴增白面膜，被学生提醒，也吓了一跳，拍脑袋说怎么把这茬给忘了，急吼吼跑出营地，到北边训练场去叫。

结果等跑到训练场那边，发现黛玉和宝钗居然还老老实实站在旗杆下面，腿挺得笔直。夕阳西下，云霞漫天，二人并排站着，身影被夕阳拖出两截落寞的长影。一长一短，对比强烈，仿佛钟表上的时针和秒针。

"人才，真是人才！"发哥感动得热泪盈眶，亲自带他们去食堂里讨了一点剩饭剩菜吃。回来之后，还特意集合一连全体男生，把二人的行为当做先进事迹大肆表扬一通，说二人就是现实中活生生的《士兵突击》中的许三多，号召大家向两位"许三多"学习。难免又发扬他的话哥本色，罗里吧嗦不停。什么"纪律是块铁，谁碰谁出血"、"当兵不怕死，怕死不当兵"、"谁是最可爱的人——是我们"，扯了几箩筐。

"呵——"下面人七倒八歪，站院子里打哈欠不止。

发哥讲到后面，发现自己的话不仅没能激励起众人斗志，反倒把一大半人给催眠了。

不得不命令解散，回去洗漱睡觉，要求众人"速度要快、姿势要低、敌情观念要强"，"以更加激情昂扬的斗志去迎接明日初升的太阳"。

熄灯哨吹响之前，营地众人趁着空隙时间挨挨搡搡地挤在水房里盥洗打理，条件所限，洗脸洗脚用的都是同一个脸盆和同一条毛巾。洗完之后，把衣服一扒，滚到床上睡觉，只过一会儿，各房间就呼声一片。时针刚指向十点多，营地一百多号人已是香梦沉酣。

就在众人都在呼呼大睡鼻息如雷的时候，唯独戊室里的宝钗却躺在床上，翻来覆去地滚动，就是无法入睡。

宝钗和黛玉一起站了整整一下午的军姿，被发哥当着全连人面表扬了一通"许三多第三"（许三多本人是第一；黛玉长得比较高，是许三多第二；宝钗最矮，所以他是第三），结果回到寝室之后，却怎么也睡不着觉了。这倒不是因为刚才被发哥表扬以至于激动得睡不着，都是因为晚饭吃坏了，现在肚子疼得厉害。

刚才被发哥领去食堂吃饭时，吃的都是大家剩下的凉饭菜，又硬又干。宝钗吃完东西，回营房洗脸洗脚，躺到床上不久，腹中就开始咕咚作响，隐隐地一阵一阵痉挛。十分钟之后立马胃如刀绞，翻江倒海，肚子里像装了一部搅拌机一样，使劲倒腾。

"嘶——"宝钗吸着冷气，按着肚脐在床上翻过来翻过去，被子拉了又蹬，额头不停地冒虚汗，黏糊糊沾湿了枕头一片。他嘴巴紧抿，毅力可嘉，捂着肚子与那疼痛做坚持不懈的斗争。顽强斗到十一点，终于成功被疼痛战胜，实在憋不住了，咬牙根偷偷起身下床，要出房间上厕所。

军营真心为学生们着想，有心磨炼学生们在极度恶劣的环境里生存下去的勇气，不仅住的寝室是平房，就连营地厕所都是清一色的旱厕。所谓旱厕，顾名思义，就是那种上完厕所不冲水的露天厕所。上这种旱厕，最考验人的勇气和忍耐力，就如同刷透支的信用卡一样，都是开头用的时候愉快无比，而越用到后面越痛苦的。

三个文科连接近一百号人，共用着一个旱厕，那透支得自然不是一般的快。人蹲在坑位上面的时候，千万不能往下看，否则一定会吓得失足掉下去。这种古董厕所现在就连祖国最落后的地方都难觅，没想到还能在竹洞军营里找到，想必围起来当珍贵历史建筑展览一定游人如织，光是卖门票也能赚不少钱。

旱厕坐落在营房右侧，与寝室区被一群茂盛的垂榕隔开，寝室憋屈得像老鼠洞，厕所倒修得高大宽敞，恢宏磅礴而有汉唐气象。军营规定，九点半之后除了值夜站岗的学生，营地里不许其他人随便走动。但宝钗实在憋得难受，又不忍心在房间里就地解决，只好冒着被值夜学生逮住痛扁一顿的风险，偷偷溜去西边上旱厕。

今夜愁云密布，黯淡无光，那片榕树林看起来阴森无比，宝钗是吊着胆子一路狂奔过去的，像后面有鬼魅追着一样。那厕所倒热心无比，生怕学生找不着自己，隔着老远就放出气味作为引导。宝钗循着气味进了厕所，随便找一个坑忙不迭解腰带蹲下，顿时浑身一轻，舒坦异常。

旱厕里气味委实难闻，实在受不了那臭味，于是撕下两角手纸卷成两个小团团，塞进鼻孔，方才觉得好多了。

此时快要十一点钟。厕所里几乎死一般静寂，偶尔听到外面墙根处传来的夏虫窸窣声，凄凄切切。宝钗想象力丰富，墙根处那些声音微弱无比，听起来就像是白色病房中病人的痛苦呻吟，又像是从冰冷幽暗水面下冒出的漩涡，令人不由自主地联想到那些……

突然，宝钗惊得浑身一颤，险些跌倒。因为他听到厕所外面，传来人有说话的声音。

"来一根！"一个声音说。

"给。"另一个声音。

接着是"咔"的一声，类似于打火机的声响，过了几秒，听到一声长长的呼气："呼！爽——军训不让抽烟，我都快憋坏了！"

"嘘！小声点，别让人听见了。"另一个声音说，"搞不好被教官抓到。"

"噢，对对，只顾着抽了，都忘了！"第一个声音顿了几秒，"我说，要不进厕所检查检查，看看有没有人？"

"也好，进去检查看看。"另一个声音说，"省得提心吊胆。"

宝钗一听那两个听起来就不像好学生的家伙要进来检查，顿时吓一跳，生怕被二人发现，就此长眠在厕所里。他耳畔听着那脚步声"嗒嗒、嗒嗒"从外面进来，越来越近，越来越近，心都提到了嗓子眼。

"冷静冷静！"

他在心中拼命安慰自己，对自己说千万不能慌，越是危急关头越要保持镇静。用什么保持镇静呢？对了，用背书。于是宝钗就用小时候爷爷强迫他背过的那些古文来激励自己，什么"临危而智勇奋，投命而高节亮"、什么"好学近乎知，力行近乎仁，知耻近乎勇"、什么"太史公曰：知死必勇，非死者难也，处死者难也"，（注：分别出自《西征赋》、《中庸》、《史记》。）乱七八糟背了一大堆。

不料不背还好，一背汗毛倒竖，越发吓得连屎都拉不出来了，暗骂读书有个屁用。张皇不已，瑟瑟发抖。

不过奇怪的是，那脚步声虽然近在耳边，却始终只是在隔壁来回响动，并没有人出现。最后，一个声音说："查过了，没人，放心抽吧。"

宝钗心中奇怪，心想：我不是人吗，自己明明就在里面，他们怎么会没发现自己？

外面的人不再说话，显然开始放心地抽了起来。又过了好长时间，响起用脚搓泥地的声音。

"抽完了？"

"嗯。"

"走吧。"

"走！"

然后响起"嗒嗒"的脚步声，渐渐远去，终归于无。

宝钗等那两个声音彻底消失之后，长吁一口气，放心下来，心想：终于可以安心继续他未竟的事业了。"事业"完成之后，浑身轻松，起身绑裤子。军训裤子扎的是那种简陋的牛皮腰带，解开容易系上难，宝钗费了好大劲才绑好，起身走出蹲坑。过道像沾了一层青苔一样湿滑无比，让人踩着像行走在冰面上，不得不小心翼翼。

结果刚到过道上，迎面就碰上一个人影。宝钗躲避不及，急忙往后退几步。他借着厕所外面的昏暗光线看到那人模糊的脸，发现那人长发飘飘，把半张脸都盖住了。

"救命！"宝钗以为有女生闯进厕所，吓得花容失色，失声尖叫道，"有色狼啊！"说完转身就狂奔，一溜烟跑出厕所。

"刚才发生了……什么事？"

湘云同学站在厕所过道上，看着宝钗狂奔而去的背影，一脸不知所措。他甩甩额前长长的刘海，莫名其妙，不清楚对方看见自己何以要跑。

"哦，难道……"湘云手托下巴，若有所思，"他是被我的帅气吓到了吗？"

想了半天没想明白，于是耸了下肩膀，甩甩头发，走进坑位解裤子去了。

上半夜余温未降，大家睡到后面，耐不住房间里的闷热，纷纷提个枕头，从寝室东边的铁梯爬到天台上乘凉。郊区的空气未受到污染，透明度奇高。乌云逐渐消散，露出夜空澄澈的本来面目，天顶众星闪烁，伸手可摘。远方绵延的群山中，有一座信号塔灯孤单地亮着，如同寂静宇宙里一颗遥远而又孤零零的行星，在无边黑暗中，沉默不语。

众人躺在天台水泥地上，夜风徐徐，吹散了一日的疲惫与烦躁。天台空旷凉爽，众生发现了这样一个大好所在，争先恐后往上面跑。教官们自顾自睡在休息室里，他们白天累得够呛，也懒得去管。天台上一时间横七竖八，到处都是新鲜的肉体。有要爬起来到下面草丛里撒尿的，生怕地盘被别人占据，于是就拿块瓦片在自己躺的地方画个惟妙惟肖的人形，表示此地有主，闲人勿进。大家平日电视里车祸新闻看多了，看见地上一个白色的人形，还以为有人死在这里了，吓得纷纷绕道而行。

上半夜相安无事。不过到了下半夜，气温骤降，陆续有人被冻醒，浑身哆嗦地踩着地上肉体之间的空隙回房间睡觉。到了最后，只剩几个皮糙肉厚的还在天台上坚挺。等天亮教官吹起床哨下来，那几个人已经被蚊子叮得身体肿了一倍了，像米其林轮胎广告里的那个臃肿的米其林先生一样，惨不忍睹。

接下来的五天里，日子该如西洋大哲学家斯宾塞所说的："生命的火炉在沸腾，而时间这只蜗牛却在炉子上缓慢爬行。"

众人被军训折磨得失去知觉，连喊"拖屎怜"（注：闽南语，惨死了。）的力气都没有了。早已对天气和伙食失去了脾气，唯一想做的事儿就是冲上两个小时的热水澡，然后躺在冷气房里痛痛快快地睡上一整天，然而就连这样简单的要求也无法达到。

军训一共七天半，期间只能洗两次澡，第一次在第四天，另一次安排在第七天晚上——因为最后一天上午要举行阅兵式，如果不洗澡，那气味恐怕会把前来检阅的各位领导给熏晕。参训学生共用一个破旧的大澡堂，各连轮着洗。男生们已经好几天没洗澡了，个个满脸胡茬，头发结板，结成一绺一绺的，仿佛头上趴了一只刺猬。更要命的是身上的汗臭，隔着老远便开始互相发出警告。

饮食方面就更别提了，早饭的馒头都那么"好吃"，中饭晚饭自然也不敢恭维。中午通常是黄焖土豆丝，然后是青椒炒鸡蛋——其实可以直接把那个"炒鸡蛋"省略掉，因为从来只见青椒不见鸡蛋。还有一道是炒圆白菜，难得见到盘里薄薄的几片肉，而且在还不能确定那是什么肉以及是否真的是肉的情况下，一桌如狼似虎的八个人马上举筷子抢个精光。

晚饭则是土豆丝拌萝卜丝和西红柿炒鸡蛋，总之食材都是固定几样，只不过换个做法罢了。学生们连续吃了七天半的这几样食物，相信从此一辈子都会留下阴影。教官们做菜清淡无比，油不肯多放，盐巴倒毫不吝惜，撒雪花似的拼命往菜里加。七天下来，学生们身体里储备了好几吨的盐，均感到以后一辈子都不用吃盐了，平时嫌菜淡了，回味一下军训就咸得不得了。

当裤子失去了皮带，才懂得什么叫作依赖。大家在军营里过着生不如死的日子，方才强烈地意识到自己对家是多么的依赖。待在家里的时候，总憧憬着到外面的世界里寻找幸福，结果等真的在外面了，才明白能待在家里就是最大的幸福。军训使人重拾家庭的幸福，也考验着学生们对痛苦的忍耐度。都说人的忍耐是有限度的，而学生们则通过军训一次又一次地刷新了自身忍耐度的下限。就在大家觉得一定会死在此地的时候，出人意料的是，军训居然终于要结束了。

第八天上午，竹洞军营为参训学生举行结营式，算是对这七天军训成果的一个总结和检验。结营式的时候，金陵书院校领导要来。学校当今一把手姓伍，因为平日里大权独揽大小事务一把抓，人称"伍大拿"。伍校长的派头大得很，连结营式都不来，派另外两位领导冯主任和李主任代为出席。

冯主任是学校教务处主任，年轻有为，平易近人，对上笑容满面，对下和蔼可亲，加上人还有点帅，在学生当中（尤其是女生）颇受欢迎。至于另外一位德育处主任李德善，可就没有那么招人待见了。

李德善年近五旬，算是学校老干部。其人五短身材，头顶寸草不留，白日则闪闪发亮，夜里则暗淡无光。德育主任平日里吐字又快又多，仿佛大口径机关炮，分分钟就是几万发炮弹。在台上演讲时也总喜欢挥舞着那只牛肉色的粉拳向众人发威。因其人声如洪钟，面似铁板，师生闻之变色，日月见之无光，于是大家背地里给他起了个外号叫"李铁头"。

李铁头原本是副校长，兼任德育处主任。光凭他秃头这一特点，李铁头就完全做得这德育主任。因为身为德育主任，平日的责任便是专门揪学生小辫子，而别人即使心怀不满，却揪不了他的辫子——因为他连头发都没有，自然没有小辫子可揪。所以真是没有比李更适合当德育主任的人选了。

这次结营式不止校领导要莅临，据说泉州总营对学生军训"高度重视"，也要派人来考察。教官们一听到上头首长要来，顿时一改往日闲散，紧张得不行，坐立不安，那副惶惶不可终日的模样简直比要上战场为国捐躯还紧张。

由此看来，真打战时根本无须吹冲锋号，只要派个领导到前线督战，绝对士气大增。

终于生不如死地挨到最后一天，全体参训学生早早起床，刷牙洗漱，收拾行李。吃过早饭，到阅兵校场集合。众人按照各连所属番号呈环形排在校场周围，正东面是观礼台，早已花团簇拥，红毯铺地，待会儿众领导就要盘踞在此，依次接受同学们的检阅。

今日又是艳阳高照，晴空万里，才不过早上八点光景，就热得不像话了。学生们整齐排列，在校场上等了半天，观礼台始终空空荡荡，连领导的影子都没有见到。众人被晒得冒烟，骂教官神经病，领导还没来就让他们干等在这里干吗。

过了一会儿，从校场外边急吼吼地跑来一个教官。跑上观礼台之后，停下叉着腰不停哈气。

文科班男生一看到那张标志性红脸，立马认出那人是他们的营长关公。诧异不已，心想他干吗来了。

关公喘完气，"哞"地调整呼吸，然后走到观礼台话筒旁边"喂"、"喂"几声，对台下众人说，领导要过一会儿才来，趁着这段空暇时间，他先教大家喊口号。口号就是待会儿走分列式时学生们要喊的口令，除了起到调整步伐节奏的作用之外，还能增强阅兵式的观赏性——教官们为了取悦领导也是操碎了心。

关公先给大家作了一遍示范，命令："一，二，三，喊！"

于是众人照他的要求喊了一遍:"军事过硬,作风优良,纪律严明,保障有力。"

关公听了,头摇得像拨浪鼓:"不行不行!你们他妈的——"一时没注意,脏话险些又蹦出口,幸亏及时刹住,暗叫侥幸:"啊,我是说,你们太慢了!一点精神气都没有,有气无力的!看我来喊:'军事——过硬!作风——优良!纪律——严明!保障——有力!'这样才对嘛!来来,再喊一遍!"关公倒是博才之人,不仅说脏话有一套,让他喊空口号也颇为在行。

众人心想这有什么区别,不就是加进了几个破折号嘛,但关公这样说,只得扯着嗓子奋力重新喊一遍。阅兵场上近千号人同时发声,喊声震天,那情景煞是了得。

"这才对,这才对!"关公满意搓手,"记着,待会儿你们就这样喊,肯定能让领导高兴!"

对学生们说少安毋躁,领导们马上就来,然后自己又一阵风似的消失不见踪影了。众人只得接着等,左等右等,只可惜教官嘴里的领导却像干旱年份的东南季风一样,就是迟迟不来。

乌飞兔走,沧海桑田,日头渐渐升上半中天,传说中的领导终于坐着一队长长的小轿车陆续来到。众领导下车后,在教官们的陪同下莅临阅兵校场,依次优雅地走上观礼台就座。

大家在领导堆里东看西看,发现了冯主任和李主任的身影。学生们本来以为两位主任代表学校一方,肯定是坐在一起。不想冯主任先坐上了观礼台就座,李铁头却慢吞吞走在人群最后头,最后挑着一个靠边的位子坐下。二人隔了好多个位子,彼此坐的距离遥远得像生与死,仿佛根本不是一个学校的。学生们看到这一幕,心底暗暗犯嘀咕。

关公看来是结营式主持人,等领导就座之后,他就起身走到话筒旁,为大家依次隆重介绍各位领导。台上报一个领导,台下就鼓一下掌。不用说,这个流程照例是所有活动里最无聊的部分。

学生们同领导打交道久了,那掌声仿佛也有了灵性,可根据领导官职大小自动调整音量高低。一开始关公给大家隆重介绍"某长某某长",众人还热烈鼓掌;接下来那"某长"的前面就统统多了个"副"字,众人掌声也统统变小;最后连那"副"字

83

都没了，然后台下掌声也都没了。

站起身的领导尴尬得不行，只好自己给自己鼓掌，心中悲慨万千，不禁感叹世态炎凉。

关公花了几个世纪的时间把领导介绍完之后，音调突然一变，转而用豪迈而高亢的声音冲着话筒呐喊："同学们！青春无畏，逐梦扬威，壮哉雄师，舍我其谁！我宣布，金陵书院第三十八届军训结营式正式开始！"话音刚落，校场四周的扩音喇叭里就响起了轰隆隆的进行曲，表示分列式正式开始。

文科连男生在关公手下被他骂了这么多天，都没想到他居然还能说出"青春无畏，逐梦扬威"这种话，诧异得不行，以为自己幻听。心想果真是士别三日当刮目相看，这才分别了几分钟，他都变得这么文艺腔了。

法国思想家狄德罗说过：你永远也不要低估生活能够给你带来怎样的惊喜。众人看着关公模样五大三粗，想不到他内心原来如此富有文学气，都为自己拥有一个如此有心灵美的教官而惊喜不已。

军乐响起之后，校场上二十多个连开始踏着军乐节奏依次走过观礼台，接受领导检阅。走方阵的次序并不是按照各连的序号来排，而是打乱了的。好比发哥的一连序号是第一，次序却不前不后，正好排在中间。

其实从理论上来说，无论什么东西，中间那部分永远是最淡寡而无味的。好比看一个人，你也许会先去欣赏他的头和脚，但绝不会一个劲地盯着他的肚脐眼看。又比如上一堂课，除了上课铃和下课铃，中间讲课的部分永远也不会让人提起兴趣。可惜一连男生们都不懂，居然各个昂首挺胸，斗志昂扬，期待着待会儿能受到领导目光的临幸。

不过这种昂首挺胸也未能持续多久。《左传》云："一鼓作气，再而衰，三而竭。"大家作了一会儿气，都不用经历中间的衰，那气立马就竭了。前面的队列还在慢吞吞地像坦克一样移动着，教官们又都不在旁边，众人松懈下来，趁领导们目光顾不到他们，横七竖八地胡乱站着休息。头耷拉得像狗吐出的舌头，腿弯得像驴尾巴，从队伍上方俯瞰，整个队列乱得就像一片被猪拱过的麦田。

众人就这样松懈着，突然，他们教官发哥从观礼台那边冲过来挥手："一连还愣着干什么！准备走了！快！快！"全连人被他的吼声惊醒，忙不迭直起身向右对齐调整队列。

发哥撑手四顾张望："旗手呢？旗手在哪里，快站到前面来！"

每个连都有负责领头扛旗的旗手，一连也挑了两个高个子当领头。一名旗手是3班的，因为长相奇特，脸上两只眼睛由于太过要好以至于互相挨到一起，大家送他个绰号叫"斗鸡眼"。另一名大高个则是1班的黛玉同学。

黛玉负责扛旗子，他昨晚和宝钗一样吃坏了肚子，早上起来，浑身软得像一摊鼻涕。为减轻负重，本来都把连旗插到花圃旁边垃圾桶里了，被教官一叫，才连忙跑过去把旗子拔起来。不料旗杆尾部插中了一只烂苹果，慌忙整抖整抖，手脚并用，才把烂苹果抖回垃圾筒。

发哥叫："快走快走！"

黛玉扛回旗子，站到队伍前头，没头没脑地就开始喊："一二三，踏步走！一二一、一二一……"

节奏由他和斗鸡眼一起喊，黛玉以为他先喊了，斗鸡眼会自动跟上节拍。不料斗鸡眼竟未能做到与黛玉心意相通，他见黛玉开始喊口号，慌忙也跟着喊。结果二人口号就成了世锦赛百米跨栏，谁也不肯让谁，一方刚追上去另一方又急忙抛开距离。最后谁也不顾谁了，闭着眼睛瞎喊。众人慌了神，不知该听谁的才对——于是索性谁的也不听，两只脚瞎踩，一路像春游踏青一样混乱行进。

阅兵式放的音乐是进行曲，只不过广场音响质量太糟糕，放出来一点感觉都没有，仿佛那音乐不是军乐，而是拿喇叭贴着拖拉机排气管放大出来的声音。队列经过标兵线之后，由跨步转为正步。

发哥坐在底下教官席里，看到自己带的连队走得百花齐放，暗叫不好，心说这几天训练成果要付之东流。他格外紧张，偷偷跑上来，躲在标兵后面对一连低吼："一连注意，小列标齐！小列要标齐！注意小列标齐！"

学生们喊一句口号他就喊一句"小列标齐"，结果台上众领导听在耳里，就成了："军事过硬！""小列标齐！""作风优良！""小列标齐！""纪律严明！""小列标齐！"领导们丈二摸不着头脑，惊叹这声音是如何发出的。

等口号喊完，众人又乱跺一气，节奏乱得像水族箱倾覆之后四散奔逃的螃蟹。发哥喊"小列标齐"嗓子都喊破了，也没人理他，队伍就奇迹般地保持着这种螃蟹乱步出了校场。

走到校场旁边的小路上，众人长舒一口气，以为终于可以休息一下了。突然又一个教官冲过来挥手："一连站这里干吗？回营地！快跑快跑！"

后面的队列也走完了，黑压压向这边涌过来。众人吓了一跳，慌张拔腿就跑，另一些人不知道发生了什么事，见别人跑，也没头没脑地跟着瞎跑。领头的黛玉人高腿长，跑在最前面，边跑手中居然还高举着旗子，仿佛在带众人冲锋，也不嫌累得慌。

历经一番折腾，终于回到营地。八月末的天空明亮耀眼，阳光安静躺在地上，照着庭院一地的行李和干燥的草地，闪闪发亮。大家小心翼翼地踩着行李中间空隙，走上庭院台阶。

黛玉手里拿着旗子，问旁边斗鸡眼："旗子怎么办？"

斗鸡眼说："军训都完了还管那么多干吗！"接过连旗，一把丢到台阶下草丛里。

大家也不回房间了，三三两两坐在空地上，或者挤在走廊上趴着栏杆发愣，等着待会儿学校派大巴来接。太阳晒得人的脑壳发烫，有些恍恍惚惚，仿佛刚才的一切都是在做梦，四周寂静无声，像浸满海水一样沉默。正步、领导、军乐，突然之间全都消失不见了，剩下一地的灼人阳光与空虚。

有人想起刚才口号混乱的事，看见斗鸡眼还晃悠悠地站走廊上，就过去埋怨他这个领头的乱叫："张学友，你小时候学说话是你弟弟教的吧，口号都能喊错？"

斗鸡眼却信奉大卫·休谟"存在即为合理"的唯心哲学，坚持不认为自己有错："都走完了还抱怨什么！这点小事也值得拿来瞎嚷嚷？"

一个人的过错就如同猴屁股，自己看不见，而别人看得一清二楚。对方见斗鸡眼不肯看自己的屁股，更加生气，大声斥责他毫无集体荣誉感。其他班学生见二人斗嘴，爱看热闹的国民劣根性立马显露出来，纷纷围上来一脸善良地问怎么了，劝二人和气生财。心中却恨不得二人打起来，他们有好戏看。

"大家来得正好，帮我评评理！"斗鸡眼见有人观战，勇气陡增，对方一质问，立马毫不客气地回击。二人由辩论升级为对骂，各自恨不能倾尽平生所学，简直把这辈子会的所有脏话都用上了。

总结起来，斗鸡眼的脏话倾向于问候那人的亲朋好友；而另外一人显然更偏爱动物，脏话里引用到了各种畜生，什么早上打鸣的，圈里养的，门口站的，地上爬的，应有尽有，无所不包。二人不骂不知道，一骂吓一跳，这才发觉对方在脏话的造诣上俱是极高，一时棋逢对手，难分伯仲。

一个说"老子不揍你，你不知道我文武双全"；另一个说"你来啊，你动手我就让你见识到我德智体全面发展"。双方动口分不出胜负，索性撸起袖子，就要动手。所幸围观学生人性尚存，见二人要干架，及时出手劝阻。说"算了算了，大家都一个学校的，以后抬头不见低头见，以和为贵以和为贵"。

其实二人也只是嘴上说说，哪里敢真动手，见有了台阶下，暗叫侥幸。面上还要充胖子嘴硬，勉为其难叹口气："好吧！既然大家执意相劝，我就大人有大量，高抬贵手放了这小子，等下次看见再教他做人！"

骂完之后，二人功力消耗甚多，比刚才走队列还累，于是各自回房，走三步一回头再对骂一句，终于艰难地回到房间，滚到床上挺尸，等学校大巴来接。

其他人见好戏这么快就收场，反而后悔刚才不该劝架，百无聊赖，精神无所寄托，像苍蝇一样四散离开。庭院里复归空空荡荡，晌午阳光照着滚烫草坪，升腾起一地的虚无。

高二军训，就在一场斗嘴中这样无聊地结束了。

后记

对于吵架斗殴这种事，好学生向来独善其身。刚才斗鸡眼二人吵起来的时候，重点班几个男生立马知趣走开。当然，还得数高二（1）班那个"电子"湘云是例外。

通过这几日军训，大家已经对此人多动症晚期的病情有了初步认识。刚开学那两天，湘云总喜欢和教官顶嘴，连累大家陪着他罚站军姿，鉴于此教训，众人强制命令湘云训练时不得说一句话，威胁再多嘴，就把他扔到旱厕里喂蛆虫。

湘云嘴巴不能动了，手还不闲着，不知用了什么手段，从书呆子探春那里坑蒙拐骗来本子和笔，居然开始写起军营日记来。他的日记内容丰富，无所不包。周二元春踩坏了探春眼镜，前天宝钗黛玉因为"有只猪"被罚站，甚至是去食堂吃饭路上遇见女生的胸围尺寸，都被湘云同学一一如实记进本子里。

好兄弟黛玉见到湘云一脸认真地趴在床上写东西，好奇心大起，凑过去说："借我看看！"

"给！"湘云主动把本子递出去。

黛玉接过日记，好奇得心痒痒，迫不及待就开始翻起来。湘云同学的日记像小说情节一样生动形象，使人身临其境。当看到女生胸围尺寸那一节时，黛玉忍不住啧啧惊叹："连这种内容都记，你果然好放荡！"

湘云一把抢回日记本，甩甩头发，用幽怨无比的语气长叹一声："谁的青春不放荡呢——"

"……"黛玉被他的幽怨神情吓到，滚回被窝午睡。

湘云同学这几天忙着为日记搜集素材，刚才结营式走完队列回来，看见有人在吵架，当然不能放过这个好题材，于是他也像有钱捡一样，饶有兴致地凑到观众群里看热闹。毕竟喜欢看热闹乃国人劣根性，他自然也不能免俗。何况湘云同学扪心自问，看热闹一直是除了看漂亮女生之外自己第二样喜欢看的事情。

斗鸡眼二人吵完之后，众人四散离开，湘云意犹未尽，也随着人群散开。转头环顾四周，却没有发现黛玉的踪影。

他有些诧异，顺手抓住旁边一个学生问："哎，那个大高个呢？"

"哪个大高个，张学友？"

"不是，一班的柳德甲。"

"不知道。"别人叉手走开。

湘云一人站在走廊上，犯着嘀咕，心想黛玉该不会还在为刚才喊错口号的事情内疚吧。刚才阅兵时队列走得那么乱，除了斗鸡眼，黛玉也要负一半责任。或许此刻他心中内疚无比，正接受着良心的拷打与煎熬呢。

湘云心想不行，自己身为黛玉同学的挚友兼精神导师，得前去好好开导开导他。

他在偌大的庭院里没找到黛玉，回到丁室，这才发现黛玉已经回来了。他衣服鞋子都不脱，一个人直挺挺躺在床上。那张单人行军床在他伟岸身躯的笼罩之下，如儿童玩具床一样迷你。

黛玉仰卧在床上，一言不发，瞪大眼睛，直勾勾地看着天花板。

湘云有些诧异："甲哥，你看天花板干吗？"然后恍然大悟："喔，难道你是在思考人生？"

黛玉："不，我在看天花板。"

"原来如此……"湘云若有所思，又问，"那你看天花板干吗？"

"没干吗。"

黛玉回答得干脆利落，湘云没话可问了。房间里只有他们俩，反正闲着没事干，湘云干脆一屁股坐到床上，两腿伸在外面晃动，陪着黛玉一起看黑乎乎的天花板。

黛玉看着天花板，突然冒出一句："六一兄，军训结束了呢。"

"啊，"湘云看着天花板，"是啊，军训总算结束了。"

黛玉继续看天花板："可我有一件事情想不明白。"

湘云继续看天花板："什么事？"

"你知道，我们待会儿回家意味着什么吗？"

"我想想，"湘云不看天花板了，转而低头看地板。沉思良久，试探地问："这意味着——军训结束了？"

"不，这意味着新的学期开始了。"

"哦，那又说明什么呢？"

"说明我们又要开始读书了。"

湘云听了黛玉的话，立马抓着头发大叫起来："天哪，这是真的？我们要开始读书了！我们居然要开始读书了？真是太可怕了！"

"啊？"黛玉不解，一骨碌坐起来，"为什么会可怕？"

湘云把床板摇得吱吱响："甲哥，你想想啊，这个学期我们不就开始读高二了嘛，读完高二然后不就高三了嘛，读完高三然后不就高考了嘛？"

"对呀，然后呢？"

"然后我们不就读大学了，然后我们不就工作娶老婆生孩子了，然后我们不就老了，然后——"

"然后怎么了？"黛玉也跟着有些紧张起来。

湘云掩面失声："然后——我们就死了！"

黛玉吓得从床上一蹦，险些撞上天花板："天哪，果然好可怕！吓死我妈了！"

二人想象着自己八十年后，躺在病床上垂死的情景，顿时陷入深深的恐惧之中。紧紧握住对方的手，惊恐对望，嘴里不停喃喃念叨："太可怕了，这真的是太可怕了……"

"吱呀"，丁室的房间玻璃门被推开，他们班的凤姐从外面走了进来。凤姐手里拿着帽子，不停扇汗，看见黛玉和湘云坐在床上，问："外面大家在和教官合影告别，我找你们半天了。你们俩怎么回事，躲在房间里干吗？"

凤姐看见二人手握着手，一脸惊恐颤抖不停的模样，诧异起来："喂……你们俩没事吧，怎么这副模样？"

湘云看黛玉，黛玉浑身颤抖，用手推湘云："六一兄，你来说。"

于是湘云露出痛不欲生的表情，深吸一口气，对凤姐说："我们，都要死了。"

"哈？"凤姐吓一跳，帽子掉到地上，以为自己幻听，"为、为什么呀？"

湘云语气低缓而悲痛地答道："因为，要开学了。"

军训篇

开学篇

考试篇

我的美少年时代

夏末，

一场倾盆大雨过后，

静川江水暴涨，

冲走了岸边的所有秘密。

有些荒唐的事，

注定要被我们亲手埋葬，

随着岁月，

沉淀到泥土里。

只是不知道，

来年，

那些故事会不会如

巉岩上的绿苔，

又长成一片柔软、

寂寞的，

丛林。

那些属于你的，

我的，

被埋葬了的故事。

不幸的是，

多年以后，

当我们准备好了黄昏、

夕阳

以及伤感，

坐在摇椅上，

试图回忆起那些故事时，

却再也想不起，

当初，

到底把它埋到哪儿去了。

而这，

正是整个故事里，

最无厘头的部分。

总有一天，

我们都会领悟，

那是只有上帝才知道的，

却和你我无关的，

结局。

只不过，

现在，

它才刚刚开始。

元春的英语（上）

元春："喂，小乐子！"

探春："嗯？什么事，鸿鹄兄？"

元春："快，赶紧帮我把'燕雀安知鸿鹄之志哉'这句话译成英语。"

探春沉思半天："The little bird……don't understand the big bird？"

——畅销书《学英语其实并不难》

著名作家张爱玲曾经说过："当一个男人资历轻轻又默默无闻的时候，肯陪伴他的只有女人；当一个女人年纪又老又有钱有势的时候，敢接近她的也只有男人。"而泉州市重点高中金陵书院身为这样一所年纪又老又有钱有势的百年名校，其背后的男人自然不可小觑。这个"背后的男人"指的就是金陵的一校之长——伍校长"伍大拿"阁下。

大拿校长全名伍朔昌，年过半百而一头黑发犹存，领导我校二十余年，兢兢业业，勤勤勉勉，容上体下，一番光辉业绩，可歌可泣。校长才华横溢，除了育人有方，更写得一手好字，平时常有人慕名前来求字，他也十分好意裱了送人。

校长学历不凡，从前高中读的是理科，因为祖上有家训"劳心者治人，劳力者治于人"不敢忘却，高考后弃理从文，报了福州师范大学文学系。大拿校长当年在大学里虽然攻读文学，真正学的时候又嫌文学枯燥无聊，上课时老是打不起精神，"浑浑噩噩，不知子之所云"，在教室里趴着睡了四年，最后居然也能顺利毕业。孔圣人说过："天下未有不学而有成者也。"校长四年不学，照样有成，可见圣人也有失算的时候。

因为是名校，从后门进出的人自然也多，所以校长身边同学多纨绔子弟，毕业之后不是靠父母关系混进编制，便是继承家中万贯家业，前途似锦，潇洒非凡。校长眼看着那些与他一起并肩睡了四年的战友们个个前途无量，眼红羡慕不已，"临渊羡鱼，不如退而结网"，于是毅然荣归故里，投身泉州教育事业，育德化人，耕耘多年，终于做了这一校之长。

大拿校长为人师表，思想觉悟自然也高，为响应国家计划生育号召，只生了一个孩子。他爱子如命，对儿子抱有殷切希望，原盼望儿子将来超越自己，考上清华北大这样的名校，最好将来再留洋读研读博，光宗耀祖。不料儿子十分敬重老子，不敢僭越，见老子才考了个师范，最后索性连一所大学都没考上。伍校长被气个半死，最后还是腆着老脸，动用关系四处奔走，才勉强把儿子补进一所二类本科。

儿子教育的失败让大拿校长灰心无比，他原本还身兼学校德育处主任职务，教子失败后，心灰意懒，心想：自己连一个浑小子都教育不好，更何况是学校里的一群浑小子。他大学四年文学总算没白读，想起那句"言多必失，多言者早夭"的古训，被那"早夭"吓到，心想：德育主任的工作便是一天到晚讲话教训学生，何其多话，长此以往，命不久矣。所以思前想后，最终决定将一应德育事务全托付给副校长李铁头。

李铁头挂了半辈子闲职，受校长重用，激动不已，对校长感激涕零。李主任那时尚未完全谢顶，脑袋原本还残留着几根头发负隅顽抗，结果这一激动，一夜之间全给激动掉了，也算是乐极生悲。

总之，在以大拿校长为核心的校领导集体英明领导下，我校教育事业欣欣向荣，蓬勃发展，且领土不断向外扩张。金陵面积宽敞无比，有大小东西两门，背靠泉州母亲河静川江，面朝大厝区古街厝前街，地段绝佳，可谓"进可坐拥都市繁华领略文明之光，退可回归自然享受水岸风景"，再挂个"亲水豪宅，演绎东方威尼斯浪漫风情，你值得拥有"的大红条幅，就可以当做新开发的楼盘高价出售了。

估计那些在各地拆迁买地盖楼的地产商们对学校地段也是觊觎已久。所幸房地产商们虽然道德败坏，脑子却未败坏，还没无法无天到敢强拆一所公立学校的地步，因此金陵书院得以孤立于繁华市区，留存至今。

学校设施杂而不一，建筑有新有旧，风景有好有坏，南边繁花似锦而北边却荒草萋萋，一到周末就成了拍鬼片的天然取景地，灌木丛里偶尔蹿出一两对密约偷期的男女都能把人给吓半死。

北边是大操场，高价引进了欧洲冷季型草坪，寸土寸金。不料本地土著草被现在那些地方政府带坏了，充分发扬地方保护主义精神，同外国草激烈争夺雨露地盘。强龙不压地头蛇，外国草死的死、伤的伤，一时间七零八落，土著草领导独立解放战争，取得了伟大胜利，彻底结束了大草坪被外国列强殖民压迫的屈辱历史——然后大草坪就成了今天这副杂草丛生的乡村风情模样。

为了压迫本地草风起云涌的革命起义，学校每年都花了大量经费整修草坪，不过看起来修还是跟没修一样。也不知道那经费到底修到草的什么部位去了——也许是全用来修草根了，所以才看不出来。

军训结束之后，时间很快跑进九月份，标志着泉州夏天也进入尾声。天气依旧炎热，不过也只是夏天未来得及溜走的尾巴罢了。声嘶力竭了一整个季节的知了在夏末里相继死去，褐色的蝉蜕从枝头掉到地上，一脚踩上去，发出轻微的"嘎啦"脆响。躲藏在天顶的风轻轻吹了起来，向世人预示着，秋天很快就要来了。

新学期正是在这种夏秋替换的时节里开始的。九月的风已经吹起来了，学校里随处可见的苍天榕树在风中窸窣低吟，万物生长的头顶，有灵魂在轻歌曼舞。诗人席慕蓉说：那些美好的开头就这样焚毁在岁月里，一去不复返，作了青春流逝的前奏曲。

开学了。

九月一号，下午四点左右，在北边大操场上，金陵书院两千多名师生身着正装，排列整齐，肃立在宽阔无垠的大草坪上，等待新学期第一次升旗仪式的举行。

"一二一！一二一……"四名身穿白色制服、戴着西洋高筒帽的升旗手一路踏着正步，沿着台阶走到旗台上，准备升国旗。主旗手把旗子恭恭敬敬地捧在手中，望向站在队伍最前排的校领导，领导点头示意，一名护旗手便按下旗台上的音乐开关，四周的广播里开始播放出响亮而节奏缓慢的国歌。然后主旗手将手中捧着的国旗往空中一挥，旗子随着音乐缓缓爬上旗杆，在阳光照耀下闪现出丝绸的质感，徐徐升起。

广播里奏着曲子，激昂悲壮的音乐声回荡在众人头顶上。众人注视着国旗，听着音乐声在耳畔回响。当唱到那句"前进！进！"时，音乐声戛然而止，而国旗也刚好爬到旗杆杆顶。大操场上肃静异常，凝视着国旗在蓝天下猎猎作响。

生活在和平年头的学生平日都散漫惯了，离建国时那个金戈铁马的战乱年代太过久远，最多也只能从电视和小说里得到一些不真切的模糊印象了。祖辈的鲜血遗骸早已化作泥土，埋藏在青山碧野之中，而活着的人已经开始学会遗忘。也许也只有到了这种场合的时候，大家才能真切地感受到国家的存在吧。

升旗仪式结束之后，大家却并不能回家，因为开学典礼还未结束。学校还要隆重召开"开学动员誓师大会"，领导们在大会上准备了重要讲话，学生们都必须洗好耳朵恭听。

现在既然校领导们又要开会，于是大家只好从操场撤退，一路熙熙攘攘，浩浩荡荡，转移到报告大厅继续开会。

报告厅夹在西边的理文楼群中，大而古朴，连入口处的栅栏门都锈迹斑斑，经过大门时，一股陈旧感裹挟着浓浓的铁锈味扑面而来，瞬间让人感受到什么叫历史的浓重。师生挤进报告大厅，乱哄哄找位子坐下。刚才分散在大草坪上，众人还不觉得怎么热，现在两千多号人全挤在报告厅里，顿时憋屈无比，闷热程度可想而知。才过一会儿，落地窗上都开始结水汽了。

学生们大叫受不了，呼唤冷气，主席台上的领导们也热得不行，终于醒悟自己和学生其实是同一根绳上的蚂蚱，咬咬牙，吩咐教工到后台开冷气，还心疼地吩咐温度别开太低了，要节能减排，低碳生活。

天花板上方排气扇呼呼地刮了起来，过了几分钟，热度才稍稍有所缓解。主席台上方冷气最足，领导们端坐在台上，凉风习习，惬意无比。虽然是新学期，主席台的布置和上学期仍旧没什么区别，四周永远摆放着那种粗俗无比的鲜花，大红大绿的，就连主席台铺的桌布都是那种形状失真的大红花染布——与其说是桌布，还不如说更像床单。没办法，在审美情趣这件事儿上，你永远也猜不透领导们的底线。

几位校领导里，德育主任李德善人长得精瘦，却属他最怕热。刚才没开冷气时热得满面红光，仿佛垂死之人的回光返照，现在冷气不热了，立马返老还童又恢复了活力，拿拳头敲桌子让台下学生安静："安静！别闹了，准备开会！"

台下学生吵闹依旧，嗡嗡作响，像个巨大的马蜂巢。李铁头见众人不肯听话，于是使出杀手锏，只见他小眼一瞪，目光一扫，虎虎生威："我看看——我看谁还要讲话，被我抓到了，周一罚他扫厕所！"

李主任管教学生素来有三法宝：罚站、检讨、扫厕所。这三大法宝算是他多年担任德育主任的心得体会，招招见效，每次轮着用，总有新感觉。今天刚好又轮到"扫厕所"。大家见李铁头又拿厕所吓唬人，生怕中奖，立马不敢吱声了，大厅里一下子安静下来，只有天花板上方排气扇嗤嗤轻响。

主任十分满意，环顾一眼台下："现在，请校长给大家发表新学期重要讲话！大家鼓掌欢迎！"说完，请坐在正中的伍校长起来讲话，台下噼里啪啦鼓掌。

大拿校长虽贵为一校之长，倒谦逊得很，低声对李铁头说："不忙，你可先讲。"

李铁头哪里敢僭越，连忙说："这样重要的开学典礼，当然是校长先讲。"

但其实大拿校长不是不肯讲，而是他今天事先没准备稿子，无话可讲。李德善一上来就让他发表"重要讲话"，仓促之间，想不到要讲些什么好。于是再度表示谦让："真的不妨，你先讲！"

李铁头："不不，校长先讲！"

"你先！"

"不不，你先！"

大拿校长没想到李德善今天这等没眼色，恨得牙根痒痒，实在没办法，只好转向右边的教务主任冯承求救："冯主任，要不然你先给同学们讲讲？"

大拿校长吩咐，冯主任不敢不从。于是冯主任欣然起身，扶扶架在高鼻梁上的金丝眼镜，向台下优雅欠身致意。台下一群喜欢嫩牛吃老草的女生立马尖叫欢呼。

冯主任拿起话筒"喂喂"两声，用字正腔圆得像乒乓球一样的语调对台下说："老师同学们，今日冯某能与在座诸君欢聚一堂，在这明亮而宽敞古朴而宏伟的报告大厅里举行开学典礼，我感到十分荣幸！"

说完那个感叹号，冯主任顿了一下，周到的给众人留下一个鼓掌叫好的时间。不料学生们愚钝，竟不能领悟到主任的苦心，像死鱼一样张大嘴巴，面无表情呆滞地盯着主席台看。教务主任迟迟不见掌声的踪影，等得没了耐性，自责暗示得太玄妙，不得不终于放弃，继续往下说："在座的诸君虽然年纪各有不同，冯某却能从诸位的脸上看到一些相同的东西。"说完又顿顿，"开学伊始，冯某从诸位的脸上看到了什么呢，冯某看到了万象更新，冯某看到了朝气蓬勃，冯某更看到了学校之未来希望……"

冯主任不愧是管教务处的，果然也是善讲之人，看他这副滔滔不绝从容不迫的模样，一直讲到我国迈入发达国家行列也不成问题。不过冯主任虽然耐讲，讲出来的话却未必耐听，一篇空而无物的稿子终究像古代小脚女人的裹脚布一样，又臭又长。

大家只听了第一段立马就猜出他后面的全部内容了，索然无味，又没其他事可做，只好撑在位子上强迫自己忍耐，不停挪动屁股以求得最舒服的姿势。稍不注意，就开始走神，困意顿时像冒失的客人一样不请自来。

教务主任还拿着话筒在长篇大论，台下前排坐着的一个男生实在忍不住了，口中哈欠连连，犯困得不行。有一次，那男生正想打一个长长的哈欠，不料台上李德善眼睛余光突然往这边一扫，不怒自威，男生吓了一跳，连忙闭嘴把哈欠憋住。但这没打出的哈欠就好比只撒完一半的尿，憋在身体里难受无比。等德育主任转过头，那男生急忙张嘴，想要做弥补，不料哈欠半推半就，欲就还休，迟迟不肯出来。男生大怒，浑身用劲，龇牙咧嘴，一定要让哈欠出来。谁知哈欠深谙游击精髓，做好了持久战的准备，严守"敌进我退，敌疲我扰"训诫，男生一张嘴就逃之夭夭，等男生闭了嘴又不请自来，真是苦不堪言。

时间飞逝，乌飞兔走，沧海桑田。大厅里安静异常，天花板上空嗡嗡发出低声回响，主席台上的国产劣质扩音器时不时随主讲人的讲话尾音"咿呀——"发出一声颤音，让人听了心痒得像有爪子在挠。

众人在台下聆听了好几个世纪，冯主任才终于把他的裹脚布裹完，最后慢吞吞地说："在演讲的最末尾，请允许冯某在此祝愿各位同学新学期里学业进步，勇创佳绩！祝愿我校教育事业取得新辉煌！谢谢大家！"

众人翘首以盼，媳妇熬成婆，终于等到他讲完，纷纷激情洋溢地热烈鼓掌，简直把这辈子的激情都使出来了——那掌声并非是在称赞他讲得好，而是称赞他终于肯停下来了。

教务主任朝大家微笑，对大家的热情表示感谢，然后扯扯白衬衣上的领结，从容就座。

本来大拿校长是不准备讲的，结果冯主任一讲，顿时勾起他讲话冲动，那冲动像一针鸡血一样注入大拿校长的身体，忍不住跳起来说："我也来讲几句！"

一旁的李铁头见状，连忙带头啪啪鼓掌："校长有重要讲话，大家鼓掌欢迎！"

台下众人一听大拿校长要说话，叫苦不迭。因为依照以往经验，大拿校长每次说"我来讲几句"，最后都会扩充成如尼罗河的河水般延绵不绝的长篇大论。一个人但凡上了年纪，头发会变少，话反而却变多了。大拿校长德高望重，年龄已处于中年晚期，那讲话的欲望更加如同癌症晚期病人一样，没得救了。

于是众人都做好耳朵长茧的心理准备，让大拿校长的尼罗河水放马过来。不想这次大拿校长居然肯信守诺言，说讲几句，最后果真就只讲了几句话。讲话大意，是要同学们"牢记使命，好好学习，为自己争光，为家长争光，更要为学校争光"，然后就爽快结束了。大家松了一口气，报以热烈掌声，赞扬他做人难得肯诚信一次。

就在大家以为开学典礼终于结束，蠢蠢欲动准备离开报告厅的时候，李铁头拍拍话筒，从位子上站起来："大拿校长的讲话十分精彩，大家的掌声已经充分证明了这一点！在大会结束之前，我还想就校长的精彩讲话再补充一点。"

学生们只好咬牙切齿地坐了下去，心想这可是你说的，一点就一点，好歹有数目可循，心中也有些底。结果到最后，李德善光是那一点居然就讲了足足两个小时。原来他那一点其实只是个大点，一个大点下面还有三个小点，每个小点又各有三个层次，每个层次里居然还有三个方面。这么复杂的一个点他能在两个小时内讲完，也真算难为他了。

李主任在大学里读的是化学系，宣称自己有一天在学校实验室里做实验，灵光一闪，从金刚石和石墨的关系中得到一条至理名言。他说，石墨与金刚石的成分相同，却因为有着不同的分子结构，导致其性质有天壤之别。这就好比大家伙，只有大家团结一心，分工协作，才能像金刚石一样无坚不摧，否则相互排斥，就会如同石墨一样性质脆弱。

对于他这个比喻，大家一开始听着还新鲜，结果李德善自己因为太过爱不释手，十次开学生大会有九次就要把这个妙喻复述一遍。天长日久，他自己不嫌腻，每次说完之后还要沾沾自喜自鸣得意一番，恨不得自己替自己拍手叫好。而大家却都像喝了几大桶猪油，已经是腻得不行了。这次德育主任讲的"我来补充一点"里，果然又引用了这个妙喻。

九月的午后，天气慵懒而又困顿，报告厅外的阳光明媚成一片，大厅里凉风飒飒，温度与湿度正好，主任的讲话做了温馨的催眠曲，台下学生哗啦啦睡倒一片。

刚才那个想打哈欠打不出来的男生还在一直张嘴努力着，然后他突然觉得有些不对劲，心想不对啊，四周怎么变得这么安静。男生往周围一看，顿时吓了一跳，原来旁边人都趴在位子上睡过去了，只剩下他一个人没睡，独自一人坐在一片倒伏的人群之中，简直就像春雨后泥土里冒出的一只笋——或者不如说是从鼻孔里探出的一根鼻毛，突兀无比。

男生正在思考自己是不是也该发扬集体主义风格，向群众看齐时，台上的冯主任仿佛注意到他了，冲男生和蔼微笑地点点头，仿佛在表扬他肯认真听讲。那男生读了这么多年书，难得受到领导目光临幸，受宠若惊，激动万分，立马下定决心不与其他学生同流合污，于是坐得更加挺直端正了像根电线杆一样，以此报答领导微笑。

李德善还在台上不紧不慢地阐述他那个"一点"，等他终于阐述完，太阳都已经向地平线靠拢了。暮色四合，窗外呈现出一片昏黄色，报告厅里众人东倒西歪，哈喇子流了一地，纸笔掉在地上而不觉。

领导刚在台上宣布"开学典礼圆满结束，请大家有序散场"，少数还保持着清醒的学生肚子饿得咕咕叫，顾不得礼让领导，立马迫不及待起身就跑出报告厅回家吃饭。而那些打瞌睡的同学则纷纷从睡梦中惊醒，发觉手上空空，连忙跪到地上，撅着屁股在脚的丛林里寻觅自己的纸笔。

第二天正式报名注册，各班学生须到自己的班级本部报到。学生们都从家里带来了厚厚一沓学费，拿信封装着准备交到学校。在这个世界上，也许只有开学交学费是唯一一件能让学生家长不用拿枪指着而心甘情愿往外掏钱的事了。

九月初天气依然炎热异常，日光透过层层枝叶洒下来，激起地上滚滚热浪兜头而来。正午太阳毒辣无比，白花花浇着柏油路面。大街上行人稀少，时不时飞过一两辆浑身漆黑的小车，卷起一阵灼人的热风。

等到第二天下午，众人不得不暂时告别家中的舒适凉快，冒着晒脱皮的风险搭乘各种交通工具赶往学校报名注册。

一班新教室雄踞于理文丙楼最顶层，与其他班级互不接壤。待在这么高的地方，除了有高处不胜寒的寂寥感之外，另一个缺点就是上学放学难爬。总共七层楼梯，来回走一趟下来就等于到操场上连续跑了三圈，前胸后背都是黏稠的汗。也别妄想精明得像葛朗台一样的校领导会善心大发肯给1班单独装一部电梯，要校领导们掏钱修电梯，等共产主义实现了。

下午两点，一班男女生陆续抵达理文丙楼701室，等待班会举行。教室门边黄澄澄的铜牌上，用黑色粗体字刻着"高二（1）班"，夺目而又有些呆板。同学中有许多原本高一就认识的，三五成群，聚成小团凑到一起聊天起哄。

教室里乱糟糟的，像个缩小的菜市场。

湘云黛玉这对好兄弟也早早到了教室。两位男同学今天之所以肯来得这么早，倒不是积极响应报名注册，主要目的还是为了观察班里有没有长得漂亮的女生，好肥水不流外人田，趁早下手。

二人一进教室，立马就把座席拼到一起，互相按着脑袋像地下党一样窃窃私语，评论班中女同学的美丑。只不过他俩要侦察，也不挑个好位置，蠢蠢地坐在后排阴暗逼仄的角落里，大多数时候只能看见女生的后脑勺。偶尔一两个后脑勺转过来回眸一笑，也能像贞子从电视里爬出来，或者蟑螂从床底下爬出来一样吓人一跳。

看到那么多转回头而质量不佳的女生之后，二人都感慨万千，恨不得把她们统统叫作"往事"，因为"往事不堪回首"。

湘云仔细观察一阵，轻声对黛玉说："甲哥，你看到没？第三排那个女生长得好丰满，吓我一跳！"

"哪里哪里？"黛玉手按在棕色书桌上，两眼放光。

湘云小心翼翼地指指前排一个女生，然后慌忙把手指头缩回去，像被烟头烫到一样。黛玉顺着湘云所指方向，仔细观察了半天，可惜那个女生不转头，始终只拿后脑勺对着他。看到最后，黛玉的耐性终于被女生的后脑勺战胜，不明所以，只是"呕"了一声。

"我觉得，"湘云摸着特意拔得精光的下巴，陷入沉思，"那个女生长得那么丰满，她脑子一定不太聪明。"

"为啥？"

湘云答："难道你都没听说过'胸大无脑'这个成语吗？"

"没。"黛玉摇头，沉默半响，然后问，"你确定'胸大无脑'真的是个成语吗？"

"当然是！怎么不是成语！"湘云一副参与过《新华词典》编撰工作的口气，"我说不会吧，这么耳熟能详、家喻户晓，且男女通用的成语你都不知道？"

黛玉只好承认自己确实没听过那个成语（如果那真的是个成语的话）。

湘云难以置信地盯着黛玉的脸看，把身高接近两米的黛玉看得像小学生一样，羞涩地低下头。他甩甩刘海，叹口气："嗳，甲哥！不是我说你，你这么无知，真的该多读一点书了。唯有读书才能让我们更加博学聪慧。你看，我以前也是什么都不懂，后来我就读了很多很多书，然后我就变博学了——好比说现在我就知道'胸大无脑'是个成语，你就不知道。"

"是是，"黛玉虚心受教，"这个成语，它真那么有名吗？"

"怎么不？！"湘云信誓旦旦，口气逼真得自己都不由得不信，"这个成语可是出自一个很有名的典故。我记得——对对，是和我国古代四大美女之一的杨贵妃有关的！"

"噢，"黛玉一听到"美女"两个字，立马精神一振，像牧羊犬一样竖起耳朵，"愿闻其详，愿闻其详。"

"你不知道，"湘云说，"唐朝那会儿都是以胖为美的，长得越胖的女人越漂亮。那杨贵妃身为娘娘，母仪天下，当然胖得出类拔萃，非同凡响，否则她怎么当得上娘娘？这个'胸大无脑'咧，就是说杨贵妃虽然长得很丰满，但是脑袋却笨笨的，不仅自己笨，而且还把笨传染给了唐玄宗，最后连累玄宗把天下都给丢了。唐朝有个诗人白居易，这家伙就专门写了一首诗来说这个事情——对对，没错，就是那个《长恨歌》！'回眸一笑百媚生，六宫粉黛无颜色'那个。我记得《长恨歌》的最后一句是'天长地久有时尽'，紧接后半句就是'胸大无脑……'，具体怎么说的我忘了——反正'胸大无脑'就是出自《长恨歌》，我绝对不会错的！"

黛玉听完湘云一番高论，钦佩得五体投地，竖起大拇指，衷心赞叹："听君一席话，胜上十年语文课！佩服佩服！"

"不敢当，不敢当。"湘云腼腆地表示谦虚，甩甩头，伸手拍拍黛玉宽阔的肩膀，意味深长地告诫说，"所以甲哥你看，知识就像校领导，在哪里出现，哪里就是一片掌声。所以我们都要多多学习知识，成为一个博学的人呀！"

"是是。"黛玉深深拜伏。

"孺子可教,孺子可教。"湘云点头不止,欣慰地踮起脚尖拍拍黛玉的脑袋。正要说话,抬起头,看到一个衣着光鲜的男生出现在1班教室门口。

湘云立马瞳孔放大,两眼放光,像见到了钱一样:"钱来了——啊不,鸿哥来了!"

在湘云二人热烈探讨着身材与脑袋之间深奥关系的当口,高二(1)班另一个男生,土豪元春也来到了教室。

元春在门口换了鞋套之后,并不急于进去,而是从背上卸下一个巨大的土黄色Amani(注:奢侈品牌。)书包,靠在胳膊上,用力大声地"哗啦哗啦"拍着书包表皮。在确定全班一半以上的人都被吸引过来,并且盯着他包上金灿灿的"Amani"标志超过五秒钟之后,元春方才重新若无其事地背上书包,然后走了进来。

通过这一系列精心设计如行云流水的动作,土豪元春成功构建起了大家对他土豪身份的初步印象。

人一旦有钱之后,剩下要做的事就是如何让别人都知道他有钱。许多年以前,元春年纪尚幼时,在他还未领悟到生命的意义之前,他就先一步领悟到了钱的意义,这对于每个生在富贵之家含着金汤匙长大的人来说,无疑都是一种不幸。

所以从小到大,钱对于元春的意义就在于——它真的是太有意义了。正因为钱对元春来说拥有如此巨大非凡的意义,以至于他长大之后,还进一步把对钱的态度贯彻到对人的态度上,并由此得出了人与人之间相处的一条至理准则:如果你爱一个人,就应当把他想象成钱,这样你就会发觉自己更爱他;如果你恨一个人,也应当把他想象成钱,这样你就会发觉自己其实还是爱着他的。在他眼里,能够让人们放下仇恨,让这个世界充满爱的东西,恐怕也就只有钱能办到了。

元春同学认为,自己这么有钱而别人却不知道,无疑是一种罪过,这就好比雷锋做好事却从不留名是一种错误一样。今天是高二新同学头次相见,为了让大家都知道他是学校里数一数二的雷锋,元春下午出门之前,特意下大力气梳洗打扮一番,把自己浑身上下裹满亮闪闪的名牌,结果最后的效果,让他看起来就像只巴西金刚鹦鹉一样花哨。

元春上身穿着一件紧身的 Amani 大红夹克，还是真牛皮的——拉风的确是拉风，可眼下明明是接近四十度的高温，路面上都能摊熟鸡蛋，大夏天里穿皮衣，真不知他到底是怎么躲过路上太阳，活着到学校的。

　　下身则穿着一件蓝色牛仔裤，不出意外，也是 Amani 的；脚上蹬一双棕色鹿皮高筒靴，居然还是 Amani 的——当然，如果你把他的鞋子脱掉，就会发现他连袜子都是 Amani 的。对于土豪来说，他们从来不关心自己穿衣服的品位，他们关心的只是身上衣服加起来有多贵。

　　元春把皮夹克衣领高高竖起，一路蹬着靴子"啪嗒啪嗒"冲到教室后面，那副风风火火的模样再配上支枪，简直就可以替阿尔·帕西诺出演《教父》续集了。经过湘云和黛玉身边时，冲他们抬抬下巴，算是打招呼。然后走到后排，随便找个位子大大咧咧地坐下，把他的 Amani 书包"噗"地往抽屉里一塞。

　　元春刚一坐下，左右同学立马就从他身上闻到一股浓烈得呛鼻的香水味，当然，依旧是 Amani 牌的香水。旁人不停地扇鼻子，微微皱眉，心想他穿成一只金刚鹦鹉就算了，有必要再把自己喷得像个香水罐似的吗？除了对元春这种刻意炫富的行为反感之外，立马也从他打扮上看出他审美品位真不怎么样。

　　而元春可不管这些，他看到别人眯着眼睛，对自己侧目而视，还以为他们是被自己身上浑身名牌的光芒照耀得睁不开眼。得意扬扬地回看着众人，跷着二郎腿不停抖。

　　元春前排坐着一个女生。女生身形娇小，穿着 Gucci 雪纺无袖套裙，褐色短发卷成梨花烫，刘海用两枚精致的粉色发夹挽着。她来到教室之后，耳中就一直塞着副 AKG 耳机，旁若无人地听着英文歌看书。

　　结果元春一坐到身后，女生立马就从那家伙身上嗅到一股呛鼻的香水气味。那股气味浓烈无比，像填埋场倾倒固体废料一样铺天盖地而来，把她今天中午才抹的 Barbie 紫罗兰护肤霜都盖过了，这使女生尤为不能忍受。

　　于是梨花头女生转过身，用一种看到了外星生物降落地球，或者霸王龙复活的惊异目光上下扫视元春，然后优雅地掏出一块真丝丝巾捂住鼻子，皱眉："Disgusting！What nauseous smell！（注：真恶心，什么味道！）"

　　女生犀利的目光像一柄照妖镜一样把元春扫回原形，使元春由原先自以为的高贵

105

冷艳贵族瞬间变回穿着土裤子厚棉袄的地主老财。元春被梨花头女生盯得浑身不自在，她和自己说英语，想要回答，无奈自己的英语向来不通得像感冒病人的鼻子，所以元春酝酿了半天，思考要如何回答，最后却只磕磕巴巴地憋出一句："Par、pardon？"

"Hum-hum-hum！"梨花头女生掩口尖笑，发出一阵类似于蒸汽掀翻壶盖的尖利声音，"Dear！ What a bumpkin！"（注：真是个土包子。）

那笑声直刺元春耳膜，使他更加着慌。元春坐立不安，不得不转向左边正在低头看书的探春求助，拍他桌子："哎哎，你听见没！她刚才的话是什么意思？"

探春在学校寄宿，下午早早到了班级，进教室之后就发挥他书呆子本性，低头专心致志地钻研一本《作为意志和表象的世界》。被元春一拍，顿时吓了一跳，只得"喔"地应一声，放下手中的书本帮元春翻译。

但其实探春的英语也堪忧，从小偏科，语文奇好而英语奇差，口语只刚达到向洋人问好和询问厕所在哪里的水平。探春脑子里努力回想着梨花头女生刚才说过的每一个单词，最后小心翼翼地说："我想，她刚才是在说'哈哈、亲爱的，什么、一个、南瓜'？"

元春没想到那话翻译过来自己还是听不懂，呵斥："什么乱七八糟的！"

探春自知献丑，生怕元春迁怒于他，连忙像受惊的鸵鸟一样把头埋进书里，表示自己无意卷入他们之间的拌嘴。

翻译这种事情就好比是嚼饭喂人，如果一个人自己没法吃饭，而要吃别人的唾余，吃到嘴里的东西自然没原来那么香。现在元春就好比是那种要靠别人嚼饭喂的人，他没想到那饭经过探春狗屁不通地嚼了一番，自己还是吃不了，气得七窍生烟。梨花头女生连骂他两句，可他却连她骂自己什么都不知道，迟迟无法回击，心有不甘，只能朝前面瞪了一眼以示回应——梨花头女生早就转头继续哼歌了，所以那白眼也等于是瞪给他自己看。

元春屁股紧绷着撑在位子上，越想越不忿，即使今天一身金灿灿的Amani也不能弥补他心中的受伤。他心想自己什么身份，平日在泉州，不，在整个八闽地区呼风唤雨挥金如土，他跺一跺脚马云都要跟着抖三抖，什么时候被人这样轻视过，真是奇耻大辱。

元春义愤填膺，想要起身到前排去找找梨花头女生的茬，然后猛然想起自己英语造诣太低,真的吵起来连她说什么都听不懂,岂不是要被她白骂,大大吃亏。他冷静分析了形势,好汉不吃眼前亏,只得暂且忍着,心想君子报仇十年不晚,来日方长,等自己把她刚才那几句话弄懂了再说。元春在心中沉思良久,用阿Q的精神胜利法安慰自己一番,方才终于释然下来。

他对梨花头女生的羞辱表示释然之后,为了体现出那释然,于是就特地大大咧咧地"啪"一声靠到后墙储物柜上,姿势慵懒,两腿叉开,再往嘴里扔一块国产口香糖(只恨Amani不做口香糖)拼命嚼,"嘎嘎"作响,表示他现在的确很释然。

只可惜演员演技到位,却没有观众愿意欣赏。梨花头女生刚才呛了他之后,再没回过头,就连坐在左边的探春也宁愿看书而不愿意看他,那堪比金马奖影帝的表演也算是白瞎了。

元春一个人坐位子上,百无聊赖,"呵"地哈欠连连。转头四处张望,看见湘云和黛玉坐在不远处低头"嗤嗤"地掩嘴窃笑,正眉飞色舞热火朝天地谈论着什么。元春注意到黛玉左手腕上戴着一只粗大的手表,表身上"Amani"金色老鹰标志闪闪发光,正好和自己浑身的Amani配成一对,顿时有种找到同志的感觉,于是元春感兴趣地高声叫道:"德甲兄!表不错,多少钱?"

"啊——"其实黛玉的Amani手表并不是真货,而是本地黑作坊纯手工仿制的山寨货。黛玉虽然家境也不错,家在晋江办了家鞋厂,专门给"特步"和"匹克"代工。但他平日买东西有个癖好,就是从不买真货,都是买地摊上的山寨货。好比别人穿"耐克",他就穿"耐兔",别人穿"阿迪达斯",他就穿"阿油达欺",眼力稍差的人极易被蒙骗过去。

黛玉被元春这么猛然一问,原本想脱口而出说"三十块",猛然闭住嘴巴,心说好险,差点就诚信做人了。脑子一转,于是照着印象虚报了一个价:"挺贵的,要一千多呢。"

"才一千块,太便宜了,太便宜了!"元春连连摆手,"根本就不是你我这种有钱人该戴的嘛,哈哈。"

一旁的湘云过惯了无产阶级的日子,听到这话,立马像尾巴被点着的牛一样跳起来:"要一千块钱,这么贵!"惊叹了半天,嘀咕:"我的手机也才三百多呢。"

"三百的手机有什么用?没使两天就坏了!"元春嘴里"噗"地吐出个泡泡,伸出手指,像枪一样指着湘云,"我家里不用的手机多得很,改天送你一个双核超大屏幕超长待机的!"

"真的?"湘云惊喜,"也是苹果手机吗?"

"不,是香蕉牌手机。"元春答。

"……香、香蕉牌?那是什么手机?"

元春其实也不了解他家里那部"香蕉"手机是什么来路,想了半天不明所以,不耐烦地挥手:"你管它苹果还是香蕉,不都是水果嘛?肯定都好用!改天我带来送你。"湘云不了解元春人品,把他的信口一说当成千金一诺,连忙大喜称谢。

元春一聊到和钱有关的事,像被狗咬了一样兴奋,索性就把坐席搬过去,和二人兴致勃勃谈天说地起来。不过谈来谈去,三句话总是离不开钱。

湘云在钱方面最没有底气,他倒十分愿意换个话题,比如谈谈漂亮女生,可惜元春对钱更感兴趣,湘云干巴巴地坐在一旁插不进话。聊到后来,三人居然开始探讨"如何用一句话证明自己很有钱"这个富有深度的命题起来。

元春让湘云先说,湘云挠破了脑袋,觉得这个题目难度太大。因为他从小到大都没过过有钱人的日子,确实不知道怎么样才算有钱,沉思了半天,最后小心翼翼地试探问:"我家里有两个脸盆,一个专门用来洗脸,一个专门用来洗脚?"

"去!这算什么有钱?"元春摆出极度不屑,"我还说我家里有两个浴缸,一个专门给我洗澡,一个专门给我家的狗洗澡呢!"转向黛玉:"德甲兄,你来说!"

"哦,"黛玉想了想,说,"我买足球彩票的时候,从来不看是哪支球队,只照着心情押。"

"哇,甲哥果然有钱!"湘云竖起拇指称赞。

不料元春却闭着眼睛摇头,伸出手指,在空气中像钟表一样来回摆动:"你算是比较有钱了,不过还没我有钱。"

二人惊讶:"你如何证明?"

元春淡淡一笑:"我买足球彩票的时候,不管是什么球队比赛,从来都只押国足赢。"

此言一出,二人惊叹万分:"果然真的好有钱!我们甘拜下风!"

元春得意到不行,"扑哧"又吹出个硕大无比的泡泡,险些溅自己一脸。

元春的英语（下）

就算是一坨屎，也有等到屎壳郎的那一天。

所以朋友，你又有什么理由不坚持等下去呢？

——高二（1）班劳动委员顾小美

新班主任迟迟未到，教室里无人组织，乱哄哄一片。众人各自三五成群聚在一起说话，发出"嗡嗡"的声音，整个教室像个杂乱无章的大超市。

原定开班会时间定在两点，眼看后墙上的菱形挂钟都指到两点二十分了，班主任还是不见踪影，这要是放在守时的西洋，大家早就可以散场了。只可惜某些人一向最没有时间观念，在对于时间的使用上显得毫不吝惜——这个毫不吝惜，不仅体现在毫不吝惜浪费自己的时间，也体现在不吝惜浪费别人的时间。

午后两点半，烈日似火，金陵书院像座巨大的蒸笼一样，闷得人喘不过气来，仿佛只要溅起一点火星，这个世界就会疯狂肆虐爆炸。窗外天空明亮得晃眼，连云朵也好像快被太阳烧化了，消失得无影无踪。

在到处都在熊熊燃烧的情况下，剩下这个开了冷气的教室像个孤岛一样，悬浮在火山岩浆之中，大家无处可去，只好在位子上又坚持不懈地继续等下去。

外面似乎刮起了风，带着天蓝色的窗帘摆动，哗哗作响。然后教室门"吱呀"一声被推开，1班班主任千呼万唤终于始出来。班主任一出现在教室门口，全班人立马由嘈杂瞬间安静下来，齐刷刷把注意力投向她，然后得到的第一个直接印象是：喔，班主任长得可真有母性。

班主任人到中年，慈眉善目，面如满月，看起来一副观音菩萨的慈祥模样。照理来说，身为班主任应该长得凶狠一点才对，唯有凶才压得住学生。而她长得不像怒目金刚反而像观世音菩萨，首先在外表上就不过关。大家看着班主任面相这么亲善，想必在性格上也是大度容人，心想，自己日后兴风作浪就放心多了。

班主任款款走上讲台，先是低声为迟到的事向大家道歉，声音温和得像吸饱了水一样："OK！我是一班班主任，也教大家英语。Actually，老师刚才应该早点到的，但是家里临时有点事抽不开身，所以迟到这么久。老师因为耽误了大家时间在这里向同学们道歉。"说完，换上一副诚挚表情："I'm very very sorry！"

讲完那个"sorry"，班主任停顿了一下，体贴地给学生们留下一个齐声说"That's OK"的时间。不料同学们竟不能领会班主任那个停顿里的暗示，反而以为班主任是紧张说话卡壳了，都屏住呼吸看她，气都不敢喘。台上台下一时间大眼瞪小眼。

班主任像望夫石一样在台上翘首以盼千年，换不来一句学生的"That's OK"，为了化解尴尬，只得接着做自我介绍："All right！All right！大家还不知道老师的名字叫什么吧？"台下一片配合的迷茫眼神："Fine，老师名字很简单！叫范安娜。"说完转过身，从粉笔盒里夹起一支粉笔，在黑板上龙飞凤舞地写下"范安娜"三个大字。

班主任果然不愧是教英语的，不仅名字洋气，打扮也洋气。她穿着黑色高跟鞋，鞋跟高得与东方明珠塔有一拼，让人为她吊着呼吸，担心她有随时重心失稳摔倒的危险。

元春坐在教室后排，一边嚼口香糖，一边眯眼睛看黑板上班主任的草书，以为那是老师写的英语。他刚才被前排梨花头女生羞辱之后，悲愤交加，立志苦学英语，早日报仇。心想说做就做，于是歪着脑袋，盯着黑板上一字一顿认真念道："P、I、G、G、G……pig？"

"是范安娜啦。"一旁的探春哭笑不得，不得不合上心爱的书本纠正他。

元春还没回答，前排梨花头女生就"Hum"地冷笑一声，坐在位子上头都不转，抑扬顿挫地用鼻音哼一声："Bah！Bah！It is all a 'Moo' point！（注：真是对牛弹琴。）"

傻子都知道那话是说给谁听的。都说人傻钱多，元春虽然钱多，万幸人还不傻，立马听出她又在骂自己。不幸的是他仍旧没听懂，又被她白骂一次。元春气得咬牙切齿，转头把气撒到探春身上："要你说！我当然知道！我自己练英语，要你多管闲事！"

说完，冲探春的耳朵叫："Pig！Chicken！Hen！Cow（注：猪、小鸡、母鸡、奶牛。）——"没词了，瞪他一眼："多管闲事！"

"好好，当我没说，当我没说……"探春揉揉发痛的耳朵，举起书投降。

台上班主任范安娜继续给班级同学做介绍。这个范安娜讲话有个怪习惯，就是不肯好好说普通话，一句普通话里必夹上一两个英语单词，听上去就像是山东大葱煎饼里加上美国奶酪，让人感觉有一种说不出的怪异。

这种怪习惯即使不表示她英语说得好，至少也是一种自抬身价的做法。因为这年头，不管什么事物，但凡和"洋"沾上一点边，档次似乎就能立马"噌噌"往上提不少。若是一个外国人嘴里偶然蹦出几句普通话，只能说明他会说的普通话不多；可是若是一个国人话里夹上几句英语，却反而证明他文化水平高。

班主任显然深谙此道，写完自己名字，翩然转过身："OK！黑板上是老师本名，nevertheless，老师还有一个英文名，Ross."说完，又拿粉笔"哼哼"地在黑板上添了一个肥美硕大的"Ross"，把粉笔一丢，拍拍手："大家以后要是愿意的话呢，可以直接叫我Ross, as you will. 老师是绝对绝对不会说你们不礼貌的，all right？"

大家这下悟性倒提上来了，明白班主任说这话是此地无银三百两。她这么一讲，全班人立马机灵地齐声叫道："是的，老师！我们一定会这样叫的，老师！请你放心，老师！"

Ross对众人的领悟能力赞许有加："Good, good！我不仅是咱们班班主任，以后也教1班英语。明天上英语课时，我们就需要一位英语课代表来协助老师和大家沟通，为大家服务。"

说完，顿了一下："至于这个英语课代表呢，我已经——"

班主任原本想说自己已经有人选了，没想到话还没说完，台下第一排一个矮个子男生立马跳起来大叫："Ross！我很愿意当我们班的英语课代表，为大家服务！"

那个小个子男生不是别人，正是宝钗同学。1班男生本来就少，大部分都坐教室后头，唯独宝钗一个男生夹在第一排女生群里（惭愧惭愧，因为实在是太矮了）。近水楼台先得月，他一听到班主任说"课代表"，立马兴奋地跳起来，毛遂自荐。

众人听了宝钗的话，都吓一跳，心想这家伙胆子倒不小，班主任只是客套一下，他居然就真敢直接叫班主任Ross，替他捏了一把汗。

班主任却认识宝钗，因为高一时宝钗他们班的英语就是她教的，知道宝钗以前就是这副咋咋呼呼的模样，连忙阻止他进一步咋呼："OK，OK！孙汉男同学不用毛遂自荐，actually，课代表呢，我已经有人选了！"

"啊？"宝钗站在亮闪闪的窗户旁边，看着班主任，一脸茫然。

Ross见他不信，干脆把那个"人选"搬出来，于是冲台下招招手："Come on, Miss Lola，请起来一下！"

班主任话音刚落，元春前排的梨花头女生就放下书本，得意扬扬地从位子上站了起来。

"ē、é、ě、è……"众人发出一阵抑扬顿挫的鹅叫，像雨点一样把目光落到梨花头女生身上，心想这是何方神圣。

班主任和梨花头女生暧昧的眼神交流了一下，会心笑："苏萝拉同学在一年级时就是我的英语课代表。她英语成绩好，工作态度又认真，所以我想任命苏萝拉同学为我们班的英语课代表，相信她一定能胜任这个职务。"

说完，冲苏萝拉抬抬手："Come on, Miss Lola，和大家打声招呼，让大家认识一下。"

苏萝拉摘下耳机，手捧英语书，一脸优雅地冲众人点点头。长睫毛下的深蓝色眸子直接跃过众人头顶，高傲地看向天花板，一副不食人间烟火的清高模样。

这个苏萝拉可不简单。祖上拥有四分之一英国血统，因为父母工作的关系，幼年在英国伦敦度过，在当地一所拥有上百年历史的私立中学读书，学得一口标准的伦敦腔。十五岁回国读高中，结果把伦敦腔也带了回来，平时讲话一半必用英语，以表示英国是自己的第二故乡，至今乡音难改。

后来，大家在了解到苏萝拉这一点后，方才明白班主任Ross为什么对她如此器重了。因为二人在各个方面都相像无比，模样像，性格像，讲话更像，仿佛同一个模子里刻出来的。这个苏萝拉根本就是青春期版本的班主任，或者不如说，班主任简直就是更年期版本的苏萝拉。在这世上，又哪有自己不喜欢自己的道理呢。

苏萝拉荣任英语课代表，全班大部分人热烈鼓掌，表示祝贺。唯独第一排的宝钗还茫然地站在那里，像被迎头打了一记闷棍的鼹鼠，一副完全没缓过来的样子。

他的座位夹在顾大美、顾小美两姐妹之间，顾大美是省级八十公斤举重运动员（她当之无愧），今天到体育部开会去了，剩下顾小美在旁边。顾小美看见宝钗还傻傻地站在那里，一脸呆滞，替他难受的慌，伸手把他拉回位子："愣着干啥，还不快坐下？"

宝钗坐回位子，仍然没反应过来，转头问顾小美："为什么老师让那个女生当课代表，不让我当？难道她觉得我的英语还不够好吗？"

"你——"小美看着他，捋了一下长发，"觉得你的英语很好？"

"我觉得挺好的呀。别说当课代表了，就算让我当班长都绰绰有余！"

"好，我问你个问题噢，"顾小美说，"那你说说，'班长'这个词该怎么翻译？"

"Class——long？"

"孩子，你还是老实坐着吧……"顾小美拍拍他的鸡窝头，长叹一声。

台上班主任说："Quietly, please！OK，今天我们班会呢，有两项议程，一是注册交学费，另一项就是班委选举。学费的事待会儿再说，All to all，我们现在先进行班长选举——"

班主任话音未落，宝钗又蹦起来："Ross！我很愿意当我们班班长，为大家服务！"

班级众人又被他吓一跳，心想这家伙怎么老是这么冒冒失失的，是不是非得把人吓出心脏病才罢休。恼火不已，都用一种奥特曼看见了怪兽一样的神情盯着他看。而宝钗则用一只怪兽见到了一群奥特曼的神情回看大家，隐隐约约有种大难临头的感觉。

美国诗人爱默生曾经说过：还能冲动，表示你对生活还有激情；但老是冲动，就表示你还不懂生活。从宝钗如此喜欢冲动这点来看，表明他尽管都快过十八岁生日了，对生活仍旧是懵懵懂懂。

旁边的顾小美实在替他臊得慌，这次不敢再用手拉他了，改伸腿踢他的球鞋，偷偷把他勾回位子。

Ross等宝钗坐下去之后，哭笑不得地打手势："OK，OK，孙汉男同学，你先听我说完。咱们选的这个班长呀，我希望他/她能够真心替大家服务，充当学生与老师沟通的桥梁。我们需要他有责任心，能力也要强，学习成绩更要优秀（这个是重点），只有这样，才可以给同学们竖立起良好的榜样。"

提了一大通条件，瞟宝钗一眼："好了，现在如果哪位同学认为自己足够优秀的话，就上台接受大家的投票。哪一位敢上来？"

宝钗连忙举手:"我!我!"

班主任十分无奈,心想自己话都说到这份上了,这个孙汉男怎么就没有一点自知之明呢。但宝钗举手,又不能不让他上来,只得说:"All right,孙汉男同学上来吧。"

于是宝钗就"霍"地一推桌子,猛地站起身,又把众人吓一跳。

出乎大家意料的是,宝钗动作有气势,人却矮小无比,一路蹦蹦跳跳站到讲台后边,胸脯居然才刚刚过讲台面。他上台之后就不停地眨眼睛,连一句完整的话都说不出来,与刚才的勇敢完全不搭调。

因为宝钗之前从未竞选过班干部,现在被四十多双犀利的目光死盯着,一时间浑身冒怯,紧张得像大闺女头一次嫁人(当然,第二次嫁人的时候相信就不会这么紧张了)。

上台之后,自我介绍说:"大家好,我叫孙汉男,原来是高一(10)班的",然后就没话说了。心中犹豫着要不要再补充一句"我是男的",想想又觉得大家应该能看得出来,还是不说为妙。

宝钗像一截矮木桩一样杵在台上,支支吾吾就是说不出话。教室里沉寂了好几秒,第一排的顾小美就忍不住"嗤"笑出来,班主任Ross连忙制止:"Keep quite!"

宝钗脑中一片空白,不知道该说什么好,但还留恋着讲台迟迟不肯下来,Ross站一旁替他干着急。宝钗脑子灵光一闪,突然想到自己这么有才华,从小观遍"经史子集",饱览群书学富五车,很有必要拿出来夸耀一下。

在这个世界上,每个人不用学都会的两件事,除了刚出生时的那声啼哭,另一件就是长大后的自吹自擂了。于是宝钗一扫刚才胆怯,小小身体像火山喷发似的,突然爆出一股神奇的力量,大声冲台下喊:"我从小读了非常多书,尤其对《红楼梦》这本古典名著很有兴趣!我从小就开始看《红楼梦》,我、我还写了很多有关《红楼梦》的文章,给各大报纸杂志都投过稿(可惜从未发表)。"

"我最喜欢看《红楼梦》了,不仅我喜欢看《红楼梦》,我爸爸也喜欢看《红楼梦》,我妈妈也喜欢看《红楼梦》!包括我爷爷奶奶也很喜欢看《红楼梦》!"想想,补充一句,"看来我全家都喜欢《红楼梦》!"

"……"

众人不明白选班长和他全家都喜欢《红楼梦》有什么关系，一开始愣在那里。随即突然明白，宝钗也许是在和大家讲笑话，于是恍然大悟，纷纷鼓掌放声大笑。

宝钗被大家笑得莫名其妙，完全不明白笑点在哪里。不过既然大家肯笑，就说明自己的话终于起了效果，于是兴奋地再接再厉："谢谢，谢谢大家！其实我不仅看《红楼梦》，而且喜欢《红楼梦》，更研究《红楼梦》！所以，我觉得我很适合班长这个职位，请大家投我一票！"

说完，冲台下一鞠躬，又像澳洲野兔一样蹦跳回座位。台下掌声稀稀拉拉，如同深秋柿子树枝头上残留的果实。

班主任Ross惊诧于宝钗话中的奇妙逻辑，站在一旁愣了好半天才反应过来，连忙说："Good，good，谢谢汉男，下一位同学！接下来哪位要上台选？"

"我来！"顾小美举手。

这个顾小美班主任也认识："Fine，那接下来就请小美同学上台为自己拉票吧。"

顾小美今天是有备而来，她穿着和姐姐同款的米色帆布长裙，提着裙摆款款走上讲台，捋捋到腰部的长发，劈头就对众人说："大家好！其实今天我上台并不是为了选班长！"

众人大吃一惊，心想你不选班长还跑到台上来干吗，难道是存心捣乱。

"其实，我不想当班长，我真正想当的班干部是劳动委员！"顾小美说，"因为，我从小就热爱劳动，讲究卫生，维护清洁。我觉得，我们的班集体可以作是一个温馨和谐的大自然，大家伙就是这个大自然生物链上的各个环节。有人负责生产，有人负责守卫，有人负责清洁，大家协调分工，各司其职。"

说完，她按住胸口，开始做抒情状："而我，便愿作这大自然集体中一员小小的蜣螂！给大家清扫垃圾，为大家提供一个干净整洁舒适健康的环境。请大家自觉呵护一个发自花季少女内心的美好梦想，谢谢大家！"

然后又感情泛滥地"啊"了一声作为结尾，鞠躬下台。

大家一边鼓掌，一边回味着顾小美方才演讲里的妙喻。很多人都不知道"蜣螂"到底是什么东西，连忙向身旁的人打听。一问才知道，原来蜣螂就是屎壳郎。

众人顿时感动不已，心说不得了不得了，这年头居然还有人肯以做一只屎壳郎为人生最高目标，这该是需要一种多么伟大的奉献精神啊，这年头如此大公无私的人可真不多了。大家被顾小美的高尚人格打动，等不及最后投票了，生怕顾小美反悔，当即举手表决投票。结果全票通过，顾小美同学荣任1班劳动委员，任期直到毕业。

继小美当选劳动委员的小插曲之后，接下来，又有好几位同学上台做班长竞选演讲，而且也是讲得精彩绝伦，各有特色。有激情洋溢手舞足蹈把讲台当成辩论台的，有声情并茂声泪俱下学那些电视选秀节目大打感情牌的，还有磕磕巴巴连"班长"两个字都讲不利索的……

最后还有位发型飘逸的男同学，上台之后，先甩甩头发，然后宣称自己："我从幼儿园开始一直当班干部，从业十年，管人经验极度丰富，一直被模仿，从未被超越！"

众人听完，发出一阵惊叹，被他"从业十年"的丰富经验吓到。台下一蘑菇头满脸雀斑的女生大声叫："好厉害！所以你从业这十年当的是什么班干部？"

那位男同学答："桌长。"

"桌、桌长？"众人齐刷刷被雷住，表示自己书读了这么多年，只听说过班长副班长大组长小组长少先队长，还从没听说过什么"桌长"。

另一胖女生问："请问——你这个桌长是干吗的？"

"我身为桌长，主要负责一桌之内的事务。"桌长同学自豪地答，"意思就是说，我坐的那张桌子内的所有人和所有事，都归我管！"

"也就是说，你这个桌长实际上只管了两个人喽。"

"不不，还要比那少一点，"桌长同学腼腆地表示谦虚，"准确的是，是只管一个人。"

"为什么？"

"因为我从小到大都是一人坐一桌。"

"……"

最后班主任Ross不得不出面，十分客气地把桌长同学请下了台。

当然，竞选的主角绝对不可能是这几位，若真是这样的话，那高二（1）班也算完了。诸位候选人当中，最为令人瞩目的当然还是班里几位鼎鼎有名的尖子生，有男有女，男生不用多说，只有"李学霸"凤姐堪当大任。

因为凤姐等人在高一的时候就已经是年级里如雷贯耳的学霸，大家经常在各种场合听到他们的名字看到他们的身影，不过却往往是只可远观，不可亵玩。即使偶尔有幸同台，也通常是他们在台上领奖，而他们在台下鼓掌。毕竟在简单淳朴而远离社会真实的学生年代，成功人士与否的标准只是以成绩高低来评判的。

众人对几位成功人士仰慕已久，今天终于能够如此近距离看见，顿时都有一种膜拜了二十年的泥菩萨自己走下神坛的感觉。

所以别的同学上台时，众人的反应都是："嗯。"等到他们上台，台下众人的反应立马就变成："哦！"后面跟着一连串像倭瓜一样大的惊叹号。

各路人马三教九流轮番登场完毕，班主任给每个人派发选票，是那种清一色的硬质小卡片，供众人写上自己心仪人选的姓名。每张卡片只能写一个名字，多写或不写视为作废。写完交上去之后，班主任请前排两个女生到台上帮忙计票，一个唱票，一个在黑板上画正。

最后的结果是，学霸凤姐以十九票的总数高居第一，而另一名成绩也很好名叫"陈皎皎"的女生紧追其后，以一票之差屈居第二。至于其他候选人的得票数，几乎可以忽略不计。

咋咋呼呼的宝钗当然就不用说了，他刚才那句喜欢《红楼梦》的话其实就等于给自己宣判了死刑。现在的学生对于《红楼梦》之类古典名著的态度向来就像孙悟空戴了紧箍咒，一念就要连喊头痛，要不是为了应付考试，没人愿意把时间耗在那种枯燥乏味的玩意儿上面。

计票结果出来之后，班主任 Ross 也是大吃一惊。她惊讶的当然不是宝钗居然会败选，她惊讶的是，另一个女生居然败给了凤姐。

因为那位名叫"陈皎皎"的女生和苏萝拉一样，都是 Ross 从高一带上来的学生，在 Ross 原先的班里就是班长。班主任对二人器重无比，视她们为自己的左膀右臂，现在到了高二（1）班，还是想让女生继续当她的班长。

Ross 原本心想，自己的爱徒在学生之中的名气那么大，1 班大部分又是女生，当上班长应该不会有什么悬念，没想到女生们倒更买凤姐的账。

眼看自己的左膀右臂要去掉一只，班主任当然不肯。Ross 这么多年书总算没白教，老谋深算，灵机一动，对台下众人叫道："Surprised me！（注：吓我一跳。）同学们你们说巧不巧？老师突然想到，班里只有一个班长是不够的，in nature，我们需要两个班长！同学们，你们知道这是为什么吗？You know？"

学生们一听这话，立马明白她在打什么算盘，心中暗笑，于是纷纷配合地做出一副天真无邪好奇无比的神情："不知道耶！老师给我们讲讲！"

"For instance，"Ross说，"这一个班长啊，就好比是一只手，那两个班长不就是一双手了吗？一个人只有左右手都齐备了，才是个健全的人嘛，right？大家想想看，人身上的器官不都是两个吗？两道眉毛、两只眼睛、两只耳朵……所以说，两个要比一个好，right？"

没想到她话音刚落，第一排的宝钗就愤愤跳起来大喊："老师说的不对！人的鼻子只有一个！"

班主任吓一跳，心说自己怎么没想到。宝钗说完，顾小美在旁边大声反驳："人的鼻子只有一个没错，但是一个鼻子有两个鼻孔啊！"

班级众人原先也在皱眉低头沉思，此言一出，方才纷纷恍然大悟："喔，原来一个鼻子有两个鼻孔啊！"

班主任衷心感激劳动委员帮她解围，连声夸顾小美"good job"。心中一块石头刚要落地，猛然想到嘴巴其实也只有一张，又吓一跳，生怕有学生想到，连忙伸手打住："All right，all right！我们不讨论这个。其实老师打比喻没有其他意思，主要就是想说明，一个班长是不够的，我们应该另外再设一个副班长，分担班务。我看哪，既然李自冕同学的票数得了第一，皎皎票数第二，就让他们两个当正班长和副班长，大家说怎么样？"

众人暗笑，心想班主任绕了这么一大圈想说的不就是这句话，于是纷纷配合鼓掌衷心称赞："好主意！老师真英明！"

"Good！"班主任见大家这么支持，高兴点头不止。她心愿达成，功德圆满，满意地学鸽子不停咕咕叫："Good，good，very good！"

学完鸽子叫，又同大家商量了其他几项琐碎事务，最后才提到交学费的事。这学期学费仍然不变，只不过上缴方式改成刷卡转账，不像从前直接交现金。因为校领导出于安全考虑，生怕别人看见老师兜里揣着那么多钱，见财起意抢了就跑路。

别看校领导们平日总是大智若愚一副没睡醒的样子，只要一提到钱的事，总能爆发出非人智慧，精明得连俄国作家契诃夫笔下的农奴主都要自叹不如的。

班会圆满结束之后，太阳也落了山，学生们各自收拾东西从教室离开，准备明天上课。黄昏时的金陵书院别具一格，烈日退去后，天空被从橙红色到赭黄色渐变的云霞占据，偶尔几只鸟拍从高楼间振翅飞过，衬托着夏日傍晚难得的宁静。

走在林荫路上，视野里是大片大片浓郁的深绿色，宁静得像一片绿色海洋，耳畔只有微热的风。其他人心情愉快，在归途中一路嘻嘻哈哈打闹不停，笑声和夕阳漏在身后，洒了一地。

众人里，唯独宝钗同学因为刚才的竞选失意，气鼓鼓的，格外闷闷不乐。他尾随大家从教室里出来，双手拽着书包肩带，低着头，在林荫路上慢慢走着。

"汉男君，"顾小美从后面追了上来，高声挥手喊，"汉男君，等等我！"

宝钗听见小美叫他，方才停下脚步，缓缓转过头来。

刚才选班长的时候，宝钗同学第一个自信百倍地上台。因为去年高一选班长的时候，宝钗曾经看见班里许多人都争先恐后地涌上台参选，他还以为只要是个人都可以去选，恍然大悟，心想我不也是个人吗，所以今年高二再选班长，他就果断去了。最后当然没选上，更令人悲伤的是，他总共才得了两票。

宝钗和小美背着书包，走出教学楼，准备出西门回家。夕阳把整个教学楼覆盖起来，像爬山虎泛出黄色，沿着墙壁的底部一直往上蔓延。黄昏如血，被落日一渲染，更平添了他心中的忧伤。

"我还是不明白，为什么李学霸能当班长，那个苏萝拉能当课代表，我就不能？"宝钗嘴里不停咕哝，"为什么，为什么，为什么我才得了两票？我如此的博学多才，结果居然才得了两票！"

转头问顾小美："小美，难道我还不够博学多才吗？"

顾小美不忍心告诉宝钗，选举这种事其实是名气大不大的问题，而不是博不博学的问题（何况他到底博不博学本身就是一个问题）。见他伤心落魄，后悔自己刚才那一票投给了凤姐，于是故作轻松，拍拍宝钗肩膀："别难过，不是还多出一票嘛！说明咱们班还是有人支持你的。"

"可是也才多出一票啊！"宝钗嘟囔。

小美没想到他这么不知足，心想他自称从小读了那么多书，做人怎么就不知道知足常乐的道理哩。于是顾小美叹口气，把头发捋到肩后，停下脚步，然后把宝钗肩膀一扳，居高临下地盯着他看。

"你干什么？"

宝钗愈发悲愤，因为直到现在他才发现，自己居然还没顾小美高："你干吗？"

小美看着宝钗，深吸口气，鼻子皱成小橘子一样。她说："嗳！汉男君，事到如今，有一件事我不能再瞒你了。"

"什么？"

"其实你得的那两张票里，有一票就是我投给你的。"

"你投给我的？"

"没错，是我投你的。"小美点头，"嗯，本来我还想当一个做好事儿从不留名的雷锋，只把它记到日记里。但现在看到你这么难过，我只能选择把真相讲出来了。"

说完，她换上一副饱含深情的眼神，凝望宝钗，轻柔地低声说："汉男君，我之所以把真相告诉你，不为别的，就是想让你明白：无论这个世界如何嫌弃你，我也会始终站在你这一边。"

讲完这句肉麻得自己都浑身起鸡皮疙瘩的话，顾小美忍不住"咦"地抖几下，然后一言不发，等待宝钗被自己感动得热泪盈眶，一塌糊涂。

不料期待中的泪流满面并未出现。宝钗死死盯着顾小美，突然一甩手："撒谎！你的票根本就没投给我！"

"你怎么知道的？"顾小美的谎话被戳穿，心虚无比。

宝钗尖声叫："因为那一票根本就是我自己给自己投的！"

顾小美思维难得敏捷一次："那不是还有一票吗？"

"还是我自己投给我自己的！"

顾小美大吃一惊，心想早该清楚宝钗的人品的，这种自己给自己连续投两票的事也就宝钗这种家伙能干得出来了。

二人在教学楼下面演琼瑶剧，结果演着演着最后成了侦查剧。宝钗为顾小美欺骗他而生闷气："哼！重色轻友，绝交！"

一跺脚，一个人气鼓鼓地背着书包拂袖而去，留下有些错愕的顾小美。

此时，校园里的人差不多都走光了，放学后的校园里寂静无比，带着一种空旷的回声。太阳落到远处地平线下，整个世界笼罩在朦胧黄昏中，让人觉得自己像只泡在蜂蜜里的渺小蚂蚁。

顾小美等宝钗走远之后，无奈地摇摇头，掂掂肩上的碎花米黄色书包，继续往校门走去。结果刚起身走出几步，她猛然想起来一件事，不由自主地停下了脚步。

不对啊，她心想，当时老师发选票明明是每人一张，并说每张选票只能写上一个名字。照这样规定，也就是说每个人最多只能投出一张票，可是宝钗却给自己连续投了两张票，而且居然还没被发现……

顾小美愣住了，站在原地，看着远处那个在燥热夕阳下逐渐模糊的身影，百思不得其解："那个家伙，他到底是怎么做到的？"

探春的回答（上）

> 昨天看电视说睡得多导致早死，吓得我心里哆嗦。所以最后，我一咬牙一跺脚，下定决心以后再也不看电视了。
>
> ——热爱睡眠的元春

新学期开始之后，金陵书院两个校门告别了假期的宁静，又变得熙熙攘攘，充斥着各个年级的学生，在大门内外往来梭巡。光是看他们的脸，其实就可以很轻松地分辨出哪些是老生，哪些是新生。

通常来说，新生初来乍到，脸上总是带着一股新鲜和亢奋劲儿，就像一群叽叽喳喳的初生麻雀，对学校一切带着激动和莫名的惶恐。

而与此形成鲜明对比的，则是老生脸上如白开水一般的淡然——或者说，是淡然得根本就没有表情。因为他们早就习惯了学校生活的模样，最初躁动的心也早已被日复一日的枯燥学习生活磨平。即使是新学期开学，似乎也不能使他们表现出什么巨大的兴趣。他们早就习惯了把自己放在时间的温水中慢慢蒸熟着，让自己在日复一日的单调重复中逐渐变得麻木不仁。直到有一天温水突然沸腾，他们才从安逸之中惊觉过来，拼命想要挣脱，一切就都已经太晚了。

九月的校园里人流如织，男生们穿着干净的白色衬衣，推着山地车，脸上露出或明媚或猥琐的笑；女生们头上扎着五颜六色的发带，背着双肩包或者挎包，笑语莺歌。夏末依旧炎热，空气浓稠得像流脂，让人呼吸都变得有些困难起来。头顶上方，明亮沉澈的日光如海洋一般倾泻下来，热风如一群无声的游鱼，从高高的枝头浮游而过。

全校学生集中在西边新盖的理文楼群上课。理文楼群总共三幢，气势恢宏，外表一律刷成浅蓝色，类似于冬日里没有云朵时，天空那种淡淡的颜色。

高二（1）班众人原先都憋屈在北边破旧的英语楼念书，英语楼靠近居民区，有家歌仔戏台天天演木偶戏，咿咿呀呀，吵得学生们个个都不想上课想跑去听戏了。现在分班之后，终于搬进了宽敞明亮的理文丙楼，新教室还雄踞最高层，顿时觉得人生档次都提升不少。

新教室在丙楼顶层，视野开阔，天气晴朗时从西边窗户往外看，可以眺望到远处宽阔的静川江，以及江对岸延绵起伏的低山。许多工厂隐藏在江对岸山坳之中，竖起无数密密麻麻的黑色烟囱，尖刺一样笔直伸向天空，从早到晚都从烟囱里冒出像云一样轻渺的烟。黄昏日落时，偶尔还能见到白色的鸥鸟在江面上翻飞，夕阳余光铺在水面上，半江萧瑟半江残红。最初看到那种景色的人一定都会被陶醉。

不过这种陶醉也只是时间问题罢了。因为时间就好比是白开水，能够荡平伤痕的褶皱，也能够冲淡最初的欢愉。大家刚搬进新教室的时候，还倍感新奇，等过一段时间环境熟悉了，日子立马复归平常。新的班级，新的同学，新的老师，很快就都不新了，步入二年级的新奇与兴奋也褪得一干二净。刚开始，大家还为能俯瞰到远处的静川江水而激动不已；到后来，每天面对这漂亮的青山绿水，居然也麻木得没有感觉了，好像那景色已经变成家中吵吵和和了大半辈子的黄脸婆，连多看一眼的兴趣都没有了。

——由此可以推断，娶一个漂亮老婆其实是没有多大意义的，如果不是为了炫耀的话。因为老婆再漂亮，天天看，迟早也是要看腻掉的。既然如此，反倒不如讨个丑点的，放在家里也安心，不用担心自己头上帽子哪天有突然变绿的风险。

开学伊始，学生优劣高下立判，即使同样是重点班的学生也能分出个三六九等来。会读书的人努力读书，不会读书的人则努力睡觉。而这些睡觉的家伙们之所以能够如此心安理得，是因为他们早就为自己准备好了后路。准确地说，是他们家已经用钱给自己的孩子铺了一条通向出国留学的路。

高二（1）班的大土豪元春虽然也宣称要留学，但平时上课倒勤快得很，每节课堂堂必到。只不过别人上课是来听讲，他上课是来睡觉。

众人对此迷惑不解，问他既然在家是睡觉，来上课也是睡觉，家里床还更舒服一些，为什么不直接躺家里睡觉？

元春说："你们懂个屁，我这是在为将来国外留学做准备。因为我高三毕业要去美国留学，美国位于西半球，时差与这边正好隔了十二个小时，我国是白天，美国就是晚上。所以我现在先努力让自己在白天睡着，等到了美国那边就无须再调整时差，晚上可以倒头就睡。"

同学们都想不到他原来如此深谋远虑，钦佩得不行。

但元春之所以肯来学校上课，哪里是在为留学做准备，其实全是被他老子逼着来的。元春家庭经商，他老子在广州做生意多年，发了不少财。但因为文化程度不够，加上广东人实在太精明，赚的钱都不够被骗的。

父亲总结自身经验教训，认定元春虽然不是读书的料儿，但还是必须多学知识，否则以后要吃大亏，自己辛辛苦苦攒下的一点家业迟早给他败光。所以强迫元春必须按时去学校上课，他要敢逃一节课，就断他三个月的零花钱，敢逃两节课，就断他九个月的零花钱。

元春吃惊不已，问爸爸，怎么逃了两节课就要比逃一节课罚得多出这么多啊？他老子说："你小子懂个屁，为父我这是按照数学上的指数增长函数模型 $y=x3$ 来计算罚钱月数，看你一脸不懂的模样就知道你小子上课又没好好听。"

元春佩服得五体投地，心想爸爸平时算账连二乘二与二加二相不相等都不知道，居然还懂得这么高深的数学知识，瞬间对老子的敬畏又上了一层。

他老子得意扬扬，然后语重心长地摸着元春的头对他说："儿啊，知识就像内裤，你看不见并不代表它不重要。所以你切记要好好学习多掌握文化，做一个穿内裤的人才是啊。"元春深深拜伏。

在他老子的循循善诱加威逼利诱之下，元春不得不乖乖来学校上课，而且还一节课都不能翘。对此，元春倒是了无所谓的。他心想，反正待在家里是睡觉，来学校了照样可以睡觉，在哪里睡不是睡，他就果断来学校睡觉了。而老师们也早就知道元春准备好了退路，所以都任由他睡，不管他。

今天周一，上午第一节又是班主任 Ross 的英语课。上了一星期的课，等 Ross 把大家的脸都记住之后，她就让班级同学们给自己取英语名字。强调说，这个英语名字不仅要听起来像本名，而且最好还要有实际的含义。这可把一群英语水平只够跟洋人打招呼说"How are you？"和"I'm fine, thank you. And you？"的学生给难倒了。

老师见台下众人迷惑不解，只好自己亲自作示范。她在班里随便挑了一个女生，让女生到上面来写她的名字。那女生走到黑板前面，夹起粉笔写下"杨仪雯"三个大字。Ross对着那三个字研究了半天，然后就给她想了个英语名叫"Ivy Yan"。

在黑板上写出来之后，得意扬扬地介绍说，这个"Ivy"不仅听起来像本名"仪雯"，而且还是英语里"常青藤"的意思，寄托了生机勃勃、旺盛生长的美好愿望。那女生得此佳名，欣喜不已，连声向老师道谢。

大家有了老师的示范，于是纷纷动手构思自己的英语名。最后站起身介绍自己名字的时候，真是什么都有。有叫孔敏的，就给自己起名叫"Mic Kong（米缸）"，有叫楚德蓓的，就起名叫"Debon Chu（大笨猪）"，还有个叫童祖霏的，就叫自己"Zeffrey Tong（猪肺汤）"。老师台上报一个名字，台下笑一阵。

大家把自己名字取好，意犹未尽，又拿那些古代名人们练手。孔子，字仲尼，被翻译成了"Johnny Kong"；李白，字太白，就成了"Too-bug Lee"（注：bug，臭虫。）。就连那些古代帝王们也没被放过，夏桀成了"Jack Hsia"，商汤就成了"Tom Shang"，曹操最倒霉，被学生们强行翻译成"Fuck Tsao"，听上去也像骂人的脏话。

所谓的英语课成了起名课，大家互相拿对方名字恶搞，大笑拍桌子，连正经课都上不下去了。

在第三次被班级众人高亢无比的笑声吵醒之后，坐在最后一排的元春同学真的有点儿愤怒了。

众人上英语课时，土豪元春就遵循以往上课惯例，美梦沉酣中。梦境里光怪陆离，经历各种刺激冒险旅程之后，最后梦到自己置身于一座用百元大钞叠起来的钱堆里。元春向来爱钱如命，做梦都想能有这一天，现在美梦终于成真，激动得满脸通红，颤抖地抄起一沓钱，手指头沾沾唾沫，刚要开始数，结果就被众人放肆的大笑给惊醒了。

元春美梦成空，睡眼惺忪地从书桌上抬起头，拿他Amani夹克的袖子擦擦嘴角的边哈喇子,恼火不已。他心想,老师总是说我们的班集体就像是一个温馨的家,可现在大家却不让他在家里睡个好觉,这到底是什么道理。

他的手臂被压得发麻,哆哆嗦嗦地从抽屉里摸出iPhone 6手机,拿拇指头划开屏幕,看到还有十分钟才下课,心想再睡一次时间还够,于是把手机"哐"地扔进抽屉,趴下继续昏沉沉睡过去。

对于元春这种上课只想睡觉的家伙来说,上课铃是他的安眠曲,下课铃则成了他的催魂令。元春上课昏昏沉沉,等下课铃"铿铃铃"一响,立马像打了兴奋剂一样满血复活过来。下课间隙有十分钟,Ross夹起课本离开之后,班级众人起身活动,或到楼层南边上厕所,或拿本书站到走廊上倚着,或者干些其他事,乱哄哄的。元春一个人在位子上无聊坐不住,于是就跑到第一组找认识的湘云黛玉兄弟俩聊天。

他们班的湘云也是才知道元春毕业之后要出国留学的。湘云是个土鳖,平时极少接触外国事物,对他来说,元春要去美国就跟他要登陆冥王星一样没什么分别。正如西方大航海时代西洋人总喜欢在东方前面加上"神秘"二字,意淫东方遍地黄金满街香料,此刻的湘云在憧憬外国的时候也带上了这种浪漫主义的遐想,好奇得像一只咯咯叫的母鸡,不停向元春问东问西询问西洋风土人情,好像元春已经出国回来一趟似的。

湘云问:"鸿哥,你真是去美国留学?不是去欧洲?"(谢天谢地,他还记得美国不在欧洲。)

"欧洲?"元春靠在位子上一边打哈欠一边皱眉,满脸的不屑,"怎么可能,我当然是去美国!欧洲那些小国有什么好去的,坐飞机过去了轮子都没地方放!"

旁边的黛玉拿手费力撑在椅子上(他实在太高大了),惊乍起来:"欧洲真那么小哇?"

"不骗你们,真的不是一般的小。"元春一幅游历诸国,饱览寰宇的口气,"跟你们举个例子好了,你到欧洲某国的时候,拿根鱼竿到一条小溪里去钓鱼——你信不信,他们那边连大一点的河都没有的。你在小溪边把渔线放长一点,然后坐着晒太阳眯会儿,说不定溪尾另一个国家的鱼就游过来上钩了!纯天然进口食品有没有,关税都不用缴的!"

"噢！"湘云二人惊叹，啧啧称奇。

"而且正因为欧洲国家个个这么小，欧洲人平时都很少出门的。不像我们新年过春节的时候会出门串亲戚。他们过节的时候，就从来不串亲戚的。"

"为什么？"

元春摆手："因为他们国家实在太小啦！出门之后，一不小心拐进条岔路，走着走着兴许就走到别的国家去了！吓，那可是非法入境罪——这是专业法律术语，你们不懂的。非法入境可是要被警察叔叔抓起来坐牢的，换做你们怕不怕？"

"怕，怕！"黛玉胆小如鼠，一听说要被警察叔叔抓，立马吓得浑身发抖。

湘云对欧洲人表示深切同情："他们真是太惨了，过年连亲戚家都不敢去。"

"可不！"元春顺手从桌子上抄起一支圆珠笔放手上转，"所以都说西方人把亲情看得很淡，就是这个缘故。不像我们国家，一大帮亲戚，分什么伯伯叔叔婶婶大姨二姨三姑的，他们不，男亲戚就通通叫 uncle，女的就通通叫、叫——"

湘云提醒："Aunt？"

"对对叫 aunt，叫到最后，自己也分不清哪个是哪个了。你们说好笑不好笑，哈哈！"

二人跟着他一起咧嘴大笑。听了元春的知识科普之后，湘云二人大长见识，同时庆幸自己没出生在水深火热的可怜欧洲，爱国之情顿时成倍上升。继续问元春："既然这样的话，那美国一定很大吧？"

"大，大得吓人！"元春俨然已经把留学目的地美国当成了自己的第二母国，连声为第二母国挣面子，"真不是一般的大！别的不说，单就美国有个叫 Washington D.C.（注：华盛顿，美国首都。）的地方就大得不得了。Washington D.C. 你们听说过吧——这么深奥的地名你们肯定不可能听过的。就叫 Washing—ton—D—C，懂不懂？"

二人还没回答，他就先摆手表示安慰："不懂算啦，毕竟这么长的英语不是谁都拼得出来的。"元春为自己昨天才刚学会拼的地名而得意不已。

"Washington D.C. 那真是大得不得了，别的不说，我再给你们讲个真实的例子好了。很久很久以前，有一个住在 Washington D.C. 的人，夸海口说自己要开车环游美国。于是他就开车从家里出发,然后一直开一直开,开了不知道多久。他刚出门的时候,住他家隔壁的一个大妈正好出门到街尾买菜。结果那个人他一直开一直开,连续开了十年,最后居然又碰到那个大妈了。那人就奇怪了,心想大妈怎么跑这么远来买菜啊,反复想不通。你们猜怎么着?"

二人问:"怎么着?"

元春把手中笔往桌上一拍:"原来他连续开了十年,居然连他家在的那条街都没开完!"说完这话,自己也被Washington D.C.的大吓了一跳,不停地拍胸脯:"果然好大,大死我妈了。"

"哦!"湘云二人拼命点头。

元春面露得意:"必需的!美国不仅地方大,那里的人也有钱!个个家里有小车,住着大别墅,那别墅都是背靠青山,面朝大海,想吃鱼了就到前门去钓鱼,想吃野兔就自己去后山打。不然你以为美国人为什么个个都有枪——那就是专门拿来打兔子用的!"

"喔!原来是这样!"二人还是头一次听说原来美国枪支泛滥是因为要拿枪打兔子,顿时大长见识。

湘云问:"鸿哥,那你是去美国哪所大学读书咧?"

元春立马被问住,他只知道自己肯定要去美国留学,不过具体哪所大学还真没决定好。在元春脑子里,只模模糊糊记得美国有所名叫Yale(注:耶鲁大学,著名高等学府,在康涅狄格州。)的大学很有名,于是就信口胡诌:"我要去的那所大学啊,鼎鼎有名!是全世界最好的大学!就叫什么Ye——"果然噎住了:"额,Ye……"

湘云看着他嘴型,试探性问:"Yes?Yeah?Yemen?"(注:也门,阿拉伯半岛国家。)

元春:"不!是Ye、Yelv……"

黛玉:"Yelv?野驴?"

黛玉发出的和耶鲁相近的音点醒了元春,元春终于知道自己的大学名字,激动不已:"对对!就是野驴!全世界鼎鼎有名的野驴大学,你们听说过没有?"

黛玉和湘云茫然摇头。

元春看着他们俩，同情挥挥手："不知道也没啥奇怪啦，你们又都没出过国，对美国一无所知当然正常！"

二人表示虚心受教，小心翼翼地请教道："那——那所野驴大学在美国什么地方？"

美国那么多个地名，元春就只会拼一个Washington D.C.，于是理所当然认为Yale就应该在那里："应该是在Washington D.C.——"自觉口气太勉强，连忙把那个破折号改成惊叹号，"不，肯定是在Washington D.C.！"他偶然记得美国某城市还有个很有名的叫Fifth Avenue的地方，（注：Fifth Avenue，第五大道，是纽约市一处著名景点。）于是索性把那个Fifth Avenue一并搬进Washington D.C.："而且我还知道，野驴大学就在Washington D.C.的Fifth Avenue。这又是很深奥的英语，你们肯定不懂的。"

"嗯，"湘云二人老实点头，"不懂，翻译成普通话是什么意思？"

元春自己也不懂，他隐隐约约想起"Fifth"应该是"五"的意思，而"Avenue"有"道路"的意思，自己揣摩："应该是——不！肯定是叫五、五道……"

黛玉插嘴："五道口？"（注：北京地名，在海淀区。）说完，觉得这地名听起来怎么这么耳熟。

"对对，就是五道口！"元春欣喜，"德甲兄，你对美国这么熟，原来你去过美国啊？"

"没有，没去过，猜的。"黛玉老实回答。

元春得意扬扬："所以嘛，这就是有钱人和没钱人的区别。我们有钱人就算是猜都能一猜就准，没钱人就算猜一万遍都未必猜得出来！"说完，意味深长地看湘云。

湘云被元春扣上一顶"没钱人"的帽子，头上压力陡增，哈哈几声，拉拉黛玉的方格衬衣袖子："啊甲哥，那什么，时间也不早了，我们要去格致楼上选修课呢，咱们走吧。"

元春见他们要走，顿感无聊："你们待会儿还有课？"

"嗯嗯，是一门叫'西洋美术史'的艺术课，鸿哥，要不要一起去听？"

哲学家托·布朗曾经说过：金钱是艺术的掘墓人。在当下，我国那些新近暴发起来的富翁似乎与"艺术修养"这个词还相距甚远——否则也不会有土豪这个词了。元春也是如此，这么多学科当中，他尤为讨厌美术课，平常一听到带个"美"字的东西就要浑身起鸡皮疙瘩，于是连连挥手："去去，无聊死了，我才不去！"

于是湘云和黛玉收拾课本，到格致楼上课去了。

以前金陵书院并没有选修课，自从我省政府提出"践行科教兴国，争做教育强省"的英明口号之后，教育机关各级领导高度重视，亲自深入大学基层考察了必修选修课并行的制度，以为于学子培养卓有成效，专门颁布文件，指示全省各高中要效仿大学开设选修课程。

文件中说："为大力宣传省政府教育方针和领导重要指示精神，激励和引导广大青年学子培养多方面兴趣爱好，推动我省教育又好又快发展，全面推进我省科技创新、文化繁荣，为经济发展、社会进步和民生改善，按照面向现代化、面向世界、面向未来的要求，以促进公平为重点，以提高质量为核心，全面实施素质教育，推动教育事业在新的历史起点上科学发展，加快从教育大省向教育强省、从人力资源大省向人力资源强省迈进，为中华民族伟大复兴和人类文明进步做出更大贡献。兹决定，开设选修课。"

学生们拿到文件，直接跳到最后一行看最后一句，然后立马明白了全篇文件的内容，对教育厅开设选修课的英明决定举双手欢迎。因为必修课上得那么辛苦，作业量又大，开几门选修课正好减轻课业负担，权当是放松休假了。

离上课还剩几分钟，一班大半人都到其他地方上选修课去了。教室里空空荡荡，剩下一小撮学生三三两两待在位子上，各干各的。

元春等湘云二人走后，无聊地走回座位，靠到后墙的储物柜上，仰头看着天花板发呆。转头看右边，发现他们班的书呆子探春又坐在位子上低头奋笔疾书写作业，于是鼓起嘴向他"咻咻"两声："高小乐！"

探春没吃早饭，正坐在位子上复习，一边啃着个干面包。听见有人叫他，于是从书里抬头诧异看四周，发现元春对他努嘴。

"对，说的就是你！"元春从裤子口袋掏出一块口香糖递出去，探春摇头，于是剥开绿包装纸丢进自己嘴里，"我说学霸，休息一下吧！看你整天对着书发呆的样子，真的变成'书呆子'了！"

探春把干涩的面包艰难咽进喉咙："学习啊，鸿鹄兄，难道你都不用读书么？"

"读书有什么用？"元春口香糖嚼得嘎嘎作响，一脸不屑，"你们这么拼命读书不就是为了以后工作多挣点钱吗？我家里这么多钱，还读书干啥？"

探春平素将读书视作天经地义第一等大事，不满他将读书说得如此功利不堪，立马激愤地辩解："读书有什么不好？我读书并不是为了挣钱，我读书是因为书可以教会我们许多为人处世的道理，可以帮助我'认识我自己'，可以让我们明白自身的不足，明白自己的无知，因为'我所比别人知道得多的，不过是我知道自己的无知'。"（注：两句话都出自苏格拉底。）

"说你呆，果然是书呆子！"元春哈哈大笑，"既然书读得越多越无知，那读书有个屁用？不读书不就不会无知了？！"

探春被他的神奇逻辑搞糊涂，半天才反应过来："这话不是我说的，是古希腊的苏格拉底说的。而且我的梦想，就是成为一个像苏格拉底那样智慧的人！"

教室里空空荡荡，二人辩论声音格外响亮。前排的英语课代表苏萝拉这时段也没课，正坐位子上手拿一个银白色的iPod看美剧。她本来姓苏，听后面探春说到自己的本家"苏格拉底"，立马竖起耳朵，留神倾听。

元春听探春说崇拜苏格拉底，问："苏格拉底是谁？"

探春以为元春是故意的，因为他觉得这世上应该不会有人无知到连苏格拉底是谁都不知道，（事实上元春还真不知道。）只好说："苏格拉底是古希腊鼎鼎有名的哲学家思想家，也是西洋哲学的奠基者。这么伟大的人，恐怕我们国家只有孔孟才能和他比肩呢！"

苏萝拉听探春称赞本家，自己也跟着沾光，对探春十分赞许，于是放下iPod，转头哈哈大笑："killing me！You poor wretch！"（注：饶了我吧，无知的可怜虫。）

元春正和探春说话，见苏萝拉又突然插话进来拿英语讥笑自己，暗叫不妙。因为自从开学的那次班会上，被课代表接连羞辱之后，自己就发毒誓打算苦学英语报仇来着，结果这两个星期都忙着睡觉了，根本抽不出时间来学英语，真是该死。他明明知道苏萝拉在笑自己，可就是不懂什么意思，那心情好比从背后被人捅了一刀，临死前还不知道仇人是谁。

元春不甘枉死，于是硬着头皮说："噢，苏格拉底啊！早说嘛，我怎么会不认识？我当然认识——熟得不得了！"那口气亲密得二人像是八拜之交。元春本来想说自己大前天还和苏格拉底一起吃过饭，又生怕苏格拉底已经不在人世了，心想还是别说为妙。

苏萝拉盯着元春"啧啧"几声，语气充满挖苦："Mercy me！原来你也知道苏格拉底呀，了不起啊。"

她这句话元春总算听懂了，欣慰无比："那当然！谁说我不知道，当然知道！"结果下一句话就把自己给暴露了："不过，他家里钱多吗？"

"学识的多少是不能用金钱来衡量的。"探春无奈地扶扶眼镜。

元春大笑："没钱学识多有个屁用？买得起 iPhone 6 吗？iPhone 6 贴得起手机膜吗？吃泡面敢像我一样从来不喝汤吗？"

探春顿时语塞，转头继续啃干面包埋首看书。

苏萝拉鄙夷地摇头："Disgusting！ What a miser！"（注：真恶心，守财奴。）怕他听不懂，好心帮他翻译出来："真是个浅薄的守财奴！"

元春一脸死乞白赖："浅薄又怎么样？反正我有的是钱！"

男人没钱时恨女人庸俗，有钱之后恨不得女人都庸俗。每次元春说不过苏萝拉，就使出杀手锏，摆明自己的土豪身份，妄图苏萝拉也像那些拜金女一样被自己的有钱吓到。而苏萝拉果然不说话了，倒不是真的被元春的"有钱"吓住，她只是想不明白，世界上怎么会有这种浑身铜臭气的家伙存在，而且自己居然还要和这种家伙当同班同学坐在同一个教室里忍受两年的时光，真是一件无法想象的事儿。

苏萝拉在伦敦留了几年学，向来以贵族名媛风范自居，不屑同这种守财奴再纠缠下去，抛下一句"You're incurable"（注：你真是无可救药。），然后嘴里发出一阵金属般的咯咯尖笑，骄傲昂头转过身去，表示自己以完胜对方告终。

元春被那高分贝笑声笑得浑身起疙瘩。他听不懂苏萝拉的话，又不肯请教探春，只得拼命嚼嘴里口香糖，"噗"地像金鱼一样一个接一个地吹泡泡，表示自己毫不在乎。

众人吵完，各自干各自的事，教室复归平静。

选修课"西洋美术史"在学校东北边的格致楼。格致楼年久失修，青灰色的墙面因为常年掩映在高大榕树树荫下，砖缝之间生长着细密的青苔。格致楼原本是给理科生做实验的地方，平常什么"碰撞中的动量守恒"、"乙酸乙酯的制取"、"叶绿体色素分离"乱七八糟的实验一股脑儿全放这儿进行，剩下几个空闲教室拿来开课。

"西洋美术史"是湘云先发现的。湘云觉得应该很有趣，不愿一人独享快乐，于是鼓动好兄弟黛玉一起报美术史。黛玉却想美术那么无聊，历史也那么无聊，加在一起应该会更无聊。湘云连忙说不会，为还没见过面的任课老师说好话，说这位老师可是北京某某著名美术学院毕业的，而且还是硕士学历，上课效果肯定非同一般。

黛玉家和元春家一样都经商，黛玉父亲也是白手起家。那一代暴发户身上的共同点，除了钱多，另一点就是都没念过什么书。黛玉父亲当年上学时不肯好好用功，全用来摸鱼偷瓜掏鸟蛋，上了年纪之后，才猛然意识到知识的可贵，于是拼命要求黛玉刻苦学习，要做一个热爱知识的人。

黛玉孝顺无比，谨遵父命，并进一步把父亲嘱托发扬光大，到后面不仅热爱知识，而且把有知识的人也一并给热爱了。所以现在一听湘云说选修课老师学历这么高，立马心动，成功被湘云骗去上课。

二人进了格致楼，爬上四层进教室找位子坐下。上课铃打响之后，一个中年男老师摇摇晃晃地从外面走进了来，肩上扛着乱七八糟沉甸甸一大堆东西。起初众人还误当他是下水管道修理工走错教室了，然后方才恍然大悟：此人是位老师。

大家看那男老师满脸胡茬衣领油腻，一副不修边幅的模样，尤其是脑袋后还披着一头拖把一样的帕瓦罗蒂式长发，心中惊叹，是不是搞艺术的都非得打扮成这样。

男老师把他带的东西稀里哗啦倒在讲台上，然后清清嗓门，对大家郑重作自我介绍，说"我叫李梵高，表字莫奈，小名毕加索儿"——果然不愧是教美术的，连名字都敢抄袭西方画家。

李梵高说，我们第一节课就不正式上课了，先给大家入入门，让大家感受一下艺术的魅力，然后面露神秘："老师有一个惊喜要给大家。"

台下众人立马精神一振，连忙问什么惊喜。梵高老师口气谦虚："我带了自己的几幅画作来，幅幅都是鬼斧神工，精彩绝伦，拿给大家欣赏一下。"然后就低头到他带来的东西里翻，翻了半天，最后找出一幅尺寸小得像证件照的素描画，手捧着竖起来给大家看。

台下眯着眼睛聚焦半天，方才看清画框里满满地划拉了几百道线，凌乱不堪，越看越像他的头发。没看懂，问画的是什么。

老师得意扬扬说："这幅画啊，算是我的得意之作，名字叫作——"带上抒情口吻："《忧郁的贞妇》！"

大家听完，重新看那幅画，到画里去寻找他说的"忧郁的贞妇"。耐着性子观察半天，结果还是只看到一团乱糟糟线条，连"忧郁的妇女"都没见到，更别说贞妇了。

李梵高见台下一片茫然的脸，显然对他的画毫无赞赏之意，自责艺术造诣太深，让学生们无法理解，连忙说："虽然这幅画是老师的得意之作，但还并非老师最得意的作品，老师还有一幅更得意的！"说完在讲台上稀里哗啦地翻，又找出一幅画让大家看，介绍说这幅画的名字叫作《上帝与圣徒》。

众人看到那画，大吃一惊，以为他拿错了。因为画布上一片空白，根本就什么都没有，问李梵高，李梵高说："你们再仔细观察，真的什么都没有吗？"

于是众人瞪大眼睛再仔细观察，险些把眼角撑裂，最后才终于在那片空白中央发现了个苍蝇屎似的小黑点。那黑点小得实在不能再小，心想，那苍蝇屎不会就是他这副《上帝与圣徒》的全部内容吧？

台下湘云盯着那个黑点看半天，问身边黛玉："甲哥，你知道那个黑点画的什么吗？"

黛玉用粗大胳膊撑着脑袋摇头，表示完全不知道，湘云就问老师："老师！你那个黑点画的是上帝吗？"

"不是，"梵高老师摇头，"你再仔细看看。"

于是湘云再看，然后突然露出恍然大悟的神情："喔，那个黑点不是上帝！"

"可是画名不是叫《上帝与圣徒》么，"一旁黛玉问他，"如果黑点不是上帝，那上帝在哪里？"

"上帝哪里都不在，"湘云回答，"因为上帝——无处不在。"湘云原本只是随便一说，没想到居然能讲出这么深邃的话，说完自己也吓了一跳。

台上梵高老师连连满意点头，称赞湘云说得好。

"噢，我也知道了！"黛玉茅塞顿开，问老师，"您这幅画叫《上帝与圣徒》，如果那个黑点不是上帝的话，那它一定就是圣徒了！"

"不是。"老师还是摇头。

黛玉迷惑不解，全班人更不解，齐声问："这个黑点不是上帝，不是圣徒，那到底是什么？"

老师答："其实它就是一个黑点。"

众人："……"

于是大家终于彻底放弃了走进老师艺术世界的企图，同时深刻领悟到，这世上不是每个人都具有艺术鉴赏能力的。失去了继续往下听的兴趣，纷纷开始低头自己做自己的事起来。

梵高老师见台下众人交头接耳，乱哄哄一片，生怕课堂失去控制，只得放弃继续展示他的得意之作："啊，大家注意，其实老师刚才给大家看画只不过是抛砖引玉，并非本节课的主要内容！"

众人复抬头，看他有什么主要内容。李梵高就跟大家说，他上个月因公去福州出差开会，期间参观了福州美术博物馆，并照了许多照片。深有感触，想把自己照的照片拿出来与大家分享。梵高说，自己照的那么多幅画中，他对其中一幅油画印象尤为深刻，那幅油画的名字叫作《沐浴的雅典娜》。

学生们光是听到"沐浴"那两个字，立马从萎靡不振瞬间转变为精神奕奕，两眼放光，连声问老师照片在哪里，让他们鉴赏一下。老师被众人发绿光的眼神吓到，摆手让大家冷静一点，自己低头到他那堆宝贝里去翻照片。众人目不转睛地注视着他手上的一举一动，屏住呼吸，准备见证那个激动人心的时刻。

最后老师把《沐浴的雅典娜》的照片翻了出来，众人急忙定睛一看，最后大失所望——原来油画上画的倒是雅典娜，只不过那个雅典娜却并没有在洗澡，而是穿着衣服，把自己裹得像金锣火腿肠一样严实，浑身上下就剩眼睛露在外面。

台下的湘云代表众位同学的心声，大声叫道："老师，说好的'沐浴的雅典娜'呢？"

"哦哦，瞧我，忘了和你们说了，"李梵高说，"其实那个'沐浴的雅典娜'并不止一幅，而是一组油画。总共有三幅，分别为《沐浴前的雅典娜》、《沐浴中的雅典娜》和《沐浴后的雅典娜》。老师拍的就是《沐浴前的雅典娜》。"

众人抱怨连天，埋怨他该拍的不拍，不该拍的倒去拍。老师见众人没了兴趣，连忙补救："其实这幅《沐浴前的雅典娜》也很美的！你们别看雅典娜穿得这么厚，可我们依然可以从画中感受到那种神圣的曲线美。"怕众人悟性太低感受不到，指着照片比画："请注意看那头部比例，看那侧身弧度，多么符合'黄金分割比例'啊，看出来没有？看出来了吧！"自己忍不住由衷赞叹道："雅典娜长得这么美，又是古希腊的智慧之神，真可谓是'美貌与智慧并存'啊！"

话音刚落，湘云立马举手："老师，你这话说得不对！"

李梵高吃了一惊："哪里不对？"

"我觉得你那个'美貌与智慧并存'形容得还不够简洁。"

"哦？"老师问，"难道你还有比'美貌与智慧并存'更简洁的形容词吗？"

湘云坐在位子上，淡淡一笑，然后嘴里缓缓吐出四个字："有胸有脑。"

此言一出，全班哗然。他身边的黛玉大叫："妙啊！形容得妙！"众人也惊叹，纷纷竖起大拇指称赞湘云这个词形容得好，形容出了重点，形容出了高度，更形容出了水平。一致认为他的"有胸有脑"比老师那个"美貌与智慧并存"更胜一筹。

老师见大家倒向湘云一边，心中发慌，要收买人心，急忙喊："其实老师不只照了雅典娜，而且还照了美神维纳斯的雕像呢！"

众人问是维纳斯的什么雕塑，老师说："就是那座'断臂的维纳斯'（注：又名《米洛斯的维纳斯》，古希腊著名雕像，以完美展现维纳斯身体美闻名于世。）。"

"喔！"众人对这座著名雕像仰慕已久，"真的吗，快给我们看看！"

老师就郑重地向大家展示了自己拍的"断臂的维纳斯"照片。照片里，维纳斯雕塑身体半裸，眉目微敛，肌肤丰腴，端庄秀丽。众人被美神的曼妙身姿迷得神魂颠倒，群情亢奋，在台下七嘴八舌地热烈讨论。

梵高老师见课堂总算活跃起来，拿出手帕擦汗，长吁一口气，结果那口气也没能吁多久，就又额头冒汗。因为湘云和黛玉这两个家伙看到维纳斯的照片后，显得尤为兴奋，积极无比，接连举手向李梵高发问。

一个问："老师，为什么'断臂的维纳斯'上半身不穿衣服？"

一个问："老师，既然维纳斯上半身不穿衣服，下半身为什么要穿衣服？"

李梵高吓一跳，没想到二人的问题这么有深度，搔了半天拖把长发，想不出答案。面子实在挂不下去了，只得老实回答："……不知道。"

"哇哦！"班里其他人惊叹不已，心说了不得，湘云二人居然能以区区高中学历将一个美院硕士难倒，看来高学历也不过尔尔，于是越发坚定了"学历越高人越傻"的信念。

李梵高老师被湘云二人考倒，心虚无比，不敢看向二人那边，二人再举手时就装作没看见。好不容易熬到下课，看见二人冲上来还要问，大吃一惊，忙不迭收拾他那堆东西架到肩上，一溜烟跑了。留下两个一脸困惑的学生站在讲台上。

下课铃"铿铃铃"敲响后，学生们纷纷收拾课本从座位上起身离开教室，从门口鱼贯而出。湘云和黛玉志得意满地走在最前面，犹久久沉浸在刚才把老师问倒的喜悦之中。

黛玉走了几步路，在楼梯口停下，面向湘云："六一兄，我想起一件事。"

"啥事？"湘云停下脚步。

"那个，"黛玉有些犹豫，"我觉得我们刚才上的课是不是有点——太黄了。"

湘云好不容易才把黛玉拉来上课，没想到他说这话，生怕黛玉思想动摇，连忙说："不会，不会！甲哥，我们这可是对高尚艺术的纯洁欣赏和热爱，你想哪儿去了？"

"真的？"黛玉看着他，半信半疑。

湘云觉得有必要找个有信服力的理由说通他，甩甩头发，摸下巴思考半天，突然问："我们是谁？"

黛玉大吃一惊："好有深度的问题啊！"

因为这种类似于"我是谁、我从哪里来、要到哪里去"的问题看似简单，实际上深不可测，连哲学家也未必答得出的。许多哲学研究者辛苦钻研一辈子，牙齿都掉光了，也不过就是为了寻找"我到底是谁"的答案。

137

湘云见黛玉迟疑，抓住机会反问："我们是不是炎黄子孙，是不是黄帝的后人？"

黛玉想想，点头说"嗯"。湘云大喜，拍拍黛玉肩膀说那不就得了，黄帝黄帝，祖先都那么黄，后代自然没有不黄的道理嘛。

黛玉这才恍然大悟，说："哦，原来如此，原来我们这么黄居然还是有历史法理依据的。如此说来，如果我们不黄的话，岂不是反而对不起老祖宗。"

《论语》中说："举一隅，不以三隅反，则不复也。"湘云见黛玉终于开窍，居然都能够举一反三了，立马有了当年孔夫子为人师表的欣慰，拍着黛玉厚实的肩膀，语重心长地说："所以甲哥，你刚才动摇就不对！老祖宗黄帝的话我们不能不听啊，你要是违背了老祖宗的教导，如何对得起他的在天英灵？将来九泉之下更有何面目去见他老人家？"

黛玉被湘云一番义正词严的话说得又羞又愧，连声称是，说自己以后再不会动摇了，要坚决沿着黄帝他老人家的道路前行，继往开来，再创新辉煌。

二人解决了理论问题，实现思想路线上的拨乱反正，心想，从此可以更加放心地实践起来，开心不已。携手下楼，回理文丙楼继续上课。

今天早上的天色一直阴沉沉的，天空中凝结着黯淡的云团，整个世界抹上一片铅灰色。等到九点左右，终于下起一场小雨，淅淅沥沥，天地顿时打湿一片。那时节，大家正坐在教室里上课，密密麻麻的雨丝飘落在窗户玻璃上，在安静校园里发出清脆的回声。

这是入秋以来的第一场雨。雨水扫退了夏天残留下的炎热，让人裸露在短袖之外的肌肤感到几丝冰凉。学生们本来还在担心待会儿能不能及时赶回去上第三节课，结果等到临近下课时，雨就停了。

黛玉和湘云走出格致楼，拐到一条林荫小路上。天气湿冷无比，道路两旁浑身湿透的高大油棕树间，低矮的三角梅在花圃中开放，那是夏末里最后一次绽开的残红。下过雨的路面因为潮湿而变得光滑，人走在上面不得不小心翼翼，仿佛踮着脚尖跳芭蕾舞。

雨后残留的水汽在空气中凝结着。一阵冷风吹过脖颈，黛玉禁不住打了个寒战。

自从拐到这条小路上，黛玉就觉得有些怪怪的，左眼皮一直在跳，仿佛预感到什么事即将发生一样。他想起左眼凶右眼吉那句话，自言自语："糟了，糟了，大事不好！"

"什么？"湘云问。

"六一兄，我感觉左眼皮好像一直在跳啊，怎么办？"

"左眼皮跳？"湘云问，"左眼跳是好事啊，恭喜！"

"可不都说'左眼凶右眼吉'吗？"黛玉疑惑。

"不懂了吧。"湘云抚抚乌黑的刘海，"其实除了'左眼凶右眼吉'这句话之外，还有另外一句话的。叫'左眼跳，桃花开；右眼跳，菊花开'，听说过吧？你刚才左眼一直跳，对不？恭喜，恭喜甲哥，那说明你要交桃花运了！"

"左眼跳、桃花开？可现在明明快秋天了嘛，"黛玉看着天上阴沉沉的云，嘀咕，"桃花不在秋天开吧？要开也是菊花开才对呀。"

"哎，有道理啊。"湘云摸了一会儿下巴，然后大惊失色起来，"那大事不妙了，甲哥！你要交的可能是菊花运了！"

"——菊、菊花运？"

湘云除了漂亮女生之外，还对封建糟粕颇有研究："你别小看了这句话，那可是我们老祖宗祖祖辈辈积累无数经验教训才得出的一条真理。政治书上那句话叫什么来着，哦，对了，叫'我国劳动人民传统智慧的结晶'有没有？甲哥，老祖宗的智慧你可不能不信呀！"

"……这种东西，真可信吗？"

"不瞒你说，我向来对传统文化最有研究！"湘云不能忍受自己的专业受到质疑，"政治书上不是还有句话嘛，叫什么'源远流长，博大精深'，讲的就是我们优秀的传统文化，意思是说我们这个优秀的传统文化啊，它——"

卡住了："意思是说，这个优秀的传统文化啊，它、它不仅优秀，而且这个还传统……"

"左眼跳，桃花开，左眼跳，桃花开。"黛玉似乎完全没听湘云在说什么，只是在嘴里反复念叨着这句话。

"喂喂，甲哥你在听吗？"

黛玉张张嘴，刚要说话，然后，他就听见了身后传来的脚步声。

硬质鞋跟与湿漉漉的水泥地面轻轻相触，发出清脆却又柔和的声响："嗒哒、嗒哒……"

黛玉扭过头去，首先映入眼帘的是一席白衣。一个身姿窈窕且修长的女生撑着一把浅绿色短柄伞，从林荫路那一头走过来。她手里挟着几本书，微微低头，一头瀑布一样的长发垂在她肩上。

身上一袭白裙同头顶那柄绿伞相衬，勾勒出一种素雅到极致的美。

高高的头顶上方，油棕枝叶残留的雨水在叶尖上凝聚成晶莹的水珠，"砰"的一声，轻轻从枝头滑落。黛玉的心也"砰"的一声，在一瞬间幻化成一片无垠的原野，原野里有千万朵百合竞相绽放。他突然耳鸣了，脑子里像被一辆重型挖掘机碾过，什么也听不清，只是用双眼定定地看着那个白色身影缓缓走过来，心中反复念叨：不可能，这不可能。

这种感觉，怎么像似曾相识的一样。

他回想起来了，眼前那个白衣女生，和自己生命中遇见的第一个女孩长得简直一模一样。许多年前，在那个阴雨连绵的早上，当他第一眼见到自己初恋的时候，正是这种相同的感觉。

黛玉初恋是当时年级隔壁班的一个女生，那个女生还是他们学校德育主任的女儿——当然不是金陵书院现在这个德育主任李德善，谁要是当了李铁头的女儿，那她相貌也算完了。

黛玉至今清楚记得，那天早晨课间操结束，自己在人流中见到隔壁班那女生第一眼之后，立马就被她深深迷住了。他暗恋了那个女生大半年，一直不敢让她知道。最后某天，当他终于鼓起勇气要表白的时候，却怎么也找不着那个女生了。

——原来，她已经在前一个风雨交加的夜晚搭乘班机转学出国了。

虽然这听上去就像某部狗血校园青春爱情小说里的情节，不过对于黛玉这种人生本来就是一桶狗血的人来说，再发生点什么狗血的故事，似乎也不是一件十分狗血的事。那样狗血的剧情偏偏就被上帝安插到自己身上了。以至于一直到现在，黛玉同学还觉得当初发生的一切只不过是自己做了一场荒诞不经的梦。

那天也是一个上午，空气也是这么湿漉漉的，天气也是一样的糟啊。

"这句话真的很灵验，所以呀，你这几天出门要小心了……"湘云还在双目望天，喋喋不休地在他耳边兴奋地说着眼睛与命运之间的神秘联系。

黛玉充耳不闻，口中喃喃自语："果真是桃花运哪。"

"你说啥？"湘云一愣。

白衣女生撑着那柄绿伞，安静地从他们身边走过，留下一张精致的侧脸，一头柔顺如瀑布的长发。"嗒哒、嗒哒……"此时此刻，天地之间，他的脑中只有她的鞋子踏在潮湿地面上的声音，他的眼里只有那一袭渐渐远去的白裙身影。

那真是个美妙无比的时刻。他觉得自己的心颤动了一下，就像一枚核桃被敲开了外壳，然后清亮微涩的香气立马弥漫了整颗心。就是那样的感觉。

许多年以后，没人会记得黛玉这个人，连他是男是女都不知道，可是大家都会永远记住那句足以被载入史册的话；许多年以后，黛玉也许会再遇见许多不同类型的女子，可是早已不再年少的他，却再也难以将当初那句轻狂的话说出口。

"那女子，真是美丽啊。"

与她擦肩而过之后，在林荫道的尽头，黛玉失魂落魄，低声喃喃："这世间，果真有如此出尘绝艳的女子啊。"

"有美女？"湘云像触了高压电一样跳起来，四顾张望，没看见有女生，焦急问他，"哪里？在哪里？没看到啊。"

黛玉对湘云的话置若罔闻，只是转身愣愣地望向林荫道尽头。湘云跟着他转身，这才注意到那边果然有一个窈窕修长的白色身影，渐行渐远。

——事后，据目击证人湘云回忆，当时那女生留给他的唯一感觉就是：长腿细腰，衣袂飘飘。因为他当时光顾着讲话了，等黛玉提醒之后才注意到，而这时他能欣赏到的就只有那女生的后脑勺了。正是那天，湘云明白了什么叫"言多必失"，这令他懊丧了好久。

黛玉目送女生消失在林荫路尽头，过了许久，才缓过神。他问湘云："刘一儿，我刚刚、是不是说了一句什么话？"

"你刚才说'世间竟然有如此超凡脱俗的女子'。"湘云为自己没能看到那女生的正脸而愤愤不平。

"喔？"黛玉惊奇，"我不相信，我真说过这么肉麻的话吗？"

"我也不信。"

"为啥？"

湘云愤愤："因为，这本来应该是我的台词才对。"

探春的回答（下）

> 都说"兄弟如手足，女人如衣服"，回想起来，原来我居然裸奔了整整十七年。
> ——金陵书院情圣湘云

早上那场小雨并未持续多久就停了。连续两天放晴之后，周五凌晨，一阵阴雨再度不约而至。一切事物在雨中都变得模糊不清，空旷的学校在水蒸气里显出朦胧的毛茸茸轮廓。天空垂下灰色帘幕，朦朦胧胧，像烟囱里升腾起一股股白烟，又像是悬挂在天地之间的一幅巨大水墨画。

这场毫无防备的雨水似乎是向世人暗示，泉州即将迎来它一年中让人感觉最漫长难熬的日子，漫长难熬的秋雨连绵。那种漫长，既来自于下雨持续时间的长度，也来自于人们心中的感受。

万幸的是，它现在还尚未到来。

日子快得像京沪高铁，一天天像列车车厢一样模糊一闪而过，快得让人看不清它的模样。而对于那些有心事的人来说，尤其是如此。

周五早上又是一节"西洋美术史"。在这之前是地理课，面色苍白的地理老师在讲台上大谈"太阳高度角与地球自转"的关系，台下人拿书遮在头上，哗啦啦睡倒一片。湘云和黛玉上完乏味至极的地理课后，合撑一把大伞去格致楼上选修课。黛玉人高马大，由他负责撑伞——也不知道"个子高的人撑伞"这条规定到底是谁先提出来的。

在去上课的路上，湘云一直在伞下活跃不已，即使下雨似乎也未能削减他的兴致。自从报了"西洋美术史"这门课，湘云方才第一次惊奇地发现，原来身为一个学生居然也是可以对上课充满期待而不是充满困倦的。湘云认定那一定是艺术散发出的独特魅力，自己一定是被美好而纯洁的艺术世界深深吸引了（但愿如此）。

对充满浪漫情怀的湘云来说，此刻唯一美中不足的就是，这下他不是和一个娇小如花朵的女生撑伞并行在这幽深的雨中，却是和一个高大如变形金刚的男生撑伞并行在雨中。

与湘云的活蹦乱跳形成鲜明对比的是，身旁黛玉始终一言不发，只是撑着伞，一幅心事重重的模样。他在伞下不停地挪动着脚步，像一只焦躁不安的移动的大象，走在路上还时不时转过头四处张望，半边肩膀被雨水打湿了也没发现。

湘云注意到黛玉心事重重长吁短叹的样子，问他怎么回事。

黛玉不答，只是轻轻叹气，沉默良久，嘴唇翕动了几下："六一兄。"

"嗯？"湘云抬头看他。

"你相信——"黛玉犹豫一下，往喉咙里吞了一口口水，"你相信这个世界上真的有一见钟情吗？"

"噢，这个，"湘云挑挑额前湿透了的长刘海，"我不相信。"

"为什么？"

"因为如果这世上真有一见钟情的话，"湘云说，"那我想我就不会这么孤单，身边就会有一个人一直陪伴着我啦。"说完，叹一口气，"结果到了最后，还不是见一个爱一个。"

"其实这样也很好啊，"黛玉赞赏湘云的诚实，"见一个爱一个也不错啊。至少你在失去一个人的时候，不会觉得有撕心裂肺的痛。"

湘云转头盯着他的脸，摇摇头："甲哥，你又不是我，你怎么知道我在失去一个人的时候，就不会有撕心裂肺的痛呢？"

"这样啊。"黛玉吐吐舌头，刚要为自己的失言道歉，结果临末了，湘云突然笑嘻嘻补充了一句："不过你还真猜对了，我确实不会有。"

"……"

黛玉心想自己早该清楚这家伙的。

二人一路走进格致楼，裤管都湿漉漉的。黛玉收起大伞，在台阶上用力甩了甩，在楼梯上泼出一串细密的水渍，然后把伞挂到自己帆布包的口子上。

黛玉的帆布包跟他人一样巨大，可以容下各种莫名其妙的、男生本不应该随身携带的东西。包括什么老旧唱片、山寨佳能相机、一捆皱巴巴的信纸，甚至还有一盒不妙。全班看见他俩，齐刷刷把目光投射到二人脸上，二人承受不住那么多双目光错爱，连忙羞涩低头。

英子冷笑一下，声音中透着凌厉，令二人不寒而栗："为什么迟到，睡过头了？"

两个男生吃惊无比，心说历史老师真是料事如神，二人中午还真是一起睡过头了（只不过当然不是睡在一起）。但这种令人不齿的睡懒觉行为他们当然不可能说，必须另找理由。宝钗跑得比湘云慢，脑子转得比湘云快得多，立马说："报告老师！我中午吃坏肚子了，上了好几十趟厕所险些出不来，所以来迟了！"

前排两个女生听完，刚要放声大笑，见英子面无表情，慌忙又把那笑声咽了回去。

"那你呢？"英子转问湘云。

湘云原本也想说肚子疼上厕所，不想被宝钗抢先一步用掉，只好苦思冥想另外编理由，闭眼睛瞎扯："噢……我来学校的路上，看见一个人丢了一百块钱，然后就耽搁了！"

众人心想这种助人为乐帮人捡钱的借口也太耳熟能详了吧，班里一个女生大声问："所以你就做了好事，一直帮他找一百块，才迟到了？"

湘云答："不，我一直把脚踩在那一百块上面，直到那个人走开。"

班级众人愣了三秒，然后齐声哄堂大笑。

英子居然仍旧面不改色，点点头："进来吧，以后别再迟到了。"

二人如蒙大赦，在门口换了鞋套，灰溜溜低头走进教室。

湘云走到位子上坐下，"啪"地打开书包，往里面掏课本。他们班英语课代表苏萝拉坐在左侧，正和身旁一个女生低声说着什么话，一边说一边朝他这边嗤笑，显然在笑话他。湘云不好意思地吐吐舌头，朝她们笑笑，低下头继续找历史书。

随后，他浑身一颤，愣愣定住，觉得有什么地方不太对劲。湘云缓缓抬起头，再度朝课代表那边看一眼，顿时惊讶得险些失声叫出来。

天天天……天哪！课代表旁边那个女生，不就是自己上周军训时见到的那个美女吗？！她怎么也到一班来了，难、难道……我们原来居然是同班同学？！湘云因惊异万分而夸张地张大了嘴巴，那模样如同一条缺水的鱼，滑稽无比。

对面仿佛又隐隐约约飘来一股奇特的香气，他鼻翼努力翕动，馥郁芬芳，一如军训那天闻到的一样。三星期前，那个干净明亮的黄昏，他站在空旷的军营广场上，在对面女生队列中一眼就发现了她的身影。然后就上演了"盛夏田野吹起微风，有着轻柔的温度。看到她的笑容，那个帅气逼人的美少年心里像盛了满满一捧清泉，随时会倾覆下来。"

当时湘云立马深深被她迷住了，调动脑中所有美妙话语想要赞颂她，结果最后绞尽脑汁能想出来的却只有一个充满猥琐意味的词语（是什么词语还是不说为妙）。然后那个女生就随着队列离开了，他惋惜无比，以为从此再也不可能见面。

而令当初的自己始料未及的是，此时此刻，那个女生就坐在他身旁。他们之间相隔的不过是遥遥两米厚的空气。

"虽然她的睫毛长得看起来像假的，她的眼影浓重得像树荫，不过在那个多情而专一的美少年眼里，不管是范冰冰还是李冰冰，Angelbaby 还是 Jesscia·c 都比不上坐在眼前的那个她。"

此时此刻的湘云，就像一个走在大街上忽然捡到了一张五十万，不，五千五百五十万现金的幸运儿，幸福瞬间蔓延成一片汪洋大海，一颗小心脏像船帆被巨大的喜悦迎风鼓起，傲然起航。

看来真是老天爷都在为我牵红线啊，湘云心中感慨万千，这真可谓是有缘千里来相会，千里姻缘一线牵……然后他突然诧异了一下。湘云诧异的不是自己怎么突然变得这么有文采，他诧异的是既然那个女生也是1班的学生，她之前怎么都没来上课呢。

台上英子咳嗽一声："把课本拿出来！"

湘云回过神来，被英子眼神吓到，乖乖低头到书包里翻书。把历史书摊开放上书桌，忍不住偷偷又往左侧看了一眼。

女生穿着简约的Kenzo紫色休闲装，勾勒出身上的优美线条，她的侧脸精致白皙，薄薄的嘴唇翘起一个妩媚的弧度，睫毛又浓又黑，长得不可思议。果然仍旧迷死人不偿命啊，他心想。

那女生仿佛注意到了他，看了这边一眼，湘云连忙诚惶诚恐地朝女生咧嘴大笑。让他欣喜若狂的是，女生对他粲然一笑。湘云被迷得神魂颠倒，恨不得快点下课，盘夜之间突然像变了个人似的。

这家伙怎么像这几天的天气一样，这么反复无常呢。湘云心想，到底是因为什么原因——难道是因为女人？湘云想到这里，忍不住跳起来，随即又觉得这个原因还是更适合自己一些。摸了半天下巴，实在想不通，只得摇摇头，一个人上"西洋美术史"去了。

早上的雨势并不大，等到下午一点，雨就完全停了。太阳重新出现在天空，枝头残留的水汽快速蒸发殆尽，只留下路旁一摊摊浅浅的水迹，在阳光下反射着蓝天白云。

周五是一个星期的最后一天，起码学生们都这样认为。下午最后一节历史课，众人一想到上完历史课就可以回家欢度周末，心痒得像有一列蚂蚁在胸腔壁上爬，听课效率也奇低，恨不得早点上课，然后早点下课早点收拾东西走人。

教1班历史的是位女老师，名字里带个"英"字，大家都叫她"英子"。名字亲切，人可不亲切。英子教学认真，平日不苟言笑，属于不怒自威的那种，比起班主任Ross那张菩萨脸绝对威严上一百倍。大家都普遍认为英子其实比Ross更适合当班主任，同时又为这仅仅是个想法而庆幸。有这样一位威严得像怒目金刚的老师，众人自然对历史课敬畏有加，不敢放肆。

不过凡事也总是相对的——因为自从爱因斯坦发现相对论之后，这世上就再也没有绝对的事了。有对英子敬畏如天神的，当然也有死猪不怕开水烫的。比如班里的两个男生，湘云和宝钗，二人在下午的历史课上居然心有灵犀地双双迟到。

湘云推着单车，在楼底车库碰见低头走路的宝钗时，还不紧不慢地和他打招呼："啊！汉男兄，好久不见！我们班就这么一丁点男生，你成天和女生黏一起，也不找我们串串门……"

直到宝钗善意提醒湘云，今天下午是历史课之后，湘云脸上笑容立马"唰"地僵住，下一秒，他已经撇下宝钗二话不说拔腿就往楼上冲。宝钗在他后面哈哈呼气地追，无奈腿太短，撵不上。他没想到湘云这么不讲义气，后悔无比，早知道就自己一个人先跑了。

等二人气喘吁吁冲到教室门口，英子已经在讲台上了。还是晚了一步，心中暗叫二十四色蜡笔。以至于湘云平时少了什么东西就到他帆布包里翻，一准能找着。

"西洋美术史"在四楼上课，二人刚走上四层楼梯口，黛玉把湘云叫住："六一兄，和你说件事。"

"啥？"

"那个，我把'西洋美术史'退了。"

"什么，退了！"湘云大吃一惊。

黛玉点头："嗯，其实我对美术不感兴趣，我选了其他的课。"

湘云迷惑不解，心想上节课明明还好好的，黛玉同学的兴趣怎么像女人的心——说变就变呢。他舍不得失去这么好的一位战友："甲哥，你真不去上吗？"说完，对黛玉使了个意味深长的诱惑眼神："听说，这节课很有'内涵'哦。"

黛玉出乎意料的坚定，一口回绝："不，不去了。"

湘云以为是黛玉没领悟到自己那个"内涵"里的内涵，重新强调："真的很'好看'哇！"他看看周围没人，神秘兮兮地凑近黛玉耳边："据说这节课能看到'沐浴中的雅典娜'哦，认真听！是'沐浴中'哦。"

"我不去。"黛玉想都不想就说。

连洗澡中的雅典娜都没能打动黛玉，这下换湘云迷惑不解了："为什么？"

"因为我选了'刺绣工艺课'。"

"刺绣工艺课？"湘云吃了一惊，"你是说那种教人拿针线绣花的刺绣课？那不是女生才喜欢的玩意儿吗，你为什么要选刺绣课？在开玩笑吗？"

黛玉的脸一本正经，看不出有任何要幽默的成分："因为我对绣花有着十分浓厚的兴趣。"

假如耶稣基督宣布改信佛教，希特勒说自己热爱和平，湘云也不会比听到黛玉说自己喜欢绣花更吃惊。刺绣课，湘云心想，我都强调说去上美术课可以看雅典娜洗澡了，这家伙却跟我说他喜欢什么刺绣课。这家伙该不会是基因突变顺带着把性别也变了吧，正想劝他迷途知返，被黛玉伸出手一把打住："我意已决，你不必多言。"说完，在湘云目瞪口呆的目送之下，昂首挺胸转身走上五楼上他的刺绣课去了。

湘云长大嘴巴看着他的高大背影，始终想不明白到底发生了什么事，怎么让他一算着待会儿下课之后自己要如何风度翩翩地走过去搭讪,用自己的不俗谈吐与绅士幽默给那女生留下一个刻骨铭心惊心动魄此生都阴影难消的印象。

戏剧大师卓别林曾经说过:"一分钟有多长,主要是你是蹲在厕所外面还是蹲在厕所里面。"此时此刻的湘云显然就蹲在厕所外面,接下来的大半节课时间里,他没有丝毫的听课兴趣,不停转头看后墙上的菱形挂钟,如坐针毡,恨不得替那指针走。看着台上老师眼镜后方那张阴沉得像北京雾霾的脸,用胳膊支着脑袋,强打精神,却怎么都听不进去。

湘云听英子讲几句话,又忍不住往左边瞄几眼,然后眼角余光扫到后面,发现坐在课代表后面的元春正趴在桌上睡觉。准确地说,是又趴在桌上睡觉,仿佛他一天到晚除了睡觉就没有其他事可干似的。湘云看着睡梦中的元春同学,只剩下了惊叹。

其实仔细想想,一个人什么事都不做保持就这样睡一个白天然后晚上继续睡还不会失眠,也是一件挺不容易的事。而元春就成功做到了,此时此刻,他把宽大的历史课本盖在头上,整个人身体前倾,趴在书桌上酣睡。而且还是以一种极其别扭的姿势趴着,就像马戏团的杂技演员浑身扭曲,把自己塞进一个小笼子里的那种别扭姿势。

湘云感到由衷钦佩,转过头,正想把自己的发现告诉好兄弟黛玉,让他也来欣赏一下元春的睡姿时,却看到身旁的黛玉正双目望天,一幅灵魂出窍的模样。显然也没在听课。

湘云轻声唤他:"甲哥,甲哥。"

黛玉如石化般一动不动,脸上肌肉都不抽一下。

湘云看着黛玉,忍不住低声咕哝,心想黛玉到底是怎么了,这几天一直魂不守舍,一副灵肉分离的样子。他记得,自从周二那节"西洋美术史"课之后,黛玉就一直这样神经兮兮的,上课时发呆开小差,下课了也心不在焉,和他说话也总是问一句答一句。

男人的直觉告诉湘云,黛玉同学身上,一定发生了什么十分不寻常的事。

众人老老实实做了一节课的历史笔记,终于挨到下课,个个长舒一口气,仿佛刚才潜了一整节课的水底。

湘云好不容易熬到下课铃响,立马整理衣领,准备风度翩翩地走过去和那女生搭讪。

无奈英子还站讲台上没走，不敢这么早风度翩翩，只是眼角死死盯住那边，仿佛生怕女生会变成一只小鸟，随时扑棱飞走。

"赫敏，走吧！"课代表苏萝拉亲密地挽着女生胳膊，挎着包站起身。二人有说有笑地向教室门口走去。

湘云心中一亮，原来那个女生的名字叫"赫敏"。

等两个女生一离开教室，湘云也顾不得台上英子了，忙不迭地收拾书包，起身就往教室外面冲。跑到走廊上，举目四望，却没看到二人的身影。十分诧异，心说她们肋上是不是真的长了翅膀，怎么走得那么快。

顾不得多想，冲到楼道口，大叫楼梯里的人让一让，然后沿着楼道飞奔而下，一直跑到教学楼底层外面的路上。湘云气喘吁吁地来回张望，这才终于远远地看到了二人身影。女生正和苏萝拉不紧不慢地绕过一道巨大的环形花圃。一座巨大的思想者铜像伫立在花圃里，在阳光下闪烁着黝深的光芒。

湘云喜出望外，提起脚刚要追上去，身旁"嗖"的一声，突然闪过一个巨大的身影。

他被吓了一跳，起初以为天上掉陨石了，定睛一看，发现那个身影居然是黛玉。黛玉正急哄哄地朝着对面乙楼那个方向飞奔而去。

"喂！"湘云在他身后大叫："甲哥，你去哪里？"

黛玉置若罔闻，自顾自跑着，一个大步就是好几米。三秒之后，消失在了花圃拐角处。

湘云感到不解，在他印象中，黛玉上一次这样没命跑还是因为泉州发生了地震。当时那场里氏5级的小型地震把全校师生都给吓坏了，大家正在上课，教学楼一开始抖，学生们立马一扔课本老师们立马一扔粉笔，没头没脑就往楼下跑，一直跑到北边空旷的大操场上才停下。

现在湘云看见黛玉以这样一种地震逃生的速度飞奔，再综合他这几天的异常行为，隐隐约约意识到，黛玉身上一定发生了什么了不得的事，否则他不会一夜之间像变了个人似的。

"要不要，追过去看看呢？"

湘云转头看看女生走的方向，又回头看黛玉远去的身影，心中犹豫不决。最后还是决定，将爱情与友情放在良心的天平上权衡，让他的良心替自己作抉择——结果毫无悬念，良心立马滑向了爱情那一端。

所以湘云当机立断，决定把友情先抛在一旁，朝女生那边追去。二人已经走到紫云阁那边了，湘云一路狂奔，白衬衫衣角都拽到裤腰外。转过一条岔路口到紫云阁楼下，迎着阳光看到女生娇娆的背影，紧跑两步，心脏却越跳越厉害。他在离女生五米左右的距离停了下来，口干舌燥，然后像牛一样"哞"地长吁几口气调整呼吸，设计脸上的表情。

准备完毕之后，装作是和二人偶遇的样子，昂首挺胸款款上前几步，风度翩翩（自以为）地打招呼："哈喽，你们好呀！"

虽然湘云竭尽全力装出一副文雅绅士的模样，可他的突然出现还是把两个女生给吓了一跳，把他当做一个冒失鬼（他心中暗叫不妙）。两个女生看见突然蹿到她们面前的男生，险些花容失色，用一种地球人看见了火星人，或者火星人看见了地球人的眼神死死盯住湘云看。

湘云硬着头皮先和苏萝拉打招呼："萝拉小姐，你好哇！"

英语课代表延续一贯高贵冷艳作风，鼻孔哼一声，对他爱答不理。

湘云毫不介意，和苏萝拉打招呼只是铺垫，重点在后头。湘云转向旁边的赫敏，腔调带上激动和紧张："赫敏小姐，你、你好！"

赫敏脸上戴着一副硕大的Ray-Ban黑色太阳镜，几乎遮住了她脸部的三分之一，让人察觉不出墨镜背后的表情。即使如此，仍然不难从她白皙的双颊与紧致下巴，推测出上半部分的容颜。

她透过太阳镜看了湘云一眼，似乎毫不讶异："是你啊，又见面喽。"

"你记得我？"

"记得呀。"赫敏说，"你不就是军训时把你们教官撞倒的那个逗比吗？"

湘云大喜（当然不是因为赫敏把他叫作"逗比"而大喜），连连点头："对对，我就是！"

"Hum hum！"一旁的苏萝拉哈哈笑，对赫敏说，"He really know one's own limitations！"（注：他还真是有自知之明。）

赫敏嘴角扬起，勾勒出一个浅浅的弧度，话里透着些许慵懒："对了，你叫什么名字啊。"

"噢,我叫宋六一!请多多关照!"说完,湘云恭恭敬敬像献宝一样把手伸上去,被苏萝拉一把打掉。

湘云尴尬地缩回手,发觉那手成了身体多余的部分没地方安放,无措手足,最后伸到头上挠:"赫敏小姐,你们回家?"

"嗯。"

"好巧!"湘云脸上装出一副惊喜的样子,"我也回家咧,正好顺路,护送你们一段!"

"烦死了你!"苏萝拉瞪他一眼,"自己走自己的路,干吗像个跟屁虫一样跟着我们?"说完,一脸厌恶地走到赫敏右边。湘云趁机补占她的空隙靠到赫敏左边,厚脸皮地笑。

他头一次和她挨得如此之近,美梦成真,欣喜若狂。鼻中又闻到那股熟悉的浓郁香水气味,那股香味像四月抽芽的芒草钻进鼻孔,令他又痒又心旷神怡,舒服得直想打喷嚏。

果真和军训那天傍晚的一模一样,他心想。当然,他只知道那是香味,却永远也分辨不出那是法国进口的 Lancome 香水气味——相信湘云同学连 Lancome 这个单词怎么拼都不知道。

在这个世上,最公平的事是大家都会死,而最不公平的事莫过于大家活得不一样。比如湘云,在他过去人生的十七年当中,他就从未接触过一种真正的香水,以至于他对香气来源的认知至今停留在香皂、沐浴乳、洗发水这些事物身上。所以当湘云嗅到她身上传来的自己这辈子闻过的最好闻的气味时,他还认定那是某款与众不同的洗发水,好奇无比,心想自己洗头时怎么就没这么香哩。

忍不住问:"赫敏小姐,你用的什么牌子,这么香咧?"

"Lancome。"赫敏答。

湘云听不懂,但又生怕被看出来听不懂,于是装模作样地点头:"唔……原来是这个牌子。"自知口气太勉强,连忙把陈述句换成感叹句:"果然是这个牌子!"补了一句:"其实我也经常用的!"

"真的喂？"赫敏笑笑，有些感兴趣地问。

"真的喂？"旁边的课代表也问出了同样的话，不过完全是另外一种语气。

课代表一脸不信地上下打量湘云："你？Lancome？"

湘云骑虎难下，为了证明自己说的假话是真话，不得不硬着头皮，继续说假话："啊，是的，是经常用，而且我觉得这个牌子它——它去屑效果特别好！"

两个女生先是愣住，随后反应过来，齐声大笑。

湘云心虚，小心翼翼地问："有什么、好笑的吗？"

"不，不好笑。"赫敏忍住笑，淡淡答。

课代表却笑得眼泪都快出来了："Man！You're killing me！"

这令湘云更加迷惑不解了。他问赫敏："萝拉小姐为什么要这样笑？"

"喔，她啊，"赫敏从墨镜后方看了苏萝拉一眼，"她的笑点总是比canali小晚礼服的前领还要低出十公分，你不用理她。"

"切！"苏萝拉，"我笑点低，谁说的！我敢说我的笑点比Gucci高跟鞋的十厘米鞋跟还高！"

两位女生的对话完全超出湘云现有的知识范畴，为了让自己能够参与进对话，他不得不另开一个话题："啊，对了，赫敏小姐，你也在1班读书，以前为什么不来学校上课啊？"

"我的文化课已经考过了，要去美国留学。"

"美国！"湘云想起土豪元春也要去美国，羡慕地说，"原来赫敏小姐也要留学啊，你去哪所大学读书？"

"Yale."赫敏答。

她一说"Yale"，湘云立马想起周二与元春黛玉之间那场关于"耶鲁、野驴"的对话，恍然大悟："哦！原来赫敏小姐上的也是野驴大学！"

"哈？野、驴大学？"二人没听懂。

"对！对！"湘云得意点头，"而且我还知道，那所大学是在一个叫五道口（The Fifth Avenue）的地方，对不对？"

苏萝拉咯咯尖笑，转向赫敏："I am laughing to death！（注：笑死了。）敏

153

你听见没,他刚才居然说五道口!"

"不是五道口吗?"湘云疑惑。

苏萝拉不屑地睨他一眼:"是纽约市第五大道啦!"

湘云挠头:"唔,我又说错了吗?"说完小心翼翼地看赫敏。

赫敏摇摇头,看着湘云,叹一口气:"我说六一君,你可真是傻到可爱。"

"是傻到白痴啦!"课代表把手放唇边扇扇。

湘云低下头哼了一句:"唔。"

午后的日光透明得像一杯开水,照射到赫敏纤长白皙的手腕上。湘云低下头,看到她手腕上有什么在闪闪发光,仔细定睛一看,发现那是一条银白色的铂金手链。湘云居然把那条手链当成了手镯,兴奋地指着叫:"哇,哇!赫敏小姐,你也有一条这个吗?我家里也有一条的!"

"哦?"赫敏低头看看自己腕上的卡地亚铂金手链:"你的也是Cartier吗?"(注:卡地亚,首饰品牌。)

湘云又没听懂:"你是说……开、开地儿?"

"?"

"开——地——儿——"湘云尝试着发了一遍音,二人还是听不懂,湘云只好放弃:"总之,我的那条手镯还是我满月时我奶奶在金银首饰铺里给我打的。"

二人反应过来,重新笑得前俯后仰。

湘云心虚无比,问:"你们又笑什么?"

赫敏看湘云叹气:"六一君,说你什么好。看清楚,这是最新款的卡地亚铂金手链,可不是你祖母从什么状元街(注:本地著名传统首饰铺面聚集地。)银铺里打的满月手镯。"说完,把手链从腕上摘下来,指着内侧的三环标志:"喏,看见了吗?"

苏萝拉在一旁揉着肚子笑:"敏,你不用白费心机了,我猜他长这么大都没见过卡地亚长什么样子。"

"真的?"赫敏惊奇,"你不会从来没听说卡地亚吧?"

湘云茫然摇头:"好像——没有。"

赫敏追问:"那MIKIMOTO呢?MIKIMOTO这么亲民的牌子总见过吧?"

湘云还是一脸茫然，赫敏给他讲这些名词听上去就像物理学家给他讲深奥的量子力学一样费解难懂。

苏萝拉看着湘云，说："我猜，他甚至连LV（注：路易斯·威登的缩写。）是什么都不知道。"

湘云："l、v——"然后跳起来："驴？"

于是赫敏终于放弃。苏萝拉向赫敏露出一个"看吧我就知道"的眼色，转头对湘云说："我说，你可真是个孤陋寡闻到不可思议的家伙。"

"行了，拉，你别为难他了，"赫敏不忍心见到湘云可怜兮兮的模样，她看了湘云身上的衬衫一眼，"毕竟，人家穿的也是卡帕呢。"

赫敏替湘云打圆场，没想到湘云居然摇头："我的衣服不是卡帕，卡帕这种杂牌子，我才不穿咧。"

"哟，口气真不小呢。"课代表强忍住笑。

"那当然！"湘云得意扬扬，心想我也不是那种不讲究的人，结果下一句话立马自取其辱，"我穿的是，背靠背！"

苏萝拉一愣："背靠背不就是卡帕吗？"

"是喔？"湘云挠头。

于是课代表拼命尖声笑，眼泪都笑出来了，捂住肚子："God！Mercy me！How can there be such a stupid guy！"（注：怎么会有这么愚蠢的家伙。）

赫敏看她一眼，对湘云摇摇头："和你说过了，她是个笑点低到不可思议的女疯子，不用理这种女疯子。"她说话的时候微微眯起眼睛，嘴唇扬起一个妩媚的弧度，连骂人都让湘云觉得那么心旷神怡。

"嗯嗯。"他感激地拼命点头。

湘云同学原先谋划用自己无与伦比的绅士幽默将二位女士逗笑，结果现在他的目的倒是达到了（三人一路走一路笑），不过过程显然要和预想的完全南辕北辙。

管他的呢，湘云心想，手段只是过程，只要目的达到了就是胜利。所以他洋洋自得，自以为大获成功。

三人走出校门，课代表到大路上招手叫来一辆计程车，招呼不打就直接坐进去，"啪"

地关上门。

赫敏转过头："和我们一起回去？"

"不，不，不了，"湘云连忙摆手，"我另打一辆计程车回去。因为我平常习惯一个人坐小车，不习惯那么挤！"

"看不出来哟，土豪嘛。"赫敏微笑。

"呵呵，惭愧惭愧，我平时都很低调的，你们别说出去哈。"

"好呀。"

赫敏打开车门，弯腰坐进副驾驶座，把肩上挎的粉红色PUMA包放在双腿上。湘云俯身凑近车窗："那……赫敏小姐，你以后还会不会来上课？"

赫敏脸上的墨镜在太阳底下反着光，像两泓深不见底的潭渊，她说："不会。"

"真的都不来了？"湘云有些失望。

"傻瓜。"赫敏轻笑着，摇摇头，伸手摘下眼镜，露出一双狭长的眼睛和长长的睫毛。她拿着墨镜对湘云挥挥手："再见喽。"

"嗯嗯！再见！"

车窗缓缓关上，把她的侧脸隔绝在茶色玻璃内。计程车排气管冒出一股白烟，然后掉转车头，驶进熙熙攘攘的主干道。

湘云一直目送计程车消失在车流之中，方才转过身，走到人行道公交站牌旁边，挤到满脸疲惫的下班人群里等公交。

"赫敏小姐，真是迷人啊。"

湘云在喧闹的人群里，手叉裤腰甩甩头发，自言自语："这种离得越近就越是吸引人的感觉像什么呢，就像是看见了一堆钞票——不，"湘云觉得这个比喻还是送给土豪元春比较恰当，"不，应该就像，就像是看见了一幢美丽的房子。对对，一幢装修得十分漂亮的房子。"他为这个并不高明的比喻而沾沾自喜。

公交滚动着肮脏的车轮缓缓贴近，车身上沾满泥水，"嘎"一声停靠在人行道旁，然后车尾喷出一股难闻的黑烟。挤车向来是一项包含了赛跑、散打、柔道多种体育项目于一身的综合性运动。众人等车一停，立马各使神通，像潮水一般拽着车门拼命往上挤，湘云也随着人流使劲往车里挤，人群前呼后拥，嚷声一片，快要把车门挤破。

公交司机心疼那扇年龄比自己还大的古董车门，坐在驾驶座上骂："车虾米！娘拍腿弄伯饿啦！"（注：挤什么？连排队都不会啊？）

众人置若罔闻，拼命往车上挤，生怕挤晚了，待会儿连过道都没的站。湘云同学使尽浑身解数，终于随人堆挤进车——或者说是终于被人堆挤进车，然后使劲把自己的单肩挎包从密密麻麻的胳膊丛林里拽出来。车厢里到处人头攒动，湘云趁司机顾不过来，悄悄溜到车厢后头，司机居然没发现。他暗自得意，心想又省了两块钱。

古董门"吱呀"直叫，发出一阵让人瘆得慌的呻吟，艰难地把自己关上。司机"轰轰"发动车子，然后电车就像一个挤满沙丁鱼的罐头一样缓缓向前路移动。

湘云挤在车尾，透过宽大老旧的后车，窗看着街道上熙熙攘攘来往的车辆。头顶上方，电线线路纵横交错，在苍白的天空里切割出大大小小的零碎块，就像一幅苍白难懂的抽象画。

湘云又想起临别时，赫敏小姐淹没在计程车车窗后的那个笑容，怦然心动。于是他在旁边一位大妈惊恐的注视下，温柔无比地往窗上哈了一口气，肉麻地用手指头在玻璃上划了两颗心，一颗写上"S"，一颗写上"H"。他眼神温存地看着那两颗心，低声咕哝自语：啊，这种感觉……

我好像恋爱了呢。

就在湘云同学像沙丁鱼一样，被装在公交闷罐头里朝着归途艰难移动时，与此同时，他的好兄弟黛玉同学正守候在理文乙楼东侧的楼梯口外。黛玉一脸焦躁不安，盯着腕上指针飞速转动，从放学之后到现在，他已经在那里守了很久了。

楼梯口外的过道阴暗而潮湿，因为道路两侧分别被教学楼和高大榕树遮蔽住阳光的关系，显得凉爽异常。那些榕树繁茂得不像话，枝叶层层叠叠，仿佛飘浮在头顶上方的云翳，以至于把周围景致都带上了一种暗绿的色调。那种接近发黑的暗绿，是夏末里的独有色调。

手表上的时间一分一秒过去，黄昏逐渐迫近，巨大的树影在头顶摇曳着，斑驳的太阳光斑不时穿过树冠照射到地面上，形成一串串小光点。三三两两的学生从楼梯口走出来，结伴同行，在黛玉身边欢笑而过，脸上四溢着青春的气息。

黛玉低下头，看看腕上那个山寨的 Amani 表，指针正好指向四点二十七分。还差三分钟。他知道，每天准时四点三十分，高二理科重点7班的夏德惠就会独自一人从这个楼道走出来，只有她一人。

——不要问黛玉是怎么知道这些的，事实上，当一个人闲到每天都会守在同一个地方什么事都不做一蹲就是两个小时而且还连续蹲了四天的时候，你就会明白，他就是那样做到的。

表上的指针一点一点地向那个预设好的时间靠拢，黛玉想见到夏德惠的渴望也在逐渐递增，同时心里开始微微紧张起来。待会儿真的见到她的时候，该说些什么好呢，就这样像苍蝇一样没头没脑撞上去搭讪会不会太突兀了。

黛玉想起手里拿的东西，低头看手上紧紧攥着的布袋，开口处用一根丝绳紧紧拉住。布袋里装着他们上刺绣课绣花朵图案要用的蚕丝线，红橙黄绿，各种颜色的都有。对，待会儿就说这个，他暗暗替自己鼓劲。

楼道里人影一闪，夏德惠从里面走了出来，肩上背着硕大的双肩包。她今天身上穿着一件宽大的草绿花纹连衣裙，一头秀发柔顺地披在肩上，脚上是一双最近很流行的平底硬皮鞋，长长的白色长筒袜紧绷出小腿的优美曲线。

又是绿和白的搭配，就像那天上午见到她的一样。虽然这不过是夏德惠日常的休闲打扮，而当她以这样的面目出现在黛玉眼前时，黛玉仍然再次震惊住了，脑子像用一把巨大的黑板刷擦过，瞬间变得一片空白。他直勾勾地看着她走过来，目光从她身上慢慢往下移动，盯着那双修长的腿看了半天，然后突然反应过来，暗骂自己色性难改，把正事都险些耽误了。

黛玉鼓起勇气，像鸟一样张开臂膀径直向夏德惠迎上去："德惠小姐，这个给你！"说完，把手里的布袋递上去。

夏德惠没想到一个高个子男生上来就捧给他一样东西，下意识接过，好奇地低头看："什么？"

黛玉连忙说："这是我们下节刺绣课绣牡丹花图案需要用到的蚕丝线！"

夏德惠拉开布袋丝绳，看到里面一捆色彩斑斓的线，脸上现出欣喜："啊，真是蚕丝线哪，我找了好久，到处都没找到——"抬起头，讶异地看黛玉，"不过，你是？"

黛玉"呼"地深吸一口气，然后说："小姐，你还记得那天下雨的那个上午，在那个格致楼下的那条路上,那两个男生里的那个高男生吗?"

"?"

"好吧,当我没说……"

"嗯,"夏德惠仔细端详他的脸,"听你这么一说,确实有点面熟啊。"

黛玉欣喜万分,连忙说:"你报了刺绣课对吧?我也是的,早上我就坐在你右边!"说完生怕夏德惠想不起来,进一步补充:"我就坐在第二排倒数第二个座位,记不记得?坐我前面的是个戴眼镜扎马尾辫的女生,后面是个矮胖女生,左边是个高瘦男生,右边是——右边是、是个……"

黛玉回想了一下早上坐自己右边那个头发极长但胸部极平、指甲染得血红但嗓门却粗得像公鸭一样的家伙,犹豫不决,不敢确定那个家伙到底是男是女。最后突然回想起他渔网丝袜里露出的毛茸茸大腿,终于恍然大悟,肯定地说:"哦,我右边是个男的!"

夏德惠侧着头,认真听完黛玉的描述,回忆了一下,然后恍然大悟地点头,肩上的长发随肩膀轻轻一抖,看得黛玉心颤:"喔!我记起来了,咱们好像确实一起上刺绣课。我记得,你的名字叫柳……"

黛玉盯着夏德惠,满心期盼她正确地说出"柳德甲"这三个字,结果夏德惠最后脱口而出:"你叫柳——柳中超!"

"不,是柳德甲……"

"呵呵,好有趣!都是足球联赛的名字呢,令尊一定是个球迷吧。"

"是啊,是啊,呵呵。"黛玉挠头,不好意思地笑。他当然不会说自己父亲其实是个军迷而非球迷,那个"德甲"其实是"德意志第七装甲师"的缩写(注:德意志第七装甲师,二战"沙漠之狐"隆美尔的军队。),而非什么足球联赛的名字。

夏德惠扬扬手里的布袋:"所以德甲君,你这包丝线是要送给我吗?"

"对对,我知道这种丝线很难买得到,"黛玉连忙说:"刚好我买到了,所以就拿一点分给同学们!"

"送同学们啊,"夏德惠忍俊不禁,"包括坐你右边那个穿黑色渔网丝袜的家伙?"

"呵呵,是啊,是啊。"

"谢谢你德甲君,你真客气,"夏德惠说:"我要回家了,你从东门走还是西门走?"

"东门。"黛玉当然说自己从东门走——即使他家住在东门他也要说东门。

"我也是东门,一起吗?"

"太巧了,一起走,一起走!"黛玉满心激动,立马飞到夏德惠身旁,险些被地上石子勾了个跟跄。

他在理文乙楼外连续蹲点蹲了四天,为的就是这个梦寐以求的时刻。

二人走出楼道口,沿着小路走上一个斜坡。走着走着,一直没有说话,气氛变得有些尴尬起来。黛玉十分诧异,心想,凭我拳打赵本山的幽默天分、脚踢郭德纲的惊人口才,怎么就会没话说了咧,我居然就这么没话说了,这不科学。低头在心中拼命酝酿话头,想尽早打破这种尴尬的气氛。

"对了,你怎么知道我要的是这种线啊?"夏德惠率先打破沉闷。

黛玉早料到她会问这个问题,暗夸自己未卜先知。为了回答这个问题,他专门花了整整两天时间搜集资料准备答案,然后又花了更长的时间把答案背下来(后一项工作对他来说尤为艰辛)。

黛玉深吸一口气:"是这样的,德惠小姐,刺绣是一项十分复杂的工艺,各地都有自己的特色。我国主要分苏绣、湘绣、蜀绣和粤绣四大门类。刺绣的技法多种多样,有错针绣、乱针绣、网绣、满地绣、锁丝、纳丝、纳锦……"

夏德惠一脸讶异地看着黛玉一口气报出一大堆专业术语,忍不住要赞叹。结果报到最后,黛玉自己都报糊涂了,反过来问德惠小姐:"刚才我背到哪儿了——不不,刚才我说到哪儿了?"

"你说到'纳锦'。"

"喔!我说到'纳锦'了,原来我说到'纳锦'了,我居然说到'纳锦'了……"黛玉卡壳住了,"接下来应该是什么呢,什么呢?"

"你问我吗?"

"没,没!我是在——扪心自问。"

"……扪心自问这个词,好像不是这么用的吧?"

黛玉朝她摆手:"等等。"说完急忙转身,背对夏德惠从衬衣口袋里掏出一张纸条,那上面满满写的都是问题的答案。（黛玉原先对自己的记忆力充满信心，本来打算背完之后就把答案扔掉，最后居然忘了扔，现在万分庆幸自己的记忆力原来这么低）

背对她默念了好几遍，收起纸条，转身继续背："除了纳锦，还有铺绒、刮绒、戳纱、洒线、挑花以及……除此之外，刺绣的用途十分广泛，包括各种生活和艺术装饰，如服装、窗饰、床上用品……"

黛玉背到那个"床上用品"，大吃一惊连忙刹住，确信后面不会出现什么少儿不宜的内容之后，方才放心说下去："还有，台布、舞台、艺术品装饰等等。而我们刺绣用的线又分成两种。一种是棉线，优点是初学易用，好打理，好抽线，短处是颜色没丝线好看细腻。二是蚕丝线，优点是明亮，颜色全，绣出来质感好。我们下周二绣牡丹图案，需要比较艳丽和色彩丰富的线，所以搭配的就是蚕丝线。"

夏德惠听黛玉背完，啧啧称奇："德甲君，你真的好厉害喔，你是怎么知道这么多的？"

"呵呵，不敢当，不敢当，"黛玉表示谦虚，"因为我家里书有点多，所以从小就饱览群书，无所不通，对刺绣也有点小小理解，惭愧惭愧！"

都说长得漂亮的女孩子好骗。夏德惠居然也信以为真，冲他微笑："好厉害。"

二人走上斜坡，朝六角亭的方向走去。六角亭顶架上挂满了紫藤萝，现在只剩下一树枝叶，像一道绿色密瀑倾泻下来。太阳西斜，整个世界开始呈现出一种橘黄色的明亮色调。学校里的学生已经十分稀少了，二人在安静的小路上走着，两旁是高大繁茂的榕树，撑起一片阴凉树影。路面散落着夏末失去的知了干壳，在脚下发出清脆的响声。

黛玉跟在德惠小姐身后，落后她大约一寸的宽度。她背着一个大大的浅绿色双肩包，树梢间泻下的黄色阳光，在她肩部一闪一闪，随着肩上的秀发轻柔跳跃。

这一切多么像是梦里的场景，黛玉心想，我不会真的是在做梦吧。伸手狠狠掐自己大腿一把，痛得龇牙咧嘴，然后喜出望外，原来这是真的，不是在做梦。

无数次在梦里，他也是梦到自己这样紧紧跟在她身后，偌大的校园里就他们两个人，头顶上方的浓密枝叶在风中窸窣。只可惜那个梦只做到这里就戛然而止，要不是被床头可恶的闹钟吵醒的话，黛玉倒是真的很期待接下来会发生什么。要知道，在遇见她之前，床头的闹钟可是从来叫不醒他的。结果现在黛玉每天居然都能够被闹钟准时惊醒，对以前的他来说，这真是一件不可思议的事。

自从遇见她之后，我到底是变正常了还是变不正常了呢？他偷偷地看一眼她的侧影，心中想着。

头顶有风轻轻刮了起来，一片榕树叶从摇摆的枝头吹落，粘到夏德惠肩膀头发上，她并未察觉。黛玉发现她头发上的叶子，心中一跳，想伸手帮她把树叶摘下来。结果刚伸出手，突然胆怯，又把手缩了回去。

到底要不要这么做呢，心中犹豫不决，胸口怦怦直跳。思索良久，终于鼓起勇气举起手伸向她肩膀，一点一点接近，快要触碰到她头发时，指尖都在微微颤抖。

德惠小姐突然回过头来。黛玉暗叫不好来不及缩手，立马猛地把手顺势伸到头顶笔直地指向天空，像尊可笑的雕塑般僵在那里，不敢动弹。

夏德惠看着黛玉古怪的样子，莫名其妙："好奇怪的姿势，你干吗？"

"我在……"黛玉实在想不出理由，瞎憋出一句，"我在思考！"

"思考？"德惠奇怪地笑，"思考为什么要摆出这样的造型啊。"

"这样是为了让我的身体离天更近，因为……"黛玉脑子罕见地有飞速转动的时候，"因为当人的身体离天空更近，他的灵魂就离地狱越远。"他只是随口一编，没想到自己居然就能说出这么有哲理而对仗的话，自己也吓了一跳。

"嗯，"夏德惠侧着头想了想，"听起来蛮有道理的嘛。"

她歪头时，长发顺着肩膀滑下，那片榕树叶也跟着掉落到地上。黛玉痛心疾首地看着落到地上的叶子，为失去一个触碰她的机会而懊丧不已。

"对了，德甲君，我有个问题想问你。"

"什么？"

"就是好奇怪啊，"夏德惠脸上微笑，"为什么一个大男生居然会跑去上刺绣课啊，这种课不是女生才钟爱的玩意吗？"

"啊，这个——"黛玉挠头，这下可犯难住了。

他心想，难道我会说我抛弃了好朋友退掉了自己喜欢的课转而到刺绣课上像个娘们一样捏着针线绣花其实都只是为了能见到你吗，难道你还看不出来，我做的这一切都只是为了能离你更近一点吗？

黛玉挠挠用啫喱水固定住的硬邦邦的脑袋："因为，其实是因为我……"

夏德惠看他因为了半天，一句话也没因为出来，笑着说："好了，不为难你啦，其实我知道啦。"

黛玉跳起来："你都知道了？"

原来你都知道了，你已经看出来我如此苦心孤诣绞尽脑汁费尽心机做的这一切全都是为了你？而你现在还这么轻松地和我说着话，脸不红气不喘心不跳，我是不是应该认为自己已经离成功很近了呢？

"对呀，我知道呀。"夏德惠弯了弯她好看的嘴角，透出捉摸不透的笑意，停下脚步。

黛玉也停下来，不知道她要做什么。

夏德惠抓着书包肩带走近黛玉，踮起脚尖，然后把脸轻轻凑近他的耳畔。黛玉就这样看着她贴近自己的脸，动都不敢动，笨拙而可笑地喘着粗气，脖颈粗大血管"砰砰"跳动，潮红从脸颊一直蔓延到耳根。接下来会发生什么，接下来会发生什么，难道她要……他不敢往下想象，幸福地闭上了眼睛。

"你喜欢刺绣，其实我是一点也不觉得奇怪啊。"夏德惠附在他耳边，轻轻地带着笑意，气若幽兰，"因为你人看起来这么娘，所以喜欢刺绣这种玩意也是可以理解的嘛。"

"哦……"黛玉睁开眼，心都碎了。

原来如此，原来我在你的眼里，居然是一个——娘。这世界上还有比听到自己喜欢的人说自己娘更悲催的事情了吗？更让黛玉抓狂的是，在她说完之后，自己居然不由自主地点了点头，然后嘴巴也开始不听使唤："是啊，是啊，呵呵。其实，我也觉得我很娘。"

"是哦，你自己也这么觉得哦。"

"嗯嗯。"黛玉点头笑，心中却欲哭无泪，恨不得把自己的舌头割下来放到搓衣板上狠狠地揉上一百八十遍。

毁了毁了，我高大而不失威猛放荡而又不羁的硬汉加绅士形象就这样全毁了。就此毁于一旦，黛玉在心中抱着电线杆一边用头"哐哐"撞一边痛哭。

出了东校门之后，一直走到人行道的电车站牌边。此时接近晚饭时间，远方的路灯依次亮了起来，人行道上候车人流十分稀少。

"到喽，要说再见喽。"夏德惠灵巧地朝他转过身，裙摆飞扬。

"啊，这么快啊，"黛玉没反应过来，察觉到他们果然已经站在大门外，忙不迭地说，"德惠小姐，你住哪里？我打计程车送你！"

夏德惠笑："这么大方啊。"

"啊，这个，呵呵，"黛玉挠挠头，"对，因为我家里钱有一点多，所以必须使劲花，否则银行里存那么多钱，怕银行会付不起我利息。"

"哈哈，你真幽默。"夏德惠以为他在开玩笑。

黛玉委屈地想，那是真的。

"不用，我坐公交回去就可以。"说完，夏德惠突然伸出一只手轻轻捏住黛玉的手指头："那么，我们算是朋友喽。"

她的手只是轻轻地触摸了他指头那么一下，他却觉得有一股电流瞬间穿过全身，连心脏都停止了跳动。

过了好半天才清醒过来："好，好呀……"

"奇怪，德甲君，你的脸怎么变得这么红啊？"

"我过敏了，我皮肤过敏了……"

公交到站，夏德惠盯着他猴屁股一样的红脸疑惑地笑笑，转身跟随人群向车门走去。黛玉目送她走上车子，不由自主地伸手摸了摸口袋，发觉有些不对劲，低头一看，才发现那包蚕丝线不知何时跑到了自己口袋里。

他连忙把布袋举起来，对车上的德惠小姐喊："喂，你的线！"

"不，是你的线。"她回过头，对他粲然一笑。

黛玉心中咯噔一下，心想这段对话听起来怎么这么耳熟。

"我怕我忘了，"她扶住车门，"所以先把线还你，下节课要记得带哦！"

黛玉连忙答应："是！"

然后他心中突然亮了一下，难道——难道她这是在向我暗示什么吗？她的意思是说，下节刺绣课的时候我可以坐在她旁边吗？黛玉一想到下节刺绣课上，他和德惠小姐紧挨着坐在一起，翘着兰花指手捏针线互相对笑，你一针我一针地绣着花，立马幸福得都快要醉了。

——相信别人要是看到这幅场景，一定也会醉的。

阀门缓缓地关上，车子掉头而去，像一尾欢快而自由的鱼投入熙熙攘攘的街海。十字路口的红灯倏然亮起，对面有几辆小汽车在用喇叭相互抗议着。直到目送公交消失在街道拐角，半晌，黛玉方才摸摸烫得像火山熔岩一样的脸，拎了拎衣领，走到大路上去招手打计程车。

他一边走，一边下意识地摸摸衬衣口袋，感觉那里面的东西毛茸茸的，像一只有生命的小动物一样，扎得胸口有点痒。温暖无比的感觉，仿佛那捆蚕丝有了温度，一点一点地透过皮肤渗到血液中。这种朦朦胧胧的感受让他的心像飞上云端，再陷入深海一样，幸福感绞得他快要闭过气去。

黛玉久久回味着那副笑起来如同静谧湖水一般的面庞，心中幸福地喃喃自语："啊，这种感觉……"

我好像也恋爱了呢。

"哎，等等，"黛玉停下脚步，诧异地说，"奇怪，为什么我要说'也'？"

黛玉的礼物（上）

元春："你这样的女孩不能嫁人，就算嫁了人也是嫁祸于人。"

苏萝拉："以后别再说你除了钱一无所有了，你不是还有病吗？"

——摘自《元春、英语课代表谈话录》

周一早上，一场连绵的寒雨突袭了泉州，天地瞬间陷入一片模糊沉寂。秋天就用这样猝不及防的方式向整个世间宣告它的正式到来，泉州终于迎来一年中最漫长最难受的秋雨连绵的日子。

大片大片的树叶被雨水从枝头打落，细碎的椭圆榕树叶和深绿色的芒果树叶在路上渐渐铺满。湿冷的雨水将它们淋透，紧紧地贴在柏油路面上。被雨水连续浸泡好几天后，它们都发出了一种微微腐烂的草木清香。那是属于这个城市秋天里所独有的味道。于是在整个下雨的日子里，印象中似乎就只剩下了这种潮湿的、单调的记忆。一天到晚，道路上都有穿着黄色马甲的环卫工人，拿着宽大的笤帚在路上不紧不慢地清扫着树叶，"沙沙，沙沙。"

整个十月记忆中，泉州就只剩下这种沙沙的声音，在天地之中重复着，永恒而单调。

天气糟糕成这样，人也好不起来，上课的心情照例要比上坟还沉重。不过在这种沉郁得像公墓的阴暗色调里，偶尔也会闪现出一两抹明快的色调，比如对湘云同学来说就是这样。

对高二（1）班的湘云来说，他生活中的明快色调就在于能见到"赫敏小姐"的时候。只要她一出现，湘云的心情就立马无一例外地明媚起来，仿佛天空在下雨，而他心中却有一个太阳永驻着。

赫敏一个星期难得来听一次课，而且也不是抱着听课的心情来的。事实上，要不是因为放学后要和苏萝拉一起去逛街，她宁愿选择坐在她家客厅的波斯米亚地毯上，一边听古典音乐一边练瑜伽。但是每次只要她一来，湘云都会趁着来之不易的机会接近她，找她搭讪。

对于湘云这种橡皮糖一样的缠人做法,赫敏还没厌烦,她旁边的苏萝拉就不耐烦了。英语课代表心思缜密心密如针，一眼看出湘云这样缠着她们俩，是因为他对赫敏有不良企图。这使她尤为不能忍受——因为湘云怀有不良企图居然不是对她，这让课代表的高傲自尊心大受打击。

所以苏萝拉对湘云的缠人嗤之以鼻："Bah！ Someone aim at the moon！（注：癞蛤蟆想吃天鹅肉。） 也不撒泡尿照照自己是什么德行！"

而赫敏似乎并不在意，相反，还亲热无比地叫湘云"小六一（苏萝拉立马起一身鸡皮疙瘩）"，把他使唤来使唤去,吩咐他替自己做各种事情。湘云求之不得。

"六一啊，去西门餐厅帮我买一杯 Manuata 蓝莓果汁儿，实在没有，Lakewood 的也行。"

"是，赫敏小姐！"

"赫敏小姐……你说的那些饮料都没有，娃哈哈 AD 钙奶行不行？"

"……"

"小六一，打个电话给我家保姆，让她赶快把我那件 Amani 的雪纺无袖收进阳台，别待会儿下大雨被淋着了。"

"是，赫敏小姐！"

"赫敏小姐……我打电话给你家保姆，她说她听不懂我在说什么。"

"你和她怎么说的？"

"我说要下雨了，你快把那件'啊——尼玛'的衣服收进来。"

"……"

苏萝拉看见湘云这么谄媚（却不是对她），越发生气。她后排的元春常年被苏萝拉用英语差辱成狗，现在终于找到她的弱点，趁机要好好奚落她一下。

于是元春坐在位子上,努力"嗤嗤"嗅鼻子,然后拍拍坐旁边正在低头抄笔记的探春："哎哎，小乐子，别看书了，你有没有闻到？"

"闻到什么？"书呆子抬头，扶扶往下掉的啤酒盖眼镜。

元春阴阳怪气："一股——醋味！"他心思细腻，生怕苏萝拉听不到自己的话，特意为她拔高了音调。

"醋味？"探春使劲翕动鼻翼，嗅嗅，"没有啊，什么醋味？"

前排苏萝拉坐在位子上，无动于衷，头都不转一下。

元春挑衅落空，不得不重重咳嗽几声，朝前面喊："我说，人家又不是对你有意思，某人是不是太自恋了——"

苏萝拉突然转过头，拿一双深蓝色眸子死死盯住他看。

元春猝不及防，被课代表犀利的眼神盯得露怯，险些要举白旗投降："我、我、你、你……"

苏萝拉盯着元春看了半天，一字一顿地说："我看，是某人更自恋吧！如果我没记错的话，某人抽屉里好像满满的都是欧莱雅化妆品哟，什么洁面乳、手霜、护发素、面膜……"

然后发出像森林女巫一样尖利的咯咯冷笑。笑完，像想起什么似的，按住嘴巴高声叫："噢，我都忘了，还有一盒大套装的美甲油！"

元春大吃一惊，想不到她连这都知道，连忙心虚堵住抽屉。

旁边坐着的同学低声发笑。元春恼羞成怒："姓苏的，难道你妈都没教过你偷看别人隐私是一种无耻行为吗！"

"姓高的，难道你妈都没教过你那些见不得人的东西不要放在别人路过就能看见的地方吗！"课代表反唇相讥。

元春说不过她，狗急跳墙，要同归于尽："我看，你其实是就对宋六一有意思吧，人家都不搭理你！哈哈哈！"说完不等她回答，连忙仰天狂笑，表示主动权在自己这边。

"Bullshit！"苏萝拉怒斥，"鬼才对他有意思！"

"你没意思干吗在意他跟别人献殷勤？"

"我在不在意关你毛事！"

"主观上当然不关我的事，不过客观上你就是对宋六一有意思！"

"鬼才对宋六一有意思！"苏萝拉急了，为自证清白，看看坐旁边埋头唰唰抄单词的探春，"我就算对杨小乐有意思，也不会对宋六一有意思！"

探春本来正在旁边做一个勤奋学习的好少年，结果躺着也中枪。他无辜地扶扶眼镜，摊手："喂，关我什么事——"

"闭嘴！"元春和苏萝拉吵在兴头上，齐声呵斥他。

探春吓一跳，立马像鸵鸟一样，把头重新埋进书里。

无论别人怎么说，湘云同学似乎都显得毫不在意。有人说他是癞蛤蟆想吃天鹅肉，说他白日做梦，他一点都不在乎。

"即使是白日梦，该做的梦还是得做，说不定哪天就美梦成真了呢。"湘云告诉自己，一切皆有可能，既然丑小鸭有变成白天鹅的那天，我们又有什么理由不相信癞蛤蟆其实也有可能是大号一点的青蛙王子呢。所以湘云对自己充满了信心，事实上，他认为自己和赫敏所有的区别不过是她手上戴的那只卡地亚铂金手链而已。

"她有，我没有，"湘云告诉他的好兄弟黛玉，"区别就这么简单。"

然而，这只是湘云所能看到的区别。他永远不会知道，在他看不见她的时候，她的生活是怎么样的一副场景。就像一座花园，当湘云看到入口处篱笆缠绕的牵牛花时，他就以为自己看到了公园的全貌。却不知在他看不见的地方，隐藏着一个怎样繁华的世界。

他不知道，当他每天清晨奋力从床上跳起来、一脸哈欠准备去上课的时候，她正在精神抖擞地在铺着昂贵瓷砖的浴室里化着精致的淡妆，仅仅是为了画一道眼线，她也许就会花去半个小时的时间。

他不知道，当他咬着笔头在课上发呆的时候，她就安躺在客厅的真皮沙发里，脸上敷着够他好几顿伙食费的面膜，而茶几上煮沸着他连牌子都念不出来的蓝山咖啡。

他更不知道，在他为了遥遥无期的高考而不得不应付每天堆积如山的作业的时候，她的父母早已经用钞票帮她铺了一条宽阔的出国后路，两年之后，当他坐在考场里与命运殊死搏斗的时候，她所需要做的，不过是买一张薄薄的机票，让波音747把自己捎过太平洋的对岸。

她既不用担心出门时因为乘电车会挤得头破血流，也不用挂怀今天把衣服全洗了明天会没衣服可穿，更不必留意今天市场上卖的大蒜大葱又涨了几角几分，因为那是普通人家才会在乎的东西。

其实如果湘云留意一下班里的苏萝拉，看见课代表上下学都是豪迈地挥手打的来去，仅仅身上一件裙子就顶他三个月的伙食费，他就该了解到，苏萝拉过的才是赫敏那类人的生活，而他和她们根本就不是一路人。湘云也许知道"女人如衣服"那句话，可惜的是，赫敏根本不是他穿得起的牌子。

而这不过是悲剧的开头，却远非悲剧里最悲伤的结尾。要真是那样的话，那创造出这个世界的上帝也就对我们太仁慈了。

连续两周的连绵阴雨之后，金陵书院终于迎来一个短暂晴天。太阳从乌云缝隙中直射下来，一束又一束的白光穿透了厚厚的云层，像是末日里的最后预言。大家经历了阴霾的沉寂，倍感阳光可贵。周三下午只有短短两节课，下课之后，所有人都趁着午后空闲时光，到户外四处走动，呼吸没有乌云和雨水的空气。

金陵书院北边视野开阔，草木葱荣，虽然荒凉，景色却美。大操场东北角有个名叫"辟荔园"的小园子，站在英语楼走廊上，可以俯瞰到园中全景。园中草木峥嵘，枝叶繁茂，高大的蕨类植物与低矮的灌木竞相疯长，遮天蔽日，像一个缩小版的亚马逊雨林。边角上还有一方用长条石搭建起来的戏台，原本给学生会文艺部排练话剧用，音乐厅修好之后，那帮家伙就改到音乐厅献身艺术去了，此地逐渐废弃。

更早之前，辟荔园还是一个社区剧场，周末时街道都会演歌仔戏。自从十多年前，辟荔园和北边一大块地并在一起，被划给学校使用，从此就成了校产。只是学校也一直不来整修，任其荒芜成南美洲的玛雅遗迹。天长日久，各种奇形怪状的植物从园子里冒出来，假如园子有眼睛，估计连它自己都认不清自己的模样了。

午后四点多，黛玉坐在辟荔园里一张掉了漆的长椅上，一动不动，目视前方。他今天穿着宽大的白T恤和牛仔短裤，头上戴一顶棒球帽，帽子前面印着一行大大的"Rommel"字母。

黛玉刻意把帽檐压得低低的，大半个身躯隐藏在椰子树后，像个窃贼一样，偷偷留意着对面石台上的一举一动。

石台上站着三个女生，身上一水的传统墨绿曲裾（注：汉服的一种。），腰系金丝大结，鬓发低垂，斜插凤钗，身形修长，蹁跹不已。三人正在排练传统舞蹈《惊鸿曲》，（注：唐代舞蹈曲目，相传为唐玄宗宠妃梅妃的成名舞蹈。）其中一个女生正是夏德惠。

黛玉知道夏德惠报了一个舞蹈研习社团。每周三下午，只要没下雨，她都会和研习社成员到这里排练。

——不要问黛玉是怎么做到对她行动了如指掌的，很显然，这又是他辛勤蹲点侦察的成果。事实上，如果黛玉学过地图测绘的话，他甚至可以画出一张夏德惠每时每刻在学校各个地点活动的精准路线图。（不知道如果夏德惠知道自己所有行踪都已经被某人探知得一清二楚，会不会立马有一种毛骨悚然后背发凉的感觉）

现在，一周两节的刺绣课已经无法满足黛玉想要见到夏德惠的愿望了。他盼望着每一次见到她的机会，就像盼望着每个可以睡到直接起来吃午饭的周末。他越是听不到她的声音，越是看不到她的身影，就越是抑制不住想要见她的冲动，每天如此。

看不见她的时候，黛玉总是觉得心中某块地方缺了一大片，就像被抽干了水的干涸沼泽，死气沉沉，没有一丝生机。等到看见她时，那片沼泽立马就欢腾起来，泥土里开始潺潺冒出清水，青草冒出地面迅速生长，有鸥鸟在水面上低低徘徊寻觅小鱼的踪影。绿意盎然，生机勃勃。

在那些只能远远地偷偷地看着她的日子里，他常常感觉自己像一只猫，脚步诡秘，细声细气，稍有动静立马惊慌逃走。只有和她在一起的时候，他才觉得自己的生活是有生机的、有意义的，等到她一走，他心中那片沼泽又立马干涸下去。

"为了她，我都快变成一个神经病了。"黛玉远远看着石台上那个身影，自言自语。

石台边放着一个黑色立地式音箱，沉寂三秒之后，开始放出轻声舒缓的音乐。箫琴和鸣，三位女生随节奏舒展长袖，轻作碎步，轻扬而起，迎风曼舞。时而如轻云慢移，时而如旋风疾转，恍若有无数花瓣翻飞于天地之间。

夏德惠站在中间，翩然而起，箫声骤急，身姿舞动越来越快，裙裾飘飞，如流光飞舞。两个舞伴围在她身侧低身伴舞，更显得她如隔雾之花，恍若仙子，美得令人心碎。

"天……"黛玉看着夏德惠翩跹作步,舞若惊鸿,衣袂飘飘,简直快要被美哭了。

他才思如泉涌,恨不得使出毕生的文学功底来赞美夏德惠的舞姿,结果最后却惊奇发现,自己毕生的文学功底其实浅得可以见底。

即使如此,黛玉依然不肯放弃赞美她的企图:"我觉得,你,一定是上天精心造出的完美工艺品;你,一定是折了翼的天使降临在人间;你,一定还是被钉在十字架上的受难耶稣(越想越不靠谱)……"

突然,黛玉闻到从空气中飘过来一股奶油的芳香。

"呀,这一定是我的幻觉,空气中怎么会有奶油的芳香?"

黛玉深陷在爱情的海洋里不能自拔,遐想联翩,陶醉地翕动着鼻翼:"喔,原来爱情是奶油味的呀……"

一个卖奶油刨冰的地摊老板趁放学后管理松懈、门卫不在,偷偷溜进学校东门,在校园里四处兜售刨冰。

他推车经过操场,刚进辟荔园,抬头就看见一个大高个坐在椭子树下,正满脸幸福地嗅个不停。大高个一边嗅,嘴里还一边低声咕哝着什么。

地摊老板凭借多年在商场打拼的经验,立马察觉到生意来了,大喜,立马不失时机地把刨冰车推了过去:"捅货,来鸡昏泥鳅撮盆?"(注:闽南语,同学,来一份奶油刨冰?)

"撮盆?"黛玉被拉回现实,直愣愣盯着凭空冒出来的刨冰车。

地摊老板下巴留着拉碴胡,眯成缝的小眼睛遮不住生意人独有的狡黠神色,"嘿嘿,一看这位同学就知道你被我刨冰的香味迷住了!都说前世五百次的回眸才能换来今生的惊鸿一瞥,同学你自己数数,你瞥了我的刨冰多少眼?你看,你又在看,你还在看——"

"……"

地摊老板见黛玉悟性如此低,不得不亲自点醒他:"这说明同学你和我的刨冰真是有缘分哪!相见就是缘,何况是同学,不瞒你说,当年我也在这所学校读过嘞!和你们德育李主任关系好得不得了,天天被他请去德育处喝茶(难怪现在摆地摊)。这样好啦,看在都是校友份上,你买我一份刨冰,我给你打五折,卖你五块九怎么样?"

他的刨冰在东门外卖六块，给黛玉打五折卖五块九，数学好得连欧几里得也要自愧不如。

"哦，"黛玉把棒球帽摘下来，摆摆手，"我不买。"

"车虾米呀？（为什么）"地摊老板诧异，"我的刨冰可是东门一条街最好的！不设连锁，就此一家，你去工商局卫生局查都查不到我！同学，过了这个村就没这个店啦！"

"我不是这个意思，"黛玉回答，"因为在家的时候，我妈特意叮嘱过我，家里实在是太有钱了，平常在外消费最低不能小于一百，否则存款那么多存在银行里，银行就会因为付不起我家利息而纷纷倒闭，最后会引起全球性经济恐慌的！"

"哇——"地摊老板咋舌，心想今天碰到土豪了。他眯着小眼睛，斜着瞅瞅黛玉，试探问，"这样啊，那不如——我一份刨冰卖你一百块怎么样？"

"好呀，给我来一份。"

地摊老板以为自己失聪了，不相信世界上居然还有这种傻瓜，快乐得几乎喜极而泣，忙不迭叫："好好！"连忙伸手到车里去拿甜筒装刨冰，浇奶油时，手因为快乐而抖个不停。

他飞速做完一份炒冰，双手捧上递给黛玉，然后眼巴巴地等给钱。

"多谢。"黛玉接过甜筒先舔了一口，一只手到口袋里掏钱。装模作样地左掏掏右掏掏，掏了半天，然后突然面露诧异表情，"哎呀，抱歉抱歉！原来我今天忘带钱了！"

"……"地摊老板全身立刻僵住，像被迎头打了一记闷棍的样子。过半天才反应过来，"我刨冰都被你舔了一口了，你和我说你没带钱？"

"噢，你等等啊，"黛玉装模作样地在身上东摸西摸，翻遍上衣口袋裤侧口袋屁股口袋，最后方才艰难地凑出两个一毛硬币，递到老板鼻子底下，"没有一百块，只找到两毛，要不要？"

"什么？！"地摊老板盯着那两毛硬币在阳光底下闪闪发亮，快乐的心情从山峰跌进海底，自认倒霉，咬牙切齿把钱接过，"好吧，两毛就两毛。"

"谢谢，再见！"黛玉重新坐到椅子上，像只大猫一样，悠然自得地舔甜筒。

都说顾客从来不是上帝，他们只是上当。那地摊老板在东门一条街专业卖刨冰二十年，让顾客上了多年的当，头一次有顾客让他上当，悲愤交加，感慨世道真是变了。

接过钱之后，犹然不肯走，一边收拾东西一边不甘地唠叨："嗳，这年头做生意不容易啊。我们这大热天的出来摆地摊也不容易，你们年轻人怎么就不肯体谅一下嘞。我看你学生衣冠楚楚的样子，怎么这么小气嘞……"絮絮叨叨个不停。

黛玉要欣赏远处夏德惠的舞姿，被地摊老板挡住视线，唠叨得心烦，他问："老板，你怎么还不走？"

"哎呀，现在生意真是难做嘞，"地摊老板摇头晃脑，把石台遮住，"大家都这么欺负我们摆地摊的……"

黛玉："你走不走？"

地摊老板："哎呀，我……"

黛玉大吼一声："城管来了！"

"啊！城管来了！"地摊老板立马吓一跳，然后条件反射般推起小车撒腿就跑，速度堪比刘翔百米跨栏，三秒就消失在视野中。

只听小路尽头草丛一阵窸窣，然后复归平静。

黛玉吓跑地摊老板后，世界终于安静了下来。他重新坐到椰子树下，咬着甜筒，一脸幸福地看着远处的天使。末夏午后原本该阳光猛烈，可高大的楼宇与树群遮蔽了阳光，阳光像一杯透明的白开水，干干净净地倾泻到草地上，不掺一丝杂质。

"奶油真甜啊，"他幸福地自言自语，看看台上的那个身影，无比肉麻地说，"但是，奶油再甜，又怎么可能会比你还甜呢。"

头上椰树宽大的羽叶投下一片清凉，凉风习习，心情愉悦无比。

"嘿，甲哥！"他肩膀被人拍了一下，一个圆脑袋突然从后面冒出来。

黛玉吓了一大跳，开始还以为树上椰子掉下来了，定睛一看，才发现那脑袋是他们班的湘云。

"喔——六一兄，你来啦。"

湘云一声不吭地从背后蹿出来，然后绕到前面长椅上，一屁股坐下。他穿着花格子衬衫棕色短裤，跷起二郎腿不停地晃，问黛玉："甲哥，看什么哪，这么认真？"

"没，没，"黛玉连忙矢口否认，"没看什么，我在发呆。"

"噢——"湘云深信不疑，因为这种吃饱了撑的没事发呆的确是黛玉同学的一贯风格。

"话说，你怎么到这儿来了？"

"还能怎么，出来散心嘛！"湘云像只搁浅的章鱼一样惬意地仰摊在长椅上，看着天顶吐口气，拍拍生锈了的长椅扶手，"上了一天的课，难得碰上这种好天气，当然得出来散散步喽。你说是吧？"

"是，是。"

湘云说完，转头看见黛玉手上的刨冰，立马两眼放光。他目不转睛地盯着黛玉的手，"咕咚"咽口口水，明知故问地指着甜筒："甲哥，这是什么东西？"

那种猫见到了鱼腥、苍蝇见到了垃圾筒一样的眼神黛玉可太熟悉了，从初中认识湘云的第一天开始，黛玉就知道，他每次露出这种神色准没好事。

黛玉脑袋慌忙飞速运转，思考怎么办才能保住刨冰。灵机一动，于是伸出舌头，在湘云双目注视下，慢慢沿着整个甜筒舔了一大圈。在把刨冰整个表面覆盖上自己的口腔分泌液之后，客气地向湘云一伸："真甜！来一口？"

"不客气，不客气！"湘云吓得连忙摆手，屁股往旁边挪，"你留着自己吃吧……"

湘云看黛玉津津有味地吃冰，咽了咽唾沫："甲哥，我要向你郑重地宣布一件事。"

"啥事？"

"我这几天思考良久，终于做出了我人生中第二个最重要的决定。"湘云深吸一口气，无比郑重地一字一顿地说，"我、决、定、追、赫、敏、小、姐。"

"什么？！"黛玉惊得险些把甜筒掉到地上，半晌方才明白过来，问，"那你第一个最重要的决定是什么？"

湘云答："第一个决定就是我决定到底要不要做第二个决定。"

"……"黛玉被他绕口令一样的话懵住。

"甲哥，你听我说，其实我也是深思好久才做出这个决定的。"湘云说，"因为，我经过一番思考，发现赫敏小姐实在是太优秀了。优秀到以至于除了我，这世上居然再没有一个人能配得上他的了！"说完，湘云一甩头发，问黛玉，"难道你不这样认为吗？"

"我……"

某些话只有自恋到一定程度才会有勇气说出口，而湘云同学每次都能说得如此不费吹灰之力，可见，自恋与其说是一种胆量，更不如说是一种天赋。

"可是我不明白，你到底喜欢赫敏小姐哪一点啊？就因为她漂亮？"

"不！不仅仅是因为她美丽的容颜！"湘云一挥手，"最让我动情而深深不能自拔的，是赫敏小姐有一双澄澈如湖水的眼睛。"他突然紧紧抓住黛玉粗大的胳膊，"你相信吗，每当我抬起头的时候，总是可以在赫敏小姐那双美丽的眼睛里看到蓝天白云。就在我与她四目相对的那一刻，我的整个世界，都因为她而轰然倒塌。"

说完，不顾黛玉一脸惊恐的表情，仰头望天，抚胸作抒情状："呵！那是一双怎样的眼眸哟！"

"呕——"黛玉有一种把刚才吃的东西全吐出来的冲动。不过他一想到自己花的那两毛钱，立马又艰难地把涌到喉咙的东西全部咽了回去，尽管如此，黛玉喉咙里还是响亮地发出一阵干呕的声音。这种声音刚好接在湘云那句"怎样的眼眸哟"后头，立马把湘云幻想出的浪漫氛围破坏得一干二净。

"你这是什么意思？"湘云对他怒目而视。

为了化解尴尬，黛玉连忙拍胸脯："哎呀，刨冰吃太多了，吃太多了。"显然，这个回答并不能让湘云满意。于是黛玉不得不继续调动智慧，思索要怎么回答才能让自己的借口听起来不那么像个借口。

他刚要说话，看着远处，突然愣住了。转头对湘云说："我想，你追不到赫敏小姐了。"

"为什么？"湘云感到诧异，"难道，我长得还不够帅吗？"说完，伸手撩了一下额前的飘逸刘海，像洗发水广告里那样一甩头。

"……"黛玉费了好大劲才忍住二度呕吐的冲动："我想，她应该已经有了。"

"什么！她有了！"湘云从椅子上蹦起来，"什么时候有的？几个月？谁的？"说完，一脸狐疑地看黛玉，"不会是你的吧？"

"不是那个有啦！"黛玉哭笑不得，"我的意思是，赫敏小姐可能已经有——男朋友了。"

"你咋知道嘞？"

"你自己看。"黛玉伸出粗大得像胡萝卜的食指，往对面大操场一指。

湘云顺着他指的方向往东边看去。夏末的午后像探照灯一样刺眼，起先看到的是一片白花花的光线。当他撑着眼皮，终于看清从阳光里走出的两个人影时，眩晕得差点昏了过去。

对面走过来一男一女，男生高大无比，身上穿着类似于赛车服的松松垮垮红色外套，连头发也染成说不出的诡异的暗红色。旁边的女生身高刚到他耳畔，亲密地挽着他的胳膊，贴近他肩膀不停说笑。

让湘云始料未及的是，那个女生正是赫敏。

赫敏今天穿一身紧致的Kenzo紫色长裙，下身套着一双褐色长靴，斜挎着一个粉色PUMA包包，像小鹿一样娇小迷人。虽然湘云依然叫不出她身上那些名牌的名字，不过这丝毫不影响她的吸引力。她抹着颜色亮丽的橘红色口红，在阳光的照耀下，看起来和那些纯情MV里闪亮耀眼的女主角一模一样。总而言之，她是一个真正的女生。

就像我是一个真正的男生一样，湘云心想。（他是说认真的。）

"不不，这不是真的，这一定不是真的……"湘云像神父祷告一样口里不停念叨，不敢相信见到的一切。

一直以来，从见到赫敏的第一眼起，她对他来说就像是挂在墙上的一幅油画，油漆未干，美得不可亵渎，更不可触碰。而当有人竟敢如此肆意妄为地搂着油画时，他就知道，一切都完了。

"这不是真的，一定是我的幻觉！"他连忙闭上眼，祈祷自己刚才看到的是幻象，等他再度睁开眼睛，方才绝望地意识到，那就是真的。离着很近的距离，湘云才发现那个男生是如此高大挺拔，而倚在他肩膀上的她则是那样娇柔，娇柔得如此心甘情愿。

赫敏终于发现了他们，"嗨"地走过来，同他们微笑打招呼："哈喽，是你们呀。"

"赫敏小姐你好！"黛玉费了九牛二虎之力才把变成植物人的湘云拉起来。然后死死盯住她身旁的男生看，心说不会吧，赫敏小姐怎么会找这种人当男朋友。

177

这个浑身地痞气的男生二人早有耳闻，比他们大一届，绰号"霸哥"，人如其名，是金陵书院鼎鼎有名的校霸。据说此人还和外面道上的有些瓜葛，平日一群小弟前呼后拥，嚣张跋扈，胆小的学生见了都要绕道而行。

黛玉胆小如鼠，头一次和这种人面对面，此刻唯一想做的就是绕道而行。

赫敏打完招呼，重新挽上男生胳膊，笑盈盈地说："给你们介绍一下，这是我的BF。"（注：Boy friend。）

"B、F，伯父？"湘云一跳，从植物人中猛然苏醒过来，燃起熊熊希望，"赫敏小姐，这是你伯父吗？"

"不，是boyfriend。"她答。

湘云的心立马"哐啷"一声，碎成石膏粉末，随风飘零，一点不剩。他舔舔干涩的嘴唇，声音有些颤抖地问："赫敏小姐，真是、是你男朋友？"

"嗯——"赫敏依偎到霸哥的宽阔肩膀上，显示出与平日完全不同小鸟依人的一面。湘云永远也无法想象，她会对自己展现出这一面。

霸哥脖子上挂着一条腊肠粗的金项链，地痞劲十足。歪着嘴问赫敏："宝贝，这俩小子是谁？"

"同班同学啦，"赫敏指指黛玉，"这是德甲君。"

黛玉被指到，立马像遭电击似的浑身一颤，哆哆嗦嗦地说："霸、霸哥您老好！"

赫敏又指湘云："六一君。"

湘云呆若木鸡，一动不动。黛玉在背后拼命用脚踢他，他也没反应。

"噢？"霸哥这才肯施舍目光，像做CT扫描一样把他俩从头到尾扫了一遍，算是爱屋及乌，给赫敏同学的高规格礼遇。因为他身为大哥，颐指气使，平时从来就没正眼看过别人。（当然，长得漂亮的女生除外。）

"幸会幸会，宝贝的同学就是我同学！"霸哥拍拍胸脯，豪气万丈地对二人说，"以后你们俩不管到哪儿，只要碰上了什么麻烦，报我黄天霸的名字，包你们畅通无阻！"

"不管到哪儿都畅通无阻，"黛玉瞪大了眼睛，"全世界都可以吗？"

"不不，"霸哥连忙说，"范围没那么大，比世界要小一点。"

"全国？"

"还要再小那么一点点。"

"小到哪里?"

"就我们学校。"霸哥指指地,"在学校里,我说一,没人敢说二,包你们畅通无阻!"

"是是。"黛玉唯唯。

赫敏看着湘云发白的嘴唇,有些奇怪:"六一君,你脸色怎么这么难看?"

"没、没什么,"湘云语气像孕妇一样虚弱,转过头:"感冒了,感冒了。"

黛玉担心湘云演技太差被拆穿,连忙在一旁帮腔:"对对,他感冒了——前两天刚被雨淋的!"

"注意身体哦,"赫敏奇怪地笑笑,"我有事,先走啦。"

"好啊。"湘云说。

他使劲把嘴撑开,向赫敏露出一个做作的微笑。那笑让他的脸变得僵硬无比,但他还是坚持这个表情,直到到她完全转过侧脸。

黛玉唯唯诺诺:"二位再见!"险些忍不住要冲他们的背影鞠躬:"二老一路走好!"幸亏及时打住,暗叫侥幸。

"等等,我——"

湘云咧开嘴,愣神得像游泳池被抽干了水一样,那句话终究还是没说出来。他就这样一直目送二人的背影消失在灌木丛之后,小路尽头的低矮灌木缠绕着密密麻麻的藤萝,营造出一堵幽深的绿墙。

黛玉在一旁提心吊胆,看着湘云脸色刷白,担心他快晕过去了。湘云倒退几步,伸手扶住长椅靠背,身体晃了几晃才稳住。

"六一啊,你,还好吗?"

湘云不答一句话,突然猛地伸手抓住黛玉的胳膊,咆哮:"这不是真的,这一定不是真的!喂,你说,这不是真的!你快和我说,刚才发生的一切只是我的幻觉,快说啊!"

"这不是真的,"黛玉被他抓得生疼,只好说,"都不是真的,一切只是你的幻觉。"

"骗人!"湘云愤怒地一甩手,"你这个大骗纸!明明就是真的,你为什么说是幻觉!说,你是何居心?"

"不是你让我说的吗……"黛玉哭笑不得。

"谁说是我让你说的！你有证据吗？"

黛玉看着湘云歇斯底里无理取闹神志不清的模样，觉得他好可怜，轻声问："你真的、不要紧吗？"

湘云没答话，过好半天才终于回过神来，浑身一软，悲伤地仰趴到长椅上。他紧紧按住胸脯："噢，我的心碎了。"

他刚说完这话，黛玉果然就听到"哐啷"一声响，立马吓一跳，对自己说这一定是错觉。他看到湘云脸色苍白如纸："怎么回事，看你脸色不太对啊，要不去校医务室检查一下？"

"不用，"湘云无力地摆手，"我已经死了。"

"啊！"黛玉大吃一惊，连忙伸手去探湘云的鼻息，疑惑："你有呼吸啊。"

"不是这个死。"湘云按着隐隐作痛的胸口，抬头望天，缓缓说出鲁迅当年的名言："有些人死了，他还活着；有些人活着，他却已经死了。我不是身死，我是心死，上一秒我还活蹦乱跳，这一刻我已心如死灰，啊——"本来还想造出更有诗意的句子，造了半天没造出来，所以最后，只是"啊"了一下。

"哦，"黛玉见湘云还能说出一大堆话，证明他精神还正常，放下心来，"兄弟，想开一点，谁没有失恋的时候！今天太阳落了山，明天照样亮起来，生活还得继续啊！"

湘云不答话，伸手推他："甲哥，你走吧，走吧，不用理我。"

黛玉还想说什么，被湘云打断："求你了，走吧走吧，我现在只想静静，"黛玉刚要说话，湘云立马阻止，"也不要问我静静是谁。"

"噢。"黛玉只得闭上嘴巴。

湘云脸上的表情像吞下了一只青蛙，比哭还难看。他紧攥拳头，缓缓地艰难地从椅子上起身，跌跌撞撞往辟荔园外走去。一边走，一边喃喃："我失恋了，我他妈居然失恋了……"

"哎——"黛玉站在他身后，深深叹口气。

湘云就这样一直走下去，走向小路的尽头，始终没有回头，只给黛玉留下一副落寞的背影。黛玉看着他的背影，心想，也许湘云同学是不想让自己看见他脸上的眼泪，所以才不让自己看到他的正面。

——让他万万没想到的是,其实是因为湘云手里拿了他的刨冰。

湘云走出园子,脚步突然加速,像炮弹一样开始飞奔起来。黛玉吃了一惊,担心湘云这种神志不清的状态一出校门就会被车撞死。他担忧好兄弟的安危,刚挺身想跟上去,猛然想起夏德惠。

黛玉转过身,回望一眼石台,看着远处那个婀娜的身影,步履蹁跹,仍旧是那么唯美。她穿着墨绿曲裾,还在台上轻歌曼舞,午后阳光照耀着她的舞袖飘动,如荷池里一朵绽放开的璀璨睡莲。

"不管这个世界如何荒唐下去,唯有你依旧完美如初。"黛玉迷醉地望着那个身影,喃喃自语。

言毕,想起了湘云,生怕他已经被车撞死了。他两头犹豫,再次留恋地回望石台那边一眼,终于狠下心,飞速跑出园子找湘云去了。

湘云走出园子,来到英语楼楼底小路上,整个人都失了魂。路上经过几个从艺体馆打网球归来、穿着运动短裙身材窈窕的女生,她们奇怪地盯着湘云落拓狼狈的样子,低声窃语。湘云则连看她们一眼的兴趣都没有。

初秋依旧绿意盎然,阳光明媚。可此时此刻,周围景致在他眼里全成了万物萧瑟,一片肃杀,就连路边花圃里那些旺盛生长的三角梅和兜兰也全部枯萎槁灰。可见爱情不仅能让人变心,其实也能让一个人变瞎。

一滴水落到了他脸颊上,凉丝丝的。

"下雨了。"湘云擦去脸上的水珠,低头着手背,自言自语。

他心想,自己的遭遇怎么和那些低俗低成本低智商(俗称三低)的校园爱情电影情节那么像。先是发生一场美丽的邂逅,无可救药地喜欢上一个人。然后,在自己准备波澜壮阔地谈一场轰轰烈烈的恋爱时,剧情却急转直下,以一种荒诞无比的方式莫名其妙地失恋。更惨的是,最后,还要被一场突如其来的大雨浇成落汤鸡。

"难道连老天都被我的多情感动了吗,都在为我的失恋而悲伤吗?"

湘云触景生情，心中思绪柔情涌动。曾以为，这样的一见如故，会是我今生最美丽的相遇；曾以为，这样的心心相印，会是我无怨无悔的追逐，却不知繁华有时落寞有日，却怎么也读不懂我心头的一丝缠绵。我触摸不到你的温柔，换来的却是自己痛心的眼眸。这世上有个被人遗忘的角落，那是我的心无比执著。

　　"呀！"湘云按住胸口，刚要深情寻问苍天，这时，不知从何处配合地响起了那首老歌《雨水我问你》。音乐舒缓低怆，立马把时光和周遭景物涂上一层复古的悲伤情调：

　　"阮淋着冷冷的雨水，
　　无奈你已经无惦阮身边。
　　不知你置叨位，
　　甘有将阮放忘记，
　　阮只有藉雨水来想你。
　　借着一杯酒想悲醉乎死，
　　厢在伤心是入来入清醒。
　　为感情来赌气，
　　可比遇着风台天，
　　心痛就像雨水拨抹离……"

　　好呀好呀！湘云在心中歇斯底里咆哮，既然梦已逝，心已碎，那就痛痛快快地下场大雨把这座城市颠倒吧！

　　奇怪的是，他在原地咆哮了好久，老天却没有配合地下大雨来烘托氛围，始终只是"滴答、滴答"，水珠一滴接一滴地落到头上。

　　湘云诧异，抬起头朝天看，这才发现，原来是楼上的空调排气管在滴水。

　　这一切多么像一幕荒诞的黑色喜剧，而非令人痛彻心扉的悲剧，因为它具备了喜剧所应有的一切笑点，却连让那个同样可笑的主角伤感的机会都没有。

　　湘云并没有走开，只是任凭楼上排水管的水滴砸在他头上，迸出一颗一颗微弱的水花。他连擦都不擦，喃喃："这下，可真的一无所有了。"然后想起手上的奶油刨冰："噢，对了，至少还有你。"

于是他把甜筒举起来，张嘴刚要咬，"汪汪"两声，远处突然响起几声犬吠。湘云低下头一看，一只浑身斑点的白色小狗从花圃里跑了出来，弓着身子朝他叫，尾巴不停地摇。尽管德育主任李德善早就三令五申，强调校内不准带宠物，看来仍旧有学生把李铁头的话当耳边风。

湘云看看小狗，伸手指指甜筒："你是说，你也要吗？"

"汪汪！"小狗叫。

"我听不太清楚，能不能讲大声一点？"

"汪汪汪！"

"噢，你的意思是说你不要？"

"汪汪！"

"不好意思，今天我刚失恋，刨冰能不能不分给你？"

"汪汪！"

"好吧好吧，给你给你。"

湘云无奈地蹲下身，单手把甜筒递出去。

"汪汪！"

小狗凑了过来，径直靠到他脚下。伸出黑色鼻子，闻闻他手里的炒冰，却始终并未伸舌头去舔。小狗犹豫片刻，最终转过身，摇尾巴迈着小短腿跑开了。

湘云没想到小狗不理他，意志消沉地低着头，嘴里喃喃自语："太失败了，太他妈失败了，我失恋了，居然连狗都不理我……"

然后，他像明白什么似的，恍然大悟地跳起来："噢，难道这就是传说中的'狗不理'？"

此后一个星期，阳光灿烂，天清云淡，天气继续好得不像话，仿佛此前的阴雨连绵是秋天同世人开的一次玩笑。泉州市气象台在连续三天预测"今日必定有一场大雨"失败后，终于死心，改称"近日气象反常，请大家做好随时可能有一场大雨的准备"。

天空湛蓝得像一幅画，空气里闻得到彩色颜料的香气，而人的心情，也在这么好的天气里慢慢好起来。

这世上最累的事情莫过于心碎了，还得自己动手把它粘起来。只不过有些人心累得久，有些人则没有那么久。湘云失恋之后，心碎了好几天，然而也仅仅就是那几天，然后他的心居然就又愈合了，又开始活蹦乱跳了。因为别人失恋一次都是断手断脚，要留下永久伤痕，湘云同学的爱情却像是壁虎的尾巴，即使断了也不会流血，相反过一段时间，它自己却可能还会重新长出来。毕竟爱情又不是食物，尝多了不会饱，不尝也不会饿死人。所以湘云同学很快就释然了。

黛玉那天在校园里以及学校门口大街到处都没找到湘云，最后在人行道上发现了湘云的一只鞋子，大惊失色，以为他真的出了车祸，险些要报警。结果担心了半天，最后把电话打到了湘云家里，这才发现，他居然已经回家了。

"六一兄，你没事吧！"湘云一接电话，黛玉就心急火燎地飞速蹦出一长串叹句："我、我找你半天了！我、我发现你鞋子，还以为你出车祸了！我、我、你要是再不接电话，我差点就报警了！"

"没事没事，我不是好好的嘛。"

"可是你当时伤心成那样！"

"现在不了。"

"那你鞋子怎么回事！"

"哦，不小心丢了。"

"那你呢！"

"我啊，"湘云答，"我还好啦。"

湘云在电话那头的淡定口气让黛玉觉得难以置信，他高声叫道："什么叫还好？不论什么人摊上了这样的事怎么可能会还好？我看你当时连死的心都有了，为此到处找你，生怕你一不小心被车撞飞了，这也叫还好？"

"可我确实还好啊。"湘云感到莫名其妙。

"六一兄，你怎么居然会这么镇静？"黛玉诧异万分。过了良久，他咽口唾沫，问，

"我说——你不会是受的刺激过大，疯了吧？"

"去去去，乌鸦嘴，胡说八道什么呀！"湘云呵呵笑，"不听你胡说了，我挂了啊。"

"你居然还笑……"黛玉满脑子糨糊地放下话筒。这下换作他觉得是自己疯了。

湘云并不是有意要装出来的，这种事要装也装不出来。湘云只是模模糊糊记得，自己做了一个很长很离奇的梦。他梦见很久很久之前，一个黄昏里，自己站在空旷无边的广场上，对面有一个天使般的女孩。女孩长发及腰，光着脚，背后长出一对巨大的透明翅膀，翅膀上生着长长的羽毛，几乎垂到了地上。

女孩就那样光着脚，撑着翅膀，一直朝他走过来。一直走到他身边，然后把嘴唇凑近他的侧脸，在他耳畔说了一句什么话。

细语如丝，可却那样清晰。湘云听了那句话，笑了，刚想伸出手，抚摸一下她背后的羽毛。女孩却突然舒展开巨大的翅膀，在原地刮起一阵猛烈的旋风，然后足尖点地，腾空而起。湘云被风吹得睁不开眼睛，只来得及抓住她翅膀末梢的空气。

他伸出的手僵直在半空中，就那样看着她，看着她舒展巨大的双翼，腾空而起，朝着黄昏的尽头飞去，最终变成夕阳里的一个小点。

湘云以为梦到这里，自己已经是泪流满面，结果醒来之后，摸摸脸颊，是干的，而嘴角居然挂着淡淡的笑意。

毕竟，再逼真，再不舍，那也只不过是自己做过的一场梦而已。

地球在转，小鸟在叫，路边乞丐棉袄里的跳蚤在蹦蹦跳。不管昨夜经历了怎样的梦里花落，早晨醒来，这个城市依然是车水马龙。

"丁零零，丁零零……"床头的闹钟响了起来，时钟刚好指向六点半。

湘云伸手把闹钟按掉，打了个哈欠。起身走下床，走到窗户后面，拉开那片天蓝色的窗帘。首先映入眼帘的，是一片清透明媚的阳光。楼下车辆熙攘，汽笛啼鸣，行人往来，远处升腾而起的水雾幻化成一片冰凉。

湘云注视着天际边那片缓缓升起的霞光，喃喃自语："我去上课了，赫敏小姐。"

于是，他终于释怀。

黛玉的礼物（中）

人们应该关爱动物——因为它们看起来很好吃。

——高二（1）班体育委员顾大美

在我们整个漫长的高中生活里，并不是像那些脱离人民群众的言情小说所描绘的一样，天天都在上演少男少女的悸动，青春期的骚乱，荷尔蒙的叛逆……仿佛主人公们除了一天到晚谈恋爱与歇斯底里，就没有其他事情可干似的。

事实上，每天上课复习，准备高考的繁重学习生活才唱主调，家长的唠叨校领导的训斥，老师堆积如山的作业才是现实。敢旷课，立马扣分；敢早恋，罚写检查；敢打架，直接劝退，这才是剥离于那些虚无缥缈的文字所谓"叛逆青春"的真相。有叛逆有顺从，有幼稚也有成熟，偷偷谈恋爱还兼光明正大谈高考，这才是区别于言情小说里真实的有血有肉的高中生活。

真的，读书其实很痛苦，一点也不浪漫。在这世上，花了钱还让人感受不到快乐的服务体验，除了监狱之外，就只剩学校了。

初秋那场阴雨停了之后，连续几天的艳阳高照，天气复归炎热，空气中荡开一圈又一圈热气，四下的白光泛滥起来。恍惚之间，金陵书院似乎又回到了盛夏的酷热难熬。

这种忽冷忽热的气温令人浑身难受，大家都强烈怀疑夏天是不是和冬天同居了，否则怎么会生出这种鬼天气来。

周一下午，高二（1）班是节冗长的语文课。教一班语文的是个干瘦的老男人，姓何，名叫"何开发"。名字怪，人长得更怪，又干又瘦，脸色枯黄，颧骨高耸，眼窝内凹，放倒了就是一具埃及木乃伊。因为老师长着这样一副清奇的相貌，以至于第一天上课走进教室时，把1班众人都吓了一跳。

这个何开发也算是老教员，在本校教了几十年语文，上了年纪之后反应迟钝，被校领导一句话,从理科重点班分贬到文科来教书。人上了岁数,愈发迂腐保守,平常在一班教训学生动不动就是"想当年我怎么怎么样的时候,你们还在怎么怎么样"的句式,那口气老得像他见证过1845年的鸦片战争。且讲话上课带有浓重的泉州本地口音,只觉一股乡土气息扑面而来,令学生们受罪无比。

大家记忆犹新的是高二刚开学的时候,何开发代表学校老师作"国旗下讲话"。结果自我介绍时,不幸把自己的名字"何开发(fa)"讲成了"何开花(hua)",台下师生笑倒一片,从此全校扬名。

午后骄阳似火,整个世界像个大烤炉,冒点油星就能噼里啪啦熊熊燃烧起来。1班学生深知墙角那台老三菱空调的能力,所以一进教室,立马就把门窗关得严严实实,躲在教室里吹冷气。

上课铃打响之后,老师何开发拎着公文包走进来。他刚打开教室的门,一股热浪立马从他身后滚滚而入。众人心底叫热,盼他赶紧关门,结果何开发上了岁数越发迟钝,进来之后,偏生还要在门口不紧不慢地换鞋套,动作比蜗牛还慢吞吞。大家看着他半死不活的样子,恨得牙根痒痒,险些忍不住要冲上去把他抬进来。

何开发慢吞吞地走到讲台边,把公文包一放,拿出手绢擦脖子上的汗,一边擦一边埋怨:"这鬼天气,真是乐死我了!乐死我了!"

"?"众人莫名其妙,心想何开发是不是老糊涂了,这天气有什么可乐的。后来想起政治课上讲的"事物之间是普遍联系的",再联系他的本地口音,这才终于明白,原来他刚才是在说"热死我了"。

老师"乐"完之后,从磨得发亮的黑牛皮公文包里拿出一沓卷子,吩咐第一排的顾大美、顾小美姐妹俩帮忙发一下:"那个,体育委员和劳动委员帮我发下练习。今天那个,不讲课,大家来做做这几道古文古诗练习,做完当堂讲评。那个,现在就开始做。"

两个女生还没起身,结果夹在她们中间的宝钗同学就殷勤举手,"霍"地跳起来:"请让我来!"

"好,你来你来。"两个女生中午没睡好,乐得宝钗这么积极,打着哈欠重新坐回位子。

宝钗兴冲冲地走上讲台拿试卷,然后像兔子一样在班里蹦蹦跳跳,轮着转了一圈,把卷子逐一分发给大家。那卷子刚从打印室里新鲜出炉,还冒着热气,学生们拿到卷子,被带着温度的浓浓油墨气息一熏,越发头昏脑涨,一点动笔的力气和心情都没有。心想反正何开发只说讲评,不收上去改,索性就随便应付,拿起笔乱涂一气,三下五除二把题目涂完。然后把笔一扔,竖起宽大的语文书当掩护,"哎哟"一声,脸贴到冰凉的桌面上小憩。

语文老师在众人做练习的空当,戴上老花镜,从公文包里拿出一本司马光的《资治通鉴》,饶有兴致地读。读到自以为精彩处,还忍不住摇头晃脑吟出声来。台下学生听见教室里有声音嘤嗡作响,诧异都秋天了怎么还有苍蝇,太困也不理会。

何开发读完一个章节,心满意足,抬起头从眼镜上方瞄瞄台下,发现台下居然睡倒了一大片。十分不高兴,咳嗽几声:"你们都做完了?"

"做——完——了——"台下回答得有气无力,语调拖长得像脏小孩脸上挂的一长串鼻涕。

何开发没想到众人在自己课上如此无精打采,不禁大为火光。见一班众人如此昏沉沉,灵机一动,于是说:"注意,我给大家讲一个故事!"

学生们一听有故事听,心说真难得,老学究也会讲故事了,都爬起来:"好好!老师请讲!"

于是何开发就清清嗓子,说:"从前,有一条河,河的东边有一座尼姑庵,尼姑庵里住着一个尼姑。河的西边有一座和尚庙,和尚庙里住着一个和尚……"

"什么呀!"后排几个男生一边打哈欠,一边嚷嚷抱怨,"老师,这算什么故事嘛!"

"安静!听我说完。"何开发继续说,"有一天,东边尼姑庵的尼姑要去西边办点事,西边和尚庙的和尚也要去东边办点事,但是河上只有一座桥。时值暮春三月,下着朦胧细雨,和尚和尼姑各自撑着一把油纸伞,从家里出发。最后,二人在桥中央相遇了——"

"喔?"众人听到这里,精神都为之一振。尤其是后排男生,听到这里,顿时像通了电一样从昏睡中清醒过来,变得精神奕奕,拿出与听课相反的态度笔直端坐,竖起耳朵,准备聆听接下来的内容。

不料何开发却不肯讲了，一言不发。学生们好奇难耐，请他继续讲那和尚和尼姑后来如何，何开发就说："哦，没什么。他俩在桥中央相遇之后，一个向西一个向东，走了。"

"走了？"

"嗯，走了。"

众人一时没反应过来，显然迟迟无法接受和尚和尼姑这样的结局。过了半晌，班里平常对这方面最感兴趣的湘云同学率先反应过来，大叫："老师，这就没了？"然后他旁边人高马大的黛玉同学也像复读机一样跟着叫起来："老师，这就没了？"

"没了。"何开发答。

"什么，居然没了……"众人顿时失望无比，心说我连觉都不睡了，你居然和我说没了？何开发那没讲完的故事就好比没放完的屁，他把剩下的屁憋住，倒没什么，众人只吸完一半，却难受无比，暗骂何开发做事半途而废，放个屁也不肯善始善终。被他这么一折腾，众人现在想睡也睡不着了。

何开发见众人精神奕奕，两眼瞪大，显然是自己的故事起到效果，十分满意，于是命令众人专心，开始评讲练习。

第一道题是"古文经典"，抽《论语》和《孟子》的内容。先秦文言文又短又晦涩，什么"君子不器"、"仁者爱人"，几个字就是一篇文章，看着如同现代西洋抽象画一样难懂（可见我国古代领先西方的不只四大发明，还有抽象思维）。第一题是对《论语·宪问》中"或曰：'以德报怨，何如？'子曰：'何以报德？以直报怨，以德报德。'"这句话的解释。

何开发读完题目，环顾台下："哪位同学，起来答一下？"

他目光过处，众人纷纷像乌龟一样把头缩进脖颈里，宁可当缩头乌龟也不愿当出头鸟，心想这种问题只有鬼才愿意回答。

——没想到倒还真的有"鬼"，何开发目光刚扫回第一排，刚才毛遂自荐发考卷的宝钗同学立马像屁股被烫到一样，蹦起来大声说："这段话的意思是，有人问孔子：'用恩德来回报怨恨，怎么样？'孔子回答：'那又用什么去回报恩德呢？应该用正直报答怨恨，用恩德报答恩德。'我认为，孔子讲得很好，每个人都有自己的尊严，以德报怨是圣人圣母才能做到的事。而对我们普通人来说，如果遭受到怨恨，我们就应该用以直报怨去对待它！"一口气说完一大通话，然后饱含希望地看向台上老师，征询他的意见。

"喔，有理有理。"何开发正愁没人回答，难得碰上个肯理他的，连声夸宝钗有理。

宝钗大喜，一脸得意，刚要坐下，结果坐在靠门边的一个眼镜女生突然跳起来："孙汉男，我不同意你刚才说的话！"

"啊！"宝钗正要坐下，被那个眼镜女生吓了一跳，"你说什么？"

"孙汉男，我不同意你的观点！"眼镜女生大声说，"我认为，以德报怨是一种美德，同以直报怨相比，我们更应该以德报怨！"说完转向班级众人："大家夏天都被蚊子咬过吧。不知道大家有没有发现，如果你想拿蚊拍把蚊子赶走，过了一会儿，它不知从哪儿又会蹦出来。可如果你大度地安安静静躺着不动，它最后反而会自己消失得无影无踪。可见做人做事就要以德报怨，我们宽容了别人，自己也能得到快乐！"

眼镜女生讲完，问何开发："老师，我说得对不对？"

"有理，有理！"老师又多了个人出来理他，越发笑呵呵。

宝钗见何开发表扬眼镜女生，风头被她抢走，连忙不甘示弱重新站起来："你的话完全大错特错！就你刚才举的例子，你说以德报怨是当蚊子来临时，你一动不动，它自己就会走。事实上，是因为蚊子吸了你的血，你付出了代价，而并不是因为你所谓的什么宽容！蚊子走了是因为吸饱了血，下次还会再回来，如果你认为单凭美德就能让它悔悟，这不是很可笑！"

"以德报怨是一种美德！"眼镜女生爬到道德制高点上攻击他，"我们社会风气现在这么坏，正是因为有太多人抱着你这种自私自利的观点，大家都不为对方着想，不懂得宽容别人，才会有那么多的冲突。可如果面对别人的指责和非难，我们能够抱着宽容的心态去谅解别人，这个社会就会变成一个和谐社会，不也很好吗？"

"那是你一厢情愿！"宝钗不明就里，脱口而出，"假如我们以德报怨，以德报德的话，那'怨'与'德'岂不一样了吗？如果'怨'与'德'画上了等号，那么我们宁可不要那美德！"

眼镜女生及时抓住他话里的漏洞："哦，宁可不要美德，那你的意思是大家都不用讲品德喽！"

"我不是这个意思！"宝钗发觉口误，连忙辩解。

"如果你不是这个意思，那你的意思就是大家还是需要讲美德喽。"眼镜女生不给他辩解的机会，"那你就是赞同要以德报怨的观点喽！非黑即白！"

宝钗没想到自己陷入死胡同，说不出话："我、我……"

"哈哈，有理有理！"台上何开发点头不止，"说得很有道理，我们这个社会都需要讲美德，缺的正是以德报怨的品质啊！"

"谢谢老师夸奖！"眼镜女生得到老师肯定，得意扬扬地从容坐下。

"什么，这……"宝钗手足无措。他刚开头答对了语文老师的问题，被老师表扬，还得意不止，结果被眼镜女生横插一杠，费了这么多精力和她辩论，最后居然被她辩倒。宝钗惊诧不已，心说这个眼镜女生从哪里冒出来的。

宝钗吃惊，班里其他人则更吃惊。大家心想，宝钗同学和那个眼镜女生的个子在班里明明排倒数（尤其是宝钗），精力怎么却如此旺盛。今天这么热的天，午睡都来不及，二人还在课上（尤其是语文课上）打了鸡血一样相互争论，他俩哪来这么多力气争辩。

众人哪里想得到，宝钗同学今天在语文课之所以如此积极，如此急于在语文老师面前表现，其实是另有企图的。

说实话，自从开学初班会的班长选举惨败之后，宝钗就一直陷在一种极度郁闷的情绪里头。

原来宝钗在一班男生里个头虽然最小，志向却极大，早就谋划着弄个班干部做做，却一直未果。虽然从小到大，他家老头子一直要他做文人典范，不过相对于文学来说，宝钗还是对权力更感兴趣一些。因为秘书文笔再好，也不过是替局长改稿子；文人再会高声批判社会，进了作协立马消声灭迹。可见这年头，文学即使不是屈服于权力，至少也是与权力同流合污。

宝钗作此打算，结果刚开学的班长选举上就遭遇惨败。明白了"螳螂捕蝉黄雀在后"，于是学乖了，后来大家为班委课代表争得你死我活时，他按兵不动，就等着别人分完大块肥肉，去捡捡剩下的肉渣。

目前的形势是，班长、委员以及各学课代表都已名花有主，唯独剩下语文课代表这块肉渣没人捡。而他最中意的肉渣恰恰就是语文课代表，暗叫侥幸，心想，真是天助我也。

因为宝钗同学对自己的文学功底最有自信，仗着小时候读过几本书，把别人通通不放眼里。为表心志，小学时还专门自创一副十六字格言"熟读诗书，精通权谋；宇宙谁敢，与我争雄"，拿涂改液写在书桌上，以示自勉。并放话全班，让大家"但有任何人生疑惑、宇宙未解之谜，尽管放马过来，包你大彻大悟"，结果当即被班里一个女生问的"是先有鸡还是先有蛋"吓了回去，从此不敢再放肆。

如今长大读高中懂事点了，方才明白是天外有天，于是稍微收敛，当初那句格言也改成了"小读诗书，略通权谋；天下才子，一起称雄"，可见确实谦虚不少。既然宝钗同学敢这么说，证明他对自己的文学才华还是很有信心的，就冲他小时候被爷爷逼着读了那么多"经史子集"，他就蓦然而生一种优越感。宝钗心想，放眼全宇宙（和地球人比没意思），自己如此有才华的一个人，要是连他都当不上语文课代表，那还有谁能当得上？

何况现在语文地位这么低，名义上还是主科，实际连美术课都不如，除了他之外，应该不会再有第二个人肯委身语文了。所以宝钗信心满满，志在必得，只恨不能提前开香槟为自己庆祝。

让宝钗万万没想到的是，班里这样思考的还真不止他一个人，他们班另一个热爱文学、眼镜超过一千度的女生也是这样想的。那眼镜女生自诩内在美，要知识不要美貌，读书读到眼镜一千度犹不肯悔悟，以"文学爱好者"自居，也早早瞄上了语文课代表。

两位"文学爱好者"各怀鬼胎而殊途同归，等到语文课上，急于在老师面前表现，立马就杠上了。宝钗回一个问题，眼镜女生就要回两个，而且还屡屡反驳。宝钗心想这还了得，殊不知"卧榻之畔，岂容他人酣睡"，何况"睡"在旁边的还是个女的，那是断断不能接受的。所以他也不甘示弱，二人在课上你一言我一语，唇枪舌剑，互不相让。

同学们没想到他们这么活跃，顿时一改往日语文课上的半死机状态，打起精神，支着下巴像看猴戏一样,津津有味地观赏二人斗嘴。

老师何开发也没想到他俩这么积极,两三下把五道"古文经典"全答完,没问题可问了,瞄瞄讲台上司马光的《资治通鉴》,联想起唐宋八大家,头脑一热:"我来考考大家的文学功底!唐宋八大家之首是?"

"韩愈!"眼镜女生急得跟什么似的。

何开发点头,接着问:"那《原道》这本著作是谁写的?"

宝钗张嘴欲答,又被眼镜女生抢先:"韩愈!"

何开发乐得合不拢嘴:"最后一个问题,《论佛骨表》又是谁写的?"

"还是韩愈!"宝钗终于抢到了一个问题,心中稍安,同时诧异何开发怎么这么对韩愈情有独钟。

"错!"眼镜女生等宝钗说完,方才慢悠悠地回答,"应该是韩愈字退之,祖籍河北路昌黎县,故世称韩昌黎。谥号文,又称韩文公。"

教室众人发出一阵低低的惊叹声。眼镜女生接连秒杀宝钗三个问题,自以为更胜一筹,得意扬扬。

何开发点头许久,突然说:"我再问大家最后一个问题!"

众人吃了一惊,心想老师真是老糊涂了,刚才明明不是已经说是最后一个问题了吗,怎么又跳出来一个最后的问题。

"先儒韩愈韩文公是古文运动的大力倡导者,有'文章巨公'和'百代文宗'之名。韩愈生于768年,卒于824年,谁知道韩愈生平活了多少年?"

"啊?"众文科生顿时吓了一跳,没想到何开发居然问他们计算题。因为身为文科生,最头痛的就是算数了,当初很多人就是因为数学不好才逃到文科来避难的。让文科生做计算题,他们宁可替唐僧上西天取经。

于是众人盯着眼镜女生和宝钗二人看,看谁能先答出来。结果两个自大狂刚才互不相让,这下却突然客气无比,谦虚地不肯站起来,请对方先答。

何开发见无人回答,又把问题复述一遍:"生于768年,卒于824年,到底活了多少年?"

班里一个满脸雀斑的女生小心翼翼问:"是54年?"

193

何开发"错！"一声断喝，把雀斑女生吓得花容失色，缩回脑袋不敢再说话。众人生怕被他点到，连忙低下头皱眉做思索状，四地里悄无人声，安静得连细菌伸腿走路都听得见。

"没人答？"何开发环顾四周，"全班没一个人知道啊？"

这时，只听角落一个男生传出淡淡一句："是56年吗？"

"正确！"何开发大喜。

大家齐刷刷向角落望去，这才发现回答的那个男生是他们班班长凤姐。

"喔！"众人顿时对班长刮目相看，心说"李学霸"果然不愧是学霸，这种难度高于西天取经的问题也就凤姐这种水平的能回答出来了。

"好，好。"凤姐的名声何开发也早有耳闻，现在亲眼看见，果然不同凡响。何开发教了这么多年书，一见到好学生向来就如同守财奴见到了钱，喜得心痒难耐。费了好半天劲才收起对凤姐的爱慕之情，继续讲题。

开始讲"古诗鉴赏"，赏析一首宋代五言《泰山喜雨》："岱宗天下秀，霖雨遍人间。高卧今何在，东山似此山。"

何开发摇头晃脑读完诗，先把宝钗点起来，问他："怎么赏析？"

宝钗以为受何开发器重，喜出望外，屁颠屁颠站起来大声说："我认为，这首诗通过描写泰山巍峨壮阔的风景，生动形象地表达出了诗人对泰山的赞美之情，喜爱之情！"说完得意扬扬，心想参考答案都没这么标准。

不料语文老师把宝钗叫起来只是铺垫，宝钗刚讲完，立马转头问凤姐："李自冕，你来说说，该怎样赏析？"

凤姐被点到，于是站起身："我认为，这首诗客观精巧、独树一帜，全诗发乎情却富含生活哲理。头两句'岱宗天下秀，霖雨遍人间'精妙而又传神地说明了'事物之间的联系具有普遍性'这一哲理，是诗人多年人生经验在此情此景之下的集中阐发。相比之下，卞之琳的《断章》也不过如此。其传达人生经验更胜于人的感情，颇具卞之琳的色彩；在日常生活的平凡事务中体现深刻哲理，则大有里尔克直觉象征主义的风范。"

凤姐说完，看看台上的何开发，心想，自己扯了这么一大通，应该够了吧。没想到何开发却误解凤姐是在寻求他的眼神鼓励，向凤姐抛去一个暧昧的眼神，点头不止："继续讲，继续讲。"

凤姐没办法，只好接着编："而在最后一句诗中，诗人以其细腻的观察发现了'东山似此山'这一被无数人忽略的现实，可谓是一种左拉式自然主义的创作态度。正所谓'平淡中见绮丽，婉约之中见豪放'，古今中外真正的诗人，都是既豪放又婉约的。所谓辛弃疾苏东坡之流皆不过如此！"

凤姐说完，何开发十分满意，眉开眼笑连声叫好，头点得像春杵一样。全班人更是"哦"地钦佩得不行，心想不愧是李学霸，明明比内裤还短的一首诗，他居然能扯得比丝袜还长，这种高难度的技术活儿普通人根本望尘莫及呀。

何开发对班长凤姐愈发赞赏有加，接下来的讲评接连把他抽起来作答，下课之后，还特地把凤姐招到讲台上，抚摸着他的手与他亲切交流。

别人见到，心想凤姐这下要倒霉了，语文课代表肯定要让他当了。

宝钗原以为一个眼镜女生就够难对付的了，没想到班长凤姐也来"添乱"。下课之后，他坐在座位上，把凤姐和何开发的亲密场景看在眼里，酸溜溜的。没胆子骂班长，于是就把账全算到眼镜女生头上。

尽管一旁的顾大美、顾小美姐妹不断劝他"宽容是一种美德，冲动是魔鬼"，宝钗仍旧忍不住气，千里迢迢从第三组赶到第一组，狠狠敲眼镜女生桌子："史珍香，你给我站起来！"

眼镜女生站了起来，胳膊叉在一起，居高临下地从眼镜上方挑衅地看着他。

宝钗没预估到眼镜女生比他高出这么多，有些心虚："史珍香……你给我坐下！"

"怎么着？"眼镜女生悠悠坐回位子，叉手看着他。

"你给我听好，"宝钗说，"上语文课给我老实点，别老找茬！"

"你说了算啊，语文课又不是你家开的店，你怎么这么霸道呀，只许你说话！"

宝钗想想也深感有理，连忙换个攻击点："哼，别以为我不知道！史珍香，你上课这么假积极不就是冲着语文课代表去的么？"

"难道你就不是么？"眼镜女生反击，"孙汉男，别以为自己有多了不起，你想给老师捡鞋人家老师还不一定乐意呢！"

眼镜女生的同桌也是个女生，插话进来："孙汉男，我劝你别做美梦了，课代表你肯定当不上！"

"凭什么？"宝钗气呼呼。

"这还用说么，你没看到刚才老师对大班长那亲热劲儿？要是真选语文课代表，那也肯定是让大班长当嘛，怎么可能让你当！"

其实宝钗也是这么觉得的，不过嘴上还不能输："岂有此理！就算我当不上，你们——也别想当得上！"

"好呀，"眼镜女生说，"那我倒要看看你怎么个'别想'法。"

"哼——走着瞧！"

于是二人互相狠狠瞪一眼，然后各自昂首挺胸转过身。

"气死我了！真他妈气死我了！"宝钗回到第三组座位，把桌子上的书一本一本"嘭嘭"丢进抽屉，然后一屁股坐在位子上，生闷气。

顾小美正在位子上看日漫书，看见他又在发呆，于是笑着叹口气，放下手里的《死亡笔记》，伸出手在他面前扇扇："喂，又傻啦？"

"去去，不要烦我！"宝钗把她手推开，"我正在思索一项很重大的策略。"

"切！"小美挑挑头发，嗤之以鼻，"就你忙！"

旁边的体育委员顾大美走过来，挽住小美胳膊："算了，狗咬吕洞宾，懒得理他。走，小美，我们去食堂买鸡排！吃完回来，他就正常了。"

"大美，你又吃！"顾小美晕倒，"你在家的时候，阿姨都没喂你饭么？"

"没啦，我妈说上高二了，学习压力大，让我敞开吃！"顾大美一脸可怜兮兮的模样，"可不知怎么回事，中午吃了四碗饭两份汤外加三块萝卜糕，我还是饿！"

"……"小美抓着漫画书，看看顾大美腰上凸出来的大号泳圈，叹口气，"我说大美，你真的该减减肥了。"

"好好，吃完再减，一定减。吃完这顿鸡排，我一个月不吃饭！"

顾大美已经控制不住留下来的哈喇子了，口里敷衍着，使出蛮力将小美的漫画书扔在桌上，然后强行把她一把拽起来："走走！"

小美被拉着跟大美走出几步路，突然又停下，说："要不，把汉男君也叫去吧，他中午好像没吃东西。"

"他也吃啊，"顾大美说，"他都胖成那样了。"

"那你呢……"小美看着她比腿还粗的胳膊，哭笑不得。

"好吧，好吧，"于是顾大美叹口气，折回去，拍拍宝钗的鸡窝头："哎，汉男君，要一起去食堂买鸡排吗？"

宝钗还以为是小美拍他，一甩手："去去，滚开！"

"什么，"顾大美怒目圆睁，"你说什么！"

"啊！"宝钗转头看见是顾大美，吓一跳："啊——我刚才是说，去吧，请您以球状的运动方式离开。"

顾大美："什么意思，没听懂……"

"听不懂我就放心了。"宝钗拍拍胸脯，长吁一口气。

虽然宝钗自己也深知当上课代表的前景渺茫，但他还并不打算就此放弃。因为宝钗觉得自己今天之所以发挥稍逊，那是因为他的"杀手锏"还没有使出来。先让班长凤姐"得意"几天，等自己的杀手锏亮出来之后，铁定要把何开发惊艳到，让他深刻认识到，这世上除了他孙汉男之外，无人再可担语文课代表重任。

宝钗的所谓杀手锏就是写作文。宝钗同学认为，自己语文课上答题的功力虽然比别人差了那么一点点，不过写作文的才能那绝对是天赋异禀，宇宙一流。还是那句话，别的不说，就冲他小时候被老头子逼着读了那么多"经史子集"，这世上（不仅仅包括当代）有什么人写作水平能超过他，那才是奇了怪了。

所以他不恨自己生得太晚，只恨司马相如、王勃、袁宏道、鲁迅这些古今文章大家死得太早，没机会见识到什么才叫真正的天下第一等绝世好文章。宝钗同学每念及此，常常暗自神伤，替这些古人惋惜不已。

机会真是说来就来，周四早上是两节语文连堂课。何开发感冒了，拿手帕捂鼻子"扑哧"个不停，讲不下去课，就让众人写一篇八百字作文，论点自拟，文体不限，写完后当堂批改。

宝钗一心要惊艳到何开发，老师刚布置完作文题，立马以发射神舟七号的速度拿出纸笔，倾尽生平所学，精心炮制了一篇作文。一气呵成写完之后，把加官晋爵的希望都寄托在那薄薄的三页作文纸上，头一个送上讲台，弯着腰恭恭敬敬送给何开发批阅。

宝钗这个人写东西有个特点，文章里最爱引用名人名言，平时一篇八百字文章光是引用别人的名言要花去四百字。仿佛自己底气不足，非不借名人之言不得以说服读者，不足以彰显自己知识之渊博。其实这也不能怪他，毕竟在当下这种人云亦云、随波逐流的盲从年代，唯有名人说话好使。这年头，普通人说的话是普通话，名人说的话就是至理名言；普通人放个屁是放屁，名人放个屁那也是行为艺术。名人名言，确实管用。

宝钗领悟到这一点，今天早上更是发挥得出神入化，作文里使用名言的密度大得像是不列颠空战（注：二战中规模最大空战。）中纳粹德军出动的飞机，遮天蔽日，让患有密集恐惧症的人看了有种找根麻绳把自己勒死的冲动。

交完作文后，宝钗坐回座位，从抽屉里拿出一本《历年高考满分范文》装模作样地看，惴惴不安地等待结果。其他人还在构思作文，大半人开始低头"沙沙"填作文纸，剩下几个笔头干涩的，皱眉不停啃笔筒。

宝钗抓着作文书，从书的上方偷偷往讲台上瞟一眼。何开发那种像树皮一样皱的蜡黄脸面无表情，眼睛本来就小，再架上一副又厚又重的老花镜，两眼越发像所罗门寓言里"撒旦栖身的火山岩洞"一样深不可测。宝钗看不出老师的喜怒哀乐，心中忐忑，心想自己费了这么大心机，他不会不识货吧。

何开发倒没想到宝钗第一个交的作文，拿到作文本之后，对他点点头，掏出红笔，准备细细地改。题目是"你若盛开，蝴蝶自来"，对仗整齐，何开发点点头，心想倒有几分意思。结果看了第一段，发现短短几行居然就用了三句名言，什么"梁启超说过"、"胡适曾言"、"梁实秋有言"，十分不高兴，心想作文哪有这么写的。立马拿起红笔，在这段话下方狠狠划红线，为表警戒，还特意划了双行，并在旁边打了一连串像蛤蟆冒泡一样的问号，写上"不通不通"。结果看到后面，更加吃惊，这才发现第一段原来不是特例，宝钗作文通篇都是这种借名人撑腰的风格，如果全部段落都划红线，自己笔水都不够用了。

　　语文老师心疼笔水，不肯再画线，直接摇摇头跳到结尾写评语。他嫌宝钗文章里的名言像抗生素一样滥用，于是就在评语里批评宝钗，说他通篇都是照搬别人的思想，没有一点自己的东西。何开发联想到那句"不要让你的脑袋成为别人思想的跑马场"，受到启发，于是就写进评语里，稍作改动，变成："不要让你的文章成为名人的——"然后红笔顿在那里，心中想那个"跑马场"要换成什么词好。

　　他往宝钗文章前面一扫，看到宝钗第一段里引用到了梁启超、胡适、傅斯年、梁实秋等民国知识分子的名言，突然想起这四个人都出了名的爱打麻将，凑在一起正好糊一桌，灵机一动，于是就把那句话改成了"不要让你的文章成为名人的麻将馆"。写完之后，越看越得意，觉得这名言真是改得妙。愈发起了兴致，又想起美学家朱光潜的那句"你应当先学会思考，然后才开始写作"，一并写了进去。

　　结果一篇评语写下来，自己引用名人名言的频率比宝钗还高。何开发却不以为意，不担心自己的评语有变成名人麻将馆的风险，反而认为自己引用得恰到好处，水到渠成。如此看来，用名人名言这种事就如同抠鼻屎，都是自己做得而看不得别人做。

　　最后，只给了宝钗一个及格分"40"分，念在宝钗如此勇于做炮灰第一个把作文交上来，已经算是手下留情了。因为别看何开发一大把年纪，其实人老心不老，最喜欢些浓词艳曲，粉饰堆砌。把全班人作文收上来之后，遇到那些辞藻华美的一律给高分，那些认真说理的反而不高。

　　班里四十多篇文章中，他尤其对班长凤姐的一篇《焚琴煮鹤》大加表扬，临近下课之前，还特地把凤姐作文抽出来激情洋溢地念给大家听：

　　"……沧海霁月，落崖惊风。一花一世界，一叶一菩提。在灯红酒绿的都市中，在余音绕梁的低回处，在清风送爽，点点星光之下，人，如同窗外的帘燕，在归途中几度徘徊。

　　一如那温润的清水，踏破千古自远方潺潺而来，至今流淌。不为冠冕而肆志，不为穷约而趋俗。时间流逝涤去旧迹，仅留下微漠的平淡与悲哀。于是濮水之边，庄子翩然而去，留下楚使的瞠目与叹息……"

199

何开发读得倒感情丰沛，只可惜硬件不太给力，口音重得像日本相扑选手，"濮水之边"给他念成"不睡自便"，意境全无，台下窃笑不止。

何开发念完，意犹未尽地对大家说："看看，这才是真正的好作文！"

"噢！"班级众人发出一阵惊叹声。虽然大家听了之后，完全不知道凤姐这篇作文到底要讲什么，也听不出他作文内容和作文题目之间有什么关系，不过这不正是写文章的最高境界么。一篇看不出主题的文章就如同一张看不出喜怒哀乐的脸，总能给别人一种高深莫测的感觉。画裸女而无爱欲，作音乐而无声律，写文章而无主旨，果然是世界上难得的第一等好文章。

所以大家都齐刷刷望向班长凤姐，然后发出一声充满膜拜的赞叹："噢！"

何开发对凤姐喜爱得心痒难耐，上课念了他作文不够，下课铃响之后亲切招手，又把凤姐叫到跟前谈话。二人咕咕哝哝，一会儿笑一会儿比画，不知道在亲密聊些什么。

宝钗坐在台下，把讲台上情况看在眼里，心中像打翻了一大缸陈年老醋，酸味扑鼻。

"奇怪啊，"他旁边的顾小美探过身子，问右边的顾大美，"大美，你闻到没有？咱们教室里，怎么有股醋味？"

"醋味？"顾大美使劲嗅鼻子，"没有啊。不过，我闻到了食堂飘来的鸡排味！"

"……"

"没错，就是鸡排味！闻得我都饿了，走，小美，要不要去食堂买份鸡排吃？"

"又吃……"顾小美无言以对，"你上次不是说吃完鸡排，一个月都不吃饭么？"

"对啊，"大美说，"我上次说的是不吃饭，并没有说不吃鸡排啊！"说完，站起身走过去，把小美从位子上拽起来："哎呀，走吧，走吧，吃完这顿我两个月不吃饭。"

"没救了你！"顾小美叹口气白她一眼，转头问宝钗，"哎，汉男君，和我们去吃点东西么？"

宝钗正作酸得跟什么一样，小美一提"吃"，立马肠胃泛酸："吃吃吃，一天到晚就知道吃，能不能有点精神追求！"

"就你有追求！"顾小美好心被他当成驴肝肺，"你这么有追求，也没见人语文老师愿意搭理你啊！"

"那是他还没发现我身上的闪光点！"

"得了吧，劝你还是早点死心吧，课代表铁定是没你的份啦！"

宝钗被她切中要害，没话反驳："哎呀，不跟你争了，不跟你争了，我的志向岂是你们这些庸俗之辈所能理解的！你们这些——蠢女人。"

"你说什么？"宝钗这个"你们"顿时把旁边的顾大美也得罪了。

顾大美巾帼不让须眉，荣任一班体育委员，平日宝钗站在人高马大四肢发达的大美面前，都有种小猫见到了老虎的感觉。宝钗一骂"你们这些蠢女人"，顾大美立马伸出两只布满二头肌三头肌肱桡肌桡侧腕屈肌和尺侧腕屈肌的胳膊，"咔嚓"几声活动了一下关节，把手搭在宝钗肩膀上："等等，不好意思，我耳朵不好，没太听清楚。我想你刚才是在说'你们'，你确定不是'你'？"

宝钗盯着她胳膊上凸起来的肌肉，吓得面如白纸："是是，我说错了！不是'你们'，是'你'！'你'！"

"是我？"顾大美问。

宝钗："不不，不是你！是'你'！"

"那还是我嘛！"

宝钗发觉自己陷入了死胡同，不敢再辩解，连忙闭嘴，吓得瑟瑟发抖。顾氏姐妹获得全胜，哈哈大笑，于是手挽着手，出教室去了。

人活这一辈子，做得最多的其实无非三件事：自欺、欺人、被人欺。对于宝钗同学来说，他这辈子所做过最多的恐怕就只有第一件和第三件事了。

宝钗欺人不成，自取其辱，顾氏姐妹俩走后，一个人噘着嘴在位子上生闷气。然后看见班长凤姐终于从讲台上走下来，立马"霍"地起身，假装要去后墙壁橱拿书。走到壁橱边，装模作样地随便拿了本书，回来时，"碰巧"从凤姐座位旁边路过，和他打招呼："大班长！"

"嗯？"凤姐抬头看见他。

"班长，老师刚才在讲台上和你说什么？"

"哦，"凤姐说，"没什么，老师只是说我的文章还有一些需要修改的地方。"

"真的？"

"对。"

宝钗如获大赦,刚要露出放松笑容,结果凤姐下一句话立马把他的笑容打掉:"老师还说,让我把作文修改一下,拿给他去参加市里的征文比赛。"

宝钗的笑顿时僵在半空中,仿佛一只躲在地洞里的鼹鼠见危险过去后,刚探出脑袋立马被迎头打了一棒。

凤姐见宝钗笑得比哭还难看:"汉男兄,你没事吧?"

"哦,没事没事,"宝钗强颜欢笑,挤出最后一丝希望,咽口唾沫,"那、大班长,老师有没有说,让其他什么同学也去比赛?"

"没说,你想知道,我帮你问问。"

"啊,这个,不太好吧,嘿嘿。"宝钗心中巴不得凤姐去问,表面上半推半就,搓着手笑。

凤姐当然知道他的小九九,于是笑着摇摇头,说:"那行,我帮你问问,然后回来和你说。"

然后当然就没有然后了。何开发不仅声明只有他认可的文章才能被送去比赛,为断了某些人的想头,还当堂宣布凤姐为高二(1)班语文课代表。

宝钗失望无比,由爱生恨,从此他不肯念好的学科又多了一门。他选班长没选上,当语文课代表又失败,气馁得不行,认定是凤姐在其中作梗。枉费自己如此信任他,没想到班长原来是个两面三刀笑里藏刀口蜜腹剑的伪君子。悲痛之余,宣布自己从此再也不能相信人性中的真善美了。

对此,班长凤姐只是表示很无辜,他根本就没想过要和宝钗争,这个语文课代表,是他不明就里稀里糊涂就当上的(没办法,还是那句话,能力越大责任越大)。而且虽然当了课代表,凤姐也并未因此感到多大的成就感,主要还是他已经当了班长了。曾经沧海难为水,人在已经得到了一件最重要的东西之后,再给他一件没那么重要的东西,自然就不会有多大的成就感。这就好比说一个人已经当上了国王,这时候再封他个丐帮帮主,不仅不会有多大光荣,反倒会有一种身份被拉低了的感觉。因为语文现在名义上虽然还是主科,地位似乎也不比丐帮好到哪里去。

——至少现在,愿意投身文学的似乎还没街上讨饭的多。

读书生活平淡无奇，日子变成一条狭长的林中幽径，人在小径上行走，沿路漏下点点滴滴。过了周四，转眼又到周五。不管是幼儿园小学还是初中高中生，只要一到周五，都无一例外会患上一种奇特的短暂性病症——"屁股焦灼综合征"。

这种病症的具体临床表现为：如坐针毡，无心听课，隔三分钟就看一眼墙上的时针，恨不得早点下课早点放学回家欢度周末。该病无方可治，也无药可医，唯一的办法就是，周六周日快点到来。

高二（1）班周五最后一节是历史课，因为老师气场太强的关系，照例沉默无比。众人努力压抑着屁股焦灼综合征的病情，在浑身散发着阴郁气息、仿佛终年不见阳光的老师英子眼皮底下安静抄了一章笔记，终于熬到下课——当然，还要等历史老师终于夹着课本离开，这才敢欢呼雀跃地起身往书包里快速扔课本，准备像小鸟一样飞回家。

一般来说，老师的效率体现在发工资之前，而学生的效率则体现在下课铃响之后。铃声"丁零零"响了之后，全班四十多号人居然只用三分钟就走个精光，比地震时逃难还快。由此看来，以后发生地震时，有关部门除了放防空警报，也可以考虑放一下下课铃。

教室清空之后，几位班委留下来开班会。在班主任 Ross 特别要求下，班会半个月定期举行一次，参会人员资格也限定在班委，组长什么的肯定谢绝，就连课代表也没份（不知道宝钗同学如果听到这消息，会不会气得当场休克过去）。

除了班长凤姐和副班长陈皎皎，剩下四位都是委员，而且还全是女生（意料之中）。几位委员里，除了劳委顾小美是通过开学班会竞选上岗之外，其他三位都是直接当选，因为这三位委员的身上，拥有着常人难以企及的特殊技能。

体育委员顾大美同学，凭借其省级运动员以及将近三百磅的伟岸身躯，其在我校体育界的地位至今无人能撼动。都说男生是头脑简单四肢发达，其实这话放在女生身上同样适用。而这句话女生之所以用得少，是因为能够完整符合这句话条件的女生不够多——这年头，脑子简单的女生多得是，能同时做到四肢发达的则少之又少。

而顾大美显然就属于这种稀缺型人才，这一点从她经常被顾小美挑唆充当打手去欺负宝钗就看得出来。宝钗同学平日虽然自诩才华横溢智商爆表，遇上顾大美这种只讲暴力不讲智力的女汉子，智商再爆表也没用。

所以每次，宝钗被顾大美殴打时尽管费尽口舌说"你要讲道理，道理懂不懂"，那效果也如同秀才遇到兵，有理说不清。普鲁士宰相俾斯麦曾经说过："道理，只存在于大炮的有效射程范围之内。"而顾大美座位就紧贴宝钗身旁，可知宝钗那道理脆弱得有多么不堪一击。

另两个班委一位是文艺委员，多才多艺不用说。还有一位是生活委员，顾名思义，就是平时班级活动负责收收钱什么的。这种工作不要求别的，唯独要求数学要特别好，该收多少钱就得收多少钱，必须收支平衡，否则十分麻烦。因为钱收多了还好办，把多出来的钱装进自己口袋就收支平衡了；可要是收的钱少了，反而得从自己口袋里掏钱倒贴。

文科生对数学向来敬畏得像患病者，只敢远远问候而不敢亲近，对于生活委员的工作自然唯恐避之不及。有人肯主动承担重任，那最好不过了。

周五放学，一班六位班委齐聚一堂，由班长凤姐主持会议。在场的除了他一个男生之外，剩下全部都是女生，顿时令凤姐压力倍增。大多数女生凤姐原来高一都不认识，进了高二（1）班之后平常也极少交流，现在强坐到一起，就像硬凑起来的麻将牌局，难糊得很。

大家静坐着，始终没人开口先说话，气氛有些尴尬。更令凤姐为难的是，几个女生打完招呼，就掏出手机开始低头刷起微博微信来。凤姐见班会冷场，握着拳头，咳嗽几声，苦思冥想要说个笑话活跃活跃气氛，可惜他平常做人太正经了，不像班里某些男生那样油腔滑调，一时半会真想不出来。

实在憋不出笑话，只得开门见山："啊,那个大家请注意过来一下,我们准备开会！"

于是众班委放下手机，抬头看向他。

"那个，大家注意一下，"凤姐努力不让自己在这么多双女生目光面前脸红，"咳咳，其实今天把大家召集起来开会也没什么事，该做的事我们平常都做了。主要是班主任范老师提的要求，说大家如果对咱们1班的工作有什么改进意见，可以聚在一起讨论讨论。"说完问，"不知道哪位班委对班务有什么建议，请说出来。"

几位班委你看看我，我看看你，都不说话。

凤姐见没人说话，又问了一遍："哪位来说说自己的意见？呵呵，大家不要拘束嘛，畅所欲言嘛！"学完这句领导腔调，自己先起鸡皮疙瘩。

仍然没人张嘴，凤姐见始终没人搭理他，顿时尴尬无比。

正尴尬着，旁边的副班长陈皎皎突然说："班长，我想和你商量一件事儿。"

"喔喔，好好。"凤姐正愁没人说话，"皎皎小姐，你有什么事？"

"班长，"副班长说，"咱俩的工作平常主要就是管班级纪律和监督学习，对吧？"

"对对，嗯。"

"我是觉得，两样活儿本来性质不同，如果都放在一起做，反而降低效率。我看，不如咱俩今后就各自分管一面，怎么样？"

凤姐想想也是："主意不错，行啊。"

"那我管学习吧，"副班长说，"班长，你比较有男子汉气概，压得住同学，你来管班级纪律好吗？"

女人最爱听的就是被别人夸有女人味，同样地，一个男生当然也喜欢被别人说有"男子汉气概"。凤姐平日虽然被人评价成铁石心肠的学霸，万幸还没到书呆子的程度，被夸奖也不免高兴，于是满口答应："行，那就这么办！"

凤姐和副班长商量完，转头又看看其他几位班委，她们仍旧埋头在手机里，显然对于他和副班长的谈话不感兴趣。其他班委都低着头，众人里，只有坐在对面的体育委员顾大美却抬着头——她正在"咂咂"津津有味地啃一块鸡排。

体育委员看到凤姐盯着她，于是咧开油光闪闪的嘴巴，冲他嘿嘿一笑。

凤姐："……"

班委会气氛始终死气沉沉，最后不得不草草结束。班委会一结束，班委们放下手机，立马像从冬眠期中苏醒过来的动物一样，有说有笑地互相嘻哈走回位子，开始收拾书包。

凤姐不习惯和女生结伴走路，坐在位子上低着头整理课本，慢腾腾磨蹭了好久，直到确信女生们都走光了之后，方才背起书包，把椅子抬起来扣在书桌上。然后走到教室门口,"喀拉"一声,掩上那扇挂着"高二(1)班"铜牌的大门。

出了教室,来到走廊上,光线立马为之一亮,连呼吸都变得舒畅起来。走廊上空空荡荡,空气里是一股扫除后留下的清洁剂的味道。他走出教室门口,回过头,看了看自己在地上被夕阳拖长的影子,长吁一口气。又一个星期结束了。

凤姐背着书包,沿着东边楼道往下走,到一楼车库取车。楼道里的窗户敞开着,一阵口哨声与欢呼叫喊声从窗户透进来。楼底人行道上,有几个女生正在打羽毛球。傍晚太阳归山,炎热稍减,女生们通通穿着白T恤配牛仔短裤,用力挥舞球拍,夕阳的光点在她们身上跳跃,散发出无限青春活力。

凤姐沿着楼梯一路走到楼底,他的山地车就停在一层的车库里。到了楼底,光线立马一下子暗下来,四周昏暗无比,车位上停的单车在黑暗中变成一团团模糊的黑影。

不是车库没开灯,而是根本就没有装灯,因为乙楼晚上不开放自习,校领导们经过研究,一致决定车库没有装灯的必要。只可惜校领导精明一世,却偏偏忽略了"北半球在冬半年昼短夜长"这个基础地理常识,秋冬季节只要一过六点,车库立马就漆黑成一片,伸手不见五指,伸腿不见脚趾。有时地上偶尔"跐溜"跑过一只老鼠,都能把人给吓出心脏病来。

凤姐借着微弱光线一路摸着走过去,幸好车位都空了,他很容易就找到了自己那辆浅黄色山地车。凤姐找到车子,俯身摸到车锁,然后从口袋里掏出钥匙"哐啷"一声打开。

等他再度直起身,握住把头,刚要推车走时,突然发现身旁不知何时立着一个高大黑影,在黑暗中幽幽地盯着他看。

凤姐吓了一跳,连忙倒退几步:"谁?"

黛玉的礼物（下）

黛玉："大师，我有一个困惑，我喜欢一个女孩儿，可是我又不确定是否要去追求她，到底应该怎么做？"

禅师："阿弥陀佛！贫僧是出家人，这种事情不应该问贫僧。不过既然你问了，我就破一次例吧。佛曰：'情均天伦，当初发心'、'真所爱乐，因于心目'。你如果能读懂这两句话，就知怎么做了。"

黛玉："我不明白，大师能不能解释一下？"

禅师："那两句话的意思就是，凡事要跟从你的心走，心之所向，行之所从。'从心'，明白不？"

黛玉："从心……噢，我明白了！多谢大师，我一定会'怂'的！"

——摘自《青年与禅师》

巨大黑影一声不吭，逼近一步，从身后掏出一块像砖头一样的长方物体。凤姐紧张得冒汗，心想不会碰上了打劫的吧，手心暗暗攥紧，等黑影一拿砖头行凶，立马就出拳。黑影迟迟不动，过了两秒，手中"砖头"却突然亮了起来——原来那是个iPhone。

而拿着手机的高大黑影，正是他们班人高马大的黛玉同学。

凤姐借着手机屏幕荧光看清黛玉的脸，长舒一口气："呼，吓死我了！德甲兄，你怎么还不回去啊！"

"班长，我等你啊。"黛玉说。

"等我？"

"对对，等你一起回去嘛。"

"也就是说，"凤姐有些吃惊，低头看看手上电子表，"你从放学开始，一直等到了现在？"

"是呀，是呀！"黛玉使劲点头。

"可我不说让你先走，今天不用等我了么？"

"是啊，你说了，可我又没答应嘛。"

"……"

"嗯，"黛玉冲他点点头，"就是这样。"

凤姐无话可说了，惊叹一声："喔，那还真是让你久等了。"

人高马大的黛玉同学，在1班素来号称有"两多"，一钱多，二是外号多。他因为个人性格比较闷骚，经常成为女生们调侃的话题，被大家起的外号数不胜数。在班里，黛玉平时除了被人称为"甲哥"之外，还有个绰号叫"寂寞"。

因为黛玉这家伙身为纨绔子弟，厌学贪玩，平时不热爱学习，却偏偏十分热爱会学习的人，好比说他们班的学霸凤姐。高二来到文重班，他除了与好兄弟湘云继续巩固传统友谊之外，另外一个重大的收获，就是和班长凤姐成为了朋友。

直到两周前，黛玉才突然发现，原来他和凤姐居然住在同一个小区，他们的家都在江滨路新开发的楼盘"罗马小巴黎江南水乡风情园林"（不要问这个楼盘的名称为何如此拗口，因为你永远也不能"低估"房地产老板们的文学素养）。发现二人原来就住隔壁之后，于是每天傍晚放学，黛玉都会强行邀请凤姐一起结伴回家。

因为凤姐被所有人视作一位读书天才，而哲人说过："天才总是与寂寞为伴的。"班里女生见黛玉这么喜欢与这位天才为伴，干脆就把他叫作"寂寞"。而且更夸张的是，黛玉平时课间有事没事，总是喜欢一个人站在走廊栏杆边，凭栏眺望对面的理文乙楼，也不知道看什么那么出神，更给人以寂寞之感。

女生们普遍认为，一个人能够什么事情都不做，站走廊上单单对着对面教学楼一看就是一整天，这个人要么多愁善感，要么就是吃饱了撑着了。而令人惊奇的是，女生们居然一致误认为黛玉属于前者。

所以叫他"寂寞"，真是再合适不过了。

对于"寂寞"同学的盛情邀请，大班长表示很无奈。因为凤姐个性独立，从小到大习惯了独来独往，一个人的生活令他觉得更加轻松自在。而自从与黛玉一起结伴骑自行车回家之后，凤姐突然意识到，自己的人生面临着前所未有的两大挑战：第一，他从此必须习惯和一个人结伴并行骑完整整半小时的车程；第二，他从此必须习惯和一个逗比结伴并行骑完整整半小时的车程，而且在这过程中还必须和那个逗比保持半小时不掉线的良好互动。

对凤姐来说，后一个挑战显然尤为艰巨。因为凤姐每次不管和黛玉说什么话，总是有一种两人生活在不同时区的感觉，不是一个人快半拍，就是另一个人永远慢半拍。简而言之，和一个类似于他们班黛玉这样的家伙待在一起，你就得做好两样东西变低的准备，一样是智商被拉低，另一样是笑点会变低。

而凤姐觉得自己无须准备了，因为目前它们都已经基本达成了现实。

凤姐还是感到有些意外。刚才开完闷声闷气的班会，他心想都这么晚了，黛玉肯定已经先走了。没想到他却一直留在车库里，等着自己下楼，一直等到了现在。

从小到大，凤姐觉得自己并不缺朋友，无论何时何地，总是有无数人仰慕他的优秀肯定他的努力而接近他和他搭讪。大家各取所需，一团和气，凤姐一直以为这就是朋友的全部含义。从来没有一个人会为了等他，在黑灯瞎火的车库里干站那么久，而且一站就是两个小时。换句话说，从来没有一个人，愿意为了他去做一件本身没有任何意义的事。黛玉是第一个这样做的人。

凤姐意外之余，看着黛玉那张天真无邪的憨厚圆脸（虽然实际未必如此），心下不禁涌起了一丝小感动。他一时不知说什么好："德甲兄，你这样一直等我，不怕浪费时间吗？"

"呵呵，班长没事没事，反正我闲着也是闲着！"黛玉憨态可掬地笑。

"可是你等了我这么久，"凤姐更加感动，拍拍他宽阔的肩膀，"抱歉，把你的时间都白白浪费掉了。"

"真的没事啦。"黛玉说，"反正我本来就闲得无聊，不等你我时间也是白白浪费掉，所以我后来想了想，还是把时间浪费掉用来等你好了！"

"……"凤姐拍他肩膀的手立马像冻鸡爪一样僵在那里。

黛玉这句话瞬间把方才友谊情深的抒情气氛给吹得无影无踪。凤姐无话可说，哭笑不得地摇摇头，握住车把手："那走、走吧。"

"喔。"

二人借着微弱光线，一前一后把车子推出了车库，来到外面路上，顿时觉得天地都为之一亮。车库里暗淡阴森，感觉像是午夜，原来外面也不过黄昏时分而已。

初秋的黄昏像午后一样明媚，明晃晃的夕阳从教学楼的缝隙之间穿过，照过高大茂盛的树木枝梢，抬头直视的时候，让人有些眼花。四周景物全染上一层淡淡的橘黄色调。

凤姐停下车子，从车头取下一个印着Colnago字母的黄色头盔戴上。这辆Colnago公路山地车是他父母送他的生日礼物。凤姐虽不是专业山地车竞技选手，也算半个业余车迷，车技还凑合。以前周末有空暇的时候，他总是喜欢一个人骑着车在泉州各处转悠，最远的时候甚至到过角岐森林公园。

他很享受这种一个人漫无目的地在城市里骑行，什么都不想，把身体放空的感觉。听着风呼呼刮过脸颊，看着周围景物迅速变幻，每到一处都是新鲜陌生的地方，那种感觉真棒极了。一年前，凤姐以全大厝区中考第四的优异成绩考上这所著名高中，从此与旧日挥别，开始一段崭新的梦想挑战。中考三天之后，在他的十六岁生日上，父母把这辆价值不菲的山地车作为生日礼物送给他。

凤姐摸摸光洁如新的车把头，心想，时间过得可真快，转眼都一年半了。

黛玉推着车跟在后头。黛玉同学因为"家里实在是太有钱了"，之前上放学都豪迈打车来去，后来为了能陪凤姐一起回去，就专门到商场，花大价钱订购了一辆进口Cronus自行车。

这款车型防震性绝佳，扭矩卓越，十分适宜爬坡和山地越野。可惜黛玉长这么大，身无一技之长，对自行车竞技一窍不通。照他的说法，自行车无非就是两个轮子的代步工具，可比坐四个轮子的小车费劲多了。

所以当黛玉同学看到电视自行车比赛里，那些骑车穿梭在泥泞碎石岔道之间把自己癫个半死还乐此不疲的家伙时，他认为这些人的脑袋肯定被骡子踢过，要么就是吃饱了撑的，否则也不会冒着风险在到处是坑的路上颠来颠去。

黛玉把车推到凤姐旁边，和他齐头并进："大班长，你刚在楼上干吗呢，这么久？"

"我吗，我刚才在和皎皎小姐开会。"

黛玉恍然大悟："哦！原来你刚才在和二班长幽会！"

"其实不只二班长，"凤姐连忙澄清，"还和其他几位女生一起开会。"

黛玉："哦！原来你不止和二班长，还和其他女的幽会！"

"……"凤姐晕倒。

"怎么，"黛玉看着他，十分认真地表达了自己的疑惑，"难道开会和幽会这两个词，表达的不是同一个意思吗？"

"你说嘞……"凤姐一副吃了苍蝇屎的表情，不知道这家伙到底是在揣着明白装糊涂还是在揣着糊涂装明白。

为了防止黛玉明天到处宣传"昨晚大班长和二班长在幽会"，他不得不马上中断这个话题，"好了好了，不说这个了，聊点其他的。"

"嗯嗯。"

"对了德甲兄，"凤姐说，"我听六一兄嚷嚷，你最近经常和1班一个叫夏德惠的女生走一起啊，可有这回事？"

"这个，嗯。"黛玉心想湘云嘴巴真是闭不住，"六一那家伙都和你说啦。"

凤姐吃了一惊："喔，是真的，那这个夏德惠是不是你的女朋——"

"没没，"黛玉连忙说，"只是朋友，是朋友而已。"

"是朋友吗，"凤姐看着他，笑笑，"嗯，虽然差了一个字，其实也只是一层纸的距离吧。"

"这样啊。"黛玉含糊不清地应了一句。

凤姐察觉出，黛玉并不想聊这件事，于是他也不再问了。转回头专心推车。

黛玉恍恍惚惚的，脚步慢了下来，不知不觉，落后了凤姐半个车轮。

虽然刚才没有回答，可他心中却在细细回味着凤姐末尾说的那句话："虽然差了一个字，其实只是一层纸的距离。"那句话简短而意涵深刻，像一面小鼓槌一般，在他心中"扑通"敲打起来。

老实说，连黛玉同学自己也不太确定。他一边推着车，边在脑子里惶惑着：自己和德惠小姐，到底是什么样的一种关系呢。他们之间，到底是不是大班长所说的那种"一层纸"的关系呢。

黛玉想到这里，然后猛然记起了周二那天下午，上完语文课后，好兄弟湘云站在走廊上对他说的一番话。

"我居然失恋了……"湘云刚从失恋的悲怆中缓解过来，甩甩乌黑的刘海，站在他对面不停念叨，"甲哥，这已经不是我第一次失恋了，为什么我从小到大，老是追不到女孩子嘞。"

二人刚上完无聊透顶的语文课，两手空空，站在走廊上聊天。时近傍晚，太阳沉了下去，天际边晚霞像泼出的水一样渐渐往四周蔓延。

"嗯——我想，"黛玉说，"你之所以老是追不到女孩子，会不会是因为你自身有问题。"

"自身的问题？我生理很健康啊，各个器官都发育正常，我自身有什么问题？"

黛玉冒汗："我不是指这个……"

"那是啥？"

黛玉问："六一兄，我觉得会不会是因为，你身上有某个特点，或者说某点地方十分的特别，让女孩子们觉得抗拒，所以你才一直追不到女孩子咧？"

湘云听完黛玉的话，摸着下巴若有所思，然后点点头："哦，听你这么一说，有道理呀。也许女孩子们拒绝我，真是因为我身上有什么地方特别也说不定。"

"是喔。"

"而且这个特别还得十分显著，才会导致她们对我敬而远之。"

"对对。"

"嗯。"湘云托着下巴，语气低沉，"这么说来，我身上也就一点十分特别了。"

"什么特别？"

湘云："我——特别的帅。"

"……你、是说认真的？"

"噢，对，就是这样子！"湘云一副恍然大悟的模样，抓住黛玉粗壮胳膊，激动地对他说，"甲哥，我总算是明白了，也许正是因为我长得这么帅，才一直追不到女孩子的吧。"

"噢？"黛玉有些被他搞糊涂了，"可我不明白，六一兄，你为什么认为是因为自己太帅才追不到女生啊？"

湘云转头，看到走廊上三三两两学生背着书包经过，说："你跟我来。"

说完，把黛玉拉到西边走廊，一直走到尽头的休息室才停下。走廊尽头正对着渐渐西斜的夕阳，楼底下是大片大片浓绿的芒果树，彼此起伏，拥挤成一片海洋。

黛玉看看那些被落日染成黄颜色的树冠，转头问湘云："六一兄，为什么，为什么长得太帅就追不到女生？"

"甲哥你不懂，"湘云一副茅塞顿开的样子，微微一笑，甩甩额前的飘逸刘海，"其实长得帅的人呢，就好比是一件精雕细琢的工艺品。拿我打比方好了，像我帅得这么离谱，那绝对是工艺品中的工艺品啊。试问，有谁会忍心去随便触摸一件如此完美的工艺品呢？我想，那些女生就是怀着这样的心理，所以才不忍心对我下手的吧。"顿了顿，又补充，"就好比，你新买了一只马桶盖，当你看到马桶盖那簇新瓦亮闪闪发光的样子，你也会下了好大的决心才用吧。"

"喔，"黛玉恍然大悟，"听你这么一说，果然好有道理！"

他被湘云马桶盖的妙喻折服，突然想起一件事，压低声音说："如果真的是这样的话，那可不太妙啊……"

"什么？不太妙？"

黛玉不答，踩着栏杆上的水泥，嘴里不停自言自语："不太妙，不太妙。"

"快，说说！"湘云好奇心被他勾起来。

黛玉支支吾吾着不肯说，在湘云的反复逼问下，才终于不得不说出自己的苦衷。

他长叹一声，望着快要消失的夕阳，语气低沉："哎，其实——我也长得太帅了。"

"噢、噢？"

"嗯。"黛玉忧心忡忡地看着他点点头。

黛玉同学的担忧不是没有理由的，其实关于他长得太帅这一点，他很小的时候就发现了。

他还记得自己六岁那年，还在读幼儿园的时候，有一次上课，老师在黑板上给同学们讲"帅"这个字的含义。小黛玉看着黑板上那个字，当时百思不得其解，始终不明白"帅"到底是什么意思。

最后，隔壁桌一个小女生红着脸，递过来一面镜子。小黛玉接过，看到镜中自己那张脸，方才终于恍然大悟：噢，原来这就是"帅"啊。

从小到大，黛玉身边的朋友少得可怜，拿手指头扳着就能数过来。现在想来，那不正是因为自己"帅到没朋友"的缘故吗？看来，自己果真属于湘云说的那一类人呀。

黛玉叹着气，然后又想起了他的德惠小姐，不禁越发担忧起来。他忧心忡忡地想：我也是帅得如此像一只马桶盖，德惠小姐，会忍心对我下手吗？

"哎，长着一张这么帅的脸，可真是一件令人犯愁的事啊……"

"哈？"凤姐把车子一停，没听清黛玉的话，"你刚才说什么？"

"喔喔，"黛玉从回想中清醒过来，连忙答，"没什么，没什么。"

"好吧……"凤姐盯着他看，莫名其妙。见他不肯说，只得摇摇头，继续推车。

黛玉等凤姐没注意到自己了，方才转过身，背着凤姐长长叹了一口气。

他和德惠小姐之间，究竟是什么样的关系呢？老实说，连黛玉自己也不太确定，他只知道，和夏德惠待在一起的时候，就是自己最开心的时候。就像好兄弟湘云曾经对他思慕对象所深情描绘的那样，这半个多月来，每当黛玉站在夏德惠旁边，看着夏德惠笑，听着她嘴唇吐出的每一个字，闻着她发梢传来若有若无的清香，他就浑身躁动，无比幸福。他的呼吸开始不由自主地变得困难，连肢体都变得像铁一样又冷又硬。

他是这样默默地喜欢着高二（7）班的夏德惠。曾有那么一刻，他甚至产生一股难以抑制的冲动，想要把那句憋在喉咙里的话对她说出来。可是他又怕，那句话说出来之后，他会立马失去现在所拥有的一切，她会离他而去，然后到了最后，自己仍旧什么都没有，只能一个人站在原地，孤单得不能自抑。

做与不做的最大区别，是后者还能保留有幻想的余地。所以他一直选择沉默，他不能想象自己万一失败的模样，他真的好怕会失去她。

也正因为如此，刚才凤姐问他的时候，他才支支吾吾，选择敷衍搪塞过去。因为有一些话，黛玉还是不想说。那些话他没有对别人提起过，他把它当做一个秘密，或者一个锦囊，扎紧口攥在手中塞进心里。并不是他不敢说，只是不知道，该组织成什么样的语言说出口。

比如，昨天早上，他其实就又见到了夏德惠。

黛玉和夏德惠一起报的刺绣课一周有两节，昨天周四讲"关于花色图案的裁剪与配色"。讲台上，那个娘娘腔的男老师（夏德惠经过一番认真研究，认为刺绣课老师简直比黛玉还要娘，黛玉迅速欣喜地对此表示了赞同）站在黑板边，向大家展示了各种令人叹为观止的花色图案，牡丹的、菊花的、梅花的，各种都有。

据老师自称，这些剪片都是他花大价钱从市场上精心淘来的，全部是绝品。台下学生连声拍马屁，称赞老师真是兰质蕙心温婉贤淑，挑的剪片真好看，把男老师夸得心花怒放，掩嘴噗笑。

夏德惠坐在台下，用双手托着下巴，羡慕地哈气："真漂亮啊，要是能仔细看看就好了。"

黛玉问："德惠小姐，你很想看那些剪片吗？"

"是呀是呀，"夏德惠用力点头，然后叹口气，"可是，老师说剪片那么贵，应该不会肯借给我们看吧。"

黛玉一声不吭，突然"霍"的一声从位子上站起来，大声说："老师，你的花可真漂亮！能留下给我们看看吗？"

"啊，这、这个，"老师没料到他会提出这样的请求，有些迟疑，"可这些花朵图案很贵的，我好不容易才从店里淘到——"

"老师，我想问你一个问题！"黛玉说，"不都说老师是'祖国的园丁'，我们学生是'祖国的花朵'吗？"

"啊、对，我是园丁，你们学生是花朵……"

"那不就对了嘛！"黛玉立马变得义愤填膺，"老师身为'祖国的园丁'，难道不应该呵护好我们这些'祖国的花朵'吗？难道我们这些会动的真'花朵'还比不上老师那些不会动的假花朵吗？身为一个老师，难道可以对自己的学生这么小气吗？"

黛玉接连三个问号气势磅礴说完，台下众人惊叹不已，掌声雷动："说得好！"然后齐刷刷义正词严地看向老师，表示要他自己看着办。

老师被众人道德谴责的正义目光盯得良心有愧，心中斗争半天，终于不得不忍痛割爱，答应把剪片留在班里给同学们看："好、好吧。可是小心点，千万别弄坏了。"

"是！"全班人欢呼。黛玉得意地转头冲旁边夏德惠挤挤眼。

等黛玉坐下之后，夏德惠凑过来，无比认真地盯着他的脸，说："德甲君，我现在有一个新发现。"

"噢，什么新发现？"黛玉憨笑地把耳朵凑过去。

"我现在发现，"夏德惠说，"刺绣老师其实不只比你娘，而且还比你笨。"

"哇，德惠小姐，你真是太过奖了！"黛玉按着胸脯，夸张叫道，"你这么夸奖我，我感到万分的受宠若惊！"

然后下了课之后，夏德惠主动请缨，留下来整理老师的剪片。黛玉也滞留着没走，靠在讲台旁边，和夏德惠有一搭没一搭说着鬼话。

夏德惠像手捧一窝刚出世的雏儿一样，小心翼翼地凝视着那些剪片，乌黑眸子里闪烁着明亮的光："真漂亮呀，什么时候我也能绣出这么漂亮的图案呢。"她的喃喃细语温柔好听，震动了空气里飞舞的尘埃，如同孱弱的昆虫翅膀情不自禁地颤抖。

黛玉心底愉快得冲上了天，她快乐时，也就是他最快乐的时候。

"德甲君，你也是因为这些剪片很漂亮，才向老师要来看的吗？"

黛玉当然不可能承认自己另有企图："对对。"

"啧啧，不错嘛，"她笑，"有眼光噢。"

早上下起了一阵小雨。窗外阴雨连绵，雨水顺着房檐流下来，在窗户上渐渐连成千万条线，将世界迷蒙成一片。班级同学都走光了，整个教室安安静静的，只有他们两个人。夏德惠穿着米色帆布长裙，把讲台上的剪片轻轻收进纸盒里。他偷偷看她的侧脸，柔顺的长发垂到肩上，像一把真丝小伞，将她侧脸掩住，只能看见微微翘起的精巧鼻尖和长长的眼睫。

窗外"沙沙"的雨声像是睡梦中听到的一样，恍恍惚惚从世界另一头传来。黛玉心中怦怦直跳,把要说什么都快忘了,神差鬼使,突然把她叫住:"德惠小姐。"

"嗯,"夏德惠抬起头:"什么?"

"我——能够认识你,是一件很高兴的事。"

"嗯嗯,我也是呀。"她朝他笑。

他深吸一口气:"其实有句话,我想了很久,一直不知道该怎么说出口。这句话,憋在我心里已经很久了……"

"什么?"她似乎意识到他要说什么,手上停住,呼吸变得有些急促,"你、要对我说什么?"

周围的光影迅速黯淡下去,窗外雨声放大了一百倍,他的脑子一片空白,把时间空间通通遗忘。教室里站着他们两个人。天气阴冷潮湿,从窗外漂浮来树叶青涩味的水汽。一万句话从他身体里冒出来,却像海底翻涌上来的气泡,冒出水面就啪地破开。

他本来应该说出那句话的,最后却做了可耻的懦夫。

沉默半晌,黛玉终于咧开有些干涩的嘴唇,笑了一下:"没什么,我想说,今天又下雨了。"

"就这些?"

"就这些,我走了。"他像行窃被逮到的小贼一样,转过身,低头快步跑出教室,不敢回头看她一眼。

"喂,你忘了带伞!"她在身后叫。

他像没听到一样,飞奔下楼道,迈着笨拙的步伐径直跑进雨中,头发被雨点打成花白一片。当时,他心里唯一想的就是,要快一点逃离空气中那种让两个人都尴尬的气氛。

"嗳,昨天真是怂爆了……"

黛玉回想起昨天的情景,挺起胸脯,仰望天空,长吁一口气。

今天的黄昏美得不像话。天际边飞舞着漫天云霞,绯红照亮了半边天际,像是一朵巨大而破碎的蔷薇。

他记得,昨天是他迄今为止最接近吐露心迹的一次。他并非没有勇气把那句话说出来，他是没有勇气面对可能的失败。

他和凤姐推车经过格致楼，从格致楼西侧小路穿过百草廊，再走一段路就是辟荔园。黛玉知道，每个周三下午，只要没下雨，夏德惠都会和舞蹈社团的同伴们在园子里排练舞蹈。今天是周五，可是天气这么好，此刻的她会不会也在那里呢？

黛玉回忆起她身穿曲裾、在石台上衣袂飘飘的身影，不禁怦然心动。

有件事情他已经思考很久了，很早之前他就开始思考这件事，而且一天到晚想的就只有这件事（毕竟对黛玉同学这种闲得长青苔的人来讲，也没有其他什么事好想的）。为了做那件事，他早已经预先做好所有准备。但是，直到现在为止，他都还没有下定最后决心是否真的要做那件事。

黛玉闭上眼睛：上帝啊，佛祖啊，真主啊，不管哪个宗教的神都行啊，能不能告诉我到底该怎么做啊。

班长凤姐见黛玉一副心思不宁浑身长刺的样子，诧异："怎么了？"

"大班长。"黛玉说。

"什么？"

"我有一件事想向你请教，因为我觉得，你应该可以解答我的疑惑。"他说，"有件事情困扰我很久很久了，在我决定到底要不要做那件事之前，想先征求一下你的意见。"

"什么事？"凤姐见他说得这么郑重，"你别太高估我啊，不一定答得出来的。"

"你可以的，"黛玉笑，"你是学霸嘛！"

凤姐心想你又来了，动不动就拿学霸来说事，搞得我现在都觉得"学霸"和"专家"一样都是贬义词了。问："为什么学霸就能解答你的问题？"

黛玉呵呵笑："因为学霸都是不正常的人嘛。"

"？"

"啊！"黛玉意识到自己表述有问题，连忙修正，"我的意思是说，学霸都不是正常人！"

"……"凤姐心想这不同一个意思吗。

最后，在他竭尽全力帮助下，黛玉才终于准确地表达清楚了自己的意思。原来黛玉是要说"学霸都不是普通人"。

黛玉挠头憨笑："哦，呵呵，原来'普通人'和'正常人'不是同一个意思啊。"

"……不然你以为？"

"嘿嘿。"

"到底什么事？"

"我是想问你——"黛玉犹豫许久，"算了，打个比方好了。大班长，如果你想追一样东西的话，你会坚定地去追吗？"

"追一样东西？什么东西？"

"比如说，追一个人——"黛玉刚要脱口而出，随即意识到这话太暴露，连忙又补一句，"当然喽！也可以是追个梦想什么的，都行。"

"嗯，那得看是什么梦想了。"凤姐点点头。

凤姐心想，到目前为止，自己唯一的梦想也就是考北大光华了吧，毕竟那是自己高一报文科时就树立好的目标。凤姐误以为黛玉的意思是他终于也要开始用功读书、逐梦高考了，于是就坚定地说："如果我确定自己早晚会去追（梦想）的话，我立马就会去追！因为或早或晚总要去追的，只是时间问题而已。既然如此，为什么不马上去追呢？"

黛玉激动起来："那你的意思是说我可以马上去追（她）了？"

"为什么不追（梦想）呢？"凤姐坚毅点头，"只要你想追（梦想）的话，当然就应该立马去追！追吧！"

"是！"黛玉激动万分，恨不得冲凤姐立正敬礼。

（凤姐做梦都不会想到，他和黛玉说的根本是两件完完全全不同的事情。两个人连"追"的宾语都不一样，对话居然也能进行得如此畅通无阻，可见省略句果真是一种十分神奇的句式。）

我明白了。

黛玉深吸一口气，把山地车"哐当"一声停下，对凤姐说："大班长，你先走吧，我的车子突然漏气了。"

"漏气？"凤姐看他车子，轮胎鼓得像怀胎十月的孕妇，疑惑，"你车不是好好的吗？"

黛玉听完凤姐的话，低下头看自己的车，然后诧异起来："噢，原来我的车子没有漏气啊。"

"……你、是在逗我吗？"

黛玉弯腰蹲到地上，手伸进后轮里检查气塞，气塞插得紧紧的，纹丝不动。抬起头问凤姐："班长，请教你，轮胎的气塞应该怎么拔开？"

"我想想，"凤姐摸摸鼻子，"你应该，把气塞往右旋三圈，然后往左旋三圈，最后再用力一拔，应该就能拔开——等等！"他诧异万分地叫起来："你在干吗！喂，你不会是要——"

在接下来的三秒内，凤姐亲眼目睹黛玉照他所讲的，把气塞往右旋三圈，往左旋三圈，最后再用力一拔，气塞接口处发出"哧溜"的刺耳尖叫，轮胎一瞬间瘪了下去。

黛玉站起身，拍拍手上的灰，对凤姐说："班长，你先走吧，我的车子突然漏气了。"

"这他妈也可以啊……"凤姐眼珠子都快掉下来了。

黛玉一言不发，看着他。

凤姐愣了好半天："那、那好吧，我先走。"说完，抬起脚步，推着车往坡上走。走出几步路，又忍不住回头看看树下的黛玉，仿佛刚刚目睹了一桩不可思议的外星人劫持事件或者恐龙复活事件。

"这家伙，到底在搞什么鬼……"凤姐摇摇头，不明所以，跨上车骑走了。

黛玉等凤姐走后，把车停靠在芒果树下，然后转身向辟荔园的方向走去，一边走一边默念：德惠小姐，你一定要等我。

他绕过百草廊，穿行在草木茂盛的小路中。路径蜿蜒，僻静无比，四周景色随着落日迅速黯淡下去。随着离辟荔园越来越近，他的呼吸也愈发急促。这么晚了，她还会在那里吗，如果她不在，那该怎么办？

黛玉太相信自己的直觉了，它常常敏锐得像根刺，一扎一个准。只要我相信她在，她就一定在那里，他心中对自己说。

黛玉走到小路的尽头，深吸一口气，然后缓缓拨开树丛。

当再度见到石台上那个熟悉的墨绿色身影时，欣喜若狂，她果然在这里。一颗悬着的心终于落下去，同时勇气随着血液往头顶上涌。他疾步冲过去，三步并作两步跳上石台，在众目睽睽之下一把拽住夏德惠的手，拉着她下石台。

"跟我走。"

夏德惠趁着周五放学，正穿着曲裾和舞伴在辟荔园里排舞，突然被黛玉从树丛里冲出来拉住，惊慌失措："德甲君！怎么是你，你要干吗？"

黛玉不答，只是紧紧攥住她的曲裾宽大的袖子，不顾她的问话以及其他女生"光天化日强抢民女啦"的失声尖叫，一路把夏德惠拉到了北边大操场的草坪上。

尽管是十月中旬，金陵的青草仍然在疯长——这就是北纬二十三度的神奇魔力。开着黄色小花的地肤草和三色苋在无边绿海中隐藏，微风从脚边走过，轻点它们的额头。绿草高过鞋面，走进去立马就被淹没得不见了脚踝，一片摇曳的深深浅浅，在风与风的起伏里渲染出水状的纹路。

"放手，你要带我去哪里，我叫你放手！"她以为他会抓得很紧，没想到稍一用力就挣脱出来了。有些吃惊："喂，你力气也太小了吧，完全和个子不成正比嘛。"

"这个不是重点……"

"那重点是什么。"她站在没膝的草丛中，一袭墨绿色曲裾随风颤动，头上斜插玉簪，珠饰摇曳，如一簇幽兰在夕阳下绽开。

"你真美。"他傻傻地看着她，声音低缓喃喃。

"喂！这就是你的重点？"

他反应过来："不不，这不是重点。"然后又补充强调，"当然，这个点也很重。"

"那重点到底是什么？"

"重点是，我有话要说。"

"说啊，就在这里说。"

"就在这里？"他看见三三两两的学生从身旁草坪上走过，有些犹豫。

"就在这里说，大声说，我只听一遍。你不说我要回去了。"

"好吧。"他沉默了一下，突然把双手并拢到嘴边，然后使尽全身力气朝天大吼，"夏德惠！我喜欢你！我们在一起吧！吧……吧……吧……"

没想到操场回声效果这么好，他自己也吓了一跳。这下整个操场方圆百米之内的人都听见了，都转过头，惊奇地看他俩。

她被无数双眼睛齐刷刷盯着，骑虎难下，下意识地扬起手，"啪"，他脸上响起一声清脆的声音。她打得很重，然后吃一惊，难以置信地看看自己的手，又抬头看他："喂！你怎么都不躲啊？"

"我想躲。"他揉着发红的脸说，"你速度太快了，躲不开……"

"对不起啊，不是故意的，你没事吧？"

"没事，你还没回答我的问题呢。"

"什么问题？"

"就是刚才我那个问题。"

"我没听懂。"

"那我再喊一遍——"

"别，"她连忙阻止，"别别，你会把德育主任招来的。"

"那你回答我，我就不喊。"

"这、太突然了。完全没有征兆，没心理准备。"

"其实我也没有心理准备。"

她立马晕菜："那你还表白……"

"你听我讲，我之所以下定决心这样做，是因为我刚刚被一个朋友的话点醒。他对我说：如果我确定自己早晚会追，我立马就会去追！因为不管或早或晚，那件事总会发生的，只是时间问题。既然如此，为什么不马上去追呢？所以，"黛玉顿了顿，"我就来追你了。"

（凤姐做梦都不会想到，自己关于立志刻苦读书的话居然成了另一个人泡妞的励志格言。人这辈子想不到的事儿可太多了。）

"这……太突然了。"

他踏前一步，居高临下地俯视着她："你——对我没有好感？"

她被他那张大脸遮住头顶光线，立马感觉天都变黑了，低头沉默。

"你知道吧，其实我喜欢你很久了。我每天站在教室走廊上望着你的班级，我每天站在你们教学楼外面等待,我还报了刺绣课,就是希望能见到你,能多看你几眼,难道你都不知道吗?"他说,"难道你以为我上刺绣课,是因为我喜欢刺绣吗?"

"难道不是吗?"她反问,"你貌似还绣得挺开心的嘛。"

"……好吧,就算是吧。不过那并非我的全部,其实我不仅有娘的一面,其实也有非常男人的一面的!"

"没看出来。"

"……这个也不是重点。重点是,我一直都是无比认真的,我确信自己在认真地努力地喜欢你。所以,今天我来找你,就是希望得到你认真的答复,请你回答我!"

他一口气把话全吐露出来,心立马轻了一半,像缺氧的鱼终于被抛进碧蓝的海水里,一瞬间拥有无边无际的自由和轻松。

她低下头,迟迟不说话。

他急了:"你为什么不说话。要不,我问你问题你来回答吧,你只要点头或者摇头就行。"

"好啊。"

于是他深吸一口气:"你——有男朋友了吗?"

她摇头。

"你——有女朋友了吗?"

"啊?"她诧异地看了他一下,依旧摇头。

他放心下来:"那你——觉得迟早有一天会有人当你的男朋友吗?"

她点头。

"那你觉得我迟早会当一个人的男朋友吗?"

她点头。

他激动起来:"那我当你男朋友吧,怎么样?"

她一动不动。

他大吃一惊,心想她都点了这么多个头了,怎么还没形成惯性哩。

她低头沉默,在他眼里,像一只在草地上安静吃草的绵羊。

"所以,你是答应了吗?"

她沉默。

"答应了就请说话！"

她沉默。

"喔，"他慌忙改口，"那改一下吧，答应了就请不要说话。"

她沉默。

梦寐以求的时刻终于来临。他激动无比，退后一步，半跪在松软的草地上，要从上衣口袋里掏出那个放戒指的小盒。结果左掏右掏翻遍全身，空空如也。

他大吃一惊，额头冒汗："糟糕！我的那个戒指盒呢，我那个精致而不失小巧华丽而不失端庄的戒指盒呢？"

——直到最后，他才想起来，其实自己根本就没有带什么戒指盒，戒指就套在他手上，左右手无名指各一只。

他从左手褪下一枚戒指，举在半空中。戒指上雕刻着细腻的三叶草纹样，在夕阳的照耀下发出纯净的银光。

"不管以后会怎么样，至少在接下来的日子里，请让我一直陪在你身旁。"说完，他谦卑地低下头，闭眼，忐忑不安地等待她的回答。

然而久久没有回应，连一点声响都没有。

"她不会走了吧……"他慌忙抬起头，却看见一双澄澈的眼眸正在居高临下凝视着他，近在眼前。

这下换他脸红喘气了。

他们俩的脸凑得很近很近，近得能够感受到对方的鼻息，他甚至还能清晰无比地看见她鼻尖上的黑头（该死，他暗骂自己，这么浪漫唯美的时刻居然还在关注这种细节）。

她说："你——不帮我戴上吗？"

他心花怒放，手颤抖着，想把戒指套进她颀长的手指。结果戒指一滑，掉到茂盛草丛里，消失不见。他大吃一惊，趴在草地上，撅着屁股四处摸戒指。

"笨手笨脚的！"她一脚踹开他，自己在草丛中找到戒指，然后自己给自己戴上。

黛玉摸摸被踹疼的屁股，朝她笑。

她眯着眼睛看他，良久叹口气："我说，你这人到底是真傻还是假傻呢。"

一个人傻与不傻的区别，就在于他是否会装傻。于是黛玉挠挠头，呵呵傻笑着答："我是真傻。"

她也朝着他笑。

我，终于成功了。黛玉在心底声嘶力竭欢呼。

那真是个微妙无比的时刻。

十月的黄昏里，一群候鸟从天顶飞过去，翅膀发出交叠的声音。空旷的草地上没有一棵树，只有大片大片蓬勃生长的草。左手忽然被他掌心牵住，手指清楚地感受到了温度，一直顺着指尖，蔓延到心里去，直到把所有的空白都填满。

就如同那些漫画里无数次出现过的场景。男生微笑着牵着女生的手，深一步浅一步，拼成了一个完整而温暖的世界。

后记

很早很早的时候，忘记了大概是有多早，黛玉曾经在一本悲伤凄美的言情小说里看到这样一句话（谁年轻时没文艺过）："如果说纽扣是紧扣对方不放的征兆，那么戒指便是使对方落入圈套的象征。"

为了让心仪的德惠小姐能落入自己圈套，黛玉考虑再三，于是终于决定用戒指作为赠送给夏德惠的定情信物。

其实在这之前，他也是考虑过其他信物的，比如什么项链、手链、脚链之类乱七八糟的。黛玉甚至还考虑过，送夏德惠一辆自行车。因为他觉得，像她这样一个身材姣好的女孩儿，穿着白色T恤牛仔短裤，在十七岁的花季里骑着单车穿行在校园中，一定美得不可方物。

可是黛玉又生怕夏德惠跟现在社会上学坏了，说出"宁可坐在宝马里哭，也不愿意坐在自行车上笑"这样的话来，所以思来想去，最后还是认为戒指稳妥一些。

于是黛玉就精挑细选，最后把一对卡地亚情侣戒指作为信物送给夏德惠，戒指内侧还刻着一句话："情比金坚，戒指在，爱情在"，象征着只要戒指还戴在手上，他俩的感情就能海枯石烂，永志不渝。

没想才过了三天，周一上学时，夏德惠突然来高二（1）班找他，说自己不小心把卡地亚戒指弄丢了，要他别生气。

"啊！"黛玉吓一跳，立马后悔当初不该在戒指上刻"戒指在，爱情在"那句话。

夏德惠内疚无比，请求黛玉的原谅："甲哥，你——不会怪我吧？"

她原以为黛玉会生气，没想到黛玉居然一反常态，不仅毫不心疼戒指，反过来倒安慰夏德惠，说戒指乃身外之物，丢了就丢了，最多我的以后也不戴了。

最后瞄瞄四周无人，扶着她的肩膀，用手捏起她的下巴，深情俯视，语气故作低沉："只要，你别丢掉就好。"

夏德惠果然上当，感动得一塌糊涂。

然后他们班的班长凤姐听说了这件事，十分迷惑。二人放学骑车回家的时候，凤姐就问黛玉："那可是卡地亚戒指喂，你什么时候这么不心疼钱了？"

黛玉笑而不语，见四下无人，停下车，神秘兮兮地附到凤姐耳边，轻声说出三个字："地摊货。"

"什么，又是地摊货！"凤姐险些从座位上跳起来，"你衣服是假的，裤子是假的，鞋子是假的，竟然连买给德惠小姐的戒指都是假的！请问你身上有什么东西是真的！"

"有，"黛玉说，"在我身上，唯有一样东西是真的。"

凤姐心想，你该不会要说"唯有我的心是真的"之类肉麻的话吧。于是问他："什么是真的？"

黛玉就卷起衣角，露出裤腰上一条金灿灿的国产"七匹羊"牌皮带："我这条皮带是真的。"

"……"凤姐表示自己活了这么大，只听说过"七匹狼"，从没听说过什么"七匹羊"："它、它真在哪里？"

黛玉："它真的是假的。"

凤姐不明就里，而黛玉的另一个好兄弟湘云可不管这么多。他一听说黛玉名花有主，口头祝贺之余，不忘嚷着要黛玉"请客！请客"。黛玉成天被他在班里大声嚷嚷，脸上实在挂不下去，最后不得不带着他和凤姐到学校东门外的路边小摊，请了一人一杯奶油刨冰。

期间，那位卖奶油刨冰的地摊老板一直狠狠上下打量黛玉，仿佛要努力回想起前世某个苦大仇深的仇人。黛玉心虚，付完钱，连忙躲到其他两个人后面。

"好吃！"湘云似乎挺高兴。两周前失恋的伤痛早已远去，现在还有刨冰吃，对他来说，世上没有比这更幸福的事了。

而当班长凤姐手里拿着黑乎乎的牙签，去挑甜筒里看起来一点也不像芒果的芒果肉时，再联系到黛玉戒指的事，不禁感慨万千。

原来，谈恋爱是大方还是小气真的不重要，人长得英俊还是猥琐也真的不重要，就连送对方的信物是不是真货都不重要——但如果这些都不重要，他就不知道，还剩

227

下什么是重要的。

"难道，"凤姐盯着手里黑乎乎的牙签，心想，这种丝毫无关于相貌、金钱以及人品的神秘东西，就是所谓扯淡的"真爱"？

军训篇

开学篇

考试篇

我的美少年时代

《蟾宫之上》

予遥望兮，

蟾宫之上。

有绮梦兮，

烁烁飞扬。

昨已往兮，

忧怀之曝尽。

与子见兮，

在野之陌青。

牵绕兮我怀，

河升波涨。

美人兮相伴，

斯是阙堂。

呜呼，

呜呼哀哉……

【翻译】

《月亮之上》

我在仰望,

月亮之上。

有多少梦想,

在自由地飞翔。

昨天以往,

风干了忧伤。

我和你重逢,

在那苍茫的路上。

生命已被牵引,

潮落潮涨。

有你的地方,

就是天堂。

欧耶,

欧耶……

宝钗的烦恼（上）

诗一：帅 / 有个 / 屁用 / 最后还不是 / 被卒吃掉

诗二：任何时代 / 都必不可少 / 的 / 唯有诗人 / 与 / 乞丐

——《张英俊后现代诗集》摘录

如果可以用一个字来形容泉州秋天的话，那么它一定是"雨"；如果用两个字来形容的话，那么它就是"下雨"。

只要一到秋天，泉州就始终和雨如影随形。几场剧烈台风过境之后，从夏末秋初，到冷风渐起，一场又一场阴雨不知疲惫地接踵而至，为这座古朴城池和生活在城池里同样古朴的人们清扫尘浊。

街道上车辆来往疾驰梭巡，雨刷在挡风玻璃上来回刮动，扫去雨水。道旁路人行色匆匆，撑着黑伞在雨中穿梭，一副心事重重的样子。一切事物都在雨中变得模糊不清，那些无声伫立的建筑，那些匆匆赶路的行人、那些亮起红色尾灯吐出白烟的车辆，以及那些暗藏心事的心灵。在这样的日子里，整个泉州都浸泡在雨水中，雨点打落在黑色建筑外壳上的声音，在夜深人静的时候，听起来就像是旧式剧院里的大提琴独奏。

而人的心情，就在这种模糊不清的氛围中也变得模糊不清起来。

宝钗穿着蓝白相间的校服，坐在窗边，望着窗外模糊不清的天空发呆。说真的，这些日子，他老是陷在一种极度郁闷的情绪里头（又来了，印象中他似乎就没有不极度郁闷的时候）。

自从前两周语文课上，何开发宣布让班长凤姐而不是让他当语文课代表之后，宝钗的心情就一直同窗外的天气一样糟。用他自己的话来形容，这种心情就像是一个人遭遇车祸做了高位截肢手术，医生宣布他下辈子从此只能在轮椅上度过一样绝望。

宝钗在怅然若失、感到莫大挫折的同时，不忘将语文老师痛骂一顿，他骂何开发有眼无珠有眼不识泰山有眼不识金镶玉,居然不让他这么优秀的人当语文课代表。何开发这种残酷自私而愚蠢短视的行为,必将受到所有热爱公平正义群众的强烈谴责,同时也必将大大阻碍人类语文事业的发展。宝钗一想到人类语文事业将因自己的缺席而停滞不前,他就心急如焚,坐立难安,哪里还有心思听课。

不过他再心急也等于是干着急。何开发已经让班长凤姐当语文课代表,不管人类社会是否会因此而陷入停滞,反正课代表是彻底没他份了。而且眼下,让宝钗感到烦恼的也不仅仅是这件事。这段日子,让宝钗心烦的除了没选上课代表,另一件十分不爽的事情就是——他表哥张英俊又回来了。

张英俊是宝钗姑姑的宝贝儿子,家住河北石家庄栾城翟营南大街193号,从小饱受河北燕赵文化之浸染,得华北秀美雾霾仙气之熏陶,熏到十七岁,千里迢迢回到泉州读高中。

这位张英俊名字里虽然有"英俊",实际上长得可一点都不英俊。其人身板瘦弱,风吹就倒,两眼终年暗淡无神,尤其是脸上还架着一副厚得像南极冰盖的眼镜,更把整张脸衬托得阴郁如寒冬。无论严寒酷暑,却又总喜欢穿一件灰不溜秋的外套搭黑裤子黑袜子黑鞋子,总给人一种灰色枯萎掉的感觉。他这幅寒酸模样要是放从前,就是一副典型的落魄文人形象。

宝钗姑姑姑丈小时候费尽心机给儿子取名叫"英俊",名字中寄寓了对儿子相貌的殷切期望,只可惜张英俊太不听话,越长越辜负那期望。别人听到他的名字时,常常诧异他明明长成这副德行,为何名字还敢起得如此大言不惭。

其实这也不奇怪,这年头,名不副实的东西可多了去了。别的不说,就连超市里卖的"红烧牛肉面"方便面包装图案都可以画得那么充满想象力,人长得同名字脱节一点,自然也不足为奇。

表哥之所以高中才跑来福建读书,倒不是北方雾霾吸怕了,还是因为,他在原先学校实在待不下去。因为张英俊这家伙长得像文人,性格也与文人的狂傲有一拼,自以为才学过人,平日目无师长更无同学,把全学校人都得罪了,才不得不跑来泉州避难。

他虽然生于商人家庭,却不幸热爱上了文学,尤其钟爱写诗。而要当一个诗人,身上有两种气质必不可少：一是灵气，二是傲气。张英俊久居诗坛，近墨者黑，自然也不能免俗。这么多诗歌流派中，他对什么"后现代主义"（注：诗歌流派，也称"超现实主义"。）诗歌尤为情有独钟。英国文学评论家毛姆曾经说过："后现代主义就是一群厌世精神病患者的集体发明。"可见热爱它的都是一帮什么样的人。

所谓"后现代主义诗"，翻译成直白浅显的话，就是"别人看不懂的诗"。不管是哪位后现代主义大诗人写诗，都有一个特点，就是别人看不懂。好比同样是歌颂爱情，其他正常点的诗人也许会说"每天早上／看见你和阳光都在／这就是我想要的未来"、"我年轻的女郎／我不辜负你的殷勤／你也不要辜负了我的思量"，而后现代诗人则会高声吟诵出什么'呀／你就是我的女神／我的黑暗／照耀着／杂货店的／自杀／和流产'，'看／那山峦上／已升起了／撒旦的权杖／爱情／爱情／癞蛤蟆这美男子／在泥沼里醉着歌唱'，乱七八糟，什么都有。简而言之，大家看不懂的诗不一定是后现代诗，不过只要是后现代诗，一定就是没人能看得懂的诗。

张英俊偏偏对这种诗膜拜无比，不仅爱读，还亲自创作。他领略了后现代诗的风采，再回过头看课本里那些现代诗，顿时就有了一种博士后藐视博士的优越感，把课本里那些现代白话诗人全揪出来批斗了个遍。

比如什么"闻一多的诗不行，又臭又长，像懒婆娘的裹脚布一样"，"徐志摩的诗也不好，废话太多，一首《再别康桥》'我来了我走了'要来来回回几十趟，他不累我都替他嫌累"，"艾青？更不行，他写的诗我都看不懂，怎么能叫好诗？"

别人问："那你的诗呢？我们也看不懂。"

"这怎么能相提并论？"张英俊振振有词，"你们又不是诗人，看不懂诗当然是正常的，我是诗人，连我都读不懂的诗，当然不是好诗！"

别人听了，当他是神经病，也懒得理他。

张英俊就凭借这项能读能写别人看不懂的后现代诗的能力，越发自负，目空一切，平常在学校里走路都恨不得能学螃蟹横着走。到后来，越发变本加厉，上课不肯听，作业不肯做，就连每次考试都不肯及格，因为他觉得自己优秀成这样，学校里已经再没老师配教他了。为表心迹，还特意赋联一对，以瞻世人。上联是"惊天动地，不世奇才"，下联是"环顾宇宙，唯此一人"，横批"说的就是我"。

别人对他的傲气不以为然，说他有病，他就硬说别人嫉妒他。

张英俊的父亲忙着做生意，对儿子疏于管教。见张英俊如此叛逆，想要严加管束，无奈内人溺子异常，总是从中阻挠。如果说怕老婆也是一种美德，那么张父显然已经功德圆满。张父对内人无可奈何，突然想起他远在泉州的岳父孙懋公手腕，自己当年与内人密约偷期比翼双飞时早有领教，于是就决定把张英俊送到南方读书，让他外公好好管教。内人溺子过度，死活不答应，张父好说歹说，晓之以大义，骗之以小计，内人方才同意，最后泪眼汪汪地把儿子送到泉州。

张英俊对此倒了无所谓，心想河北早已待腻，去南方换换心情，呼吸一下没有雾霾的空气也是好的。起码现在这个学校老师水平都太差，没一个敢教他——其实是没一个肯教他了。

他坐国航飞机离开河北时，正是圣诞节前一周，张英俊没在家过节就南下到外公家。等张英俊一走，他原来所在班级立马当机立断，私自将耶稣生日提前一个星期，全班去西餐厅吃了顿丰盛大餐，以资庆祝。

张英俊知道了这事后，百感交集，嗟叹之余，诗兴迸发，当即翻遍《牛津高阶词典》，赋诗一首：

在Xmas的白雪纷飞中，（注：Xmas，圣诞。）
Buddhist们放下念珠，（注：Buddhist，佛教徒。）
围坐火炉旁，
啃着Turkey的屁股，（注：Turkey，火鸡。）
为异教主的诞辰而庆祝。
呜呼，
我哀哉，
Blue！Blue！（注：blue，悲伤的。）

写完投给杂志社，最后居然发表，心中稍稍宽慰。

金陵书院身为"称霸福建,立足全国,放眼世界"的泉州百年老店,招生门槛当然高,本来张英俊这种分数,就算给他拿指数幂乘方也进不去。万幸张父在商场耕耘多年,诚信没有,钱多得是,于是以"慈善助学"的名义给金陵捐了一大笔钱。

校领导经过开会仔细研究,认为张英俊同学成绩虽然不佳,但是俗话说"起点越低潜力越大",张英俊起点低成那样,可见此人前途十分无量,当即拍板把张英俊收进学校。

张英俊来到金陵之后,诗性不改,又强拉着表弟宝钗加入了学校学生会的文学部。他野心勃勃,妄想谋篡部长之职,光大他的后现代诗。不料文学部也是卧虎藏龙,人才辈出。其中就有位名叫"陈圆圆"的才女,多才多艺,因为高一时在课桌上刻下一句"誓到清华当校花"的座右铭而名扬全校,人称"校花"。

大家看她姿色平平胸脯平平哪里都平,一开始都觉得她这愿望过于美好。后来仔细想想,能上清华的非那些学霸莫属,而生活经验告诉我们,一个学生的相貌往往和他的学习成绩成反比,这样看来,她要当清华校花还是存在一定可能性的。

校花不仅有才华,更难得的是,她和张英俊一样,也自负得不得了。都说"女子无才便是德",校花常常觉得,自己上辈子一定是太失德了,否则怎么会这么有才。所以此生最大遗憾就是自己太过优秀了,以至于天底下没一个男生配得上她,发誓下辈子一定要投胎做个男人,好让她这样优秀的女生能找到归宿。

文学部的校花也是抱负不浅,一心和张英俊争夺部长职位。张英俊心想这还了得,岂不知自古"一山不容二虎",即使是一公一母,那也不成。何况校花在高二理重(6)班读书,张在另一个重点班(7)班,两个重点班争夺理科主导权,平日也是互看不顺眼。所以张英俊和校花争斗,就是同时肩负着集体荣誉与个人恩怨,自然斗得格外厉害。

军训完开学,张英俊也结束了在河北的悠闲假期,回泉州开始新学期了。念了半个月的书,文学部举行新学期第一次例会,商讨本学期工作安排。

这几天泉州阴雨下得断断续续,冰冷冷滑腻腻,天空凝结着灰色云团,阴暗一如往常。雨点划破沉闷的空气,打在脸上凉扑扑,钻进鼻孔,让人从中嗅到一股灾难的气息，仿佛蛰伏在幽暗深处的宿命。

周五仍旧下着小雨，傍晚放学之后，全体部员撑着伞到理文丙楼201室开会。

学生会有七个部门，什么"环卫部"、"纪检部"、"文艺部"、"网络媒体宣传部"，其中最闲的就数文学部。文学部主要负责征文比赛之类的活动，不过在本校，这种征文活动也如同九八年长江特大洪水，都属于百年一遇的类型。实在闲得无聊，唯一可做的就剩下学校月刊《莘莘学子》的编辑发行。

虽然文学部原则上鼓励全校同学踊跃参与投稿，不过这年头大家对于文学的态度似乎就像见义勇为，别人能上先上，自己宁可殿后。所以校刊基本上由部员内部创作，如此一来，看的人就更少了。

其他部员对此都敷衍了事，唯独张英俊热情无比，每出一期新刊都要贡献出一首自己的得意之作。今天开例会，审议这一期《莘莘学子》的初稿，张英俊一到201室，立马把大黑伞扔在走廊上，一进活动室就迫不及待地向部长要排版好的初稿拿来欣赏。当然，重点是欣赏自己的诗。虽然他知道里面一定会有自己的诗，不过每次看到之后，总要像踩到狗屎一样"噢"地惊喜叫出声来，仿佛事前并不知道一样。

别人看见他这样，心想此人不是童心未泯，就是脑子真的有病。

张英俊拿到稿子，小心翼翼地擦擦手上的雨水，找个位子翻开稿子就找诗。不料，这次张英俊翻遍刊物各版面，居然都没找到自己的诗。最后想起只有中间的通知栏没看，于是又返回去看中间栏，然后才在第三版的中间栏里找到。张英俊又惊又气，他的诗居然和学校"失物招领"以及"德育处通知"放在了一起。

失物招领写的是："某同学上周于藏书馆二楼拾得黑色袜子一双，经鉴定为男式、大码、未洗。该同学拾到袜子之后，本着拾金不昧之可贵精神，已将遗失物交予总务处暂为保管。请失主看到通告速到总务处领取，逾期充公，特此通知。"

诗的下方则是德育处的最新通知："近期发现校内有土狗出没，随地屙便，严重损害我校形象。德育处经紧急研究决定，本校学生不得再将任何宠物带入校内，如有触犯，严惩不贷！诸君谨记！"

那一上一下两个通知的字体明显比他的诗大多了，他的诗被逼仄地夹在通知栏中间，仿佛一个头顶枷锁、脚戴铁镣的囚犯，蜷缩着苟延残喘。张英俊心疼不已，坚决不能忍受自己的诗于臭袜子和土狗为伍。校花陈圆圆是《莘莘学子》的编辑，负责排版，于是张英俊立马"霍"地起身，怒气冲冲地过去质问她为什么把自己的诗放在中间栏。

"你的诗太长太散了，"校花手拿着稿件坐在位子上，慢悠悠地说，"单独放一版太占空间，只有中间栏比较合适。我身为编辑，当然要考虑排版的优化问题，什么类型的东西放哪里，都经过我的深思熟虑。"她言下之意，张英俊的诗显然比较适合与臭袜子、土狗并列。

张英俊对校花的解释不满意，与校花拌嘴，为自己的诗争取地位。文学部其他人见他俩吵架，心想又有好戏看了，憋住心中愉悦，面露担忧地围上去问，发生了什么不开心的事，说出来让大家开心一下。

张英俊人多胆气壮，音量提高了好几个分贝，厉声质问校花把他的诗放在那么憋屈的角落是何居心？

"你的诗太难懂了，"校花回答，"我怕别人看不懂你的诗。"

张英俊见她这样说，少不得又把他那套"你们看不懂就对了"的理论搬出来："你懂什么，写诗也是分境界的！我追求的正是那种使人似懂非懂、如梦如幻的境界，你如果看不懂，就说明我已经成功了一大半。而且作为一首有深度的诗，当然必须难懂，要是大家都能看懂，那不就成儿歌了，怎么还能叫好诗？"说完自以为有理，仰头大笑。

校花哈地冷笑一声："我听你的话，只有别人看不懂的诗才是好诗。那杜甫李白的诗我们都能读懂，照你意思说明他们的诗都不好了？就只有你的后现代诗好？"

张英俊吓一跳，万万没想到她会把李杜二位诗歌界的祖师爷抬出来。本来徐志摩、戴望舒这些现代白话诗人还可以骂一骂，谁叫他们古诗不作，偏偏要学洋人作现代诗，正好撞到自己后现代诗的枪口上，在等级上就落后自己一截，算他们倒霉。至于李白和杜甫，那都是我国响当当的大诗人，自己这个后现代主义毕竟是舶来品，所谓"强龙不压地头蛇"。何况二人死了那么久，是地头蛇也早成蛇精了，死者为大，还是不骂为妙。

不过张英俊怎么可能向校花认输，厚着脸皮嘴硬："这话不通，你自以为读懂了他们的诗，难道你就真的读懂了？现在有一个现成的例子，如果李杜的诗大家都能读懂，那语文考试的古诗鉴赏题岂不是人人都能得满分？哈哈！"连忙又大笑，用笑声为自己撑自信。

"是嘛!"校花一脸不以为然,"既然你这么有自信,你敢把你的诗拿出来给大家看吗?"

张英俊:"看就看,有什么不敢的?"于是就伸手把初稿给众人看,请大家帮忙评理。

众人把手藏在袖子里,伸长脖子,把头凑上去找他的诗。张英俊难得说一回实话,那诗位置果然憋屈得不行,找了半天才找到。大家看到他的诗,发现那标题起得倒颇有内涵,叫《听禅》:

释迦牟尼

的

脚底

生了腋毛

是

离离原上草

连野火

也烧

不尽

一江秋水和

一树菩提

森森

杳杳

了

了

老衲的

热狗

摇摇晃晃的子弹

咬不动

的机关炮以及

内分泌失调

在枪膛里

游动

哼

哼

哈

嘻

我去

你花开正好

我来

你却已归去

　　校花等众人看完，头一个问1班的宝钗："汉男君，你说说！他诗怎么样？"

　　宝钗为难无比，两边不敢得罪。说写得好怕在这里被校花收拾，说写得不好怕回家被张英俊收拾。仔细思考半天，给出一个中肯评价："啊——我觉得，这首诗它——很押韵。"

　　然后连忙转移目标，问同班的陈皎皎："二班长，你觉得嘞？"

　　高二（1）班的副班长陈皎皎是校花堂妹，也是年级里有名的才女，擅长散文。陈皎皎被宝钗问，轻轻一笑："确实很押韵。"

　　"皎皎，你也帮他说话！"陈圆圆生气堂妹不帮着骂张英俊，想起那句"群众眼睛是雪亮的"名言，于是发动群众问大家，"你们觉得他的诗怎么样？"

　　众人摇头："不怎么样啊。"

　　"什么？"张英俊没想到大家居然都这么不欣赏，连忙在心中给自己打气"不能慌不能慌，要稳住阵脚，不给敌人以可乘之机"。灵机一动，叫道："你们都这样说就对了！你们又不是专业诗人，欣赏不了当然是正常的，但怎么可以因为欣赏不了就说不好嘞！你们不明白的，像我这种新潮的后现代主义，追求的正是那种曲高和寡孤芳自赏的艺术境界。就好比一幅抽象画，真正懂得的人才会赞叹它是艺术，不懂欣赏的人则会把它看成涂鸦！"

一口气说了一大通话，自己也被自己的辩才倾倒，忍不住要替众人鼓掌说好。

只可惜比起他这种曲高和寡的后现代主义，大家还是更加欣赏人民群众喜闻乐见的大众文化，所以都不肯承认他的诗是艺术，认定那那是涂鸦："反正看不懂，不好，不好！"

张英俊见众人都支持校花，越发慌了神。因为有的时候，所有人都站在一边未必是好事——比如所有人都站在一艘快要沉了的船的一边。张英俊认定大家上了校花的贼船，被校花的花言巧语蒙骗。他不肯承认"群众的眼睛是雪亮的"，坚持"真理只掌握在少数人手中"，于是张望四处寻找那少数人。

最后及时想起文学部部长的存在，像钓鱼一样一句话把部长从群众里钓出来："部长，你来评评理！你说说，是她有理还是我有理！"

文学部部长生性圆滑，与世无争，本来在人堆里旁观张英俊和校花斗嘴，看得怡然自得，突然被张英俊揪出来，就像是被恐怖分子从人堆里劫持来的人质，顿时慌张不已。他崇尚老庄的"无为而治"，这个文学部部长素来当得若有若无，权力早被架空，现在被张英俊强行拿枪指着，不愿得罪任何一方，要当和事佬。于是站起来，搓手打哈哈："啊——这个啊，圆圆小姐身为我们《莘莘学子》的编辑，这样排版，其实也不能不说是没有一定相对程度上的几分道理存在的⋯⋯"

"⋯⋯"众部员听部长绕了九曲十八弯，不知道他说的到底是肯定句还是否定句，费劲去掉他话里多余的部分，这才明白，他原来是在表示肯定。

部长说完这句话，看到张英俊逐渐拉长下来的脸，生怕量变引起质变，急忙又话锋一转："不过英俊兄这首诗，写得也很不错嘛！我看下次也完全不是不可以考虑放到头版里去的嘛。"

"下次，为什么不是这次？"张英俊不满地扶扶金丝眼镜，尖厉叫道，"部长，你这是有意偏袒她！一点都不为我着想！"

部长软得像柿子，被张英俊一捏，顿时大惊失色，生怕张英俊说出"有她没我，有我没她"的气话，因为这种话向来就像妻子撒娇时对老公说"我和你妈掉进水里你先救谁"一样难以抉择，连忙摆手："好了，好了，英俊兄，下次一定把你放进去！下次一定！"

"算了！"张英俊看透了部长的软弱，知道他那个许诺实现的机会也像房价下跌一样遥遥无期，不抱任何希望，一个人退到旁边生闷气去了。

最后校花假惺惺地让大家投票，说遵从"少数服从多数"的原则，结果台下举手如林，大家都支持校花的排版。校花大获全胜，得意扬扬："谢谢大家！我就说，群众的眼睛是雪亮的！"

张英俊满心不甘，却无可奈何。虽然他坚持"真理只掌握在少数人手中"，不过因为"少数人必须服从多数人"，所以最后，他还是败给了"群众的眼睛是雪亮的。"

开完了例会，背着书包从学校回家。张英俊怒气难消，神神道道地骂校花"老婊子"。路上走路不看地，没注意道旁一个大水洼，一脚猛踩进去，顿时水花四溅，把自己和跟在后面的宝钗都淋成了落水狗。

来往行人看见二人浑身湿透不停往下淌水，惊诧他俩明明撑着伞怎么还湿成这样，一副从江里爬上来的水鬼模样。

张英俊把这笔账算在校花头上，回到家中，按捺不住心中怒火，一边脱袜子一边大骂校花小人得志："虎落平阳被犬欺，先让你猖狂几天，以后有你受的！还想当校花，不自己照照镜子，比她妹妹丑了不知道千万倍！什么'校花'，我看她妈就是'笑话'！"

他原本只是随口一骂，没想到能骂得这么押韵，自己也惊奇不已。然后抱怨部长软弱无能，偏袒校花，只爱听那个老婊的枕边风。

"等等，"宝钗浑身湿漉漉的，嘴唇一边哆嗦，一边问，"枕边风这个词好像不是这样用的吧？"

"怎么，"张英俊说，"难道'枕边风'不是用来形容一个男人怕一个女人吗？"

宝钗："是倒是，不过……"

"是就对了嘛！"张英俊愤愤于色，"我就从来不听那个老婊子的枕边风！"

宝钗脸上露出了痛苦的表情。

几天连绵不断阴雨过后，终于迎来一段短暂晴朗，天空现出其清晰的原貌。秋日高悬在天顶，天色开始变得辽远又澄明，看起来竟和六月盛夏并无区别——它依然让低洼处的积水折射出晶莹光亮，依然让宽阔的静川江水碧波荡漾，依然照得人的心情自失惘然。只是，深秋的阳光已经失去了泉州盛夏里的那种火热与狂躁。

秋日的阳光灿烂里私藏着一抹微凉。

自从我省政府提出"践行科教兴国，建设教育强省"的英明口号之后，下属各级有关部门一直高度重视，市教育局更是积极响应上级指示，表示要认真领会文件精神，积极奋进，争取把泉州建设成"教育先行，书香飘溢"的全省示范城市。

新学期过了一个多月，教育局专门派人到各高中进行例行巡视，检查教学状况。

对于教育局领导的莅临，学校学生显得毫不惊讶。因为大家都知道，这教育局领导就如同大姨妈一样，一个月总是要来那么一回的。等来到金陵书院这一站时，校领导绞尽脑汁使出浑身解数，费尽心力尽心招待，努力让教育局领导像《世说新语》里"雪夜访戴"的王子猷一样"乘兴而来，尽兴而归"。结果教育局领导两袖清风，不为所动，一发现学校把选修课全拿来上语数英，立马严肃批评一顿，表示对学校教学状况表示强烈担忧，严肃要求学校立即整改。

校领导因为私自扩充必修课容量压缩选修课的事情，本来就心虚，被专员严肃批评，歪打正着，慌忙承认错误，表示一定虚心改正。等专员走后，校领导遵照要求，立马调整了必修课和选修课的比重，增加了许多兴趣选修课。学生们高声歌颂领导英明，上选修课可比必修课轻松多了。据说现在大学里高年级的学生个个放肆无比，平常上课都是"必修课选着逃，选修课必须逃"，高中生资历与脸皮尚薄，还没修炼到大学生那种从心所欲的境界，不过学习负担能减轻，也算是幸事一件。

新开的选修课无所不包，天文地理化学物理应有尽有，比大学里的还丰富。虽然开了那么多门课，不过并非所有的都受学生追捧，比如那些文学类选修课，就无一例外受到了冷遇。选课截止时间完结之后，文学类选修课却全都无人问津，门可罗雀，除了一小部分名字听上去不那么文学的文学选修课侥幸得以骗进一些学生，剩下的连麻雀都罗不到。

对于文学课的窘境，教务处头痛不已，仿佛是老姑娘们死活嫁不出去，做娘家的干着急。无奈之下，只好去语文教研组办公室找语文老师，想让他们替自己开的文学课卖力宣传宣传。不料语文老师们没有文人的功力，倒颇有文人的脾气，个个守身如玉，自诩"女为悦己者容"，不肯轻易抛头露面自卖自夸。再劝，便拍桌子大怒："把我的课当成什么了？在红灯区开洗浴中心，要我自己站门口拉客？学文学本来是自愿的事，他若无意，我又何必强求？嗟乎！即使饿死不受嗟来之食！"

教务处的人被痛骂一顿，灰溜溜打道回府，然后仔细一想，也觉得老师们说得有道理。本来嘛，这开课招学生就如同现场拍卖，那都是别人越捧身价才越高，岂有自卖自夸自己夸自己技术好的道理？既然不能把拍卖品拉到市面上去做促销，这老脸还得由娘家去舍。教务处及时想到学校学生会，心想平时学校各种假大空的会议找不到人，都是拉学生会成员去填场，这种假大空的课程倒也颇为适合他们。于是最后，教务处的冯主任亲自出马，决定擒贼先擒王，首先从学生会下手，打开突破口，鼓动同学们踊跃报文学课。

冯承当了这么久的教务处主任，素来能言会道，巧舌如簧，最善于以真诚微笑和温柔言语感化迷途学子，任职学校二十年，和德育主任一个唱红脸一个唱白脸，骗得浪子回头无数。

定下"擒贼先擒王"的妙计之后，冯主任亲自出马，当即找来学生会现任会长，要求会长马上召集成员，召开学生会全体部员大会，主任有重要事情要宣布。

学生会会长是个男生，现在读高三，自上任以来辛勤工作，谨言慎行，话不善多说，最善于听别人说话——尤其表现在善于听校领导的话。冯主任吩咐，会长立马听了进去，于是掏出手机短信通知各部部长，要求于放学之后在报告厅召集部员开会。

金陵学生会近一百号人，都是从全校学生里精挑细选出来的人精，平常个个积极做事奋发争先，不论什么事都要冲在最前头，现在开会当然也不例外。下午五点，等主任在办公室"育才轩"理完公事、匆匆赶到报告大厅时，学生会一千人马早已到齐，整整齐齐端坐在台下。

教务主任一冒头，众人立马伸手"噼里啪啦"鼓掌迎接，那掌声比国庆阅兵队列还整齐。主任万分满意，连声称赞会长领导有方，亲切地拉着他的手，一块坐到主席台上。会长干了这么久，难得受领导如此厚爱，受宠若惊，激动万分，那只被冯主任临幸过的手一个月都舍不得洗了。

冯主任一坐到台上，扯扯领结，接过会长双手递过来的话筒，"喂喂"两声，开门见山，怂恿大家积极报文学选修课。讲话中，主任充分发挥三寸不烂之舌的本事，卖力为文学课宣传，要求与会同志们要"热爱文学，勇于实践，在正当火热青春的时候敢于做吃螃蟹的勇士"。

与会同志们听完主任的话，都迷糊了，心说这文学原来还可以说热爱就热爱的。况且这年头，最不值得热爱的就数文学了。法国文豪雨果曾经说过："文学是不能用金钱来衡量的。"大家心想，既然文学不能用钱来衡量，那还有什么价值。因此虽然冯主任花言巧语舌灿莲花，演说像传销一样蛊惑人心，大家却都不为所动，不愿意把火热的青春贴到文学的冷屁股上去。

教务主任见台下迟迟没有动静，以为是自己的演讲不够有感召力，摇摇梳得油光的三七分脑袋，转过头，和坐在身旁的会长耳语几句。主任话中言辞含蓄而威胁意味浓厚，大意是，他原本以为大家觉悟要比普通学生高出一大截，没想到现在居然是这样的态度。既然这样，那会长自己就看着办吧。

会长吓了一跳，心想主任的脸怎么像PPT一样，说翻就翻，刚才还跟情人一样亲热地拉自己的手，现在却要自己看着办，这可如何是好。学生会受大拿校长他老人家亲自领导，自己名义上是部员们投票选出来的，实际上能做什么不能做什么还是伍校长说了算，要是教务主任向大拿校长进几句逸言，他会长位子就难保了。

会长心烦意乱，向台下众部员扫了一眼，看到文学部众成员像一排木桩一样，笔直地坐在最前面。会长灵机一动，心想，他们也算喜爱文学之人，连部门名字里都带个"文学"，可见与文学渊源之深。就先拿他们开刀，说："文学部的同学们都是怎么想的，表个态吧！"

会长在话里，特意把那"文学"二字高亮显示，意在提醒文学部众人别忘了本分。

文学部众人被会长一句话拎了出来，都吃了一惊。他们原本在台下坐得好好的，突然被会长点名，立马成了众矢之的，为难无比："我们，这……"

会长见众人犹豫，又点名叫文学部部长："周部长，你帮着劝劝大家嘛！"

文学部长一脸嬉笑着摊手:"这个,不好、不好强求吧,大家都有自己的主见嘛。"

会长知道文学部部长素来软得像鼻涕,自己的人都管不住,也不指望他了,于是就直接让众人表态:"我想啊,诸位都是热爱文学之人,所以当初才报的文学部嘛!既然如此,老师们开的文学课对文学部众同仁来说,想必是再合适不过了,希望大家珍惜机会,踊跃报名啊!机不可失!"

众人心想这可不一定,谁说报了文学部的就都是热爱文学之人,就非得上文学课。这年头,名不副实的东西可多了去了。好比骑白马的不一定都是白马王子,他也可能是唐僧;带翅膀的也不一定都是天使,也许还可能是鸟人。但话说回来了,文学部再怎么说也算是捧文学的饭碗,要是见文学有难而不去捧场,岂不是成了忘恩负义,吃奶骂娘?

众人骑虎难下,犹豫了好久,最终,大部分人都陆续点了点头,表示"儿不嫌母丑,狗不嫌家贫",愿意与文学同甘共苦。

台上教务主任见会长的话起到效果,十分满意,趁热打铁,鼓励其他部门:"文学部的同学们很好嘛!为大家做出了榜样,大家都要积极向他们学习呀!"

旁边的会长偷偷看了主任一眼,心想,他这话也太直白了吧,冯主任说那种"大家要以文学部为榜样向他们学习"话的意思,岂不就是:学文学本来是一种痛苦的义务,谁选了文学课谁便是无私奉献,就等于是在发扬志愿者精神。

果然,台下志愿部的同学们听完主任的话,立马领悟到主任话中深意。志愿部的人向来热爱奉献,关心公益,一听说呼吁奉献了,脑子都不转,二话不说立马条件反射般地齐刷刷把手举起来:"我!我!"举完,才知道后悔,暗叫上当。

"好!好!"冯主任和会长见情势越发向好,相视而笑,各怀鬼胎。

剩下其他部门原本打算遵从老子"以静制动"的教导,静观其变的,不料文学部和志愿部的人都这么积极,心想既然做不了第一,可千万不能落在最后,于是慌忙抛弃老子哲学,也都纷纷跟着高举起手。

冯主任见台下争先恐后,举起的手繁若丛林,满意地搓手大笑,竖起两根大拇指:"好!好!同学们都是好样的!学生会不愧是我校学生的先锋队,名副其实!名副其实!"

会长见学生会受表扬，他身为会长也有面子，仿佛是小学生被老师戴上了小红花一样，心里美滋滋的，赶忙表示谦虚："哪里哪里！学生会能够这么积极，都是学校领导有方！"

马屁这种东西就好比玫瑰，一定要相互赠予，手中才能留有余香的。冯主任和会长互赠了许多马屁，那余香自然香得非比寻常，整个报告厅内顿时芳香四溢，举座大悦，春意融融。冯主任表扬了学生会，自己也受到恭维，心情大好，脸色和今天天气一样灿烂，闪闪发光。又说了一通官话，滔滔不绝，话中大赞文学的益处，说唯有热爱文学才是正道，那些不热爱文学的人都是浅薄的人，是虚荣的人，最终是要被社会淘汰的。

会长连声说有理，带头鼓掌。冯主任像木杵舂米一样连连点头，得意不止。点完头，突然想到其实他自己也从来没喜欢过文学，却并未被社会淘汰，不禁暗暗诧异。

最后，学生会大部分人都弃暗投明，改选了文学课，而且那些课程都结合了本部门特点，也是各有特色。

比如，环卫部同学就选了"论乡村卫生与传统文化之关系"，公关部的同学选了"另眼看秦桧：你所误解的一位伟大外交家"，志愿部的则选了"我们都是最可爱的人——重读《雷锋日记》"。

至于文学部的几个人，则选了一位姓李的老师开的"名人与诗词"。据说该老师还是从福州师范大学退休下来的教授，在福建文坛小有名气，号称本地"教授圈里文章写得最好的作家，作家圈里书教得最好的教授"，也不知道水平究竟怎么样。

宝钗的烦恼（下）

活着 / 开心一点 / 因为 / 我们要 / 死很久

爱情 / 就像鬼 / 相信它的人 / 很多 / 遇上它的人 / 很少

——《张英俊后现代诗集》摘录

时间快得像旅人赶路，转眼到十月中旬，令人胆寒的期中考一天天迫近了。连续几天放晴之后，热度又开始上升，灼人阳光照射在滚烫的走廊上。恍惚之中，竟让人有一种置身于夏天的错觉。

周三下午，张英俊所在的高二（7）班是一节生物课。窗外太阳高悬，天空泛着白光，坐在教室里的人照例昏昏沉沉，打不起精神。

张英俊今天中午没睡好，上课时老是打盹，自作聪明地拿本生物书竖着做掩护，脑袋像小鸡啄米一样不停地"砰砰"撞桌子。

中年发福的生物老师看到张英俊无精打采，显然没在听课，火冒三丈，教鞭一指，把他点起来："张英俊！起来回答问题！"

张英俊被老师中气十足的声音惊醒，摇摇晃晃，从位子上站起来。

"我问你，"生物老师问，"植物种子发育成熟后，形成的受精卵叫什么？"

"不知道。"张英俊脑子都不转，回答得干脆无比。

生物老师盯着张英俊，突然恶狠狠地大喝一声："呸！"

其他人吓了一跳，心想，不就提问个问题嘛，老师发这么大的火干吗。生怕自己被抽到遭殃，连忙低头翻开书哗啦啦找答案，最后才明白：原来老师刚才说的不是"呸"，而是那个"胚"。

"胚！"生物老师，"植物种子的受精卵叫'胚'！张英俊，懂了没有？"

张英俊"哦"地点头，然后不等老师邀请，自己主动坐回位子。

生物老师不知道他到底懂了没有，但又没办法再刁难他，恨得牙根痒痒，只得说声"坐下认真听讲"。

张英俊上课昏昏沉沉，等下课铃一响，却立马神奇般地变得精神奕奕，仿佛注射了肾上激素一样兴奋。台上老师收拾公文包和植物结构模型还没走，张英俊就抢先一步拎起书包往教室外飞奔，以子弹从枪管里进出的速度，笔直从乙楼飞向对面的丙楼。因为他们文学部又要开会，今天要讨论《莘莘学子》的正式刊印事宜。

张英俊一路狂奔，头一个飞到了201室，找前排位子坐下。然后其他人也陆陆续续到齐，部长等大家都到齐了，就宣布开会。会上，张英俊对于他的诗被排在中间栏仍旧十分不满，大声抗议。

因为同样是诗，他发现表弟宝钗作的一首《咏菊花》的五言诗就被校花放在第一版面，醒目程度仅次于开篇的校领导重要讲话《新起点，新道路，新跨越——关于全面深化教学改革、完善我院教学建设、推动教学发展的重要决定》。领导讲话放在第一版，张英俊当然没意见，也不敢有意见，所以他只是表达了自己和宝钗的诗被区别对待的不满。

校花无视他的不满，又拿"群众的眼睛"来压他，说这是大家都经过表决同意的，张英俊要是敢反对就是和人民群众作对。然后转头问"群众"们对不对，大家连声说校花讲得对，表扬校花充分道出了群众的心声。

张英俊气闷不已，对校花越发不爽，但自己论智谋计策斗不过她，就算动手打架也打不过她（真是惭愧），无可奈何，只得再不爽一次罢了。

开完例会，大部分人还有一节学校选修课要上，就是之前选的那门"名人与诗词"。文学部这帮积极分子被教务主任骗去报文学课，事后想想又开始后悔，懊丧自己当时不该像个无知少女一样冲动，被冯主任轻轻引诱一下，就主动投怀送抱。暗骂校领导都是狐狸转世，个个诡计多端。

一行人上了贼船，已然下不了岸，只得乖乖背上书包去东北格致楼上"名人与诗词"。那门课明明是文学课，却有心考验学生的体育水平，上课教室设在最顶层，爬上去有**攀登珠穆朗玛峰**的艰辛。格致楼这破楼大概是为了保持其历史古典气息，连空调都舍不得装，楼道窗户还小得像碉堡瞭望孔，密不透风。

天气闷成这样，一群人偏偏兴致高涨，嬉戏打闹，一路前呼后拥嘻嘻哈哈上楼。唯独张英俊和校花没互动，彼此远远各走一边，恨不得使出杂技走钢丝的绝招，踩着楼梯边上楼。

刚走到教室门口，迎头就碰上一个满脸皱纹大腹便便的老头，手里夹着课本，头发梳得油光。这老师应该就是那位姓李的退休教授了。

出乎意料的是，张英俊一见到老头，居然一反平日的自负神态，停下脚步，满脸堆笑地上去打招呼："李教授好！"

李教授认出张英俊，面露笑容："小张，是你啊。"问，"你也知道我开了选修课吗？"

张英俊本来想说是被教务主任骗来的，转念一想，这样说人情全送别人了，于是厚着脸皮撒谎："啊是的！我在课表里看见了教授开的课程，所以特意来给教授捧场！"

"原来是这样，"李教授上当，欣慰地拍着张英俊瘦骨嶙峋的肩膀，"好，好！"二人一个行骗一个受骗，一个愿打一个愿挨，相谈甚欢。

他们俩热聊时，校花站在一旁，吃惊不小，心说怎么回事，他们居然会认识。

堂妹陈皎皎倚到她肩上，轻声说："这位老师，据说原来是福州师范大学的教授。"

校花原本就讨厌张英俊，现在一看见这个李教授居然和张英俊如此亲切聊天，脑中"蛇鼠一窝""狼狈为奸""一丘之貉"之类的词语像林中小鸟一样"嗖嗖"飞出来，立马也对这个教授没了好感，冷哼一声："福师大又怎么样！"然后不忘点明自己身份："我还是清华的校花呢！"

说完，看到旁人忍俊不禁的目光，慌忙说："我们走吧！"拉起陈皎皎的手，径直进了教室。

这位李教授就住在学校西门外面的梁上巷，原来在福州师范大学教书，在福建文坛小有名气，号称本地"教授圈里文章写得最好的作家，作家圈里书教得最好的教授"。因为年龄过了保质期，几年前从福师大退下来，赋闲在家。退休之后，教书骗人之心不死，刚好金陵书院选修课兼职招人，于是通过走关系应聘了进来，开了这门"名人与诗词"。

李教授全名"李归田"，年轻曾用名"李种田"。上大学时，嫌自己名字太土，生怕找不到对象，于是改名"李种田"为"李归田"，虽只改动一字，而意境顿时大变。如今年事虽已高，人老心不老，在金陵书院上课，平日大背头必梳得油光，一身黑色西装笔挺得像拿斧子削过。他的眼睛虽然不好使，却要维护形象，坚决不肯戴老花镜。结果一次终于不慎误入女厕，传为千古佳话，从此不敢再放肆。

今天是李教授开的"名人与诗词"第一节课。上课之前，做了一番自我介绍，少不得又要一不小心说漏嘴，无意中透露出他的教授身份。亮出名号之后，偷偷瞟一眼台下，见众人居然反应平平，以为大家见多识广，暗暗惊奇，只得继续说："这学期由我给大家讲'名人与诗词'，我们这门课程主要讲的是一些名人的著名诗词及其生平故事，我挑的这些名人啊，我认为都是文学泰斗。"

台下学生们一开始就没在听，结果听到他末尾那句"我认为都是文学泰斗"，一不留神给听成了"我是文学泰斗"。众人顿时吓一跳，心说惭愧惭愧，有一位泰斗藏在金陵这个地方，自己居然从未听说过。

李教授不明就里，开始讲课。第一节课的主题是"抗金名将——岳飞和他的诗词"。岳武穆大家再熟悉不过，所以李教授只是简单介绍了一下岳飞生平，然后开始讲词。岳飞的词作传世极少，仅有一首《小重山》与一首《满江红》留存。李教授尤为喜爱《满江红》，做重点赏析，亲自给大家摇头晃脑地吟哦了一遍"怒发冲冠，抬望眼，仰天长啸，壮怀激烈……"激烈完之后，意犹未尽，忍不住还要再激烈一遍。

可惜学生们却没有他的情致，李教授读词时自以为是慷慨高歌，学生们听在耳里却像神父祷告，等他祷告完，台下已是七扭八歪，睡倒一片。

"啊、这——"李教授教惯了大学生，没想到高中第一次课就上成这个效果，暗叫不妙。眼见这边教室死气沉沉，偏偏隔壁班某英语老师开的"快乐英语ABC"笑声掌声不断，越发与这边的沉闷形成鲜明对比。台下学生被隔壁笑声吸引，纷纷转头朝后面的墙壁看。李教授生怕他们变成崂山道士，准备随时穿墙逃走，心中勉励自己不能慌，连忙拿起台上保温杯，呷了一口闽北大红袍，强作镇静。

李教授心想，要把课上得有趣，便不能因循守旧照搬大学模式，唯有另立新论别开生面，方才能吸引得住学生。因为他原先在大学教书的时候，那些比他小的青年教授都是这样干的。他在大学时，那些青年教授们平日的讲课风格就是：在好人身上挑毛病，在坏人身上找优点。不论说什么话都是模棱两可，含糊其辞，绝对不肯完全承认一个观点的正确，也不肯完全否定。学生们犯糊涂，也不能问为什么，自己领悟去，没领悟明白？正常，没明白的才是学生，要是都想明白了还要他们教授来教什么。

所以学生们上课之前本来还明辨是非，对就是对，错就是错；结果等下课铃响起夹着课本走出教室后，却一团糨糊颠倒黑白，连是非对错都分不清楚了。殊不知上课能够上到把人讲糊涂而不是把人讲明白，这就是普通老师与专家教授的区别。

李教授有好样不学，偏偏对这种坏榜样赞许不已。说干就干，刚好讲到岳飞，索性就把岳飞拿来开刀做实验。

于是"咳咳"几声，把学生们的灵魂唤回课堂，然后抑扬顿挫地说："南宋岳飞岳武穆，精忠许国，沉毅冠军，身先百战，豪杰气概，可谓是世人及其景仰的民族英雄！不过近些年来，也产生了一种新观点，说岳飞其实并非民族英雄，其抗金义举名为保卫南宋偏安，实是民族内斗。不仅如此，包括岳家军在内的家军体制严重威胁到了南宋政权的军事和财政安全。好几年以前，还有一些所谓的学术大师站出来为秦桧翻案，大力宣讲说秦桧是冤枉的，他不但不是奸臣，反而是有远大政治眼光的贤臣。幸亏有秦桧这样一个'贤臣'出来和金国沟通，力主议和，方才换来南宋偏安一隅。不然如果由着岳飞胡来，不但收复不了中原，南宋恐怕要提早五十年灭亡……"

说了一大通，然后设下埋伏："据此，现在有一些人说岳飞其实并非民族英雄，而是个好战的民族主义分子。不知道大家是怎样的看法？"

李教授一口气说完，想叫学生起来回答，往台下看去，众学生生怕中奖，老师目光到处，纷纷低头皱眉做深思状，表示根本没听见他问什么。李教授目光一路瞟到第三组，看到他的忘年交张英俊，原本有意叫张英俊起来回答问题，结果余光一扫，突然看到他旁边坐着另外一个男生。

那男生面色白嫩目光呆滞，嘴巴大张如死鱼，正表情木然地盯着黑板，一看就是块读文学的料儿，对那个男生好感顿生。也算那男生倒霉，此时此刻别人都谦卑地低头，唯独他却昂首看天一副毫不谦逊的样子，于是李教授教鞭一指，把他叫起来："这位同学，你说岳飞是不是坏人？"

那男生其时正灵魂出游，被李教授劈头一问，灵魂来不及回窍，下意识点点头：

"啊——是。"

此言一出,全班哗然,纷纷议论说这小子是不是脑子进水了,竟然敢说民族英雄岳飞是个坏蛋。

众人之中,文学部的陈圆圆尤其激愤得不行。因为校花自诩才女,从小熟读各种文学典籍历史演义,尤其钟爱《岳飞全传》,素来把岳飞视作心中第二号男神(第一号男神是我国著名表演艺术家郭德纲)。现在一看到有人敢侮辱她的男神,义愤填膺,立马像弹簧一样"霍"地从座位上蹦起来,厉声叫道:"岳飞年方二八大败金人于两亭,三十而收复襄阳六郡,平杨乱,破伪齐,朱仙大捷打得金人闻风丧胆,是我国彪炳史册的民族英雄!你有什么证据说他是坏蛋!"

校花一口气滔滔不绝,直说得满脸通红,像个熟透了的番茄。说完之后,犹未平静,脸上一朵红云久久徘徊,狠狠地盯着男生那边看。

张英俊就坐那男生身边。虽然他明知道校花不是在瞪自己,不过校花那眼神太过凌厉,张英俊心里不停地安慰自己没什么好怕的,结果身体却不听使唤,腿都有些瑟瑟发抖。暗骂自己没用,怎么胆子比他表弟宝钗还小。

男生被校花劈头盖脸一顿批驳,这才明白是在讲岳飞,心说糟糕,埋怨老师怎么连问问题也问得这么不清不楚。那男生生性好强,自命长这么大从来就没在别人面前低过头(捡钱和理发的时候例外),现在当然更不可能向区区一个女生屈服,于是嘴硬道:"谁说的!这个依我看——岳飞确实是个崇尚暴力的好战分子!"

校花一听这话,险些气愤得又要弹起来,被身边的陈皎皎及时拉住。陈皎皎附在她耳边,低声说:"别冲动,先听听他怎么说。"

众人也一言不发,心中暗笑,要看那男生怎么出丑。男生转头看台上李教授,李教授冲他点点头,目光颇有鼓励之意,男生胆气横生,大声说:"我们都知道!金国曾经统治我国北方,但金人也只占少数,北方绝大多数都是汉人,岳飞抗金其实就是和汉人内战,算什么民族英雄?何况金人属于女真族,是少数民族,也是中华民族大家庭中的一部分,赞扬岳飞和金人打战岂不就是等于赞扬破坏民族团结与国家统一?所以我认为,在当今这个以和平与发展为主题的时代,就应该批评岳飞这种滥用暴力的大汉族主义者!"

顺嘴就说了一大通，说完之后，自己也为自己出口成章的辩才惊叹，面带惊奇地坐下。

李教授对男生的回答十分满意，哈哈点头不止："好！好！课堂上大家畅所欲言，各抒己见，并无不可！"

他自己正是要批判岳飞以显才学的，于是趁机借着男生话头，大发议论。说："我们千百年来把岳飞讲成名族英雄其实是大错特错，中原人口大部分都是北方汉人，岳飞抗金其实就是汉人打汉人。何况女真族是少数同胞，岳飞仇金岂不是仇视少数民族同胞，损害民族团结？我们赞同岳飞岂不就是赞同了大汉族主义？不妥不妥，老观点要改改了。"

最后，搬出洋人做升华："由此可见，在全世界尤其是西方都讲和平宣扬生命可贵的今天，我们不能再怀着老眼光来过誉岳飞了，如此便是违逆了世界潮流，那是万万要不得的！"

"什么！"校花没想到李教授居然敢和男生联合起来污蔑她的男神，心说早知道这个老头不是好人。她被彻底激怒了，李教授话语刚落，立马像火箭升空一样从座位上飞起来，冷冷一字一顿地说："没想到老师竟然也同意这种荒诞不经的观点。岳飞是不是民族英雄，自古已有定论，绝不可能因为某些别有用心之人的几句话就改变！我决不能容忍自己耳朵受到这种语言的强奸！"

"啊，这个……"李教授愣住了。他本以为今天讲课大获成功，不料突然跳起来个校花激烈地批驳他，一时愣住，尴尬地停在那里，不知该拿什么话来回答。

教室其他同学见李教授被校花噎住，开始低声哄笑。那笑声仿佛蜜蜂尾巴的毒针，刺痛着李教授的神经。陈皎皎见气氛不对，生怕校花和老师对峙争吵起来，拉拉校花的手，让她坐回位子。

校花起初不愿意，禁不住陈皎皎拉，方才恨恨坐下了。

李教授原本是想通过批评岳飞夺人眼球，用才华折服众生，让他们对自己五体投地。被校花呛一下，反而弄得进退维谷，尴尬无比。连忙装聋作哑，表示对校花刚才的话完全没听见，干咳几声："啊，那个……我们继续上课，继续上课。"

张英俊在众人争辩时，他就一直在旁边隔岸观火。看到旁边男生居然惹怒了校花，诧异不已，没想到坐在自己身旁这个油头粉面的小子如此了得，一口气驳倒校花，大解他心头之恨。

张英俊因为自己的才华与相貌不呈正比的缘故，常常感叹上帝为他打开了文学的门，为何就不能为他打开美貌的窗。他小时候没事干，天天冲镜子做鬼脸，等长大之后，镜子还他一张鬼脸，也算是扯平了。

现在张英俊每照一次镜子，就要叹一次气，联想自己这十八年因为长得太寒碜的关系，一手执过许多心爱之书，另一手却从未执过一个心爱之人，由此而得出结论：文学与美貌是不能共存的。那句"上帝关上了一扇门，就会为你打开一扇窗"的另外一个意思就是：你永远别妄想既能开门又能开窗。

所以现在张英俊发现这么一个既有才华、长得还有点帅的家伙，顿时罕见地对他生出倾慕之情（别误会，只是男人与男人之间那种纯粹而圣洁的欣赏之情）。等男生坐下来之后，主动像甲鱼一样，把脖子伸过去和他搭讪："喂，哥们，你叫什么名字？认识一下。"

男生转头瞟了张英俊一眼。仿佛刚才说得累了，现在嘴唇都懒得动一下，指指桌上的作业本。

张英俊眯着眼睛看见作业本封面上三个字："噢，刘——德——华。"心想男生长得油头粉面，名字起得果然也与众不同。

其实张英俊问男生名字只相当于一个铺垫，真正目的是为了让男生反过来询问自己的大名。因为张英俊对他们文学部出品的校刊影响力过度自信，以为自己每期都在这种校级刊物上发表诗歌，别人耳濡目染，全校知道他大名的人没有全部也有一半了。

所以张英俊问完"刘德华"的名字之后，只是"喔"一下，然后等待对方回问自己，他把大名报出来之后，对方就会像触电一样立马跳起来，激动地握住自己的手大声叫："什么什么，你是张英俊！原来你就是那个博学多才风流倜傥中外闻名的后现代主义大诗人张英俊！"

张英俊包含期待，不料对方却恪守沉默是金的箴言，一点不肯主动，迟迟不见有反应。张英俊的耐心短得像日本女生的裙子，见对方不肯问，忍不住主动透露自己的大名：“喂，我名字叫张英俊。”

"喔。"刘德华并未如预想中激动跳起来握自己的手，只是礼尚往来，回张英俊一个"喔"字。顿了一下，又说："好像在哪里听过这个名字。"

张英俊等的就是这句话，认定他一定拜读过自己发表在校刊上的诗，连忙面露谦虚地搓手："哈哈，见笑见笑！鄙人自幼作诗，在学校颇有点小名，不足为道，不足为道！"

"你、懂、诗？"刘德华惜字如金，不肯多吐一个字。

他这话简略之极，刚好达到了省略一切定状补而只留下主谓宾的程度，那种口吻即使不是傲慢的表现，至少也绝无恭敬的意思。只可惜张英俊一心为自己的名望做促销，没注意到，"惭愧惭愧！鄙人年轻的时候作过一点古诗——"话里口气好像自己已经老得快入土了，"近些年来转向研究一些，啊，'Post Modern Sur、surrealism'。这英语很生僻的，你应该不懂，翻译过来，就是'后现代超现实主义'。"

刘德华："嗯。"

张英俊费尽千辛万苦，在浩瀚如海的英语辞典里查到"后现代主义"的英语翻译，然后又如此艰难地拼出来炫耀，最后只换来对方一个叹词"嗯"，一番苦心算是全白瞎了。他此时的心理就像在惨淡股市里挣扎的股民，眼看花重金买的股票迟迟不看涨，不肯死心，忍不住再投钱买进："不止如此！虽然我这么热爱那个'Post Modern Surrealism'，家父原先是不允的，一定要我继续作古诗，说自己国家的人就该写好自己的东西。于是我不得不拿出 Jack·Karuark 和 Neil·Kasadi（注：两者都是后现代流派诗人。）的诗给家父看，让他领略后现代主义的妙处。家父不懂，我就解释说这人擅长 Automatism，这人擅长 Decalmamia（注：无意识主义、超现实主义），他们俩的诗都精彩绝伦，可谓'Post Modern Surrealism'之典范！"

极为艰难地拼出一堆单词之后，长舒一口气，体贴地给刘德华留下惊叹称赞的时间。

没想到刘德华仍旧反应淡然，这次倒不用"嗯"了，改答张英俊一个"哦"。说完，仿佛觉得有些过意不去似的，又额外多送他三个字："这样啊。"

"……"张英俊的表情像喝下了一杯鲜榨苍蝇汁一样。

他费尽周折摆出一通理论，对方不为所动，均以寥寥数字相对，自己在字数上大为吃亏。张英俊以为刘德华有意轻慢，十分不快（实际上对方是真听不懂他到底在讲什么）。他心有不甘，咬咬牙，拿出最后的杀手锏："尽管如此，家父还是有些犹豫我写后现代诗！后来还是有一次，住我家对面的冯世伯到我家替我劝说，家父才点头的！"

刘德华果然上当，听完张英俊的话，问："冯世伯？"

"就是大名鼎鼎的诗人冯至（注：河北现代诗人，已卒。）了！"

张英俊因为喜爱写诗，常常自憾不能生在诗人世家。他住在河北，于是就去查河北有哪些有名气的诗人，然后冒充是他们邻居，沾他们的光。精挑细选，最后总算勉强挑出了两三个有名的，只恨家乡人太没灵气，一共才出了这么一丁点诗人。河北诗人里，数冯至名气最大，张英俊平时最喜欢冒充的就是冯至的邻居。

但张英俊只顾着这些诗人的名气了，居然忘了查他们是死是活，所以他至今都不知道冯至已经死了，白白和一个死人当了那么多年亲密邻居。而他在班里对同学们吹嘘的时候，居然也没有一个人发现破绽。

主要是现在学生知识面都太窄，那么多白话诗人里就听说过郭沫若、徐志摩、戴望舒几个人，其他的一概不知。而他们之所以能记住这几个，主要还是因为这几位诗人比较令人印象深刻——郭沫若是秃头，徐志摩拐过别人的老婆，戴望舒那双小眼睛让人过目不忘。除了这几位之外，其他就统统不知道了，张英俊因此得以行骗至今。现在，果然又把他的好邻居冯至从坟墓里请出来了。

张英俊说冯至写诗大名鼎鼎，刘德华连冯至的名字都没听说过，愣了半晌："冯至是谁？"

张英俊惊异此人如此孤陋寡闻，居然连冯至都不知道——他也该庆幸刘德华不知道，否则刘德华便要吓得当场跳起来："什么！冯至居然还没死！你到底是人是鬼？"

张英俊无奈，只得自己吹嘘："冯至可是当代鼎鼎有名的大诗人，名气大得不得了——连洋人听到他的名号都要吓一跳的！我家搬到石家庄后，荣幸得很，刚巧就住他对门！你说巧不巧？"

张英俊见刘德华不说巧，以为是自己还吹得不够多，再接再厉："而且我们不仅住对门，家父和冯世伯也是极要好的！平日下棋观鸟谈经论道，无所不为。别的不说，暑假时冯世伯他家厕所坏了，还是家父帮他通的马桶呢！"

刘德华久久不说话。张英俊以为他终于被自己和冯至家的亲密关系震住，胜利地长吁一口气。

不料刘德华沉默良久，突然冒出一句："哦！原来你不是福建人，你是河北人。"

"对，怎么了？"

"嗯，"刘德华点头，"怪不得你讲话这么大舌头。"

"……"张英俊彻底崩溃，心想这都哪儿跟哪儿啊，明明是你们福建人讲话才大舌头好吗！他费劲心计说了这么一大通话，感情刘德华只注意到他卷没卷舌，算是全白讲了。

张英俊自诩后现代诗人，后现代属于现实主义而非浪漫主义，所以他自然也没有浪漫诗人"等到那额头上／都生遍青苔／只为见你一笑／如初露绽放"的耐性。他见要刘德华佩服自己是彻底无望了，索性闭上嘴巴，不再和他说话，转头听台上李教授讲课。

李教授初来乍到，原本想通过发发新论折服众生，结果被刚才校花一番慷慨陈词一堵，浑身紧张，头脑大乱，吓得连学术大师也不想做了。连忙转移话题，不敢再对岳飞进行人身攻击，改评析岳飞的词作。总算自己事先备课充分，把那两首词研究了个透，没再丢脸，逐渐找回自信心。

评析完《满江红》之后，就让班中同学自己分小组讨论，他自己走下台溜达，听学生们讨论。学生们没一个肯听话，李教授让大家探讨诗词，他们就另辟话题，聊叙利亚危机、谈周杰伦大婚，总之就是不聊上课内容，倒也热闹无比。

李教授一路假装认真地听讲，溜达到校花和陈皎皎那一桌时，校花还对刚才的事情耿耿于怀，欺负教文学的老师不会英语，就故意大声说英语，对陈皎皎抱怨："I just can't understand, how could a guy like this being a teacher？It's appropriate for him to be in a kindergarten！"（注：他为什么能当上高中老师，我看他只适合教幼儿园。）

陈皎皎没想到校花这样胆大，只好轻声笑："Take it easy, just let it go."（注：算了吧。）

"Anyway，"校花耸耸肩，"I have lost all interest to catch on."（注：我对听课没任何兴趣。）

二人用英语对话了半天，李教授站在旁边听得一头雾水。校花故意问李教授："老师，我说得对吧？"

李教授英语荒废已久，明明听不懂，被校花问，还要不懂装懂，于是装模作样点点头："嗯，对对——这首词的确应该这么分析，有理有理。"

校花忍不住"嗤"的一声笑出来，陈皎皎连忙对她使眼色摇头。

李教授莫名其妙，又不敢说什么，只得起身走开。

"可真笑死我了！"校花等老师一走开，立马伏到桌上哈哈大笑。

"圆圆，你胆子也太大了，"陈皎皎轻声说，"要是老师听见了怎么办？"

"安啦皎皎，"校花撇嘴，"就他上课这水平，我讲普通话都怕他听不懂！"

"好啦。你天天忙文学社，期中考准备好没？"

"Duck soup！"校花打了个响指，"你瞧好吧，这次的理科第一准是我的！"说完，拉拉陈皎皎的衣角："反倒是你啦，听说你们班有个叫李自冕的挺牛，怎么样，有信心超过他没有？"

陈皎皎笑笑，没有说话。

"好啦好啦，不给你压力啦，"校花哈哈笑，"毕竟姐姐这么优秀，也不能给妹妹太大压力不是！"

陈皎皎："嗯，嘿嘿。"

校花和陈皎皎都没有察觉到，在她们俩坐在位子上有说有笑聊天的时候，她们身后，一直有双犀利的眼睛，幽幽地盯着二人看。

那双眼睛如潜伏在黑暗角落里的老鼠一般，炯炯有神，无声无息。

张英俊本来还有意和刘德华认识认识，没想到他爱答不理，只得作罢。心想自己是学校何等名人（亏他这么有自信），今日肯如此低声下气同人搭讪已是破例，既然对方有眼无珠，自己何必屈尊强求。于是放弃认识对方的企图，转过头，自己干自己的事。

没想过了一会儿,一只手突然伸过来,捅捅他的肋骨:"嘿!"

"啊!"张英俊吓一跳,险些从位子上蹦起来。转头,发现那只手是刘德华的。

"你、你干啥?"

刘德华一声不吭,死死盯住前面,问:"你、认识前排那个女生?刚才看见你们一起进来。"

"谁?"

"那个穿蓝色格子衬衫的,头发很短戴眼镜的那个。"刘德华伸手指指陈皎皎和校花那个方向。

"哦,陈皎皎啊。"张英俊这才明白他是在说陈皎皎,"当然认识,她是我表弟班的。好像还是班长,你们学文科的应该都知道她吧。"

"是吗,"刘德华听了,脸上有些不屑,哼道,"有那么有名吗,我怎么不知道。"

张英俊凭借诗人的敏锐嗅觉,立马闻出了刘德华话里的酸味,明白他对陈皎皎没好感。张英俊虽然和陈皎皎没过节,不过他和校花势同水火,而陈皎皎和校花又是好姐妹好朋友,从理论上来说,敌人的朋友就是敌人,自己哪天和校花翻脸了,陈皎皎决计不会站在自己这边。而这位刘德华显然又和陈皎皎有过节,敌人的敌人就是朋友,张英俊脑中经过一番运转分析,恍然大悟——原来这个刘德华同自己其实是同一战线上的朋友。

想到这里,他决定利用陈皎皎拉拢刘德华,于是连声附和:"对对,其实我也觉得她有些言过其实了。不都这样嘛,人名气大往往都是吹嘘出来的,实际则未必如此,所以我就从来——"本想说自己就从不吹嘘,突然想到刚才已经用"冯世伯"打过广告了,总算良心有愧,闭上嘴巴,不再说话。

刘德华不知道张英俊和校花的过节,听了他的话,倒颇感诧异,心想他是陈皎皎的朋友,居然不肯昧着良心帮朋友说话,看来这人人品倒还过关。刘德华向来对一班那几个所谓的学霸没好感,现在听张英俊赞同自己的话,终于欣喜地找到共鸣。而张英俊则也假装欣喜地找到了共鸣,二人从陈皎皎身上找切入点,越聊越对眼,仿佛当年西门庆遇上潘金莲,顿时有一种相见恨晚的感觉。

张英俊说："驳倒了那个姓林的女生，这次你可真算是帮李老师解了围了。"

刘德华不屑："我可没想帮他解围，一个大学教授课能上成这样，也算少见了！"

他后半句话稍微有点响，李教授正在教室里四处巡视，刚巧走到他们旁边，听见刘德华的话，误以为刘德华在夸他，心中美滋滋的。原本还打算停下来和二人聊聊，见二人在夸自己，便不忍心打断他们，心花怒放地负着手走开了。

张英俊倒还挺讲义气，刘德华说这话自然不太听得。于是打着哈哈，替李教授辩白："李老师也是刚来咱们学校，没什么高中教学经验也正常。我和他是认识的，他这个人才学虽然不太高（比我差了一大截），不过品德还行，你就别太苛责他了。"然后话锋一转，把脏水全泼到校花身上："还是那个姓林的婊子太嚣张，目中无人！李老师年纪那么大了，老实巴交的一个人，怎么斗得过这种心机婊？你刚才不也领教过了嘛！"

刘德华文科没白读，深谙"矛盾是辩证的对立统一的，要用一分为二的观点来看问题"哲学原理，他说："那个姓林的女生嚣张是事实，不过一个巴掌拍不响！这个老师的水平也太低了，连一个女人都说不过，还要我亲自出马帮他摆平。"

说完，倚在位子上看着天花板，一副空虚模样："哎，真没意思，下节课不来了！"

"你下节课不来了？"张英俊见刘德华要退课，有些诧异。

"不来了！"刘德华摆手，"这课真没意思！"

张英俊惋惜不已，心想刚遇见一个同志就又要道别了，连忙问："噢，那你能不能留个联系方式什么的，我们下课有时间，探讨探讨？"

刘德华潇洒地大手一挥："不必！"

"为什么？"张英俊有些不高兴，心想我在学校好歹也算是个名人（真有自信），要你联系方式是给你面子，不快地问："为什么不必？"

刘德华只是笑而不语。他志得意满地看看前排校花和陈皎皎那边，然后把脑袋凑近张英俊，压低声音，缓缓在他耳畔说："因为要不了多久，你们这里的每一个人，都会牢牢记住我的名字。"

刚讲完这句话，走廊里的下课铃就"铿铃铃"地剧烈响了起来。

张英俊愣在那里，不明白他这话是什么意思。当他终于醒悟过来，转头一看，却

261

发现身旁座位空空荡荡，那个名叫刘德华的男生已经不知往何处去了。

终于结束了一天丰富多彩的上课时光，张英俊心情愉快地背着书包，回到梁上巷外公家。

深秋，黄昏时的梁上巷宁静古朴，劣迹斑斑的砖墙上贴着被雨水打褪了色的白色字样，巷口外车水马龙路人行色匆匆，巷子里的人则悠闲散漫，坐在门口泡茶遛鸟。恍惚之间，让人有一种置身不同空间的错乱感。

老头子家教最严，回到家中，晚饭席间，在饭桌上自然少不了向外公汇报一天的学习情况。老头子问张英俊和宝钗今天课上得怎么样，有没有"一心向学，焚膏继晷，磨穿铁砚"。

"有有！"其实张英俊的在校生活惬意无比，为了简洁，不得不略去自己上课打瞌睡下课继续睡的精彩情节，只讲到自己选了李教授的文学课。

老头子一听是自己的好朋友李教授，立马点头赞许，连声夸他选得好，少不了嘱咐张英俊认真听讲，尊师重教，虚心接受李教授教诲。

张英俊嘴上唯唯诺诺，心中不以为然，心想自己是看得起李教授才去上他的课，他连课堂都管不住，能给自己什么教诲。

老头子和张英俊说话时，宝钗就坐在一旁一声不吭，低头数着碗里的米粒。老头子注意到宝钗，转头问宝钗上了什么选修课，有没有和张英俊一样一起去上李教授的课。

宝钗吓一跳，早就害怕爷爷会问这个，原本想一言不发在旁边做个安静扒饭的美男子，结果仍然未能躲过一劫。他原本想撒谎说自己选了，又怕张英俊揭穿他，最后不得不硬着头皮说："我……选了围棋课。"

老头子听完这话，脸上便有些乌云在飘，依照宝钗多年气象观察经验，那是台风来临前的征兆。此时此刻，他只恨没随身带雨衣，待会儿要被老头子的暴雨淋成落汤鸡。

"你哥哥都上了文学课，"老头子口气不善，"你怎么就去上这些没用的课？"

宝钗本来想辩解说这年头其实文学才是最没用的，不过他当然不敢把实话说出来，因为人但凡上了年纪，越发顽固执拗，他们能接受赤裸裸的自己，却往往无法接受赤裸裸的真理。宝钗不忍心让老头子看到真理赤身裸体的样子,只得虚心承认错误:"是是,那些课没用,下学期我一定选过,重新选过。"

"嗯。"爷爷方才满意点点头,少不得嘱咐二人专心上课,早日蟾宫折桂,金榜题名,将来在黄泉之下,才能无愧我孙家列祖列宗在天英灵。

宝钗二人最怕老头子动不动就提列祖列宗,心想,他老是拿鬼来吓唬人。虽然老头子连去黄泉与列祖列宗见面的路线都帮他们规划好了,不过二人却都还没想那么远,表面上唯唯则声,表示坚决不敢有违,心底则都打算鼠目寸光苟且偷生,快活一天是一天。

吃完晚饭,老头子不知从哪里神奇地变出两粒黑不溜秋的药丸,命二人服下,得意扬扬,拈须宣称说研制这两粒药耗了他半个月工夫,有"通畅经脉活血化瘀"之神奇功效。

张英俊和宝钗却都知道那又是老头子鼓捣出来的新药,准备拿去卖钱骗患者的,找不到临床试验对象,就先拿他俩当小白鼠。那药丸吃起来味道比羊粪还糟糕,险些要吐,不知道会不会有什么副作用,二人不禁暗暗抱怨老头子,埋怨他为了赚钱真舍得大义灭亲。

老头子在家闲不住,吃完晚饭,又挨个打电话,纠集他那帮"梁上四君子"出门散步,到处神出鬼没去了。兄弟俩待在一楼的书房里写作业。

张英俊物理题目做不进去,咬着笔头,看墙角的蛛网出神。突然回想起下午选修课时那个刘德华,记起来他也是文科的,就问宝钗,认不认识这个人。

"什么!"没想到张英俊刚一提,宝钗立马从坐席上跳起来,"刘德华!你居然碰上了刘德华!"

"怎、怎么?"张英俊被他吓得毛骨悚然,因为宝钗那口气听上去像极了,"鬼!你居然碰上了鬼!"

张英俊把手上竖起的毛抚平:"你吓成这样干吗?这个刘德华,他有什么奇怪的吗?"

宝钗不停摇头叹气:"哎,你不知道,这个人……"那省略号像鼻涕一样拖了半天,方才终于给张英俊介绍了这个刘德华的来头。

通过宝钗介绍,张英俊方才了解到,刘德华是文科高二(3)班的,据说行事极为古怪，为人倨傲，特立独行。高一分班时，按照刘德华的四次大考综合成绩，本来进重点班绰绰有余，可他却死活不肯进1班，宁可留在普通班。还口出狂言，放话说即使待在普通班，文科状元也是他的，他的目标就是让1班所有人考试排名都下降一个名次，让他们不好意思说自己是重点班的。

宝钗虽然向来没有集体荣誉感，不过刘德华的话里也牵连到了他，为了捍卫个人荣誉，不得不站出来批判刘德华捎带着维护集体荣誉："这个家伙奇葩得要命，成天和我们1班的人作对。真是太目中无人，太自以为是，太嚣张狂妄了！"

"是吗？"没想到张英俊听了，却颇不以为然，"我倒觉得还好。"

同类的人看到对方，就像照镜子里的自己，自己是永远也挑不出自己的毛病的。在自负这点上，刘德华倒比宝钗更像张英俊的兄弟。张英俊听完宝钗一番话，对刘德华越发起了惺惺相惜之感，惋惜不已，反而后悔下午上课时没有坚持留下他的联系方式。然后，他又猛然想起刘德华下课之前，对他说的那句话。

临近下课的时候，他问刘德华为什么不给自己联系方式，刘德华脸上露出神秘兮兮的笑容，然后附在他耳边，轻声说："因为用不了多久，你们每个人都会牢牢记住我的名字。"

张英俊咬着笔头，疑惑不解：他说的这句话，到底是什么意思呢？

凤姐的遭遇（上）

我们的未来有赖于我们的梦想。所以，我再睡会儿。

——高二（1）班元春

日子太瘦，指缝太宽，世人太粗心，时间就这样不经意间从指间悄悄溜走，连一点痕迹都不留下。

读了两个月的书，半个学期也接近尾声，周三一个阴冷的早上，高二学生迎来新学期第一次大考。本次考试是与大厝其他两所高中进行的联考，一家"外国语学校"，一家"晦鸣高级中学"。金陵书院作为泉州"称霸福建，闻名全国，放眼世界"的著名高中，荣任本次联考牵头人。

作为牵头人，校委校领导对这次联考高度重视，精心组织，为此专门在紫云阁四楼会议室召开一次考前专门筹备会议。

会议上，学校一把手大拿校长首先接过话筒，做"重要讲话"。伍校长特别强调："承办这次联考，对于我校来说，是重大机遇、重大动力、重大资源，也是重大考验。为此，全体师生要坚定信心，迎难而上，顽强拼搏，勇攀高峰，周密细致做好考试前各项准备，带头遵守考试各项规定，考出水平，考出风格，考出团结，考出进步，更要考出我校的良好精神风貌！"

然后教务处主任冯承紧接着发言。冯主任说："校长的讲话言近旨远，内涵深刻，发人深省。时不我待，在临战前的最后几天，各级单位要切实把思想工作做到位，科学调整好每一位学生的精神状态，把所有备战一线人员的积极性、创造性和主动性协调好、发挥好、维护好、发展好。要深入一线，及时发现、及时研究、及时解决考试中的困难与问题。同时还要旗帜鲜明地反对考试作弊及其他弄虚作假行为，确保在公平、公正、公开、公允的较量中拔得头筹！"

副校长兼德育处主任李铁头最后做补充发言。李主任紧握话筒，激动地指出："养兵千日，用兵一时，作为东道主，我校学生的应考表现关系到学校形象，关系到学校荣誉，更关系到学校发展。只有我们广大老师和学生凝心聚力，坚定信心，全力以赴，抓好考前备战的各项工作，才能在这次联考中充分展示应有的水平，以文明的考试表现和出色的考试成绩，向家长、领导和全体师生交上一份满意的答卷！"

三位领导发完言之后，下面各级负责同志噼里啪啦鼓掌，表示"完全同意领导们饱含智慧的讲话，坚定支持领导们的英明领导，要坚决把校领导的重要讲话精神学习好、宣传好、贯彻好、落实好。并将继续紧密团结在以伍校长为领导核心的校领导周围，坚定不移地沿着金陵书院发展的宽阔道路前进，为金陵书院的伟大明天而奋斗"！

会议最后，坐在圆桌最末尾的一位老师小心翼翼地问："所以，我们到底应该怎么做？"

"看好学生，别让他们作弊。"伍校长说。

"噢！"然后所有人恍然大悟，热烈鼓掌，一致认为这句话是本次会议的核心内容。全场气氛达到高潮，会议在一片祥和的氛围中圆满结束。

期中考试的考场设在设施齐全的理文乙楼与丙楼。这倒不是校领导考虑到理文楼群崭新舒适而且有冷气供应，领导们平日自己办公室都舍不得开冷气，即使开了室内温度也常常比室外还高，更别提给学生开了。何况这几天天气如此湿冷，同学们需要的是暖气而非冷气。泉州地处低纬沿海，虽然极少下雪，逢阴雨天的时候还是很冷的。

当然，对此，某些北方同学可能会感到不可思议。他们心想，泉州最冷的时候也没有低于零度啊，怎么南方同学个个就哆嗦成这样？而南方同学到北方去之后，可能也会诧异不已，心想，天气都冷成这样了，怎么北方同学还不哆嗦？这就是生物学上所谓的"环境多样性导致生物多样性"。

考场之所以设在理文楼，主要还是因为理文楼装有监控摄像头，一举一动都在掌控之中，可以对偷奸耍滑作弊者起到震慑作用。其实不止理文楼，学校北边的英语楼也是有摄像头的，无奈学生们都不肯相信。因为大家一致认为英语楼破成那样，下雨漏雨刮风漏风的，怎么可能会装这么高科技的玩意。用某些同学的话来说，那就像唐朝杨贵妃做了现代隆胸手术胸部填硅胶一样虚幻。

所以当学生们看到那些挂在英语楼教室墙角、灰不溜秋的探头时，都坚称那不是真的摄像头，一定只是校领导买来吓唬他们的儿童玩具，然后该作弊继续作弊。学生们如此坚持，校领导也拿他们没办法。

不过即使把理文楼作为考场，摄像头也不会真的开的，大大小小几十个考场一开就是三天，领导们心疼那电费，最多只在考试开始前先亮几秒，拼命转动几下以证明自己不是儿童玩具，然后就悄悄地关了。

学生们当然清楚领导耍的小把戏，都装作不知道罢了。因为既然抓贼的都不肯来真的，做贼的自然不会蠢到去提醒。所以双方都装聋作哑，心照不宣，自以为得计，得意扬扬。师生之间如此相互欺骗，离心离德，学校居然还能发展得这么好，迄今为止仍然是人类教育史上少有的一个奇迹。

学校为了防止学生们作弊，也是操碎了心，为此不惜动用各种稀奇古怪五花八门的手段——当然，主要是那些不用花钱的手段。比如，将文理科学生交叉坐在同一考场就是一个惠而不费的好办法。这次考试，不仅文理科学生混在一起坐，而且各班学生也按照学号打乱顺序各自分开坐。比如高二（1）班，这次就分散到了十几个考场，人少不过一个人，人多的也不过几个。其中数"2"号考场乙楼405室人数最多。

等到周三早上那天，高二（1）班的元春同学刚走上405考室门口，迎面就遇见他们班的赫敏和苏萝拉两个女生，挎着包，颤颤巍巍挽手走过来。

元春同学身为（1）班数一数二的土豪，不仅爱钱，也爱睡，来学校睡了两个多月，终于在迷迷糊糊中迎来期中考。等到考试这天，一看见他们班的赫敏和英语课代表两位女生，立马有一种如故人久别、多年后重逢的新鲜感。

课代表不必多说，元春和她前后排紧挨坐在一起，天天上课拌嘴下课吵架，再新鲜也早就吵黄了。让元春感到新鲜的是另一个女生赫敏。在元春印象中，赫敏极少来学校上课，似乎已经有半个月没来教室听过课了，仿佛开学初出现了一下然后就人间蒸发了一样。

所以今天，当元春一见到打扮得花枝招展的赫敏，立马新鲜无比地好奇地问："哎，我说，你怎么也来了？"

"高鸿鹄，你来我就不能来？"赫敏拎拎胳膊臂上的PUMA包包，拿狭长的眸子剜他一眼，"我可是交了学费的！"

"可你平常都没来上课嘛。"

"那你平常上课都在睡觉，上还不是跟没上一样！"

赫敏刚说完，一旁的苏萝拉就扶住她胳膊："Honey, ignore him, we go！"挽着赫敏的手径直走进考室。

课代表天天和元春吵架，显然已经吵腻了，现在连看他一眼的兴趣都没有。

元春打着哈欠，慵懒地慢慢踱在她们身后。心中颇为疑惑，本来还想问赫敏，你平常都没听讲要拿什么考试。然后猛然想起自己平常上课都在睡觉也没听讲，照样来考试，顿时茅塞顿开。于是进教室找到自己座位"23"号，把书本和笔扔到桌上，衣摆一张，大大咧咧坐下。

第一场考语文。七点多钟，考生们陆陆续续打着哈欠背书包走进来，四处张望，找自己的座位。

元春的座位奇佳，不知道是不是教务处老师疏忽，他前面坐着苏萝拉，后面坐着赫敏，自己正好就夹在两个同班女生中间。这个位置，要是换成他们班以多情出名的湘云同学，看到自己被两个美女一前一后夹着，一定会激动得当场休克过去。

而元春却对此毫无观感，因为他对女生的兴趣显然要大大低于对钱的兴趣。对元春同学来说，要让他激动，与其在他前后各安排一个女生，还不如在他前后各堆一沓钱，那样他也许还会觉得受宠若惊一些。

墙后的椭圆时钟指向八点，铃声"铿铃铃"响起来，然后一位男老师抱着一叠厚厚的卷子走了进来。监考老师刚进教室，班级众人从他身上闻到的不是考卷的油墨味，却是一股浓浓的劣质烟草味，那股气味呛得人喉咙发痒，忍不住直咳嗽。看来监考老师是个瘾君子，而且那瘾还十分不轻。

男老师神形委顿，嗓音沙哑，站到讲台上，对众人说了几句考试小心之类的话，自己先剧烈咳嗽个不停，一副与大烟枪相伴的鸦片鬼模样。说不下去了，直接闭嘴，开始分发考卷。

元春同学拿到语文卷子之后，把试卷四四方方平铺在木桌上，然后拔出他的美国产 Waterman 男士钢笔，紧紧握在手中，一脸肃穆，神态庄严得像东洋武士在作切腹准备。

元春手里拿着钢笔，盯着试卷思索一番，然后郑重地在试卷开头的考生信息栏里填上"班级：高二（1）班"，"姓名：高鸿鹄"几个字。写完之后，觉得还缺了什么似的，想了想，于是又在"高鸿鹄"的名字后面加了个括弧，里面写上"性别：男"，方才心满意足。

然后就什么都不会了。因为对土豪元春来说，平常一张考卷里会填的通常也就只有"班级"和"姓名"那两个空，其他的则通通不会。这次自己还主动在名字后面额外加了个性别，已经要算是超常发挥了。

从元春同学这种主动态度上，足见得他对这次考试确实是重视无比。要是放平时，元春绝对不屑如此认真的，唯独这次是个例外。而他之所以一反常态，肯对这次期中考如此重视，其实还是因为他老子的缘故。

前面说过了，元春老子在广州做生意，专门卖布料。结果前几天突发兴致，坐高铁回来，说要在家里修整养生几天，与家人共享天伦之乐。老子常年在外奔波，难得在家，免不了要关心儿子学业情况，就问元春有没有认真读书，在学校有没有逃过课。元春回答说当然没有，请爸爸放心，自己从来没逃过课，每天都按时去学校。

——其实他那个"每天按时去学校"后面还应该再加上"睡觉"两个字。不过元春心想，爸爸只问自己有没有每天按时去学校，并没问自己每天按时去学校干什么，他这样回答也不能算撒谎，所以还是把宾语省略掉为妙。

元春老子听儿子说从不逃课，就表示欣慰，用力摸元春的头，说："果然不愧是我'高有财'的好儿子，你肯这么用功，总算没辜负了爸爸在外面辛苦打拼供你读书将来还要供你留学的心血。听说你们学校最近有什么期中考，你要好好努力，为自己争气为爸爸争气更要为我们高家列祖列宗争气。爸爸我知道你成绩，也不奢求你考什么班级第一，至少你别给我考倒数第一，这么简单的要求总能做到吧，做不到？那你这一年的零花钱别想要了，爸爸我替你全部捐给红十字会，算是替你积积阴德。"

元春起初听到他老子说在外辛苦打拼供自己读书，心中还愧疚不已，甚至都暗下决心，以后每天只睡半天觉另外半天拿来听课了。结果后面一听说如果自己考试考了倒数第一，老子就要把他零花钱全捐给红十字会，顿时慌得急跺脚。心中暗暗替他老子着急，心说爸爸怎么就不明白那红十字会"暗藏玄机"，自己零花钱要是捐给了他们，

269

那肯定是肉包子打狗反被狗吞，一年都要闹钱荒了。

此时此刻，元春坐在405室考场里，拿着漆黑的进口钢笔，对着面前的试卷望洋兴叹。他回想起临考之前老子对自己的威胁，如坐针毡，屁股仿佛有火在烧，手心都渗出了一层细细的汗珠。

元春忐忑不安，紧咬着笔头，脑中苦思冥想，思考到底要怎么办才能顺利度过这次劫难。

监考老师等众人都发到考卷以后，用嘶哑得令人浑身难受的声音说："请各位同学翻阅一遍卷子，看有无破损缺印，检查完毕就可以开始正式答卷。"剧烈咳几声，又补充说，"我再提醒一遍，请大家自觉遵守考场纪律，把和考试无关的东西放到窗台上。"

老师说完，众人纷纷起身走到窗台边，放手机和其他东西，连前面的课代表苏萝拉也站起身，把她那台银白色的 iPad 小心翼翼堆到杂物最上方。元春眼巴巴目视着大家把"和考试无关的东西"放到窗台上，他就很想把自己也放到窗台上。

众人坐回座位，拿起笔开始奋战。考场内一片安静，唯有笔尖与纸张相触发出的轻轻沙响，像雨点打落在窗户上的声音。墙上的时针一分一秒走着，元春浑身僵硬地撑在桌子后面，抬起头，偷偷瞄周围一眼，看到大家都在奋笔直书，答题顺畅得像开快车，心想这样下去还得了，不行，自己绝不可以坐以待毙。

他低下头看考卷，发现除了卷首的考生信息栏之外，其他地方都一片空白。元春盯着信息栏沉思，心想光凭"高鸿鹄"和"性别男"那两个空，改卷老师应该不会肯给分，还是得做后面的题目。于是噼里啪啦地来回翻动卷子，希望运气好，能给自己碰上一两道会做的题目。最好能找到那种四选一的单项选择题，不会做也能蒙，起码有四分之一的概率会对。那概率可比炒股暴富的机会大多了。

可惜翻遍全卷都没能找到能让自己暴富的题目，语文考试不比其他科，主观题太多而选择题太少。元春找来找去，总共也才找到三道选择题，还不够他的美国钢笔热身的，随便划拉两下就完了。

快速做完选择题，元春心情像猪八戒吃人参果一样，意犹未尽。心想，空这么多可不行，于是又硬着头皮，去看其他题目。结果翻到"古文背诵"，发现自己根本就不会背，看到"诗歌鉴赏"又不会赏，翻到"文本阅读"更不会读，总之就是叫什么不会什么。元春同学直到这时，才开始严肃反省，自己平常是不是真的睡太多了。

翻来翻去，最后总算找到一道看起来简单一点的"语言基础题"。那道题的前半部分是："高山对大海说：你是如此的宽广！如此的深沉！如此的澎湃！"后半部分是："大海对高山说：".....！.....！.....！"题目是："请仿照前半部分格式，在括号里填上适当的话。"

元春睹卷思考良久，突然灵光一闪，得到启示。大喜，于是立马提笔，在空格里郑重地写上："谢谢夸奖！谢谢夸奖！谢谢夸奖！"写完之后，握着笔安慰有加，心想总算碰上一道自己会做的题目了。

监考老师神形猥琐，人长得像支抽剩的烟屁股，烟瘾果然也极大，发完卷子之后，坐台上看众人考试。结果才过了一会儿，烟瘾就发作了，脸看着台下，一只手就不由自主地摸向西装口袋，然后用手指无声无息地从口袋里夹出一包烟。总算师德残存，不好意思在教室里公然抽烟，把烟盒捏在手里反复磨搓，心中同烟瘾顽强斗争许久，终于顽强地被烟瘾战胜。老师忍不住了，立马想出考场吸个痛快，于是咳嗽几声，询问台下众人："同学们！同学们，你们诚实吗？"

"啊？"学生们冷不丁被他这么一问，都莫名其妙，纷纷摇头。

监考老师大吃一惊，没想到同学们居然肯这么诚实地承认自己不诚实。无奈之下，把烟盒举起来给大家看，小心翼翼地问："那个、老师想出去抽一会儿烟，我不在的时候，你们会诚实应考的，对吗？"

大家这才反应过来，喜出望外，连忙齐刷刷地坚决点头："是是，请老师放心！我们一定会自觉维护考场纪律，诚信作答的！"一人巴不得他快点走，大叫："老师一路走好！"说完，发觉自己这句话听起来怎么这么别扭，众人哄堂大笑。

监考老师被同学们纯真无邪的笑容打动，放心地哈哈笑着，走出考场抽烟去了。

众考生浑身僵直，屏住呼吸，目送着监考老师缓步走出教室。等他后脑勺消失在门口的那一刻，下一秒，全班立马乱作一团，忙不迭地从帽子、袖子、裤子甚至袜子各处掏出事先准备好的小抄，欣喜若狂笔走如飞地抄了起来，头一次深刻体会到什么叫"一万年太久，只争朝夕"。

元春诧异地盯着身边人变魔术，后悔自己怎么就没准备小抄，然后他的屁股突然被人踢了一脚："喂！"

元春痛得"嗷"地叫出声，愤怒转头一看，发现原来是坐他背后的赫敏踢的他。

他被赫敏狠狠踹了一脚，不心疼屁股反而心疼裤子，说："大姐！我的裤子可是Amani的秋冬最新土豪款，你能不能轻一点，踢坏了怎么办？"

"老娘的袜子还是Aristoc限量版的呢，"赫敏手上转着笔，用涂着绿色眼影的双眼睨了他一下，"舍得用来踢你那个Amani屁股算给你天大面子了！还有，我明明比你妹还小好吗，再叫我大姐我就叫你姥爷！哎哟——"说完，抚着额头叫起来，"重点不是这个啦！"

"这个点还不够重啊，"元春摸摸发疼的臀部，"那重点是什么？"

"重点是，这些题目怎么做啦！"

"这个——你要是想借钱的话可以找我，"元春耸耸肩，"不过如果是考试，你可真的问错人了。"

"算了，知道问也是白问！喂，你踢一下萝拉，叫她把考卷传过来给我看。"

"你确定？"元春转过头，看看前面的英语课代表，脸上露出难以置信的表情。

"哎哟，人家也知道作弊不对，可是交白卷没法回家交代啦。"

"我不是指这个，"元春说，"我的意思是——"咽了口唾沫，"你确定要让我踢她？"

"叫你踢你就踢，啰唆！"

"好吧……"元春只好抬起脚，缓缓向课代表那边伸出去。结果那只脚伸出去之后，在空中停住，犹豫不决半天，最终又缩回去，说出心里话："我不敢。"

"白长了一大坨肉，剁了拿去当包子馅算了！"赫敏白他一眼。

元春缩回去："管你怎么说，反正我不踢。"

"胆小鬼。"赫敏拿他没办法，只得咬着嘴唇，恨恨作罢。

她探回身子，手托尖下巴，对着自己桌上整洁空白的试卷，久久叹气。一支MontBlanc钢笔放在顾长手指间飞速转动，幻想着，要是能把这些考试题目统统改成化妆品和香包品牌的有奖问答该有多好，那样她绝对有信心考满分，而不是像现在这样靠在位子上发呆。

赫敏抬起头,看看走廊外面老师还没回来,于是连忙从包包里掏出 iPhone 6,给前面的苏萝拉发求助短信。

英语课代表正坐在前面奋笔疾书,"叮咚"一声收到短信。她停下手中的笔,从宽大的帆布裤兜里把手机拿起来,发现是赫敏发来的:"亲爱的,卷子传下来,给我参考一下喽。"

苏萝拉看完,在屏幕上飞速地打出几个字:"Honey,wait,给我三分钟。"发完短信之后,还转过头,目光直接越过元春,冲他身后的赫敏甜甜一笑,做出一个"V"字的胜利手势。赫敏也竖起涂成草绿色的指甲,回她一个飞吻。

元春夹在她俩之间,目睹二人在大庭广众之下公然秀恩爱,顿时浑身不自在,恍惚间有了一种单身狗的凄凉感觉。

他看到这对姐妹淘配合默契,心有灵犀的模样,终于深刻领悟到,在危急关头,有个可以依靠共渡难关的朋友是多么的重要。只不过土豪元春平日里趾高气扬,目中无人,从不认为有什么人配当他朋友——他倒把钱当朋友,可惜钱再神通广大,现在也不能帮他渡难关。都说"有钱能使鬼推磨",可是元春再有钱,现在却也叫不来鬼替他考试。因为考试这种事,向来是连鬼都要怕的。

赫敏考试有了保障,悠然自得,摆出瑜伽造型端坐在席子上,就等苏萝拉做完考卷传下来给她抄。闲坐了一会儿,甚至还低头从包包里拿出粉盒,对着脸悠闲补起早妆来。元春也写不下去,陪她一起干坐。二人虽然都是坐,但其性质又大不一样,赫敏是坐等强援,而元春则是坐以待毙。

眼见赫敏有了保障,元春越发急得不得了,屁股像扎进了图钉一样坐立难安。因为平时各种大小测验考试,班级倒数第一倒数第二都是他和赫敏轮着坐的。承赫敏同学的情,前几次考试自己一直屈居第二,可如果这次赫敏抄到课代表的卷子,他就难免要夺魁,顿时万分焦急。

元春又想起老子在考试前的话,说如果自己这次考试考了倒数第一,就断他一年的零花钱。对元春来说,没钱是一件比没命还要严重的事。所以他看见别人笔走如飞,急得满头是汗,对卷子直瞪眼。只可惜他认识卷子,卷子却不认他,不肯行方便。

"咦!"突然,元春脑中灵光一闪,心想不对,这个考场除了他和苏萝拉和赫敏,不还坐着1班的另一个男生么——对对，就是他们班的书呆子探春！该死该死，只顾着紧张，怎么把这个大学霸给忘了？

元春一想起探春同学，立马亢奋无比，心说这下总算有救了。见监考老师还没回来，连忙转头，在考场里四处搜寻探春的踪影。四顾张望，最后果然在右后排的角落里，发现了探春剃得光溜溜的脑袋。

书呆子探春正低头趴在那边，手攥黑色水笔忘我书写着，显然对今天的语文考试游刃有余。元春一见到探春，那心情顿时激动得如同偷渡客看见了彼岸，地狱受苦的灵魂眺望到了天堂。他见四下没有老师，连忙撕下一角纸，在纸上写"小乐子，卷子借我抄"几个字，沾沾唾沫卷成一个小团，朝靠窗边的探春扔过去。结果不偏不倚，正好投中探春。要放平时，元春肯定投不了这么准的，看来"人在困境中往往能创造奇迹"这句话果然没错。

探春眼镜被纸团砸中，打得偏离了鼻梁，立马吓一跳。他连忙伸手扶好眼镜，从桌子上捡起纸团揉开拿来看，眯眼睛研究好半天，才弄懂纸上写着"卷子借我抄"五个字。那狂草凌乱得像狂风中的杂草，除了他们班元春也没别人能写得出来。

于是他抬起头，果然看见前面元春转头一脸冒油地盯着他，嘴巴低声对他咕哝什么，一边拿食指指着自己鼻尖，示意他看自己帅气的脸。

探春当然知道元春的意思，他是想看自己的考卷。虽然探春不情愿就这样把劳动成果拱手让他抄，但因为上周开班会交住宿费，自己没带够钱，元春当时二话不说，立马慷慨地从钱包里拿出四百元借他，至今欠着他一个人情没还。

探春拿人的手短，无奈之下，只好向他点点头。把考卷小心翼翼折成一个小方块，然后弯下腰，用力抛到元春那边。

元春眼疾手快，不等那卷子落地，就被他伸手"倏"地捞起来，大有美国球星科比的风范。拿到卷子之后，激动不已，二话不说，摊开放在书桌上就开始抄。他的卷子平生从未见过元春在自己身上写这么多字，十分受宠若惊。他有了模板，下笔如有神，三分钟就风卷残云地把考卷做完。然后再把考卷折回方块，朝探春扔回去。

探春拿回卷子，重新打开，顿时吓了一跳。原来元春不仅抄他的考卷，还在卷首另外写了一行字："谢谢小乐兄，以后要借钱，尽管开口啦！"那句话的末尾画着一个立正冲卷子外面举手敬礼的小人（如果那画的真的是个人的话），小人手指比胳膊还粗。元春坐在位子上，回过头冲他得意眨眼。

探春哭笑不得，赶忙提起笔，把那一行字涂掉。

众人在十几分钟里各使神通，把考卷写得满满当当之后，监考老师才晃悠悠地从教室外面走了进来，一副抽了鸦片之后的神志不清的模样。

他进来之后，看到众考生安静地端坐在位子上，面露微笑，淡然地目视他走进来，一点小动作都没有。觉得不可思议，试探问："我说，你们、没有作弊吧？"

此言一出，台下立马炸开了锅。"岂有此理！"众人群情激奋义愤填膺，七嘴八舌地大声嚷，"老师把我们看成什么人了！我们像是那种会作弊的人吗！"

"太过分了！我感到自己的人格受到了深深侮辱，士可杀不可辱！"

"信不信我马上以死明志！我要吞考卷自尽，谁都不要拦我……"

"我错了，我错了！"监考老师吓得连声摆手道歉，"是老师错怪你们了，抱歉抱歉！"

九点半准时交卷。考完语文之后，众考生直起身收拾东西，从405室陆续鱼贯而出。早上的阴雨停了，太阳重新从云层后面露了出来。被雨水刷洗过的天空干净得接近透明，地上积着一洼一洼积水，亮晶晶，反射着蓝天白云。

元春感激刚才考语文时探春卷子无私地借自己抄，心想，探春同学真是太热心肠助人为乐了，让他感动得简直不知该说什么好。

快乐这种东西就像语法，是比较级而不是最高级，要有比较才能感觉得到。元春由考试之前的万分紧张变为志得意满，一想到如果自己这次没考倒数第一，一年的零花钱就不必捐给红十字会了，高兴得脑袋发晕，对探春越发刮目相看。

看到探春还在位子上，就走过去主动表示要借钱给他："小乐子，现在缺不缺钱？缺就只管开口，多少钱我都借！"说完，不等探春说话，一只手伸到口袋里就要去掏钱包。

探春正在收拾书包，抬头看见元春往外掏钱包，吓一跳，连忙伸手把他劝住，要他别这么客气："谢谢，我现在真的不急用钱。"

"没事，都是小钱！"元春大大咧咧站在旁边，一迭声地说，"小钱！缺钱了只管开口，我有得是钱！"说完"嘭嘭"拍自己胸脯，仿佛里面装的都是一沓一沓的钱。

探春看着元春一副欧洲人民欢庆二战结束的兴高采烈模样，迷惑不解，心想没考倒数第一值得高兴成这样吗。于是小心翼翼地问："鸿鹄兄，你如果没考倒数第一，真有那么高兴吗？"

"高兴！当然高兴！"元春连声说，"我现在的心情好得不像话！那种感觉真是，就像、就像——"

词汇贫乏形容不出，于是一摆手："嗳！反正你是绝对无法体会到那种感觉的。"

"噢，是什么感觉？"探春好奇，"能不能描述一下？"

元春沉思良久，然后拍拍探春的肩膀，对他说："小乐子，你想象，此时此刻自己开着一辆五百万的法拉利，身上穿着限量版 Amani，兜里再揣一叠无限制透支额度的银行信用卡。然后，你就能体会到我这种快乐的感觉了。"

"哦……"

探春听完他的话，低头看看自己身上洗得半白的薄外套，心想，那是什么样的一种感觉？

凤姐的遭遇（中）

这个世上最没用的就是成绩单了，看了想哭，擦屁股嫌纸质太粗。

——金陵书院全体高中生宣

两天的期中考试眨眼就过，考试一结束，连日阴雨的天气也神奇转好，仿佛那考试是古代志怪小说里能吞云吐雾的魔王，魔王一走，连阴霾也被一并收回。

周四下午最后一科是英语，然后考试就正式结束了，剩下三天休息。学生们痛苦了两天，接下来终于轮到老师们痛苦了，因为他们得批改试卷。这考试就好比是上厕所，学生们上完之后浑身轻松，老师们却要负责给他们擦屁股，自然痛苦异常。金陵书院优生不少，差生更是一大堆，卷子做得狗屁不通者不在少数，偶尔一两张狗屁通的，也稀有得如同买彩票中奖，都属于千年一遇的级别。

老师们改得痛苦无比，各个教研组的办公室内传来的叹气声一声比一声高亢，大有"世乱人离奇，举国皆太息"的意境。

最后一天是阴天，天空中积满铅灰色的云团，颜色从天际边向上逐渐变深，到了晚上，又开始飘起雨丝。泉州只要一到季节转换的时候，就很爱下雨，雨丝飘洒在整个日渐寒冷的泉州，裹住整个城市，把世界拖进一片阴暗而寒冷的峡谷中。

周一，学生们在家狂欢三天之后，终于又不得不拖着沉甸甸的书包，像刚从战场前线归来一样身心俱疲地赶赴学校上课了。只不过因为上周的期中考，上课变得有了别样的意义。每上一节课，大家的心都在扑通直跳，希望考试成绩快点出来，大家无比热切地想知道自己到底考得怎么样：看自己是考得好了，立马向家里报喜；还是考得差了，立马向家里报喜不报忧。所以众人不停地抱怨，抱怨学校不快点公布成绩，好让他们尽早做出上述艰难抉择。

结果大家愈是心急，学校就愈是拖拉，迟迟不肯公布成绩，让学生们在等待中备受煎熬。那等分数的心情正如同怀春少女在思念情人，既怕他不来，又怕他乱来。大家就在如此反复焦虑中从周一熬到了周三，直到周三早上的语文课，做事慢吞吞拖拉无比的教务处才终于把学生分数排名的成绩单打印出来，送达各班。

大部分人虽然早就料到，自己的成绩将是一副怎样惨不忍睹不忍卒读的情形，可是人性中不肯死心的因子在作怪，还是抱着万分之一的侥幸，去细细看那张小表格。看完之后，立马大惊，合上成绩表，忧心忡忡地想，这下回家只能报喜不报忧了。

高二（1）班人高马大的黛玉同学倚在窗台边，接近两米的魁梧身躯像棵被砍倒的大树一样，无力又无助。他在最后看了一眼自己的成绩单之后，重重叹了一口气，然后终于狠下心，把纸条折起来，塞进衬衫口袋。

看了一眼坐在旁边的湘云，发现湘云两眼紧闭，面色苍白，端坐在位子上。估计他成绩和自己也是半斤八两，黛玉问："六一兄，考得这么差，要怎么办哪？"

"怎么办？"湘云睁开眼，微微一笑，"随它去吧，就这样办。"

"噢，你心态可真好！六一兄，你是怎么能看得这么开的？"

湘云淡淡一笑："因为无能为力，所以顺其自然；因为心无所恃，所以随遇而安。"

"好押韵对仗的话！"黛玉惊叹，"你从哪里看来的？电视？电影？小说？"

"不，我自己想出来的。"

"是嘛。"黛玉不相信，"那你语文考了多少分——"

"啊，"湘云连忙拉住他，"甲哥，我看我们还是不要讨论这个话题了。哎，我说，难道你不觉得很奇怪吗？"

"啥？"

"这次二班长考了班级第一！"

"嗯。"黛玉说。

湘云见他没开窍，不得不直接挑明："二班长考了第一，可为什么都没有听说大班长的成绩啊！大班长成绩不向来是我们班最好的吗，这次二班长是第一，那大班长呢，他考了第几名？"

"噢，有道理！"黛玉成功被湘云顾左右而言他，点头深思，"是啊，大班长考了多少名，这真的是一个值得思索的问题啊。"

"就是！"

"要不，"黛玉说，"咱俩今天放学回家努力想想，看明天能不能想出来？"

"我说……你直接去问一下班长不就得了？"

"喔，好主意！"黛玉一拍脑袋，"我怎么就没想到！"

"有这么难吗……"

"哦哦，那你等着，我现在就去问问。"

"全靠你了。"于是湘云拍拍他厚实的肩膀，寄以信任的目光。

　　课间，教室里到处人声鼎沸，一阵一阵的，像海浪波涛泛起污浊泡沫撞上黑色海堤的声音。

　　在其他人都抓着成绩单四处和人眉飞色舞热聊时，班长凤姐一个人坐在后排角落，桌上摊开一本参考书，他的目光始终像苍蝇一样，牢牢叮在上面。身边人自顾自打闹，教室里乱糟糟的。虽然凤姐强迫自己看完这个章节，可此时此刻，尽管他眼睛盯着书本，却一个字也看不进去。

　　这次陈皎皎考了第一。凤姐想到这里，嘴角浮现出一丝苦涩的笑，而我，考了三十一。

　　十一月末的天底泛着白光，风从高大的窗户外面吹过去，隔着玻璃，似乎也能听见呼呼的声音。泉州已经被来自北方的寒流攻破，天空从初秋的湛蓝一点一点褪色，逐渐变成深秋蓝中泛灰的颜色。秋天漫长而单调，使人坐立不安，在遐思中一直消沉下去。有心事的人是不会喜欢秋天的。

　　凤姐盯着窗外天空看，转头回望一眼教室，猛然联想起开学报名那天的第一次班会。他这才发现，今天情景和那天居然出奇的相似。教室里也是嗡嗡响，像一个炸了窝的蜂巢。谁也没有注意到他，然后他也是这样一个人待在角落里，捧一本书装模作样地看。明明眼睛里看到的是一些东西，可是心里想的却是另外一些东西，就连心情都一模一样，都是那种既怕被别人打扰，可心底却又渴望有人主动过来和自己说话的矛盾心情。

　　凤姐又苦笑了一下，这种如同梦魇一样重复出现的场景，到底是生活的讽刺，还是不可捉摸的命运的又一次轮回呢。

半年前，当得知自己决心报文科时，爸妈坐在沙发上，深深叹气："自冕，你为什么还是一意孤行要报文科。"

"我要上，北大光华。"那时的凤姐面带微笑，意气风发。

"北大理科也可以上，为什么你就是要读文科？"

凤姐心想，那只剩一个理由了。于是他说："爸，妈，我喜欢文科。"

爸妈说服不了他，最终不得不叹口气，尊重了他的选择。

凤姐违背双亲意愿，与其说是一种冲动，莫若说是执拗。当时的他是那样踌躇满志，那样意气风发，自己也被自己壮士断腕般的决心感动。可现在呢，理想终究让位于现实，踌躇满志变成了纠结无比。两个月过去之后，期中考试结果出来了，当初心境已经发生了一些微妙的转变。自己那么要强，可最后却得到这样的结果，到底是意外，还是无奈呢。也许信念这种东西，终究不过是虚幻吧……

他就这样对着课本胡思乱想着，突然，头顶的光线一暗，感觉好像是有人站到了旁边。凤姐吓一跳，随即觉得不太对劲——等等，这光线怎么暗得有点夸张啊，感觉太阳都消失了一样。

他抬头一看，这才发现原来是身高两米像头大象一样的黛玉，直挺挺地站在旁边盯着他看。

"嗯，"凤姐还是吓了一跳，"德甲兄？"

"班长。"黛玉说。

"有事？"

黛玉居高临下，像悬崖上的秃鹫一样俯瞰凤姐："是的，我有一件事要问你。"

"你——能不能先坐下来，"凤姐被他俯瞰得心慌，"我压力蛮大的……"

"哦。"黛玉点点头，依言盘腿坐到他旁边。

凤姐头顶一空，顿时有种人生重见光明的感觉，长吁口气："说吧，什么事？"

"大班长，"黛玉凑近凤姐，定定凝视他的脸，"其实我一直……有一个问题想问你。这个问题深深埋藏在我心底已经很久很久了，我一直都不知道该如何说出口。直到刚才，我受到六一兄的启发之后，才终于鼓起勇气，决定把这句话大声说出来。班长，我要对你说三个字——"

"等等！"凤姐越听越不对劲，连忙制止他，"听你这口气——不会是要对我表白吧？"

"不不，我是想问你这次期中考的成绩。"

"那你要对我说的那三个字——"

"多少名？"

"……"凤姐心想这家伙，不论说什么话总能让人想入非非。随即，他又觉得黛玉这个问题比他真的问那"三个字"还难回答。

犹豫了一下，摇头："很不好。"

"那是有多不好？"

"很差。"

"那是有多差？"

黛玉一副打破砂锅问到底的职业狗仔队模样，看来如果自己不说，他会一直问到太阳落山。于是凤姐深吸一口气，压低声音说："我是——三十一名。"然后连忙补充，"这个成绩我只和你说，你先别说出去，我不想这么快就被大家知道。"

黛玉先是点点头："哦。"过了三秒，等他迟钝的反射弧经由神经中枢终于将凤姐的话传达到脑子之后，立马发出一声惊天动地的巨吼："什么！你考了三十一名！"

整个高二（1）班的人都被他吓了一跳，停下手中各种活儿，齐刷刷地把目光投向他们这边。

黛玉看见众人投过来的目光，方才醒悟过来，连忙"哦哦"捂住嘴巴，轻声附在凤姐耳边，压低声音说："班长，你放心，你放心，你的成绩我绝对不会和大家说的，打死我都不说！"

"……"凤姐有一股抓住头发把自己扔出窗户的冲动。

事情其实是这样的。上周期中考最后一科考英语，英语考卷除了作文之外，通篇都是单选题，所以最后答案不是直接填卷子交上去，而是用一种名称十分别致的铅笔涂在机读答题卡上。

结果凤姐特别倒霉，别人的机读卡都没问题，就他那张机读卡出了毛病，导致他最后十五道阅读理解题在电脑上全部显示不出来，改卷老师也没留意，直接判了他零分。

老师们先于学生知道了考试成绩。周二下午开"考后总结会"，1班班主任Ross拿到成绩分析表，一翻开看到凤姐的英语考试分数，吓了一跳。心想，凤姐高一时英语都很好，怎么一换她教，立马就差成这样。班主任良心难安，认为这一定不可能是自己的错，为摆脱误人子弟的嫌疑，开完会后，立马把凤姐叫来，和他一起到教务处核对成绩。在一堆机读卡里翻了半天，终于找到他的机读卡，核对答案，这才发现凤姐实际的英语成绩要比表上高出三十分。

班主任大喜，立马去登分老师那边，要求把凤姐的成绩改回来。登分老师年纪轻轻，性格却古板无比，死活不肯同意，坚持说这种做法对其他学生不公平。因为只要凤姐的成绩一改，所有文科生的排名立马就要向后退一个数字。

班主任为凤姐惋惜，同那老师辩论。那老师倒反过来安慰凤姐，拿出活了几百岁的口气说，名利乃身外之物，生不带来死不带去，这位同学不必太过介怀。登分老师受到佛家那句"只要心中有佛，便处处是佛"的名言启迪，语重心长地安慰凤姐说：表面的名次其实并不重要，心中的名次才重要，"只要心中有名次，便处处都是名次"。

Ross嘴皮子耍不过那老师，只好带着凤姐从教务处悻悻而回。最后，凤姐的成绩仍然是三十一名。

"噢，我明白了，原来是这样……"黛玉同学在听完凤姐讲述的来龙去脉之后，端坐一旁，点头沉思良久，一言不发。

凤姐心想这家伙又怎么了，问："哎，你怎么不说话？"

"只要心中有名次，便处处都是名次，只要心中有名次，便处处都是名次……"黛玉不答话，只是颔首低声不断念叨着这句话，然后一拍脑袋，若有所悟地大声说，"哦，我终于明白了！"

"你，明白什么了！"

"'只要心中有名次，便处处都是名次'，"黛玉一脸激动地拿凤姐的书敲桌子，对他说，"大班长，教务处那位老师说的话真是太精辟了！顿时令我茅塞顿开，让我再也不用为我的成绩而纠结了（他倒真想得开）。班长，你要替我好好谢谢那位老师呀！"

"……"凤姐看他一副释迦牟尼涅槃得道的表情，"这么说，你顿悟了？"

"顿悟了，顿悟了，"黛玉连连点头，然后伸出粗大得像胡萝卜一样的食指，在空气中摇了摇，"而且，我还终于明白了一个道理。"

"什么道理？"

"这个道理就是，"黛玉面露微笑，"不管你考了第一还是第二还是倒数第一，其实根本上都是没有区别的。如果一定要说有什么区别的话，'第一'和'第二'仔细看，其实也只不过是很细微的区别而已。"

凤姐心想这种脑筋急转弯我也知道，你不就想说那个"第二"，比"第一"多了一个一嘛。于是问："是多了一个'一'？"

"错！"黛玉大吼一声。

凤姐吓了一跳："那区别是什么？"

黛玉笑而不语，拿起桌上的水笔，摊开凤姐的手掌，在他手心里写了"二"和"一"两个字，然后说："你再仔细看看，'二'和'一'比，真的是多了一个'一'么。"

"难道不是多了个'一'么？"凤姐疑惑。

"不，不，"黛玉微微一笑，指着那个"二"的上半部说，"你看，其实是个比'一'还要短一点的'小一'。"

班级众人课间闹腾了十分钟，铃声"铿铃铃"地响了起来，语文老师何开发拎着他的黑色公文包从外面快步走了进来，一副风风火火的样子。众人平生头一次见到七老八十快进棺材的何开发走路这么敏捷，心说不好，看来有什么大事要发生，于是停止打闹，纷纷归位。

这次联考金陵书院考得其实并不好，语文尤其的差。昨天周二的"考后总结会"上，何开发几个语文老师被校长当着众老师狠狠批评了一顿，心情不佳延续到今天，满脸乌云。站在讲台上，一声不吭"唰"地把期中考试卷掏出来，吩咐课代表凤姐把考卷发下去，大家自己先对答案，然后他评讲。

台下学生见何开发一副别人欠他钱没还的讨债神情,也不敢吭声了,坐在位子上接过课代表发的卷子,然后乖乖地开始对答案。

众人看过成绩单,虽然早就知道自己的语文分数惨不忍睹,不过拿到考卷之后,总还要不死心地细细查看,就是不肯相信这张烂得像豆腐渣一样的考卷是自己的。直到确定卷子上那清秀隽永的笔迹确实是出自自己之手后,方才不得不承认这确实就是自己的考卷。

大家同卷子相认之后,看到卷面答案被改卷老师用红笔糟蹋得一片血红,顿时心痛得如同见到失散多年的亲生儿子在外受苦一样,暗骂改卷老师都瞎了狗眼,自己答得驴唇不对马嘴也认栽了,改卷老师们怎么就不看在自己的字写得如此清秀隽永颜筋柳骨力透纸背的份上,多给一点同情分嘛。

这次语文卷子没一题做好的,尤以作文最差。语文作文写的是议论文,就是看一段材料提炼立意,然后写一篇八百字文章。作文材料是这样的:

某博士生、本科生和技校生三人去某建筑公司面试,结果却被要求先去工地搬砖实习半年。三人只好去工地搬砖。搬了几个星期的砖头后,有一天,一个人走到工地上,问他们:"你们在干吗?"

博士没好气地说:"不长眼吗?自己不会看?"

本科生则面无表情地说:"搬砖。"

而技校生却兴高采烈,一边搬砖一边哼歌:"我们在建设美好的未来!"

十年之后,博士仍然在工地上搬砖,本科生当上了包工头,而中专生则成为了该公司的总经理——原来,当初问三人"你们在干吗"的那个人是建筑公司的董事长。

请依据所给材料,选择恰当角度写一篇议论文,题目自拟,字数不限。

何开发一边戴上老花镜,一边在台上唠叨不停,埋怨学生平常不肯认真听他教导,导致这次考成这样。他说:"别的先不讲,两个理科重点班,这次作文的平均分都比我们班整整高出了十分。我们班差不多一半的同学不是离题,就是偏题。我就不知道你们到底怎么想的,啊?怎么这么简单的作文立意都不会呢,啊?来来,自冕,你先说说你的立意是什么！"

语文课代表凤姐被抽到，只得站起身，说："我的中心论点是'要乐观对待挫折'。"

"偏题了，偏题了！嗳，怎么连你也偏题了哩。"何开发对凤姐作文没写好很不满意，转头，看见后排角落里的黛玉正盯着讲台上笑，"柳德甲，不要傻笑了！你来说说你的立意！"

靠在窗户边的黛玉同学正在开小差，突然被何开发点到，吓了一跳，只得像蛇一样扭动伸展庞大身躯，从逼仄座位上艰难地站起来。他上课之前同班长凤姐讨论"第一"和"第二"的区别，自以为顿悟，像释迦牟尼涅槃一样微笑，一直涅槃到上课，根本没听何开发讲什么。

站起身之后，探着耳朵左顾右盼地问："老师再说一遍？"

"你的作文题目！"

"哦，我的题目是——"黛玉连忙低头翻考卷，"题目是，'要学会拍领导的马屁'？"

班级众人哈哈大笑。

"胡说八道！"何开发断喝一声，问他旁边的湘云，"宋六一，你呢！"

"报告老师，我的作文立意是，看事情要一分为二！"

湘云志得意满地站了起来。

"错，离题！"

湘云灰溜溜地坐了下去。

"平常叫你们认真听课不好好听，你们啊……"何开发站在讲台上摇头不止，以一个省略号作为结尾，表示已经没有词语可以用来形容这群不听话的学生了。慨叹完，又看班里其他人，要叫人起来回答。

众人见他连问三个人都是男生，心说他怎么老专门针对男同学。班里剩下的几个男生成了惊弓之鸟，何开发目光到处，纷纷心虚得像乌龟一样把头缩进书里。众男生忙着找掩护，唯独第一排有个矮个男生却一直一动不动，端坐挺立，面露善意地看着何开发。

何开发见那男生不躲他，好感顿生，于是把他点起来："啊，这位同学，你来说一下你的立意！"

285

"是！"矮个男生蓄谋已久蠢蠢欲动，终于盼来何开发点自己，幸福无比，立马动作夸张"霍"一声从位子上蹦起来。

"？"何开发咯噔一声，心想这动作怎么这么熟悉，连忙摘下老花镜一看，暗叫不妙，原来他居然把宝钗给点起来了。宝钗同学名声在外，咋咋呼呼爱钻牛角尖的性格在老师当中美名远播，平常各科老师上课时都不敢把他点起来回答问题，怕他像注射了兴奋剂一样喋喋不休和老师争辩，那这堂课就别想上下去了。

何开发后悔自己饥不择食，生怕悲剧重演，连忙挥手："没事没事，孙汉男你快坐下，我叫错人了叫错人了！"

但这点起来的学生就好比在淘宝下的单，快递都送上门了，哪容得你说退就退。宝钗不服气，大声叫："老师，我要说，为什么不让我说！"

"好吧，你快点说。"

于是宝钗说："我的作文立意是，学历高低不能决定成就大小！"

"错！"何开发连忙说，"你怎么会这么想呢？立意明明就应该是要积极面对人生。你要注意到搬砖的时候众人的心态，博士最后成就小，全是因为他态度不好。中专生虽然学历低，但是因为他做人积极，最后才能当上总经理嘛。这么明显的道理，怎么会看不出来呢？"

何开发一口气说了一大通要立马把宝钗驳倒，以防他和自己争辩个不休。

不料宝钗十分不服气，跳起来手舞足蹈地叫："老师不对，不是这样的！博士之所以心态不好，正是因为他把自己的学历看得太重了，反而束缚在了学历的笼子里，而中专生能当上总经理，完全凭的是自己努力，并非中专学历。所以说，学历高低与日后成就高低并不成正比！"说完，生怕何开发不理解，又拿他的亲身例子补充，"我知道，老师您也是中专，在学校所有教师里的学历是最低的，可您不照样当上了语文教研组副主任了么？"

言者无意，听者有心，众人听完窃笑不止，心想这下可有好戏看了。何开发当老师早，那个年代的大学生稀少得像大熊猫，所以只修炼到师范中专毕业。文凭低一直是何开发的心病，平常其他人从不敢在他面前聊学历的事，只要一提学历，何开发立马就要像亚当和夏娃裹着的树叶被剥开，羞愧难当。

现在何开发被宝钗不知好歹地一把扯了遮羞布，顿时颜面尽失。难堪半天，冷笑一声："我是老师，难道我说的话还作不得准么？"

宝钗不知死活，张嘴还要反驳，坐他旁边的劳动委员顾小美为她捏了一把汗，连忙偷偷伸手把他拉回位子。

宝钗把劳动委员手推开："喂，你干吗？"

"孙汉男，你不要命了！"顾小美低声说，"你看不出来老师都发火了吗？"

"老师说的没道理，难道我不应该纠正他吗？"宝钗说，"柏拉图也说过啦，吾爱吾师，吾更爱真理——"

"吾你个头啦！"顾小美咬嘴唇踩他一脚，"只要是老师说的话当然就是对的，即使说错了也是对的，难道你区区一个学生比老师更厉害吗？"

宝钗脸皱在一起，显然仍旧没转过弯来："可是……"

"别再犯傻了，"小美一把打断她，"卷子是学校出的，要是立意真的像你说的那样，学历没有用，高考考上大学也没有用，学校不是自己打自己的脸吗？那我们还读书干什么？"

"唔……"宝钗脑瓜终于正常过来，挠挠头，"有点道理……"

台上何开发老底被揭穿，羞愧难当，想要当场发发威，又不舍得夹上课本摔门而去（校领导规定老师旷节课扣五十块），只得干咳几声，黑着脸继续上课。

好不容易和学生一起熬到下课，说声"下课"，然后气冲冲地转身就往教室外走。心想现在总算可以摔门而去了，伸出手刚准备重重摔一下门烘托气氛，突然想想那门是学校公共财产，万一摔坏了还得自己赔。只好宁可不要那气氛，气呼呼回办公室去了。

继第一科的语文之后，各科试卷评讲陆续展开，皆是惨不忍睹，各班哀叹之声不绝于耳。不过愤怒的校领导是不会如此轻易放过学生们的，成绩公布之后，照例还要召开一次学生大会总结考试经验教训。名为总结，实为批斗，学生们又有一场"领导重要讲话"好睡了。

而在开学生大会之前，则通常会先召开小范围的尖子生交流会。优生交流会一般是文科前五名，理科前二十列席。大拿校长上了年纪，越发爱财兼爱才，交流会由他老人家百忙之中抽暇亲自主持,与学生精英面对面座谈深入交流。

等到周五上午,日理万机比秦始皇还忙的大拿校长料理完公务,吩咐广播台通知尖子生到紫云阁开会。尖子生们样样拔尖,善于学习,自然也善于开会,一听校长召唤,二话不说拔腿直奔紫云阁,在清晨秋高气爽的校园里举行集体赛跑。

开会的地点设在紫云阁四层的环形会议室,就是领导们平日里开会的地方。会议室装修阔气,一望而知花费不菲。众学生呼哧呼哧跑上四层,前腿一迈进会议室那扇紫檀大门,立马觉得那条腿的档次比身体其他器官都高出了不少。

会议室装修雅致,正中央是一张巨大的环形会议桌,东面靠墙是一座红木架,木架上摆放着各种形状的青花瓷,雍容典雅,看起来应该不像是从地摊上买来的。两侧白墙上还悬挂着几幅草书字画,笔墨横姿,龙飞凤舞,据说都是校长的墨迹。都说校长书法好,看来果真不是盖的——他敢把自己的字帖出来献丑,起码说明勇气可嘉。

学生们早早来齐,伍校长却还没到。众人进了会议室,齐声赞叹,啧啧不已,心想原来领导们平日就是在这种地方开会的啊。端正笔直地坐到会议桌上,顿时个个都有了领导的感觉,就只差脑袋没秃顶了。

两个理科班女生结伴走进会议室,像好奇的鸽雏一样四处凑近看,咕咕地笑,面露夸张地啧啧惊叹:"哇,好气派呀!""是呀,领导们开会的地方果然就是不一样呢!"

一个女生看到木架上陈列的青花瓷,大感兴趣,凑近伸出手指小心翼翼地触摸:"哇!这什么花瓶呀,看起来很贵的样子呢!"

另一个女生显然内行一些,说:"这是青花瓷。"

"我读书少,你不要骗我!"第一个女生叫起来,"这些花瓶都是蓝色的,怎么会是青花瓷?"

"你这人可真稀奇!"另一个女生哭笑不得,"青花瓷本来就是蓝色的好吗?"

第一个女生不信:"你色盲啊,这些花瓶明明就是蓝色的好不好?要叫也该叫蓝花瓷啊!"

"你错了!"第二个女生,"伟大的数学家罗素曾经说过:'不要被假象蒙蔽了双眼,因为你所看到的未必是真的。'你现在就是被双眼蒙蔽住了心灵,这样会离科学越来越远的!"

"哼！"第一个女生，"牛顿也说过：'我从不听信别人强加给我的妄言，我只相信用自己的双眼确认的真理。'所以不管你如何颠倒黑白，搬弄是非，我始终坚持那是蓝花瓷！"

第二个女生把罗素视作偶像，一向认为牛顿不如罗素——主要是不如罗素长得帅："胡说，牛顿讲的话就是对的？他自己不也犯过'上帝是第一推动力'的错误么。依我看，牛顿比罗素差得远了！"

"胡说八道！"第一个女生激愤不平，"牛顿哪点不如罗素强了？"

"那你说啊，"第二个女生，"你说，牛顿哪点比罗素强？只要你说得出一点，我立马服你！"

那女生想了半天想不出来，急中生智："牛顿——牛顿鼻子比罗素的大！"

第二个女生："……"

凤姐早早到了会议室，坐在位子上，手里拿着一本书在看。交流会文科五个名额四个在1班，凤姐这次虽然排到了三十一名，因为情况特殊，也被通知来开会。

刚才那两个理科女生争论时，他就坐在她们旁边的位子上。听完争辩，有些哭笑不得，摇头发笑，心想理科生思维与文科生果然就是不一样，连吵架的方式都如此与众不同。

心中正想着，又一个男生走进了会议室，走进来的第一件事就是四顾张望。一看见位子上的凤姐，咧嘴笑，高声冲他喊："嘿，李学霸！"

凤姐听见有人叫他，诧异地抬头一看，发现3班的刘德华朝自己这边大步走了过来。

"怎么会是他！"凤姐吃了一惊，心说他怎么也来开会了，于是连忙低下头看课本，假装没看见。

凤姐的遭遇（下）

从前，我一直以为只要自己躲进角落里，别人就找不到我了，直到后来，才发现那一点用都没有。因为像我这种出众的人，就好比是萤火虫，无论走到哪里，连屁股都能发出光芒。所以，又要让我如何学会隐藏？

——高二（3）班刘德华

凤姐连忙低头盯着书本，恨不得披上一件隐身衣，只求刘德华没看见自己。

结果刘德华偏偏一眼认出位子上的凤姐，像街头叫卖一样高声大笑着吆喝："李学霸，怎么来得这么早！真是'早起的虫儿被鸟吃'——不不，是'早起的鸟儿有虫吃'啊！哈哈！"

"……"凤姐不知道他是有意说错，还是口误。

刘德华快步走到他旁边，一屁股坐下，大大咧咧搭上他肩膀："怎么，李学霸，认真看书哪？"

"嗯嗯。"凤姐说。

"噢，不错不错，真用功！"

"嗯嗯。"凤姐实在懒得搭理他，转头勉强挤出一点笑，盼望他赶紧消失。

其实凤姐也不是怕这个刘德华，或者故意要躲着他，只是二人的关系实在微妙得很，一言难尽。

早在高一时，凤姐就认识这个刘德华了。刘德华户籍在角岐区，和他一样都是特招生。特招考试进金陵时，凤姐的成绩是全校第四，刘德华以一分之差屈居第五，颇有不甘。先是刘德华在外面大肆宣扬，逢人就和凤姐抬杠，向他下战书，然后凤姐通过别人的口中得知了年级里有这号人物。

高一暑假分科，刘德华知道凤姐也要报文科，就放出话来说："不管谁读文科，第一都是我的，识相的早点退！"

凤姐听到这话，当时就觉得此人狂妄得不行，后来一见面，果然就杠上了。真是被李煜的那句词给说绝了，二人的关系简直是"剪不断，理还乱"，成绩被拿来比，评讲被拿来比，连身高都被拿来比。二人也不知道是什么时候互相杠上的，不过肯定是刘德华先挑的头。

总而言之，两个人虽并非你死我活的敌人，却也绝不是朋友，每次见面都免不了笑里藏刀地唇枪舌剑一番。就好比西方那些政客，在台上可以摆出一副亲切握手的样子，背地里却恨不得对方走路时狠狠摔跟斗，出个大洋相才好。

刘德华这次期中考也不知道使什么神通，居然被他考了文科第一，真是志得意满，风光无限。他昂首阔步地走进会议室，双目望天，胸脯挺得比姚明还高，仿佛考了文科第一，全世界就都该认识他一样。招呼完凤姐，大大咧咧在他身旁坐下，紧挨着他搭讪："李学霸，看的什么书啊？"

凤姐一声不吭，把书的封面举起来给他看，《英语习题全解》。

"不错不错，用功！"刘德华啧啧，"看你这么学霸，平常都不看课外书吧？"

凤姐听出了话里的刺："看啊，怎么不看！"

"喔，失敬失敬！原来学霸居然还看课外书！"刘德华现出一副吃惊的神情，表情足可以假乱真："那学霸平常都看些什么课外书啊？不会是《论语》《孟子》吧，哈哈！"

"当然不是！"凤姐心说这可是你先找我的茬，别怪你自取其辱。于是他就把自己脑海里能回忆起来的外国名字通通报了出来，"也没看什么了，平常就读读保尔·萨特、约瑟夫·康拉德、巴特勒·叶芝、伦勃朗·哈尔曼松，还有——泰奥多尔·夏塞里奥等等。"（注：萨特等人为作家，而泰奥多尔·夏塞里奥是画家。）

刘德华听都没听过，自信心大减，还要嘴硬："噢——这些人写的东西都还勉强凑合，我有时间的话，也看一看他们的书。"

凤姐钓他上钩："你最喜欢哪位？"

"夏——塞里奥？"刘德华果然只记住了最末尾那个人名。

凤姐见刘德华上当，心底发笑，于是一拍大腿，说："哦，不好意思，我给弄错了！

泰奥多尔·夏塞里奥其实并不是作家,而是法国的画家。"言毕,问刘德华,"你说读过他的书,原来他出书啦!什么书啊,能推荐一下吗?"

刘德华万万没想到自投罗网,但他好胜心强,还要在网上扑翅膀扑腾,不得不硬着头皮瞎编了一个书名:"嗯,我确实看过他的书,那本书叫什么——对对,那本书叫《Vous êtes un idiot》(注:你是个傻瓜。)。这是法文,恐怕你不懂的。"心中祈祷凤姐真的不懂。

刘德华上周考完试无聊,从学校图书馆借来一本乱七八糟的书翻,那本书专门介绍法国人日常生活用语。结果刘德华别的没记住,偏偏把那句教人用法文骂人的话给记下来了,现在正好派上用场,暗叫侥幸,心想果然书读得好不如读得巧。

凤姐成绩虽然好,但目前除了英语之外尚未涉猎其他外语,刘德华这么一说果然不懂。他虽然满腹存疑,但又死无对证,想质疑也质疑不了。

刘德华见对方连被自己骂傻瓜都没反应,哈哈大笑,放下心来继续扯谎:"哦,对了,那本《Vous êtes un idiot》,除了描绘作者本人的观点之外,还介绍了法国许多深邃的哲学思想,水平低一点的人都不敢翻开看的。我记得,书里有一句话让人印象尤为深刻:'想不是你要他来他便来,是他自己决定他去来'。(注:语出德国哲学家叔本华《作为意志与表象的世界》。)我看了之后深有体会,李学霸,你觉得怎么样!评价评价?"特意出了道难题给凤姐,要看他怎么作答。

凤姐不知道刘德华剽窃叔本华的名言,他说的那句话听着就像绕口令,更别说理解了,不得已,只好学刘德华敷衍:"有——定的道理。"

"真的?"刘德华疑心凤姐根本没听懂,但又找不出理由来指责他,因为刘德华自己也不懂。这就好比两个瞎子在房间里摸铃铛,摸来摸去都没听见铃铛响,但两个瞎子又无法用眼睛确认那铃铛是否真的存在,最后不得不放弃比赛。

刘德华平时在3班号令群雄,少有机会挨凤姐这么近,不肯空手而归,想起期中考,于是明知故问:"李学霸,你这次联考排第几啊?"

凤姐知道他迟早要提这个,长痛不如短痛,咬咬牙,答道:"三十一。"

"呀,三十一!"刘德华脸上的错愕神情足以以假乱真,"怎么搞的!怎么跑到三十一去了?我以为你至少也有前三呢!可惜可惜!"为凤姐面露悲痛惋惜之情,简直比他自己考了三十一还要心痛。

凤姐听了他的话，心中突然难受起来，没心情再和他继续演戏了，不答一句话。

刘德华见凤姐一声不吭，反倒有马蜂放刺蜇了个空的感觉。不甘心，继续刺凤姐："没事没事，李学霸，不就一次考试嘛！知耻而后勇，后面还有机会考第一嘛！你说对吧？"

凤姐仍旧一言不发。

刘德华今天找凤姐谈心，原本就是要借机炫耀一番，现在见到凤姐像冬眠的蛇一样躲在洞里毫无生气，拿树枝戳都一动不动，也觉得没意思。于是不得不打了个哈欠，挪挪屁股，转回头。

校长还没来，刘德华待在位子上无聊，四处张望，看到1班副班长陈皎皎坐在会议桌对面，正持笔低头写着什么东西。刘德华立马又来了兴致，高声叫："副班长！你这次联考考了第几啊！"

他飙高音一样的问话引旁人皱眉侧目。陈皎皎停下手中的笔，抬起头淡淡答他："第二。"

"哦，厉害！不错不错——不过和我比，还差一点，哈哈！"刘德华以高高在上的姿态放声笑，那表扬陈皎皎的话也像是胜利者施与失败者的额外恩赐。

凤姐实在受不了这自恋的家伙四处找人炫耀自己，从冬眠期中苏醒过来："我知道，你是文科第一名！你不用问，全部人早就知道了！"说完，觉得这话斗嘴的意味太浓，补充性地干笑几声，以表示刚才的话是普通情感表达而非斗嘴。

刘德华本意被凤姐戳破，一时倒无话可答，为掩饰尴尬，只得咳咳几声，拿起桌上的水杯喝水。喝了几口，看看手上的水杯，突然醒悟过来，自己来开会根本就没带水，诧异这水杯是从哪里冒出来的。

刘德华转头一看，见到自己右边坐着一个满脸雀斑的胖女生，正直勾勾地盯住自己。胖女生死死盯了刘德华好久，然后脸刷地一红，头埋进胳膊整个身体压到桌子上羞涩地笑，带动整张巨型会议桌一抖一抖。

"……"刘德华吓得慌忙毕恭毕敬把水杯放了回去。

凤姐幸灾乐祸。

对面陈皎皎轻轻地微笑："是呀，德华君，恭喜你呀，这次考了年级第一名。"

刘德华诧异了一下，表示谦虚："哈哈，过奖！"不过口气里一点听不出有过奖的意思。他没想到一班副班长居然肯称赞他，像被灌了酒一样，迷迷糊糊，酒后吐真言："哈哈，过奖过奖！不过你们这些人真的要努力了，不然第一以后就彻底没你们的份了！"

陈皎皎的堂姐陈圆圆"校花"也来开会了，就坐在陈皎皎旁边。校花听见刘德华自大的话，脸上露出诧异的表情："是吗，可我也是第一喂。"

"你也是第一？"刘德华以为校花也读文科，问，"不对吧，文科第一应该是我才对吧！"

"对啊，我又没说我是文科第一。"

刘德华立马哈哈笑起来："那是什么第一，你们这些人，说话也不说清楚一点……"他仰头狂笑着，这时只听校花淡淡说了一句："我是理科第一。"

"噗——"刘德华的笑立马泄下去，被校花理科第一的名号吓到，不敢再嚣张。

校花和陈皎皎对视一笑。

二十多名学生在会议室里等了半个世纪，校长才终于在教务处冯主任的陪同下缓缓踱进会议室。众人见到校长，立马像弹簧一样齐刷刷从座位上蹦起来，异口同声地叫："校——长——好！"那问候整齐划一而语气舒缓有力。果然不愧是尖子生，样样在行，拍马屁自然也不在话下。

大拿校长和蔼无比，笑容满面地招呼大家："同学们坐，我们开会。"众人方才敢坐回位子。

在座的二十五名学生里，理科生人多势众，围着会议桌占了绝大半的地盘，越发把五个文科生挤得像太平洋上的零星孤岛。几位文科生明明势单力薄，却又不肯团结，彼此坐的远得像白天与黑夜，就是凑不到一起。总算还有刘德华和凤姐这两个冤家剪不断理还乱，肯互相厮守。

我校虽然号称"全面发展，文理并重"，不过这年头，重理轻文早已成天下大势，金陵书院欲谋发展，自然也不能免俗。于是那"文理并重"就成了计生部门"生男生女一样好，女儿也是传后人"的标语口号，写尽管那样写，不信的人照样不信。

学校向来对理科优生重点培养，这次二十位理科尖子生里，又以其中一男一女两名同学居首。女的就是6班的校花，校花身为学生会文学部部员，不仅多才多艺，成绩也是名列前茅，甚至相貌在会读书的女生里都数一数二（也就只敢在会读书的女生里比一比了）。

另一位理重7班的男同学更加了不得，姓孔，名叫好问，是本校万中无一学霸中的学霸，绰号"孔学神"，据传还是至圣先师孔子后人（祖谱这种事，总是能上溯三皇五帝的）。孔好问同学自幼外形羸弱，面无血色，目光呆滞，更兼鼻梁上架一副厚得吓人的近视眼镜，天生一副会读书的奇相。他的读书才华连校花也要甘拜下风。

大家平时表扬一个人会念书时，总喜欢将那个人称作"学霸"。而对于孔好问这样一位把书念得出神入化走火入魔的读书奇才，众人都觉得，仅仅"学霸"这个词已经不足以表达他们内心的景仰之情了，于是索性把那个"霸"改成"神"字，直接将孔好问尊称为"学神"，以表达对他这种学可通神的膜拜之情。

有这样一尊神镇在学校，自然备受校领导器重。校长坐定之后，环顾了一眼会议桌，看到左下首的孔好问，冲他微笑着点点头。这么多人当中，只单独和他对视了三秒——这项殊荣令其他学生羡慕不已。

"大家不必这么拘束嘛。"校长说，"今天我把大家叫过来，其实也没什么特别的事，主要就是提供这样一个机会，让在座的各位学习精英们能够互相好好交流一下。大家这么多人聚在一起，很不容易，我知道同学们平时都很忙，尤其有些同学，甚至可能比我还忙——"

校长说到这里，顿了一下。坐他后面的冯主任对众人使眼色，众人心领神会，立马齐声说："不忙不忙！校长公务辛劳日理万机，比我们忙多了！"

大拿校长赞许众人悟性，满意地点点头，接着说："所以现在我们坐在这里，就是希望大家能把自己考试学习的经验拿出来分享分享，共同进步，互增裨益！希望大家畅所欲言，把集体的智慧发挥出来。'鸟多不怕鹰，人多把山平'嘛！"

"是是，"众人连忙接，"'一鸟力单薄，众鸟遮日头'！校长说得真是对极了！"

校长龙颜大悦："很好很好！我们现在就开始交流！"说完，头一个就把学神孔好问钦点起来："我看那不如就让好问同学先来讲讲，给大家开个好头。"

"是！"孔好问听见校长吩咐，立马颤巍巍从椅子上站起来。

孔好问没辜负了自己的名字，头一句话劈头就提问："我有一个问题想请教大家！现在高考考纲已经发下来了，可教科书上很多知识点考纲里却没有，如果我们只按照考纲范围复习，就怕出卷老师会别出心裁跳出考纲范围出题，可是想要把教材全部知识点都复习一遍，却又太浪费时间。好比说，以生物上的'完全变态'这个知识点为例，考纲上并没有要求，可它对于后面的'昆虫发育'和'动物的变态激素调控'都很重要，那大家到底是背还是不背呢？"

孔好问一问就开始直接问生物题，他这个"大家"显然并没有包括在场的文科生。文科3班的刘德华尤为敏感，他一发觉自己被无视，立马不满地叫道："喂，你这个'大家'没有包括我吧？"

孔好问仿佛是经刘德华提醒，才发现了他的存在。转过头，上下扫视打量着刘德华，脸上一副诧异神情："你是？"

"我是高二（3）班的刘德华！"刘德华小小自豪了一下，"这次期中考的文科第一！"

"是嘛？"孔好问恍然大悟，"噢，失敬失敬，原来今天文科的同学居然也来开会了！"

众文科生："……"心想，你不会连我们来没来都不知道吧，不知道他到底是装的还是真的读书读傻了，连五个大活人都看不到。

孔好问虚情假意地道歉一番，然后毫不客气地说："既然如此，那我就把这个'大家'改成'理科同学'好了，理科同学们觉得到底怎么办呢！"说完，转向坐在会议桌正中央的校长："不知道校长有什么高见，望不吝赐教。"

校长吓了一跳，万万没想到孔好问会直接向他发问。校长年过花甲，高中学的生物知识早就抛到非洲津巴布韦去了，这种"变态不变态"乱七八糟的东西，他连听都听不懂，孔好问这个问题简直就像抛过来一个烫手的山芋。

但大拿校长还要装模作样地把"山芋"放在手里捧一下，摸下巴，做出一副沉思状："嗯，孔同学的问题提得好啊，是啊，为什么呢——"然后慌忙把山芋抛给身后的教务主任冯承："冯主任，你大学是学生物专业的，你来说说！"

冯主任也吓了一跳，他的大学生涯已经是20世纪的事情了，自己生物书多年未翻，现在连"X染色体"和"Y染色体"（注：男性和女性遗传基因载体。）有什么区别都快忘了，但校长把山芋扔给他，也只得努力回忆，然后硬着头皮说："这个啊——'完全变态'是昆虫发育的两种类型之一，包括卵、呃，这个幼虫、蛹和成虫四个阶段。我认为，它之所以没列入考纲，可能主要是因为前面已经有'不完全变态'这个考点了。而要掌握'不完全变态'、'半变态'、'渐变态'等概念，首先就需要完全变态的知识作基础。也就是说，'不完全变态'的知识点已经把'完全变态'囊括进去了，所以考纲才没把它列出来。"

好不容易憋出一通话，生怕自己说错贻笑大方，连忙补充："当然，以上只是我的个人见解啊！各位同学千万不可听信一家之言，要坚持自己的主见！"

"不会不会！"众人连忙拍马屁，"主任说得很在理！"

冯主任方才放下心来。

"看来'变态'这个知识点很重要，"孔好问问了一个问题，犹未满足，再接再厉，"但是，为什么'变态'列入了考纲，而与它相关的'变态发育'却未列入考纲呢？"说完，皱眉做苦苦思索状，看看校长，又看冯主任。二位领导被他看得心虚，连忙抬头看天花板。

众理科生听了孔好问的问题之后，也百思不得其解，皱眉低头沉思，会议室里一时陷入沉寂。

3班的刘德华见众人不说话，觉得机会来了，举手说："我觉得，我们也可以讨论一下文科考纲……"

"噢，我想到了！"坐在西面的校花突然大声说，"'变态发育'之所以没列入考纲，是因为后面的'胚后发育'已经囊括了它，我们要掌握胚后发育，就毋庸置疑必须先掌握变态发育的相关知识，所以考纲无须再赘述把它列出来了。"

此言一出，众理科生纷纷大赞："喔，有理有理！"

凤姐和刘德华虽然互看不顺眼，但是在一同应对理科生这件事情上还是有默契的，当二人一发觉文科生被当做空气时，就要跳起来证明自己的存在。凤姐见刘德华两次抢话都落败，有心匡复文科生话语权，于是等校花一说完，强行插话进去："没错，其实我觉得不只是理科，文科中也有很多这种现象，比如政治考纲里的'民族文化'和'文化多样性'，也是这样的……"

结果众人都像没听见似的，继续讨论："哦，原来是这样！那其实我还发现'有丝分裂'也没列入考纲，是不是也是因为'受精卵分裂'这个知识点就是以有丝分裂为基础呢？"

"嗯嗯，有道理，那么是不是就是说，不仅是'有丝分裂'，其实'受精卵'没在考纲范围里，也是因为'受精卵分裂'已经涵盖了它呢！"

"对对，就是这样！"众人热烈赞同，欢快期许。

交流了半天，所谓尖子生交流会完完全全成了理科尖子生交流会。学神孔好问作为理科生代表，最后站起身，按着桌子总结："其实我觉得，学理科最重要的就是逻辑思维。今天我们关于完全变态和不完全变态、受精卵和受精卵分裂的讨论就恰到好处地体现了逻辑思维中的推理观点……"

凤姐虽败不馁屡败屡战，连忙说："对对，其实文科也是一样的——"

"好问君讲得很有道理！"校花大声说，"我觉得逻辑思维，不仅学生物重要，物理、数学这一类学科尤为重要。一个好的逻辑思维能力，对我们解决物理数学难题有很大的帮助，能把一个难的问题容易化、复杂问题简单化、抽象问题实际化，所以高考复习中，逻辑思维的培养是很重要的！"

然后凤姐的最后挣扎淹没在了众理科生"对对"的潮水中。

伍校长坐在会议桌上首，满意地旁观着众人热烈讨论，成果丰硕。他笑着比比暂停的手势，作最后重要讲话："今天大家表现得都很积极嘛！其实，学习中最重要的就是总结。孔子也说过嘛，学而不思则罔，读书只听老师讲是远远不够的，还要学会自己独立思考。所以你们啊，"说完，望向众人，在座众人精神一振，连忙坐直，"所以你们在学理科的时候，特别要注意，独立思考是十分重要的！"

众理科生得到校长鼓励，振奋不已，点头称是。众文科生见伍校长直接把他们忽略掉，自觉地低下头，默默地给身旁理科同学当陪衬。

旁边冯主任等校长说完，适时地作总结补充："我们这一届真是藏龙卧虎，人才辈出。相信理科中一定能够再出好几位北京大学、清华大学的高才生，为我们学校大大增光！"

校长哈哈笑着点头，表示十分同意主任的话。然后，校长像想起什么一样，说："哎，奇怪，怎么今天一直都是理科生在说话，文科同学怎么一言不发啊。文科同学不要沉默嘛，也来说说话嘛！"

众文科生："……"心想明明是你们联合起来直接把我们无视掉好吗，我们还说个屁啊。

周五下午，上课的最后半天，秋高气爽，艳阳高照，阳光像失去活力的动物一样，安静蜷缩在路上。放学之后，高二学生全体到报告大厅隆重召开"期中考经验总结大会"。

天气好，人的心情也好。大家一想到开完这个会之后，总算可以把惨兮兮的考试给忘掉了，因此步履轻松，心情都格外愉快。大会开始前夕，各班人陆陆续续走进大厅门口、像洪流一样一路嬉笑打闹地涌进报告厅，找位子坐下。宽敞的报告大厅乱哄哄的，回响着嗡嗡杂音，像一个炸开了的马蜂巢。

凤姐尾随着一班众人，缓缓踱步跟进报告厅，走在队伍最后头。高二（1）班的位置在东北角，他进去之后，一直在边角里站着，等众人推推搡搡嘻嘻哈哈都坐下之后，才走过去，挑了一个最东边的空位子坐下。

班主任Ross没在，众人在位子上安静不下来，前后左右地交头接耳开玩笑打闹。凤姐一人坐在最东边，手里拿着一本绿色封面的《英语必备单词三千五》，摊开在膝盖上，低头盯着看。其实在这种乱哄哄的环境里，人根本是看不进书的。这书的作用只好比一个人赴舞会时从侍者手中接过的香槟，因为有香槟在手，就可以掩饰别人都在蹁跹起舞时而自己却干坐在一旁的尴尬。

他们班黛玉坐在前排，正和好兄弟湘云挨着脑袋，压低声音眉飞色舞兴致盎然地谈论着什么。黛玉转过头，看见凤姐一个人坐在角落里，诧异起来，冲他招手："大班长，这边！你怎么一个人，要不要坐我这边来？"

凤姐听见叫喊，抬起头看见黛玉，笑着摆摆手，示意不用。

"坐过来嘛，大班长，"黛玉说，"我们这边有空位子！"

凤姐还是摆手。

"哦。"于是黛玉只得转回头，又和旁边的湘云聊起来。

凤姐和黛玉答完话，重新低下头，看着膝盖上的英语单词书。周边的学生都在大声讲话，乱糟糟的杂音像木屑一样冲进耳朵，始终都看不进去书。

他也不知道自己到底怎么了，不知道自己为什么刚才要拒绝黛玉的邀请。今天一整天，心情都乱糟糟的，不想和任何人说话。是因为还没从期中考的失败中恢复过来，还是因为早上开会被刘德华刺激了，到现在还没平复过来？他想应该都不是。

老实说，在高二（1）班半个学期了，凤姐却始终感觉自己像个局外人一样。在1班学习生活的这两个多月，他收获的除了别人的尊重和惊叹，几乎根本就没交到什么朋友。直到现在这种场合，他才发现，别人都在结伴说笑打闹时，自己只能独坐角落里装模作样地看书，能说上话的人少得可怜。一种异样的孤单感觉像潮水一样将他逐渐吞没。

"你很活跃，也很有能力，但你也很封闭。你总是在自己的世界里想自己的，做自己的，任何个人和团体都很难在你心里占据一席之地。这样的人到哪里都肯定会是一个优秀的人，但肯定不会是一个快乐的人，老师不希望这样的人贯彻你的整个人生。你要知道，活在别人的世界里固然是一种痛苦，但活在自己的世界里又未尝不是一种悲哀。"

这是他高一分班时，原来班主任在纪念册上留下的意味深长的一段话。尽管高一时代早已过去半年，可凤姐至今依然忘不了，自己当时看到那句话时的反应。那些鲜红的字迹象是一块块沉甸甸的岩石，声声抛进他心里，压得他有些喘不过气来。

说得太对了，或许，自己终究就是一个不合群的人吧。凤姐低头盯着膝盖上一行单词，嘴角浮起一丝苦笑。

下午的"考后经验总结大会"由教务处冯主任主持，校长也列席，稍后亲自做主讲。

约莫五点四十，大会正式开始。冯主任先站起身，扶扶金丝眼镜，和大家客套了几句。主任很沉重地表示，这次期中考没考好，他这个抓学校教学的教务处主任也要负很大责任，惭愧惭愧。台下一群学生听完，险些忍不住要鼓掌表示说得对。

冯主任反省自责了一番，然后"但是"话锋一转，不忘提醒学生，他虽然有责任，其实责任更主要还是在学生。并勉励大家别太过内疚，胜不骄败不馁，前事不忘后事之师，牢记这次期中考试的耻辱，知耻方能后勇。

只可惜学生们听领导讲话，向来是左耳进右耳出，主任刚说完那个"知耻方能后勇"，学生们已经把他前面说什么给忘得一干二净了。主任一停下，众人立马恬不知耻地鼓掌叫好。

冯主任无奈地摇摇头，只好结束发言，说："下面，请本次考试的理科生代表，孔好问同学上台谈谈考试心得！"

孔好问欣然从高二（7）班群里起身，走上台发言，7班人噼里啪啦鼓掌，6班人叉着手冷笑。孔学神的演讲倒平平淡淡，摆脱不了一般优生谄上媚下的套路，倒是最后连续抛出三个问题，当场把众人给问住了。

"最后，"孔好问说，"我仅提出三个问题作为对本次演讲的结束，请诸位同学与我一起思考。我的这三个问题分别是：在我们过去经历的那些考试中，我们都犯了些什么样的错误呢？那些过去我们所犯下的错误，我们现在是否依然在犯呢？而那些现在我们现在正在犯的错误，将来我们是否仍有可能会犯呢？我问完了，谢谢。"

孔好问请众人和他一起思考，众人果然就陷入了思考，孔好问说完结尾那个谢谢，大家掌都忘了鼓。直到台上的校长先以掌声善意地提醒大家，众人方才反应过来，连忙哗啦啦地拍手，大厅里响起经久不息的掌声。

冯主任谢过孔好问的话筒，和他相视暧昧一笑，接着说："下面，请大家以最热烈的掌声欢迎文科学生代表，欢迎本次期中考的文科状元刘德华同学作总结报告！"

刘德华坐在第一排，早有准备，主任一说完，立马兴冲冲地起身，昂首挺胸走上主席台。台下鼓掌，刘德华所在的高二（3）班掌声更是鼓得尤为充满激情，集体欢呼，大有一人得道，鸡犬升天之感。仿佛刘德华拿了第一，他们的腰板顿时也粗了好几倍。

刘德华早上还穿着一件吊儿郎当的大号卫衣，等下午的时候，却不知从哪里搞来了一套黑色西服。头发用香水精心修饰过，领带笔挺如标尺，大皮鞋擦得光可鉴人，风头简直要盖过主席台上的领导。尤其是校长身上穿的那件黄不拉叽的寒酸旧外套，跟他一比，简直像个乡下的老农民。

他像火鸡一样昂首挺胸，把白衬衫撑得涨开，一路拾阶而上。走到讲演台旁边，鞠躬完毕，一开口便是领导御用学生的标准官腔："尊敬的领导们，亲爱的同学们，大家——下午好！"那音调谄媚之极，令台下众学生像掉进蜜缸的苍蝇，腻得不能呼吸，想逃也逃不掉。

刘德华的演讲内容丰富无比，要点多得像发霉面包长出的真菌，数都数不过来。开头恭维领导一番，然后自己也不忘表表谦虚。讲了一刻钟的废话才进入正题，先是由这次期中考引发了对日常学习的思考，然后猛然由学习开始思索人生意义了。然后话锋一转，又扯了一通自己的私生活，台下女生都替他脸红。

最后语调一变，突然换上一副怒目圆睁的模样："在座诸君！民族存亡，皆系于我等之身！希望诸位共同努力，中兴国家，扶大厦于将倾，挽社稷于既倒！正当其时！"一边说，一边还要举起拳头不停挥舞，险些把西装的腋处撑破。那手势煽动力极强，台上的领导都被他给煽动了，尽皆动容，鼓掌不止。

刘德华演讲圆满结束，冲大家鞠躬，然后一脸得意地下了台。结果春风得意马蹄疾，人有失足马有失蹄，下台阶时过于得意，不慎踩空了一个台阶，趔趄险些摔倒。

两位学生代表讲完，冯主任向他们道谢，然后把话筒恭恭敬敬递给主席台上的伍校长，请校长发表"重要讲话"。众人见校长又有重要讲话，叫苦连天，心想大会怎么还没结束。校长却不管台下学生有没有兴致听，接过话筒就开始讲。

讲到后面，越发起了兴致，又开始发挥文学素养，不停掉文。什么"博学之，审问之，慎思之，笃行之，不可不察也"、"吾辈学子，岂不当效修身齐家之心，以成报国济世之志耶"，扯了一大箩筐。台下也没人在听，一如每次在冗长而废话连篇的会上做的，学生们一片昏昏欲睡，在凉爽的秋季里提前进入冬眠期。

领导还在主席台上说着话，扩音器发出嗡嗡的颤音，在宽大的报告厅天花板上方久久盘旋着。台下众人哈欠连连，逐渐陷入困顿之中。

台上讲话时，凤姐就一直坐在最东边的位子上，膝盖上放着那本《英语必备单词三千五》，盯着那些像蝌蚪一样的字符看，一动不动。

此时此刻，凤姐也不明白自己心里到底是怎么样的一种滋味。他曾经无数次想象过这个时刻，想象着当别人在台上无限风光，自己只能坐在台下看别人表演的时候，认定自己一定会失落无比。

可是真的到了这个时候，凤姐才发现，自己其实一点都没有失落的感觉——就像一个被抽成真空的箱子，箱子拼命想知道自己的里面到底装着什么东西，最后惊讶地发现，里面其实什么都没有装。

他后排坐着两个1班女生，一直在低声窃窃私语着，谈论到了他。她们叽叽喳喳的议论弥漫在空气里，像热风一样在他脑壳后面转来转去。

一个女生说："我说奇怪，实际上大班长才应该是我们文科成绩最好的学生，可是为什么上去演讲的不是他，而是那个刘德华呢。"

"对对，"另一个女生连忙接，"我也是这么想的，大班长成绩比刘德华好，人长得又比那个刘德华帅。我也觉得应该是大班长上去才对。"

"哎，我说，你敢不敢问一下大班长为什么？"

"我……不敢。"

"哇，你怎么这么胆小喔。"

"难道你敢？"

"敢啊，怎么不敢？"

"那你问啊！"

"问就问！"

凤姐一听见她们要问自己，立马觉得头顶有针尖般的细小锋芒悬着，头皮发紧，生怕后面的女生真的来问她，连忙低头看地上的木板花纹路。

过了许久，身后迟迟没有动静。那两个女生显然还是没胆量问他，他不禁长长吁了一口气。

转过头，看看窗外的夕阳，世界已经昏黄成一片。巨大的落地窗外，有狭长的树影投进来，在地板上随着光线缓缓交替，让时间越发有了一种沉郁而凝滞的错觉。整个世界满满沉寂下来，脑中也开始变得清晰无比。什么成绩，什么排名，什么刘德华、孔好问，什么领导的讲话声音都在他脑中慢慢褪去，逐渐变成一片空白。

说实话，这几天凤姐想了很多。他知道，这次发挥失常并非全是自己的错，而且回家把考试结果告诉父母之后，父母也宽容地说没关系，不断拿安慰的话勉励他。虽然他也一直告诉自己没关系，要看开一点，可有些事终究骗不了别人，更骗不了自己。

他还是太在意别人怎么看自己了，太在意他人的评价了，比如刚才身后那两个女生也许无意、却令人难堪的话。有些东西你明明看不见，也摸不着，你也以为自己已经释然了，却总还要留下一根细而长的针扎在心头，想拔拔不出来，想视而不见，却又隐隐作痛。

面对那些形形色色的也许并非有意的窃窃察察，凤姐总觉得自己就像一条深海里的游鱼，不知何故浮在了最浅层的海水里，连每一下呼吸都变得那么艰难。

可直到方才，当他望见窗外那片明亮透亮的夕阳落进树梢，心突然在一刹那间透亮了起来。好像从逼仄狭窄的囚牢里挣脱了一下，身心重获自由，猛地呼吸劫后余生的新鲜空气。

对，虽然这次期中考是不理想，可不是还有下次机会么，凤姐心中默默对自己说，一次的失误并不能决定人生的全部不是么。明天就像手中的掌纹，纵然曲折不堪，但只要紧紧握住拳头，它就会被牢牢攥在手心。毁誉是别人给的，而生活则是自己的，一个人活在自己的世界里固然是一种寂寞，可是活在别人的世界里难道不也是一种悲哀么。

"鹰有时候，也许飞得比鸡还低，但是鸡永远也飞不了鹰那么高。"

凤姐想到这里，嘴角终于露出了微微笑意。他坐在空旷的报告大厅里，闭上眼睛，仿佛能看见一条宽阔的大河在蜿蜒流淌，就如同那不可阻挡的命运，无论如何曲折，总有一天，它会发现，大海终于就在眼前。而那条河的命运，亦是每个人的命运。现在是过去的终点，但也是未来的起点。而未来没有终点，它永远只有，下一个征程。

我叫李自冕。总有一天，站在台上的会是我，而坐在台下的则会是你们。

我叫李自冕。总有一天，你们要亲眼看到我用我的双手为自己加冕。

加油。

大拿校长上了年纪，头发越来越少，话却越来越多。兴致盎然，在台上滔滔不绝讲了几个世纪，一直讲到天空能看见月亮，方才终于把"重要讲话"说完。冯主任一说"本次大会圆满结束"，众人肚子饿得咕咕叫，顾不得主任"请大家排队有序散场"的话，立马迫不及待地从位子上起来，争先恐后就往报告厅外面冲，几百号人在大门入口处挤作一团。

凤姐合上膝盖上的英语书，站起身，准备跟着人流一起离开。

"大班长！"凤姐听见有人叫他，抬头一看，发现黛玉站在对面人堆里冲他招手。

黛玉挤在麻花一样的人群里，费力地从那边拥搡着要过来。索性他人高马大，充分发挥身体优势，像坦克一样横冲直撞杀出一条血路，终于抵达凤姐身边。

"德甲兄，什么事？"

黛玉把挤得掉下来的单肩书包重新背到肩膀上，说："班长，刚才开会叫你坐到我那边去，你怎么不过来啊？"

"喔，没什么，"凤姐说，"我想一个人静静，想些事情。"

"哦，你在想事情！那你现在想完了吗？"

凤姐点点头："嗯，想完了。"

"想完了就好。班长，"黛玉看着他说，"以后别老是一个人闷闷不乐的，偶尔有空的时候，也来找我们谈谈人生理想嘛。"说完，又补充了一句，"不要总是那么闷骚嘛。"

"我没有……"凤姐无法忽视他的用词。

"待会儿一起骑车回家么？"黛玉说完，举起手，摇摇手里一串自行车钥匙。

"好啊，一起回家。"凤姐拍拍他的肩膀，说，"不过在这之前，我还要去一个地方。"

"去什么地方？"黛玉疑惑，"可都放学了呀。放学不回家，你还要去哪里？"

"我要先去一趟加油站。"

"哈，加油站？"黛玉一脸诧异，"我没听错吧，你去加油站干啥？"

"因为，"凤姐凑近他耳畔，轻声说，"我得给自己加加油了。"说完这句话，他笑了笑，然后抓着书转身走开了。

"什么，得给自己加油……"黛玉看着凤姐离去的背影，愣住了。

黛玉同学迷惑不解，站在原地，嘴里重复着凤姐刚才那句话："给自己加油，他要给自己加油……班长明明是人，又不是汽车，为什么要去加油站给自己加油呢。"

"哦！"然后，黛玉突然像明白了什么一样，恍然大悟地跳起来，"难道，他就是传说中的'变形金刚'？"

湘云的头发（上）

元春："女人脑袋空不要紧，关键是不要进水。"

苏萝拉："你长成这样，是对世界有什么不满么？巴黎圣母院又招人敲钟了，快去吧。"

——摘自《元春、苏萝拉谈话录》

百草园坐落在金陵书院西北角，夹在芒果林和藏书馆之间，僻静幽深。园里有全校唯一的水域——个月牙形的人工湖。草地葱绿，流水假山，藤萝掩映，蓊蓊郁郁，苍翠成一片。

尽管已近深秋，园里树木依旧葱绿，草丛依旧茂盛，只有潜伏在草地里的秋虫鸣声逐渐稀疏，让园子变得高远寂寥起来。

据说百草园建造之初，是为了让毕业班学生能在这儿专心准备高考复习，结果因为园子实在太僻静了，人坐着看会儿书，就会不知不觉打盹想睡觉，一点都不适合复习，反倒十分适合校园情侣约会。而且因为离校领导办公地过远的关系，平日在校园里神出鬼没的校领导们也极少涉足此地。

正因为百草园拥有如此得天独厚的地理优势，结果最后没有成为莘莘学子刻苦学习的露天教室，反倒成了书院情侣莺期燕约比翼双飞的幽会胜地，相信校领导也是始料未及。

周末天气爽朗，阳光充满穿透力，明亮而清爽，像一掬山间的清泉。在一个祥和宁静的清晨里，高二（1）班的黛玉同学和（7）班的夏德惠坐在百草园人工湖边的幽静草地上，相互倚靠，看着眼前一湖银白色的水波，一动不动。

自从成功"套住"德惠小姐之后，每次夏德惠有空时，黛玉总会和她到百草园里闲坐。当然，对于黛玉这种吃饱了没事干闲到手脚长苔藓的人来说，他一年三百六十五天都是有空的。

十一月末的天空泛起一片淡白色，依旧亮眼。候鸟南归，依次从天顶盘旋而过，消失在远处低山的那一头，翅膀交叠的声音响彻天空。温暖而干净的阳光从天际斜斜射下来，投在他宽阔的肩膀上，遮没了她大部分的纤瘦脊背。他们身后的影子，就像是一只大象与灵巧小鹿并排在一起。

"你看天边那块云，像不像大象！"黛玉一边说着，一边执意要把自己的外套脱下来批到她肩上。

夏德惠说自己其实一点也不冷，黛玉却坚持伸手把外套往她身上披："不，你其实很冷！"夏德惠拗不过他，只好接过外套象征性地搭在肩上。

他满意地看着她，终于体会到呵护别人的男子汉成就感。

黛玉之所以坚持要把外套批到夏德惠肩上，是因为他看到那些爱情电影里都是这么演的，只有通过这个无微不至的细节，才能体现出男主角宁愿自己冻成感冒，也要呵护女主角的爱。何况今天天气这么暖和，男主角根本不可能感冒，当然更得脱外套。所以黛玉就脱了。

夏德惠贴近他身边，把下巴轻轻地搁在他肩膀上。黛玉浑身紧绷端坐，激动得气都不敢喘，生怕破坏了这个幸福的时刻。

在黛玉的想象中，以为是自己用强壮魁梧的肩膀守护住了夏德惠的柔嫩身躯。事实上，却是黛玉身高个大，软绵绵的赘肉又多，夏德惠靠着他，感觉自己就像是靠在一个温暖舒服的宜家沙发里。因为实在太舒服了，所以不忍心把这个残酷的真相告诉他。

草地上放着夏德惠买的话梅和软糖，还有黛玉最喜欢喝的无糖绿茶，都是她买的。黛玉将一颗糖衔在口中，曼妙的甜味顺着喉咙涌遍全身，心想她总是这么细心体贴——最重要的是买这些东西花的是她的钱，这让黛玉感到十分幸福。

他小心翼翼地贴近夏德惠身旁，鼻中闻着草地上的清新味道，被十一月的阳光照耀眼皮，觉得这日子真是莫大快乐。用一个词来形容，就是"惠而不费"。如果不是还要读书考试的话，那黛玉觉得自己的高中生活真的是接近于完美了。

"甲哥！"

"在！"

"还记得不,那天也是在草地上,你把戒指从口袋里拿出来。"夏德惠盘腿坐在地上,舒展腰肢,长长吁一口气,"到现在,已经有一个多月了呢。"

她伸懒腰的样子窈窕迷人,闭着眼睛,像是在等待什么好消息。微笑起来时,鼻子仿佛一个晒软的小橘子,有浅浅的皱纹。

"错了,"黛玉说,"其实应该是,一个月零七天零五个小时。"

"你记得这么清楚哪。"

"当然不能不清楚。"黛玉低声答,"因为从那天那刻开始,我就决定以一种独特的方式来铭记它。每过了一天,我都会在身上刻下一道深深的伤口,借此提醒自己不要忘记。"

"真的?"夏德惠震惊地睁开眼,"你为什么要这样做?"

"因为我是一个非常健忘的人,只有通过这种自残的方式,才能不断提醒自己,记住我们在一起的每一天,才能牢牢记住你,不把你忘掉。"

"那,"夏德惠心疼地抓住黛玉的手,看着他,"甲哥,一定很痛吧!"

黛玉见揩油机会来了,趁机把夏德惠纤纤玉手握在手心里,另一只手捏起她的下巴,深情凝视,语气故作低沉:"只要是为了你而疼,就一点都不疼。"

夏德惠感动得稀里哗啦:"甲哥,你把疤痕刻在哪儿,我能看看吗?"

"啊,这个——"黛玉连忙说,"我想你可能看不到。"

"为什么?你不是说刻在了身上吗,怎么会看不到?"

"嗯是、是刻在身上,不过那地方你应该看不到……"

"你如果刻在身上,怎么会看不到?那你到底把伤口刻在哪里?"

"我刻在了——心里。"

"柳德甲!你敢耍我!"夏德惠愤怒地用力挣脱他的手。

黛玉生怕被打,慌忙说:"惠妹,听我解释,我不是有意骗你!只是因为我觉得,刻在心里比刻在身上更好!"

"那你说啊,好在哪里?"

"因、因为——"黛玉脑中飞速转动,"因为把回忆刻在纸上,它会随着时光的流逝而腐烂;把回忆刻在石头上,它会随着风吹日晒而黯淡;唯有将回忆留在心中,我们方能铭记到天荒地老，永志不忘。"

他原本只是随口一编，没想到就编出了这么优美且押韵的话出来，自己也吓一跳。

"哼，骗我！我才不信。"

"是真的！"黛玉举手做发誓状，"惠妹，请一定要相信我！我如果撒谎，天打五雷轰！"

"那——好吧，"夏德惠哈口气，拿手指戳他手臂上软软的肉，嘴角往上翘，"看在你这么诚恳的份上，就原谅你吧。"

黛玉痛得龇牙咧嘴，费好大劲才把她像兔子一样灵巧的手指抓住："别调皮，别调皮，看风景。"

太阳渐渐爬上了半中天，阳光安静躺在草地上。深秋清晨的阳光总是无比美好，带着让人倦怠的慵懒。二人坐在一棵爬满寄生藤蔓的参天榕树下面，太阳光斑从肩膀处缓慢地移动上脖颈。不时有微风低低从身侧刮过，那些风声模糊不清，如同陌生人擦肩而过时隐秘的低声呓语。

夏德惠靠在黛玉肩膀上，往他耳朵吹气："甲哥，问你一个问题噢。"

"啥？"黛玉痒得不停揉耳朵。

"你，喜不喜欢我？"

"傻瓜！"黛玉轻声说："怎么到现在还问这种问题，难道你还看不出来吗？"

"我想亲耳听你讲，你回答我嘛。"

"不喜欢。"

夏德惠大吃一惊，抬起头怔怔地看着他，不相信自己耳朵刚才听到的话。

黛玉望着她的惊愕表情，呵呵笑出声来："傻瓜，你只问我喜不喜欢你，但你并没有问我爱不爱你啊！"

夏德惠方才恍然大悟，复露笑容："那，你爱不爱我？"

"不爱。"

"柳德甲你这个王八蛋！我打死你！"

夏德惠咬紧嘴唇，把手伸过来使劲砸他。她打得很重，敲得他的头"砰砰"作响，但其实并不疼。

即使如此，黛玉还是夸张而可笑地使劲缩头，躲避她的拳头，手忙脚乱地做投降状："刚才都是开玩笑，再也不敢了！救命啊！啊！啊……"

百草园回荡着黛玉杀猪般的嚎叫，不仅把正在草丛里觅食的麻雀全"扑棱"吓得蹿上了天，同时，也把潜伏在园里各处密约偷期的情侣全吓了出来。

他们听见嚎叫，以为发生了命案，慌忙从各处草堆里冲出来，发现并无异状，怔怔地看他俩。黛玉和夏德惠见到他们，也吓了一跳。没想到针眼大的一个百草园里居然隐藏着这高密度的情侣，心说刚才怎么就没发现他们。

虚惊过后，众人察觉已无危险，于是像非洲草原上的猫鼬一样，把竖起的耳朵放下来，继续潜伏回原位"月上柳梢头，人约黄昏后"，一副即使天塌下来也要坚持把约会约完的大无畏模样。

"我还是不信，"夏德惠盘腿从草地上坐起来，伸手把黛玉的头摆正，"既然你说你爱我，那我问你！"

"啊？"

"那你说，你会爱我多久？"

"那要看你需要我爱你多久。"黛玉脱口而出，居然答得智慧无比。

"那——"夏德惠歪着头，然后扁嘴大声说，"我要你一直爱我，爱到火山喷发，冰山融化，海啸汹涌，一直到地球毁灭，世界末日那一天！"

"不！"黛玉连忙说，"那还不够久！"

"还不够久？那，要怎么样才算够久？"

黛玉笑而不语，把她脸摆正，然后方才深情款款语气低缓地说："让我来告诉你有多久，惠妹，我会爱你一直爱到中国房价下跌那一天。"

"傻瓜，"夏德惠感动得一塌糊涂，"爱到房价下跌那天，那不就是永远了。"

黛玉轻声答："正是永远。"

日子是如此的千娇百媚繁花似锦轻歌曼舞，可惜的是，这也只不过是生活的一段简短伴奏，念书上课才唱主调。如同一部连续剧，枯燥乏味的读书上课是冗长的正片，而儿女情长红豆相思，充其量只是正片当中插播的一段小广告。

生活如同一部电视剧，正如现在大家普遍抱怨广告比正片还好看一样，大家也抱怨生活中的广告为什么不能再多放一点,即使别播正片全放广告他们也没意见。但生活就是生活,哪能如此从心所欲,想不看正片就不看正片——既然当初是自己拿遥控器调出来的台,哪怕流着泪也要把它看完。

要是生活也可以随意换台的话,那便不是生活,而是天堂了。

在1班的某些同学潜伏在校园角落里快乐地演绎小广告时,他们班的班主任Ross却正面临着看正片的苦恼。

惨淡无比的期中考结束之后,周末全体教师工作会议上,班主任Ross因为这次1班考试不力,被大拿校长当着全体老师的面"含蓄批评"了一顿。灰头土脸回来之后,Ross忧心忡忡,然后开始不由自主地思考着这样一个问题:如何才能让1班同学们意识到,他们期中考其实考得一点都不好;如何才能让他们了解到,其实并不是上了重点班就可以高枕无忧万事大吉,躺着都能进一本。

事实上,他们这些人正面临着学校内外逐渐成长起来的对手的有力挑战。而对此,他们似乎却尚未知觉。

Ross英语总算没白教,联想起那句西洋格言"Capable are pupils trained by strict masters(严师出高徒)",于是最终下定决心,要在周二早上英语课上拉下脸来,通过一番严厉训诫点醒1班众人,让他们知耻而后勇,化悲愤为动力,东山再起。

不过在去1班上课之前,还有一节选修课要上。因为Ross除了带高二两个班的英语课之外,另外开了一门选修课,叫什么"欢乐英语ABC"。其实也没什么好欢乐的,无非就是必修课翻版,教教语法讲讲试题。只不过这年头大家对于英语的热情实在高涨,家家考托福,户户报雅思,对于Ross的课居然也趋之若鹜。

不过喜欢是一码事,肯下功夫去念又是另一码事。一想起选修课那帮乌合之众,Ross就有种哭笑不得的感觉。

第一节课的时候,Ross也是遵循惯例,让众人给自己起一个英文名。这帮学生课不肯好好上,起名字倒热心无比,那想出来的名字也千奇百怪。有给自己起名叫Orson(狗剩)的,有叫Candy(坑爹)的,有叫Kenma(坑妈)的,还有叫Kennyman(坑你妹)的,怎么听怎么觉得别扭。最后还有一个人,直接介绍说自己叫"阿发"。

Ross 不解，心想阿发明明是土得掉渣的本地小名，那是什么英语名字。于是问那学生——然后才知道，原来他那个"阿发"不是真的阿发，而是数学里的算术符号"α"。

老师惊叹不已，心想既然有 α，又问还有没有其他数学符号。结果这一问，果然又蹦出另两个符号，一个叫"被他"（β），一个叫"噶妈"（γ）。阿发、被他、噶妈三位是同班同学，而且还是好朋友，为了显示出三人兄弟情深手足情谊，就特意起了这三个数学符号作为自己的名字。

面对一群欢乐多的学生，Ross 的"欢乐英语 ABC"也不知该怎么欢乐下去了。周二这节选修课，请大家把上周期中考的英语卷子找出来，她给大家评讲。开头听力部分不用讲，直接进入单选题，抽学生起来回答选哪个。结果抽一个不会一个，最后抽到一个男生，连问五道题，都说不会做。

Ross 吃了一惊，问："那你单选题是不是没一道对啊？"

那男生吃的惊比她还大，惊叹说："老师你真是神机妙算，我十五道单选题确实没一道选对的。"

全班哄然大笑。Ross 无可奈何，心想，十五道单选题，即使全涂成 A 也能蒙对几分啊，那男生居然全错，怀疑此人是不是其实知道考试答案，否则他怎么能够做到避开全部正确答案，每一题都选错哩。

有心见识见识那男生，就和蔼地问："What's your name？"（你叫什么名字？）

不料男生连这都听不懂，一脸茫然地摇头："I don't know！I don't know！"（我不知道。）

其他人放声大笑，Ross 哭笑不得，只好摆摆手："Sit down, please！"

男生愣愣地站在那里，待了半天才猜到老师是请他坐，方才连忙坐下了。

Ross 今天原本想严肃训诫一下高二（1）班的学生，结果之前那堂选修课一上，顿时对比产生美，反倒舍不得骂 1 班同学了。

这堂课复习到第六章"The United Kingdom（注：英国。）"。Ross 对众人说我们上课，一股脑地说请大家翻到"Page One hundred and twenty-four"。

她语速太快，全班相当一部分人没听清，像雕塑一样静默在那里。然后反应过来，伸长脖子看旁边人的页码，噼里啪啦跟着翻。

讲到"Colorful British politics（多姿多彩的英国政治）"时，Ross问有谁知道"House of Lords（注：上议院。）"是什么意思。众人偷懒，没几个做事前预习功课，纷纷摇头，表示"House of Lords"拆开，每一个单词他们都知道是什么意思，一连起来立马就不知道什么意思了。

Ross不肯放弃，环顾班级，想找人回答。目光刚移到第二组，坐在下面的英语课代表苏萝拉立马心领神会，款款从位子上站起来，说："House of Lords的意思是上议院！是英国贵族们开会的地方！"

说完，冲Ross一笑，姿势优雅地从容归坐，仿佛她就是那贵族一般。

"哇！"班级其他人赞叹不已。苏萝拉旁边一男生拍她马屁，趴在桌子上，低声咕哝："课代表就是牛啦！"那句马屁刚好达到了别人听得到、而听起来又不像明显拍马屁的程度，课代表得意扬扬，穿着白色蕾丝褶衬衫的胸脯骄傲地挺得笔直。

Ross也满意地对苏萝拉笑点头："Well done！"

每次只要一看到这位优秀的爱徒，Ross就仿佛是看到了二十年前的自己。班主任一追忆起自己当年豆蔻年华貌美如花的青涩少女模样，刚才上选修课的愤懑顿时一扫而空。于是爱怜地问："So Miss Lola, when in England, you have ever went to the house of Lords, right？"（注：你在英国时去过上议院吗？）

"Yeah, When travel to London."苏萝拉回答。（注：是的，去伦敦玩的时候。）

"awesome！"Ross赞叹，"What impressed you most？"（注：让你印象最深的是什么？）

"Let me give up the seat, except for the sun fall in the empire on which the sun never sets！"（注："让我放弃上议院的席位，除非让日不落帝国日落！"语出英国上议院笑话，讥讽贵族世袭议员席位。）

"Oh dear！ you are really, really cute！"Ross"哈哈"掩嘴笑，对课代表欣赏得爱不释手。

"Appreciate it."苏萝拉一脸得意地款款坐下。

Ross显然高估了班里大部分人的英语水平，她和课代表忘我地畅聊一通，大部分人完全听不懂，像死鱼一样张大嘴巴，表情呆滞地盯着Ross放声笑："……"

然后Ross才猛然把他们想起来，连忙收回笑脸："OK，OK，我们继续上课。"

当班主任与课代表热聊时，坐在课代表后面的土豪元春就延续着往常上课的一贯姿态——忘我酣睡着。结果Ross的纵情大笑太吓人，突然把他惊醒，元春浑身夸张地剧烈一抖，惊醒过来。他像冬眠苏醒过来的动物一样，睡眼惺忪地从乱糟糟的书桌上抬起头，四顾茫然，脸被书本压得红了一边。

教室里安安静静，身边人都在认真听课做笔记，仿佛刚才什么也没发生过一样，让他怀疑刚才那可怕的笑声是不是自己做噩梦了。元春擦擦红脸，拿出iPhone一看，发现现在是早上十点多，离下课尚早，倦意立马又起。

拿他那句经常对别人说的精辟话语来形容，就是"早上刚睡醒起来，立马又有一股午睡的冲动"。于是元春坐在位子上，两眼瞪大，盯着前头一看就让人想睡的黑板板书，忍不住开始酝酿下一次睡眠。

讲台上Ross讲完英国政治，开始讲"英国物产"，又想提问。笑盈盈地看向第二组课代表，正要把她点起来回答，结果眼角余光一扫，注意到她背后的元春，惊奇地发现他居然没在睡觉，正定定地张大眼睛看黑板。

Ross以为元春同学睡了这么多个月，终于也要开始用功了。感动不已，于是就把他叫起来："Come on, Mr.Swan（注：swan，天鹅，元春的英文名。元春本名叫"高鸿鹄"，"鸿鹄"就是"天鹅"的意思。），a question for you！"

"Mr.Swan"恍恍惚惚，连自己英文名叫什么都忘了，愣在位子上一动不动。

"Stand up, Mr.Swan！"

直到他右边的书呆子探春拿笔戳他，元春才反应过来，摇摇晃晃从位子上站起来："？"

台上Ross松一口气："We know, the UK lacks fruit products.So can you point out which kind of fruit need to be all imported？"（注：英国缺少水果，哪种水果完全需要进口？正确答案是"watermelon：西瓜"。）

元春吓了一跳，万万没想到Ross会抽他回答问题，心想，以前"你上课我睡觉，互不干涉内政"的默契呢，老师怎么给忘了。

十分慌张，不得已，看向右边探春求助。

书呆子探春其他科目都优秀，唯独英语极烂。他也不知道，只得趴在桌子上，用唇语轻声对元春说："我也没懂。"

"是什么？"元春以为探春说的是答案，于是盯着探春的嘴形，迟疑地跟着一个字一个字拼出来："Water——melon？"（西瓜）

"Good job！就是西瓜！"Ross满意点头。

"哦！"1班其他人惊叹不已，心想元春同学睡了这么多个月，总算是睡出正果了。探春讲的明明是普通话，结果元春误打误撞居然也能拼出正确答案，可见"语言之间是相通的"那句话果然没错。

元春难得回答一次问题，更难得的是还给他答对了，Ross欣慰有加，想调节调节课堂气氛，让大家轻松一下，于是就竖起大拇指，冲元春说："Mr.Swan, You have two down son！"（注：中式英语"你有两下子"。）

此言一出，台下苏萝拉立马配合地"哈哈"大笑，其他人一副茫然，疑惑地盯着课代表。苏萝拉发现只有自己一个人在笑，也莫名其妙地看着大家。

班主任没想到众人毫无反应，期待中笑声掀翻天花板的效果并未出现，有些尴尬地解释："这是'你有两下子'的中式英语，不好笑吗？"

"……"大家这才明白Ross原来是和他们开玩笑。一贯不苟言笑的班主任突然要幽默，让众人都有了一种在素馒头里吃到肉馅的惊奇——大家认为，要么是自己运气好，要么就其实是因为自己咬到手指头了。

Ross见台下一片茫然如斗鸡的脸，知道大家还是不懂，只得温和地笑笑，打手势："That's OK, that's OK.大家慢慢来，只要加倍努力，相信我们1班的英语一定能超越——自己的。"

她本来想说一定能"超越两个理科重点班"来着，想想自己也不信，不得不改成"超越自己"。因为不管比什么东西，和自己比总是最保险的，除非人在倒退，否则每时每刻就都是在超越自己。要是每个人都不和别人比，而是和自己比，安慰自己说"赢得自己就是胜利"，那么这世界上就不会存在loser（失败者）了，每个人都会是 winner（胜利者）。

今天一大早，Ross 原本还想把同学们严肃地批评一顿，结果临近下课，却换成了一句"大家慢慢来，超越自己，就是成功"。至于那句话对众人的警醒效果到底有几成，就只有天知道了。

秋冬之交，天空越发辽远而明亮起来。阳光明媚得不像话，拉开窗帘，透过窗户总能看见外面蓝得耀眼的天空。阳光像海水一样，浸湿校园里密密匝匝的榕树枝叶，把秋末里的萧瑟演绎成一场盛开。

与此相对的是生活仍旧平淡如常，每天各科老师都毫不客气地布置着堆积如山的作业，傍晚自习得一直做到开饭之前，唯一变化就是窗外太阳落山倒越来越早了。教室里是"唰唰唰"的奋笔疾书声，每个人偶尔抬头都是目光呆滞，黯然无神——令人怀疑此刻即使窗外突然飞过一个超人或者跑过一只霸王龙，也不会有人多看一眼。日子这样一天天过去，时间一点一滴地随墙上的指针遗漏，流逝，告别。我们慢慢走向一个一个被上帝做好记号的地点。

在我们平凡而又微茫的生活里，并不是只有那些轻松的欢乐，以及捧腹的乐趣。在时光日复一日的缓慢推进里，有很多隐秘的悲伤、细微的痛苦像是图钉一样，随着滚滚而过的时间年轮，被轻轻轧进心中。

那样不知不觉，那样隐隐作痛。

1 班男生里，除了忙着睡觉的元春同学之外，现在最忙的就数黛玉了，成天到晚都不见他踪影，忙得连坐下来喝口水的时间都没有。不过黛玉忙的事情又和大家不太一样，别人都在忙着学习忙着规划人生未来梦想，而他则在忙着规划明天要和他的惠妹去哪里玩耍。

上周末刚表完心迹，周三下午，黛玉又和夏德惠相约放学后去渭田植物园看植物。其实夏德惠更想去动物园，但是黛玉坚持说，比起动物来我们更应该关心植物。因为植物无私地给人类提供氧气，没了植物，人类就会活不下去（其实主要是因为去植物园学生票半价）。结果事到临头，夏德惠突然打电话来说，舞蹈团有社区义演，和黛玉抱歉说去不了了。

黛玉一个人闲得发霉，又不愿把整个下午的大好悠闲时光白白浪费掉，就约同一个小区的凤姐去电影院看电影，并难得大方地表示他请客。

黛玉隐约察觉到，自从期中考之后，不知因何缘故，大班长整个人都消沉了不少——其实这种事情用脚趾头想想也知道是因为凤姐期中考没考好，只不过黛玉无法理解。在黛玉的世界观里，仅仅因为一次"微不足道"的"小考试"就把心情弄糟，那真的是一件十分不可思议的事。打个比方，黛玉同学认为那就像是吃饭硌到牙，然后就难过得要去自杀一样不可思议。

为了让大班长重新振作起来，也为了打发自己的无聊时间，黛玉打电话到凤姐家，邀请他和自己去看电影。

凤姐正在家里写作业，说不想去，黛玉软磨硬泡都不管用。最后黛玉没辙了，不得不在电话那头发出威胁，说如果凤姐不陪他去看电影，他就立马挑出凤姐空间里最英气逼人的一张照片，上传到国内外各大同性交友网站，问他怕不怕。

"……"凤姐认为这种事情这家伙真的做得出来，万般无奈，只得答应。

各自在家更换行头，十多分钟之后，二人在小区门口碰头。凤姐推着单车到门口时，黛玉已经到了。黛玉把车子停在旁边，斜斜倚在一根电线杆上，双手插口袋，双目望天，正旁若无人地用麦听歌。那副酷劲装得煞有其事。

"你在听什么？"凤姐拍拍他胳膊。

黛玉拔下一只耳塞，潇洒地扔给他，然后抱着手继续闭上眼睛。

凤姐接过耳塞，刚塞进耳朵，立马吃了一惊，麦里放出的，居然是那首老掉牙的闽南歌《爱情一阵风》。20世纪的浓情唱调随着老套的伴奏从耳麦里涌出，同黛玉摆出的那副装酷造型根本完全八竿子打不着：

"爱情亲像一阵风

来无影去无踪

乎我笑容乎我悲伤

乎我怨叹在心中

害我将将将

油门来催尽磅

也是追追追

袂着伊的影踪

是阮愚是阮空

是阮痴情又倔强……"

黛玉仍旧闭着眼睛，嘴角上翘，一副陶醉其中的模样。

凤姐："……"

这首风格诡异的老歌听在他耳里，顿时让他有了一种时空错乱的感觉。他猛然想起很小的时候，住他们家楼下那个专门收废品的名叫"阿光"的老头。每天傍晚，阿光总是穿着背心和短裤，蹬着一辆年纪比他还大的三轮车，走街串巷挨家挨户叫"休合并！休合并（注：收废品。）"，车上的扩音喇叭不厌其烦地反复放着那首"酒干倘卖无"。

此时此刻，你如果能想象到一个身高接近两米的巍峨大汉，身上穿着最新款的GIORDANO花纹休闲衬衫（假冒的），而耳塞里却放着姥爷级的乡土气息浓厚的《爱情一阵风》，就该明白，世界上没有比这更扯淡的事情了。

"德甲兄，你……"凤姐再度刷新了对黛玉审美情趣的认识，"你、为什么听这么老的歌？"

黛玉回答干脆利落："因为我的麦里只有这一首歌。"

"好吧……"凤姐无言以对。

二人从"罗马小巴黎"小区出发，骑山地车沿着滨江路到达财大气粗的万达广场，坐电梯直上二楼电影院，买票进场。

今天这场放的是最近刚上映的青春偶像片，号称是一部"群星荟萃、投资惊人"的年度爱情大片。不愧噱头造足，居然座无虚席。

电影院内光线昏暗，观众席上到处人头攒动，大荧屏上画面不断跳动，闪烁出白色的光芒。该部电影号称向琼瑶阿姨致敬，改编自琼瑶阿姨经典作品，电影名字叫《星星不懂我的心》。这名字一听就很琼瑶。

除了四周情侣的低声昵语和吃爆米花的脆响之外，此时此刻，整个放映大厅里回响的都是电影男女主角故作低沉的煽情对话，以及一遍又一遍不厌其烦重复着的大提琴伴奏声。不得不说，电影改编得没有一点水平，情节俗套，对白肉麻，不好看到连评价的必要都没有：

男女主角站在白色的长桥上，男主柔情似水，轻轻揽住女主角肩膀："薇，我好爱你。"

"哼，我不相信。"女主角撒娇，"你哪里爱我？"

"咳咳，难道你还不懂我的心吗？"男主角按住胸口，痛苦地倾诉，"这么多年来，我看着你，怜惜你，爱着你，仰慕你，想念你，弄得自己四分五裂，弄得自己容颜憔悴，我的心都快要痛死了！薇，难道你就不肯怜悯怜悯我吗？"

女主角把手放到后面，仰着脸，顽皮地说："哼，你想求得我的怜悯，我偏偏不给！"

男主角愤怒了："薇，你无情，你残酷，你无理取闹！"

"哦，那你就不无情，不残酷，不无理取闹？"女主角回击。

男主角问："我哪里无情，哪里残酷，哪里无理取闹？"

女主角答："你哪里不无情，哪里不残酷，哪里不无理取闹？"

"我就算再无情，再残酷，再无理取闹，也不会比你更无情，更残酷，更无理取闹！"

"好！既然你说我无情，我残酷，我无理取闹，我就无情给你看，残酷给你看，无理取闹给你看！"

"看吧，还说你不无情，你不残酷，你不无理取闹，现在完全展现你无情，你残酷，你无理取闹的一面了吧！"男主角说。

女主角讲不过男主："哼，从此再也不理你了！"说完，赌气转身就要走。

男主角连忙拉她的手："薇，你要去哪里？"

"不用你管！"女主角一甩手，"反正在你眼里，我就是个无情残酷无理取闹的人！"

男主角急了，马上道歉："是我错了！薇，请你别走！"

"那你说说，你怎么个错法？"女主角娇嗔问。

"是我不对，是我不好，是我不该惹你生气。总之千错万错，都是我的错。薇，我这样爱你，你不要丢下我，咳咳！"男主角捂住胸口咳嗽，一副血都要咳出来的样子。

女主角动情了："强，你说你爱我，我想知道，你怎样爱我？"

男主角把手做喇叭状，对着桥下大喊："薇，我爱你！我的心爱你！我的身爱你！我的眼爱你！我的脚趾头爱你！我身上的每个器官都爱你！我是真的真的明明白白清清楚楚彻彻底底地爱着你！"说完，看着女主角，无限温柔地问，"薇，够了么？"

女主角伸手按住男主角嘴唇，感动地说："够了，强，我爱你。"

"我也是。"

"强，"女主角闭上眼睛，颤抖地说，"吻我。"

男主角俯下头，轻轻地在女主角额头上一吻："我喜欢你，薇，我真的好喜欢你，不管是那个刁蛮任性的你，那个活泼可爱的你，还是现在这个楚楚可怜的你，我都好喜欢好喜欢你。"

"呕，我晕了！"女主角睁开眼，一脸幸福状。

"怎么会晕，是不是中暑了，有没有发烧？"

"我不是那种晕！"女主角说，"我是这样看着你，这么近近地看着你，我开心得晕了，陶醉得晕了，享受得晕了，所以，我就晕了。其实，自打我跟着你来到了这座桥上，就一路晕。我和你说着话，我晕。我看到你这么爱我，我晕。你吻了我，我还是晕。反正，我就是晕！因为我幸福得晕了！"说完，深情地凝望着男主角的脸，"强，你愿意一直让我这么晕下去吗？"

"我，当然愿意。"男主角轻声回答。

于是二人幸福相拥并立，共看桥下江水粼粼。夕阳西下，余晖点点。

凤姐坐在观众席上，一边看，一边往下掉鸡皮疙瘩。他转头看右边的黛玉，却见到黛玉脸上一副泪光闪闪陶醉入戏的神情："多么动人的场面哪，我快哭了！"

说完，为了配合自己的话，他还从衬衣口袋里掏出一张Dior丝巾，放眼角抹了抹。那块丝巾上印着一行大得夸张的Dior字母——不用说，那又是黛玉从地摊上买来的山寨货，因为只有假的东西才会故意把品标放得那么大，借此掩饰心虚。

"我说拜托，"凤姐叹口气，"你没看过琼瑶剧啊？"

"你说'琼瑶剧'？"黛玉摇头，"没看过，我只看过'于正超'的剧。你不觉得他们俩的风格很像？"

"……也许吧。"

电影临近结尾时，邪恶的女二号突然蹿了出来。不论什么言情剧，女二号雷打不动都是邪恶的。女二号拿出一对信物，大声宣布说，男主角和女主角不能做情侣。男主角和女主角问为什么，女二号发出邪恶的笑声，说："因为，你们其实是失散多年的亲生兄妹！"

看到这一幕狗血情节时，观众们仍旧买账地发出一阵惊叹声。而凤姐则实在看不下去了，拉着黛玉起身回家："我看不下去了，走吧走吧。"

"啊，这就走了？"黛玉却恋恋不舍，临走时又转过头，留恋地多看了大荧屏两眼。

泉州万达广场在滨江路与角美街的交口处，广场尽头，一条纯白色的钢索大桥横跨静川江两岸。太阳西沉，江面上银光潾潾，十一月的黄昏里，有些白色的水鸟在天空里飞来飞去。

二人推着山地车走上长厝大桥的自行车道。凤姐跨上车座，把头盔套在脑袋上，然后停下，等黛玉从后面跟上来。他知道黛玉的车是那辆价值不菲的银白色 Cronus 公路自行车，在凤姐眼里，黛玉那辆银白车就是用白花花的银子做的。

一开始，凤姐还以为黛玉和班里那些财大气粗的土豪一样，都是热衷于名牌的商标控。他们宁愿花上比平常贵出几十倍的价钱去买一件名牌，目的仅仅是为了炫耀别人没有而他们有的商标，对他们来说，商标上那几个字母的意义远远要大于衣服本身。而衣服也早就如同豪车别墅一样，早就超出最初的实际作用，而是成为了身份和地位的一种象征。

一开始，凤姐以为黛玉也是这样的人。直到后来，黛玉悄悄告诉凤姐："其实，我身上的衣服和鞋子都是从地摊上买来的假货。你别看我头戴爱马仕，身披纪梵希，脚踏 Amani，其实全身上下加起来，总共才花了我二百五。"

凤姐大吃一惊,问他身为土豪,何以不买真货?

"你想啊,"黛玉说凤姐不懂,"买名牌不就是为了在别人面前炫耀嘛!名牌衣服穿起来又不会比普通衣服舒服到哪里去。既然仅仅是抱着让别人看见衣服上商标的目的而买衣服,那假货也可以达到同样的目的,何乐而不为呢?"

"噢。"凤姐深感有理。但他没想到黛玉穿衣服喜欢买假货,车子倒舍得买这么贵的,这又让凤姐有一些费解。

对此,黛玉就解释:"衣服只是穿来给别人看的,怎么穿都没事,只要别人发现不了就行。而车子是用来自己骑的,要是有什么问题就会出人命,那可就亏大发了!"

凤姐没想到黛玉看问题居然也能有如此深刻的时候,自叹不如。

结果今天,等黛玉走上大桥跟到他身边,凤姐这才发现,黛玉那辆Cronus银子车不见了,换成了一辆通体细长像泥鳅一样的灰色死飞车。(注:又名固定齿轮自行车,骑行带有一定危险性。)

"奇怪,"凤姐没看见他的银子车,诧异起来,"德甲兄,你的Cronus呢?"

"啊,那个,我……"黛玉遮遮掩掩不肯说。

凤姐越发惶惑,盯着他看:"被偷了?"

"不、不是……"

"那跑哪去了?"

"是……"黛玉支支吾吾好久,最后才说,"车子,被我给卖了。"

原来,上周末和夏德惠聊完天之后,黛玉被她拉去逛角美商场。结果夏德惠在首饰柜台看见一款情侣手链,非要黛玉给他买。黛玉这个月零花钱早透支用完了,已经入不敷出,但又要在夏德惠面前充胖子,于是不得不忍着痛,把那辆Cronus卖了换手链,用剩下的钱买了一辆二手死飞车。

凤姐说:"这种死飞车很难骑的呀,你能搞定?"

"唔,"黛玉挠挠头,含糊答,"也许、可以。"

"也许、可以?"凤姐心想这家伙不是在拿自己的命开玩笑嘛。他想起死飞车又分成"活死飞"和"死死飞","死死飞"是连刹车都没有的,连忙问,"你的死飞有没有刹车?"

黛玉摸摸车把:"好像没有。"

凤姐吓一跳,以为黛玉故意要寻死,连忙从车座下来:"来来,你骑我这辆,我和你换,我和你换。"

"喔。"黛玉乖乖地从车上下来。

二人换完车之后,并行骑过长厝大桥。下马路,到了厝后街十字街心。花圃对面红灯亮了起来,于是二人停下车等着。四周汹涌的轿车车流蛰伏在斑马线后面,蠢蠢欲动,像一群黑色的甲虫安静地守候猎物。疲惫的行人抱着大包小包从斑马线上飞奔过去,与时间展开一场预设规则的赛跑。

"哔——"绿灯亮了起来,二人跟随身边的车流穿过崭新的斑马线,滑到自行车道上。骑行几十米后,拐进一条僻静的小街,这是他们抄近路回家的必经之地。

小街两旁的建筑老旧,红厝燕脊,颜色发暗。砖石路墙根下栽着有些年头的马来西亚油棕,巨大的墨色羽毛状树叶撑出十一月傍晚的凉荫。

街上行人稀少,黄昏时独有的和煦凉风,迎着车头簌簌刮过来,微冷而又宁静。

凤姐骑在车上,看着模糊的道路尽头,突然长叹一声:"哎……不想做了。"

"噢,你不想坐我的死飞了?"黛玉问,"那换回来吧!"

"不是这个。我是说,我不想做班长了。"

"什么?你不做班长了?"

凤姐点头,缓缓地说:"感觉好累。"

"噢。"黛玉点点头,然后觉得自己反应是不是太淡定了一点,这个消息这么重大,自己应该装作十分震惊并且手足无措的样子才对。

于是黛玉连忙按住胸口:"天哪,这是真的吗!我震惊!我无措!怎么办怎么办?"

明明是凤姐先叹气,结果到最后反过来要安慰黛玉,让他冷静。

黛玉听从安慰,冷静下来:"大班长,当班长真有这么累吗?做班长不是一件很嘚瑟的事吗?"

"……"凤姐无法忽视他的用词:"真的是很累——从来都没有这么累过。从小学到现在,虽然一直都是班长,不过感觉从来不像现在这样辛苦。"

说完,又叹了口气。

期中考惨败之后，凤姐已经下定决心，要把全部身心投入到学习中。然而计划永远赶不上变化，每天总是有那么多意料之外的事情闯入生活中，把自己拉离预设的轨道。

尤其是班长，各种事情烦累也就算了，还要面对那么多的误解非议，遭人嫉妒憎恨。那些明枪暗箭与流言蜚语就像一片暴烈的瀑布迅猛地从四周灌过来，常常压迫得他不能呼吸。现在，他越来越觉得班长是个累赘，最初的荣誉与成就感随时光消磨殆尽之后，剩下的就只有负重与疲惫感。

凤姐心想自己的理想明明清晰无比，可为什么现实总是朝着相反的方向逃离，这到底是无奈的生活，还是生活的无奈呢，总是让人惶惑不安。有时你明明意志坚定无比地要做一件事，可各种接踵而至的意外就像从四面八方涌来的手，硬生生地拽着你偏离那个想象中的生活轨道。如同脱轨的列车，虽然好像还在往前走，可是走到尽头，却到了一处完全料想不到而陌生的地方。

而自己却只能眼睁睁地看着它渐行渐远南辕北辙，束手无策。

在大班长沉默的时候，黛玉就偷偷把车子偏离到右边一些，以使自己能够更好地观察清楚他的身形。

凤姐身上穿着干净的白色衬衣，一列纽扣排得整整齐齐，头顶的高大油棕在他身上投下一道又一道暗影。他默不作声，微微抿着嘴。侧脸看起来，竟然有些许忧郁。

黛玉每次与班长凤姐待在一起，发现他总是这么干净整洁明朗，就像那些校园电影里男主角的模样。以至于黛玉同学常常产生错觉，以为自己其实是误闯入了某部校园青春电影，而身旁的大班长就是永远干净忧郁的男一号。

"啊，如果班长是男一号的话，那么我又会是几号呢？"黛玉心想，"嗯，我肯定是男二号——总之绝不会是女一号就对了。"

凤姐察觉到黛玉看他，转过头，有些讶异地看他。

"嘿嘿！"黛玉慌忙咧大嘴巴，诚惶诚恐地对他笑笑，圆脸上浮现出几个滑稽的小褶。

"这家伙。"凤姐心中暗笑,摇摇头。自己这种复杂而微妙的心境,这种家伙能够理解么?

"大班长,"黛玉把车子贴近凤姐,问他,"你觉得,生活是什么?"

凤姐没想到他突然冒出一个这样的问题。诧异了一会儿,说:"对我来说,生活是麻烦。"

"噢……"黛玉语调抑扬顿挫,有点愣住了,显然不太理解凤姐刚才说的那句话。

没错,黛玉在心底对自己说,他理解"生活"是什么意思,他也知道那个"麻烦"是什么意思,可当"生活"和"麻烦"连在一起的时候,他就不知道是什么意思了。所以他感到十分迷惑不解。

其实迷惑也正常,毕竟对于沉浸在充实与幸福中的人来说,想要体会困顿中人的心情真的是太难了。

"班长,我不明白,你为什么会觉得生活是麻烦嘞?"

"如果生活不是麻烦的话,那它是什么?"凤姐看着他,反问。

黛玉挠头:"我不知道,因为我不能体会到你所说的麻烦。"

"嗯,那就祝愿你永远也别体会到。"

凤姐伸出手,拍拍他厚实的肩膀,然后猛地一踩脚踏板,一下子飞出去好远。光线飞快地消失在街道上,他朝着黄昏苍茫的暮色里骑去,汹涌而至的黑色斑点模糊了他的身影。

黛玉愣了一会儿,然后连忙使劲踩踏板跟上去,气喘如牛,呼哧呼哧,好不容易才跟上他。

二人骑到街道拐角处时,一个垃圾桶倒在石板路面上,垃圾洒得一地都是。凤姐不知是有意还是无意,前轮碾过地上一个废弃饮料瓶,"哧溜"发出一声巨大脆响,饮料瓶瞬间飞出几米远。

"噢……"黛玉有些不可思议地盯着凤姐,头一次发现他这样年轻气盛的一面。

在黛玉的印象中,大班长总是一副神通广大无所不能,即使天塌下来也是最后一个跑的沉稳模样。他还从来没见过凤姐像今天这样烦躁过。

"也许我无法理解他,可这世界上,又有谁是靠着理解活下去的呢。"

黛玉同学想,大班长总有一天会明白的,那种患得患失的心情。毕竟他们的青春还很长,如同身后被夕阳落下的倒影一样长。就像那凉爽的秋日,枝头的树叶都还没落几片呢。

他没想到自己突然变得这么文艺,吓一跳,连忙俯下身,拼命踩脚踏板。

二人踏着车,追着最后的夕阳加速前进。夕阳下的宁静街道,两个大男生像清风一样飞驰而过,留下一连串的尘土飞扬。

湘云的头发（下）

为什么女生身上的衣服越穿越薄，我却反而越来越看不透了呢？

——疑惑不解的黛玉

周三那场电影并未给凤姐留下任何印象，他很快就忘了，然后继续把头颅和精力埋进书海。而对黛玉来说，可就完全不同了。那黛玉自己的话来说，那部电影让他做了一场刻骨铭心的梦，"就像一把钥匙，打开了我青涩青春的记忆之门"。

令黛玉记忆尤深的是结尾那吻戏。当时，他坐在黑黝黝的观众席上，看到大屏幕里，女主角闭着眼睛，仰起脸要男主角吻她。然后，男主角缓缓俯身，在女主角额头上深情一吻，紧接着，黛玉脑中就像海豚跃上水面一样，浮现出了"kiss"这个单词。

Kiss。他想起这个词，立马吓了一跳，心中如同扔进一根火柴，刹那间点燃了一整片草原。心跳加速，满脸通红，全身血液潺潺地快速流动起来。他像个害疟疾的病人一样，全身都猛烈颤抖了一下。

当时电影院里光线昏暗，旁边的凤姐并没有察觉到他身上的异常。等和凤姐看完电影回来之后，黛玉却满脑子想的都是那个词。毕竟对于像他这种一天到晚没事可做的家伙来说，只要一有了什么想法，那个想法立马就会占据他生活的全部。所以那个单词像只血吸虫一样，蛰伏在他的脑袋里，牢牢攫取了他所有的思想，甚至使他无法顺利地做其他事情。

黛玉喃喃自语："天哪，我到底是怎么了……"

回想起来，在与夏德惠相处的两个月里，二人迄今为止所做的最亲密动作，也不过是牵手而已。而在此之前，思想纯洁的黛玉一直以为那就是恋爱的全部。直到周三下午，在电影院里看到那对荧屏情侣的相拥一吻之后，他的心突然像钻进了一只小老鼠，不停用爪子在心腔壁上挠，奇痒无比。

而心情也开始像人类始祖夏娃发现禁果一样，越来越难以自抑——连老祖宗都没能抵住诱惑,更别指望他了。夜晚,在无数个光怪陆离的梦境中,开始反复发生着这样一个场景:夕阳如血,行人如织,一对恋人站在大桥上,深情凝望对方。背影模糊的男主角渐渐俯下身,像电影里的一样,把脸缓缓凑近女主角。

然后黛玉惊奇地发现,男主角那张脸庞和自己的一样帅,简直一模一样。而男主角胳膊搀扶的似乎就是夏德惠,但似乎又不是……就在黛玉拼命瞪大眼睛,探出身体,想要把女主角的脸看得更清楚一点的时候,梦就醒了。每一场梦境都是如此,都这样有开头没有结局。

一场没做完的梦就像一班未到站的列车,总给人一种前功尽弃的失落感。每次黛玉在梦中拼命想搞清楚,最后究竟发生了什么的时候,就会"啊"地突然惊醒,从床上蹦起来。

黛玉坐在床上擦着眼屎,空虚无比,万分懊丧。他把过错全怪罪到床头闹钟身上,一怒之下,拎起闹钟冲下床,把闹钟直接扔进了洗手间的水槽里。结果等第二天早上,当黛玉再度从梦境的同一个节点惊醒过来的时候,他才猛然醒悟,那其实并不是闹钟的错。

等他十万火急地冲进洗手间,把闹钟从水槽里捞出来的时候,闹钟溺了一整天水,已经变得神志不清了——指针倒是还能走动,可惜不是顺时针走,居然是逆时针倒着走。别的钟显示过了一天,它就退了一天。要是那些宣布时光绝对不会倒流的科学家,发现黛玉家里有这样一只神奇闹钟,一定会气得当场吐血倒地身亡。

黛玉连续几天老是被同样一个有头无尾的梦境困扰,睡眠质量大大下降。这种下降外在表现为眼袋发黑,两眼无神,印堂无光。要是算命先生见到他这副样子,一定会大吃一惊,预测此人"煞气缠身,命不久矣"。

时节进入晚秋,橙黄橘绿,早上开始变得越来越凉。周一上课,黛玉为自己的帅脸受到黑眼圈影响而犯愁,进教室时用帆布单肩包顶着做掩护,一路跌跌撞撞溜到后排。幸好清早到教室的同学不多,一部分人在啃早点,一部分人低头看书,剩下的趴在桌上补觉。

黛玉为没人注意到自己的熊猫眼而庆幸,溜到位子上,刚要坐下,旁边的湘云同学就放下书拍他："嘿，德甲兄！"

黛玉被拍肩膀，转头看见他的好兄弟湘云，顿时吓了一跳："啊！你、你怎么——"

原来湘云脸上居然也有黑眼圈，又肿又黑，比他的还厉害。更奇妙的是，湘云同学的黑眼圈并不对称，居然只黑了一边，另一边完好无损。

"嗳，六一兄，"黛玉惊叹，"你也失眠了吗？可你是怎么做到只黑一只眼睛的？"

"不是啦，"湘云见四下无人注意，咽口唾沫，挨近黛玉脑袋，压低声音对他说，"其实，是被我老爸打的。"

"什么！你老爸打你！"黛玉发出一声惊天动地的吼声，成功地把班级所有睡着的和未睡的人目光都吸引过来，湘云连忙"嘘嘘"向他打手势："低调，低调。"

"喔，是是。"黛玉捂住嘴巴。

他好奇难耐："无缘无故的，你老爸干吗打你？"

"哎！"湘云握着课本长叹一声，"还不是因为狗日的期中考。"

原来湘云的父亲是跑长途货运的，常年在外，难得有空回家一次。刚好临近学校期中考，湘云就信誓旦旦向父亲表决心，声称期中考一定要考进班级前十。他父亲问："万一考不进前十呢，怎么样？"湘云说："那就请您把我打一顿吧。"

结果等他父亲从浙江拉货回来，期中考成绩也出来了，湘云不幸违背诺言，不仅没考进前十，反而还退了十多名。而他父亲也不幸遵守诺言，果真把他打了一顿。

黛玉听完湘云的讲述，一脸赞叹，伸手指碰碰湘云的眼睛："所以你这黑眼圈的效果，真是打出来的吗？"

"呀，疼疼！"湘云吸凉气，连忙按住他的手。

"噢，对不起，"黛玉连忙道歉，他看着湘云一脸鼻青脸肿的样子，于心不忍："六一兄，你、不要紧吧？要不要去医务室看看？"

"没事没事，不用担心。"湘云摆摆手。他似乎颇有感触，甩甩精心梳过的一头长发，叹息道："其实我老爸打我，也不是一点好处都没有的。"

"哦，还有好处？"黛玉好奇，"什么好处？"

"我这次期中考成绩落后这么多，他的这顿打，让我领悟到了一个很重要的教训。"

黛玉问："什么教训？"

湘云答："落后就要挨打。"

英语早读完，八点准时上课，第一节是政治课，讲《文化生活》的第三章。在讲到"文化的民族多样性"时，为了让同学们有一个更具体直观的认识，政治老师特意打开讲台上的投影仪，给大家放映了今年环球小姐的比赛视频，要大家重点注意，各国小姐比赛服装是否展示了"民族文化多样性"。

枯燥乏味的政治课难得有一次如此声情并茂的图文展示，一看到各国小姐穿着有伤风化的表演服饰在T台上走秀，台下众学生（尤其是男生）顿时眼前一亮，瞬间变得精神抖擞，连声点头表示肯定，说确实展现了文化多样性。就连往常上政治课必睡的元春都从睡梦中爬了起来，聚精会神地看前面听讲，认真做笔记，还不时踊跃提问。

黛玉坐在位子上，没兴趣看世界小姐走秀，抓着书，不住长吁短叹。

他旁边的湘云听得津津有味，刚要凑过来，同黛玉深入探讨一番。见他没兴致，问他咋了，有什么心事？

"我生性腼腆，"黛玉低声说，"班里人太多不好意思讲，待会儿再说。"

"什么？到底什么事？"湘云一贯的好奇心被勾起来了，仿佛火热煎锅里的油，被黛玉加了一把盐，顿时油星四溅。

这下换做他对投影仪上的视频没兴趣了，转而不停地往背后的挂钟看，期待早点下课能听黛玉的心事。

湘云后排坐着一个皮肤黝黑的女生，显然也没在听课，正趴在课本后面，对着镜子拿眉笔精心修饰自己的脸。见湘云不停地往后看，还以为他被自己的美貌迷倒，于是掩面娇羞，对他媚然一笑。只可惜湘云今天像瞎了一样，居然无动于衷。女生的媚笑好像小作坊里造的劣质手榴弹，没投中湘云，反倒炸到了台上，把台上正在讲课的政治老师吓了一跳。政治老师为人腼腆，脸立马红得像猪肝一样，慌忙把头扭开，不敢再看向女生那边。

湘云如坐针毡，好不容易下了课，立马坐到黛玉位子上，拉着他问到底什么事。

"不急，不急，"黛玉微微一笑，还要卖关子，"心急吃不了热豆腐，走，我们先去上体育课。"

湘云急于要吃黛玉的豆腐,只好一路心痒地跟着他出教室,去北边大操场艺体馆。他们俩都报了篮球课,进了艺体馆一楼,黛玉到更衣室换运动服。湘云站在外面焦急地等他。黛玉换衣服像痔疮患者上厕所一样慢,而感受到那痔疮患者痛苦的却是湘云。

好不容易等黛玉从更衣室出来,湘云一骨碌爬起来,刚要问,体育老师在楼外"哔"地吹哨子,叫:"所有人到外面来集合!"只好忍住,到外面篮球场集合。

这节课练三步投篮,做完预备活动,老师直接让众人排成一队,到篮筐下轮着投球。一个教学班二十多号人,从个子最高的黛玉,到身高不足一米五的某某某,众人挨个轮着投了一圈,居然没一个能投中。

体育老师看不下去了,骂咧咧上前:"笨得要命!闪开闪开,看我一击必中!"

"是是!"学生们唯唯诺诺,退到一旁,恭恭敬敬地弯腰双手把篮球捧给老师。

"看好了,三分球!"体育老师接过篮球,走到三分线外,然后鱼跃而起,捧球投掷,断喝一声:"中!"

他说"中",结果那球偏偏不如所愿,连篮筐都没擦着,直接从上方"嗖"地飞了出去。

"……"学生们没反应过来发生了什么,齐刷刷盯着老师看。

体育老师没投中,心虚无比,急中生智:"看见没,你们刚才就是这么投的!"

"喔!"学生们这才恍然大悟,噼里啪啦地鼓掌:"好!老师技术真高超!"

一个学生跑老远把篮球捡回来,弯腰递给体育老师:"老师,您老请再投。"

老师生怕再投不进,贻笑大方,哪里还肯再投,连连摆手:"待会儿待会儿,不急,心急吃不了热豆腐。我看这个啊,大家基础动作这么不熟练,这个,我先教教大家怎么摆姿势。"

于是就命令学生们站成两排,手里捧着球,煞有其事地给大家示范投篮的基本姿势,下面照猫画虎,比画什么手势的都有。讲授完动作以后,直接让学生们自己练习。生怕有学生再叫他投球,于是谎称体育部那边有点事,下课之前回来点名。然后自己溜进旁边艺体馆大楼,不见了踪影。

大家见老师走了,都松懈下来。也没人肯练,就三三两两散坐在篮球场上,或聊天或玩手机，等着待会儿下课。

湘云和黛玉看看周围，趁众人不注意，鬼鬼祟祟地跑到球场旁边一片灌木丛里。

湘云跟着黛玉蹲下身，迫不及待地问："甲哥，这下能和我说了吧！"

"嗯……"于是黛玉这才支支吾吾、吞吞吐吐地，以一种十分隐晦的方式对湘云描述了自己这几天反复梦到的梦境。

湘云听完，看着黛玉摇头："哎，甲哥你真是！这种事情应该早点和我说的，我好帮你嘛！"

"喔！你有办法？"黛玉听他的口气，连忙虚心请教，问有何高招。

"不是我说你，"湘云说，"你们是光明正大谈恋爱，又不是参加地下党搞特务活动，直接主动不就得了嘛。"

"可是……惠妹一直没给我机会。"

"机会是靠自己创造出来的！"湘云抓住他厚实的肩膀，"记住，唯有愚者才等待机会，而智者造就机会。（注：语出培根。）要注意神留下的任何垂青，机会到了切莫失之交臂。（注：语出歌德。）最可悲的莫过于懦夫有了机会，却不敢做大胆的决定！（注：语出莎士比亚。）"

"喔，好有哲理！"黛玉赞叹不已，"这些话是哪些名人说的？"

湘云答："通通都是我说的！"

他并没有撒谎，因为黛玉只问这些话是谁说的，并没问这些话是谁想出来的。这些名言确实是经由湘云的口说出来的。

"所以？"

"所以这种事情本来就应该男生主动嘛！上历史课的时候，老师不是和我们讲过嘛，几十万年以前，人类都住在原始冰冷的山洞里。那时候没有电脑，也没有马云，所以大家都不能上网逛淘宝买东西，只能自己出去找吃的。女人哩就在家带孩子做家务，男人哩出去打猎找食物。你想啊，打猎那肯定要对猎物主动一点啊，难道猎物还会对你主动吗？所以说，男人一定要主动！"

"噢。"黛玉点头沉思，若有所悟，半晌问，"历史老师，真讲过这些话吗？"

"讲过！我做了笔记的，不信回去拿给你看。所以一定要主动一点，懂不懂？"

"嗯嗯。"黛玉虔诚地点头。

"还有，你主动的时候动作一定要自然，这样她就不会抵触。孔子在《论语》里也说过的：'要自然也，因为，你本来就很美。'具体哪一章我忘了，总之说的意思就是，教我们一定要自然。"

"孔子……说过这句话吗？"

"甲哥，你别钻牛角尖！重要的不是是不是孔子说的话，重要的是你要去领悟我说的自然。自然，明白不？"

"喔，那我到底要怎么做，才能自然呢？"

"别急，我这就示范给你看！"湘云拍胸脯，"看完之后，你就明白到时候怎么做了。"

"好好，"黛玉大喜，"这事要是办成了，我请你吃饭，吃大餐！"

黛玉同学平日小气得像定风针上的铁公鸡，一根毛都别想从他身上拔下来。湘云和他同学了这么多年，头次见他肯拔毛请吃饭，激动不已："说真的？"

"真的，请你吃大餐！"

"好好，"湘云已经开始流口水了，"甲哥放心，包你满意！"

"开始吧，开始吧。"黛玉期待无比。

"行，那现在我们就来模拟一下到时的场景。"湘云说，"好比说，现在我就是你，而你就是我嫂子。"

黛玉费了好大劲才把他的设定搞懂："能不能——换个设定啊，感觉，有点怪怪的。"

"现在不是示范嘛！这里只有我们两个人，当然只能我们两个人演了。"

"好吧，那你说。"

"甲哥，"湘云就问，"你还记不记得语文课上何开发讲过的'约会三要素'：时间、地点、人物？"

"你，确定那不是'小说三要素'？"

"是约会三要素！"

"可何开发那副老学究的样子，他怎么会——"

"甲哥,叫你不要钻牛角尖喽!"湘云不满,"你这样老是打断我,我怎么说得下去?"

"噢,好吧,继续继续。"

"根据何开发的约会三要素理论,我认为,约会首先就需要挑一个合适的时间,通常来说,定在晚上比较好。"

"为啥?"

"因为晚上犯罪的成功率比较高。"

"犯罪的成功率?"黛玉越发疑惑,"可这和约会有什么关系?"

湘云甩甩刘海:"我不知道。"

"……"

"甲哥,"湘云连忙说,"虽然我不知道犯罪和约会有什么关系,不过直觉告诉我,你晚上行动比白天成功的概率肯定要高。你要是信我,就听我的!"

"噢?"黛玉半信半疑。

"至于约会地点哩,人最好不要太多也不要太少。太多了嫂子会不好意思,太少了嫂子会不敢去。"湘云若是看过宋玉的《登徒子好色赋》,讲这话时也许会化用宋玉的那句名言:增之一人则太多,减之一人则太少。可惜他平时都忙着看漂亮女生了,根本抽不出时间来看书,真是遗憾。

"噢,有理有理!"黛玉听得句句在理,只恨体育课未带纸笔,否则便要虔诚地记下来。湘云一说到地点,他立马想起上周和凤姐看电影时经过的长厝桥,把大桥作为地点再合适不过了。因为那边来往车辆虽多,行人却少,风光旖旎,水天如画,最重要的是还完全免费——这是让黛玉下定决心的关键。

黛玉问:"嗯,时间、地点都有了,那人物呢?"

"人物嘛,自然是我和甲哥你啦,嘿嘿!"湘云说完这话,"刺溜"舔了一下嘴唇。

黛玉吓一跳,警觉地按住前胸:"你要干什么?"

"别误会,别误会!"湘云连忙说,"我的意思是,现在我们两个先模拟一遍,到时候的人物当然就是你和嫂子!"

"吓我一跳……"

"接下来就是具体操作了嘛,来,我先给你讲下剧本。"于是湘云就附在黛玉耳边,如此如此这般这般,给他讲了一遍待会儿要怎么做。

黛玉听完,盯着湘云看:"你确定这样真的好吗?"

湘云自己也讲得亢奋不已,情绪高涨,摩拳擦掌:"照我说的没错!现在就来演示一遍吧。"

"这么快?"黛玉说,"可我还没准备!"

"你要准备什么?"

"噢,好像也不需要准备。"

"那可以开始了吗?"

"好。"

于是二人站在幽静的灌木丛里,暧昧凝望对方,准备依照剧本,进行一次模拟约会。深秋阳光从天空洒下来,大片大片浓郁的槭树覆盖在四周,把二人严密地隐藏了起来。空气中刮起轻轻的风,吹得人心腔温柔颤动。

湘云沉默半晌,深情地对黛玉说:"惠,你看,今夜的月色可真美呀。"

黛玉抬头看看头顶,蓝天白云,艳阳高照,一片明亮。他愣了半晌,然后反应过来这是在演戏,连忙点头:"是啊是啊。"

"你腿稍微弯一下。"湘云说。

"干啥?"

"你比我高,我无法俯视你。"

"你俯视我干啥?"

"我们不是演戏嘛?你比嫂子高,肯定是你俯视她,一切要做到写实逼真,到时才能有备无患嘛。"

黛玉衷心佩服湘云对表演艺术一丝不苟的追求,于是照做躬下腿,立马比湘云矮了一截。

原来我果真是大长腿啊,他在心中暗暗感慨。

湘云凑前一步,他平生头一次得见黛玉头顶,那激动心情不亚于登上珠峰山顶。湘云垂下头,深情看着黛玉的脸,温柔地说:"惠妹,月色再美,可也没有你美。"

"真、真的？"

"当然真的！"湘云举起左手，"我发誓，如果我柳德甲说的有半句假话，就天打五雷轰，让我不得好死——"

黛玉见湘云用他的名字发誓，生怕誓言应验，连忙捂住他嘴："别说了，我相信你！"

"不！我要说！"湘云坚持。

黛玉慌张："不要说了！"

"不！我偏要说！我就要说！"湘云一脸欠揍的表情。

黛玉恨得牙根痒痒："你要怎么样才肯不说？"

"那——"湘云扁嘴撒娇，"你答应我一个要求先。"

"什么？"

"你闭上眼睛，我——有一个惊喜要送给你。"

黛玉闭上眼睛。心想按照剧本，湘云这时候该把脸凑过来了。突然又担心湘云入戏太深，真的吻他。迟迟不见对方动静，腿弯得打战："好了没，我快撑不住啦。"

然后，他听到对面"刺溜"一声舔嘴唇的声音，顿时汗毛倒竖，心说这家伙不会假戏真做吧。黛玉慌忙睁开眼睛，首先看到的是湘云的脸。他的脸贴得很近，黛玉甚至能清晰看见他肿得像电灯泡一样的左眼上的血丝，吓得连忙直起身，顿时把湘云下巴顶个正着。

湘云"哎哟"一声惨叫，倒退几步，托住下巴，不停低吼。

黛玉慌张了："对不起，对不起，没事吧？"

"没事儿。"湘云伸出手摆摆。不顾下巴掉了的风险，咧嘴大笑，"甲哥，怎么样！照我这样，绝对大功告成！"

"是是！"黛玉欣喜无比。

"那，你是不是请我吃一顿……"

"要的！要的！等我成功，一定请你大吃一顿！请你去金沙湾吃海鲜！"

泉州金沙湾海鲜，东南第一。湘云一听有海鲜吃，顿时忘了疼痛，反而担心黛玉不成功："好，那现在咱们换着来演一遍！"

"好好。"

"现在,我们角色对调一下,我演我嫂子,你——演你自己。本色演出,哈哈。"

"好。"于是黛玉开始酝酿,努力让自己入戏。自己演自己当然不用酝酿,他酝酿的是努力要把湘云想成夏德惠。二人形象反差实在太大,酝酿过程耗死了黛玉不少脑细胞。

演练开始。黛玉指着灌木丛外的大白天:"惠妹,今夜的月色,真美呢。"

湘云伸手翘起兰花指:"月色再美,也没有我美!"

黛玉大吃一惊,心想他怎么不按照剧本来,不知道该怎么答,只好说:"啊,是、是啊。"

"嗯,我不信我不信!"湘云抓住黛玉的手撒娇,"我才不信,人家要你发誓!"

黛玉立马有种把早饭全吐出来的冲动,慌忙答应以制止他继续撒娇:"好好,我发誓,我发誓!苍天在上,如果我柳德甲说的是假话,就让我,就让我天打——"犹豫着说不下去。因为他认为如果自己真的发誓,违心称赞湘云比月色美之类的话,绝对会誓言应验遭雷劈的。

黛玉说不下去了,拿眼睛偷看湘云,却只见他只顾低头,盯着脚尖"嗤嗤"傻笑,做少女娇羞状。受不了了,于是心中一横,咬牙叫道:"如果我说的是假话,就让我天打雷劈,不得好死——"

满以为湘云会来捂他的嘴,不料湘云不但不捂,反而拍手鼓掌:"说得好!说得好!"

黛玉:"……"

不得不硬着头皮继续往下演:"惠,你闭上眼睛,我有个惊喜给你。"

"不!"湘云摇头。

"闭眼!"

"就不!"

"求你了!"

"嗯——"湘云娇嗔撒娇,"不嘛不嘛就不嘛!"

"……"黛玉心想这还怎么演得下去,问湘云,"喂,六一兄,你怎么不按说的来啊?你这是要我嘛!"

湘云不答,突然仰天大笑。

337

黛玉疑惑："你笑什么？"

"甲哥，甲哥，"湘云伸手指着黛玉，摇头大笑，"你真是太嫩了！生活又不是演戏，怎么可能有预设剧本？我刚才之所以这么做，就是为了教导你，脑子不要太死板，到时候要随机应变，才会成功嘛。"

"哦，原来如此。"黛玉这才恍然大悟，获益匪浅，连声向湘云道谢。

湘云踮起脚尖，拍拍他肩膀："客气客气！自家兄弟，这点事都是应该！我要是接受了你的感谢，怎么还能算朋友！"

"不不，一定要的！"黛玉坚持，"一定要感谢的，请你吃饭。"

"甲哥！"湘云愤愤，"你把我看成什么人了！难道我是那种成天到晚满脑子只有漂亮女生没有朋友的人吗！难道我是那种帮别人出谋划策，只为蹭人家一顿饭的人吗！"

黛玉疑惑："难道你不是吗？"

"好吧，我是。"湘云承认。

"……"

湘云嘿嘿笑，捋捋额前飘逸的刘海，说："好好表现哟，等回来向我报告！"

"是！"黛玉立正，"啪"地向他敬了个礼。

对于有心事的人来说，时间总是过得特别的快，而对于一个对即将发生重大事情充满期待的人来说，则过得尤其的快。黛玉有了期待，感觉周四周五的课晃眼而过，一到周五晚上，立马迫不及待地给夏德惠打电话，约她出去。

一般来说，每次黛玉打电话到夏家去，如果电话另一头是夏德惠接，那就没问题，可以安心通话。可万一是夏德惠的爸爸接电话，黛玉则会立马压低嗓音，谎称自己是某防治脱发药产品的客服部经理，"一听电话那头先生的声音就知道您是个秃头而且还秃得不得了，现在只要马上用我们的防脱发某某产品，就可以立马阻止您秃顶继续蔓延的趋势。否则再过三个月，就算您头上种草也救不了你。"——然后夏德惠爸爸会立马愤怒地把电话挂断。

如果换做是夏妈妈接的话，同样地，黛玉会撒谎自己是某中老女性护肤品牌的推销员,"现举行亲情回馈顾客活动,我们的产品年纪越大皮肤越皱的大妈用越有效果。电话那头的大妈,不阿姨,您要不要来一盒产品试试,保证您人老珠黄不敢出门见人的脸立马重新焕发生姿。"——然后夏妈妈也会愤怒地把电话挂断。

今天幸运无比,是夏德惠到客厅接电话。

黛玉在电话那头甜言蜜语地哄她,问夏德惠今晚有没有一定程度上的可能她也许会比较愿意出门来到江滨路的长唇桥见面,自己有一个惊喜要送给她。

"嗯……"夏德惠在电话那头犹豫了一下,答应,"好吧,我换一下衣服,不见不散。"

黛玉不相信居然如此顺利,欣喜若狂,连声说好,不见不散。放下电话之后,接下来的时间里如大闺女出阁,精心梳妆打扮个不停。洗了澡梳了头,"刺刺"浑身上下喷了香水,最后还特地打开衣橱,穿上衣橱里的镇橱之宝———套Prada的黑绸休闲西装。那是他整个衣橱里唯一一件货真价实的正品衣服。

衣服也通人性,那件Prada久居于"耐兔"、"阿油达欺"等一干冒牌货之中,空有抱负而不得伸展,消沉颓丧,萎靡不振。不想今日忽得主人器重,顿时大喜过望扬眉吐气,往昔愤懑一扫而空,浑身发亮如唐三藏的紫衣袈裟,决心今夜大展拳脚,以报主人恩情。

在洗手间里精心梳洗打扮之后,黛玉志得意满,转过身,挺胸刚要离开,然后眼角一扫,瞥见镜中自己的脸。黛玉立马愣住了。

他长得,真的很帅。目光深邃,英气逼人,风流而不失绅士,妩媚又富于洒脱。简而言之,再浮华的辞藻在他的美貌面前,都显得那样的苍白。

"为什么,我居然会这么帅呢。"

黛玉喃喃自语,久久沉醉在镜中那张脸里,不能自拔。他被自己的美貌倾倒,站在镜子前面,久久舍不得移步。顾影自怜了半天,想到今晚还有一场更重要的约会,心中反复斗争煎熬良久,终于一狠心,甩着头翩然而去了。

秋末白天总是结束得特别的早。时针刚指向七点,四下里已经迅速黑成一片。长唇桥横跨江两岸,两侧高高的路灯依次亮了起来。站在桥边向远处眺望,灯火璀璨,与头顶上方浓密的夜色相得益彰。高耸建筑倒映在江面上,波浮碎金,江滨路上车辆奔流不息，变成一条金黄色的望不到头的银河。

黛玉靠在大桥栏杆上，吹着风，不停地变换姿势，幻想待会儿要怎么样才能在夏德惠面前呈现出一个最妩媚的造型。他联想起电影《花样年华》里，周慕云叼着烟倚在栏杆上的销魂模样，决心如法炮制。于是挺直了上身，左腿向后，右腿前弓，一手扶着栏杆，另一只手托住下巴，做沉思状。只恨 Prada 西服太紧，无法做出更大尺度的动作。

黛玉保持这个姿势不动，气都不敢喘，就这样浑身僵硬地一动不动。他想象夏德惠待会儿走上桥，看见桥上那个安静而忧郁的美男子凭栏独倚的模样，心中不禁一阵狂喜发痒。无奈菜上好了，食客却迟迟未到。黛玉左等右等，低头看他的山寨 Amani 表，夏德惠还是没来。等得花儿都谢了，腰酸背痛，忍不住直起身，伸腰捶腿。

"甲哥！"这时，夏德惠从桥的那一头姗姗来迟。

"啊。"黛玉一惊，慌忙要恢复刚才的销魂姿势，手忙脚乱，一时不知道从哪个部位做起。

夏德惠见黛玉趴在栏杆上抬腿跨腰，以为他要跳江，吓一跳："甲哥，你干吗！"

"噢，没事没事，惠妹，你可算来了。"黛玉放弃做动作，一脸媚笑地迎上去。

夏德惠今晚穿着休闲白色针织衫和水磨牛仔裤，并没有刻意打扮。她看见黛玉居然穿着黑绸礼服，又没扎领带打领结，一副不伦不类的滑稽模样，感到好笑："你穿这么隆重干吗？等等，你不会要带我去参加什么舞会吧？我可没准备哟。"

"不隆重不隆重！"黛玉连声说，"像我这样一个讲究品位的绅士，这身只能算休闲呢！"

"狗屁！那你平时怎么不穿啦！"

黛玉见氛围越发偏离自己的预想，连忙过去，轻轻扶住她肩膀："不说这些，惠妹，快来欣赏一下这桥上美丽的月色吧。"

"这么晚了约我出来干吗？"夏德惠边走边说，"我妈妈不肯，担心我在外面不安全，人家是求了好一会儿才答应了呢！"

黛玉感激不已："真是太委屈你了。"一边说，一边偷眼看看天空，然后暗叫不妙。今夜黑云隐蔽，夜空漆黑得像一团炒煳了的咖啡渣，浓重得化都化不开，哪儿来的什么狗屁月亮。

黛玉手心冒汗,心想怎么办怎么办,按照剧本的设定本来应该是"今夜的月色真美"啊。突然想起湘云说过要随机应变,灵机一动,于是指着远处的江岸叫:"惠妹你看,今夜的江岸真美呀!"

生怕夏德惠体会不到,动用毕生才华,强憋出一个形容词:"简直是——万家灯火啊!"

"你约我出来,就是看这个?"

"这个、嗯。"黛玉挠挠啫喱水固定住的头发。

"柳德甲!"夏德惠噘起嘴,伸手狠狠戳他:"无不无聊啊你?这有什么好看的,我站在我家阳台上,天天都是万家灯火!大冷天的不好好在家待着,吃饱了撑的吧你!"

"对不起!对不起!是我错了!"黛玉像猴子一样上蹿下跳躲避,诚惶诚恐地道歉,"是我不好,是我不好。你冷呀,要不,我送你回去?"

夏德惠看着他张皇失措的模样,"嗤"地笑出声来:"哈哈,傻瓜!和你开玩笑的啦,你说说,你怎么会这么傻?"

"呵呵,是啊,我是很傻。"黛玉挠头憨笑。他摸摸口袋里的钱包,心下一横,说,"这个地方不好呀,那要不,我们换个要收费的地方?动物园?"

"蠢货,动物园几点关门?"

"噢!"黛玉搔头发,"那去哪里?"

"不用啦,"夏德惠伸手拉住他,"就在桥上吹吹风吧。这边的夜景确实很好看啦,我以前都没来过这边。"

黛玉为钱包暗自庆幸,连忙说:"对呀对呀,这边的景色很美的,我怎么敢骗你?"

"嘘——"夏德惠伸出食指竖到唇边,轻声说,"别说话,看景色。"

"噢。"黛玉压低嗓门,声音轻得像蚊子一样。

夏德惠微笑着,倚到大桥白色栏杆上,探出身看桥下的江面。黑色江水缓缓流淌,椭圆形桥墩没入水中,像在大海上抛了锚的帆船。头顶上方的路灯灯光照在她白色毛衣上,泛出柔和的光。她的头发没有挽起来,一阵夜风流过,发梢徐徐拂动,如一片寂静的松涛。

夏德惠惬意地舒展一下腰，轻声哈一口气："好凉快啊。"言毕，看着黛玉，叹了一口气，旋即对他笑了一下。

"……"黛玉定定看她，看成了痴呆患者，"你真完美。"

"你说什么？"夏德惠没听清，"什么真美，是呀，夜景真的很好看。"

"我要说的不是这个。"

夜色荡漾着灯光，饱和而湿润有如陈年佳酿。酒壮怂人胆，那夜色如酒，而那人本来就是个怂人，两个条件都具备了，黛玉在夜色掩护下油然生出勇气，走上一步，贴近夏德惠大声说："夏德惠，夜色再美，也没有你美！"

讲话那句台词，他就犹如一个被放了气的皮球，迅速瘪下去。慌张得不行，连忙低头看自己脚尖，心情不安，像小孩睡觉尿床了怕被大人打，忐忑地等待对方反应。

"哼，你骗我。"夏德惠听完，扁扁嘴，脸上现出调皮的神情，"我不信，除非——你发誓。"

黛玉大喜，没想到夏德惠居然按湘云写的剧本来，连讲的话都一模一样，心想湘云同学不投身电影行业真是人类娱乐事业的巨大损失。他恢复了自信，立马举起手大声说："老天爷在上，今日我说的若有半句假话，就天打五雷轰，让我马上被雷劈死！"

"嗯——"夏德惠一脸从容地看着黛玉发誓，忍俊不禁地笑起来。她说，"我猜，接下来你就要让我闭上眼睛，然后你就要亲我，对不对？"

黛玉吓一跳："这你都知道！"说完这句不打自招的话，马上后悔，闭上嘴巴。

"电视剧不都这么演的嘛，"夏德惠笑嘻嘻，"这种老掉牙的套路，连三岁小孩都知道。"

黛玉的不良企图被夏德惠一句话戳穿，心中暗骂湘云编剧水平烂。夏德惠说这种套路三岁小孩都知道，而他却要湘云教了才知道，可见他连三岁小孩都不如。现在心事被戳穿，顿时尴尬得无以复加。

"我、我……"黛玉原本以为胜利在望，不曾想自己猜对了开头，却没猜到结局。

直到这一刻，他方才明白，自己前几天那个反复梦到的梦境为什么只有开头没有结尾了，因为也许根本就没有结尾。他费尽心机一番苦心，失败了不说，最后还弄成这种尴尬的模样。

"对不起，是我错了……"黛玉黯然低头，像做了错事的小孩子一样，垂头丧气，"准备了一周的剧本，喷了一身的香水，本来还以为——看来是自作多情了，没想到会变成这样……"

他低头说着说着，然后觉得脚下的桥离自己远了起来。四周的朦胧夜色迅速扩大，他感觉自己可笑得像一粒尘土，几乎要不顾及身旁人的目光，哭了起来："对不起……"

话音未落，一双纤长微凉的手突然捧住他的脸。

黛玉吃惊地抬起头。一双乌黑明亮的眼睛，近近地对着他看。夜色如水，那双眼睛的瞳仁里仿佛清澈澄净的湖，有小鱼在湖水里寻觅影子的行踪。

"傻瓜，"她两只手贴着黛玉的脸，来回用力揉了揉，说，"柳德甲，你真是个大傻瓜。"

"唔，是啊，我是个傻瓜……"他喃喃。

她笑了，仰头望着他的脸许久，最后轻声缓缓地说："虽然你是个大傻瓜——不过，我就喜欢你这样的傻瓜。"

言毕，她缓缓踮起脚尖，在他嘴唇上轻轻一触。

那一下，只不过短短的一秒，可是对黛玉来说，却有一万年那么漫长。在那一刻，他无比清晰地听见了自己的心跳声。唇上尚留的温润感觉，像一阵微微的风，吹得心底发酥。

"噢，我好幸福，我幸福得快要死掉了。"

黛玉想起琼瑶阿姨小说里的经典台词，一股脑通通背了出来："我是这样看着你，这么近近地看着你，我开心得晕了，陶醉得晕了，享受得晕了，所以，我就晕了，我幸福得晕了。惠妹，你愿意一直让我这么晕下去吗？"

"你够了。"她扑哧轻声一笑。

漆黑苍穹之下，两个身影互相依偎，倚靠在一起。陪伴他们的，是一座长长的桥，一排寂寞的路灯，以及桥下那片江水，缓缓流淌，奏出一曲朦胧静默的醉歌。

那个清凉的夜晚，昏暗的灯光，她，一切都是那么自然。她用手捧着他的脸，她清香的鼻息像细细的绒毛一样，搔得他脸上有些发痒。其实他并不比她高了多少，然而够了，不用埋下多少头。

就那样凝望着她，像时间凝固了一样。

黛玉永远也忘不了那一晚。许多年以后，当他无所事事、惘然若失的时候，当他悲伤难过、艰难困苦的时候，仍然会不由自主地回想起，回想起那个秋夕凉夜，她站在空旷的大桥边，紧紧捧住他的脸。那双像湖水一样的清澈瞳仁直视着他，然后是凑上来的，轻轻一触。

"怎么能忘呢，"他说，"我永远也忘不了。"

后记

周一上学到学校，湘云听说黛玉终于得逞，热烈表示祝贺之余，不忘提醒他兑现承诺，要他请吃饭。湘云对金沙湾的那家"海鲜大排档"觊觎已久，早就盘算着什么时候要找黛玉免费撮一顿，正好借此机会一饱口福。

黛玉本来都把这茬给忘了（他显然是故意），被湘云一说，脸上立刻现出恍然大悟的神情："哦哦，你不说我都给忘了！抱歉抱歉！"

湘云饱含希望地看着他，鼓励他继续往下说。

"虽然我非常想请你，但是——"黛玉脑子飞快转动，心想自己要编一个什么样的谎，才能让那个谎看起来不那么像一个谎，灵机一动，"但是，因为我皮肤过敏了，不能出去吃海鲜。所以真抱歉，这几个月都不能请客了。"

"什么？几个月！"湘云眼珠子都快掉下来。

"对对，医生特意叮嘱过的。"黛玉见湘云不信，抬出医生来吓他，"医生说过，千万不能吃海鲜。要是吃错了什么，就会有生命危险呢！"为了证明自己的话，不惜出卖色相，拉下衬衫衣领，指着锁骨的部位给湘云看："你看，你看，我锁骨这边一块都肿得不得了呢！"

湘云果然看到黛玉颈部有一块皮肤红红的。但实际上，那是黛玉昨晚睡觉时捂出来的痱子。湘云信以为真，失望无比，良久，不甘心地说："实在不行，改吃火锅也行啊，我不挑剔的。"

"你瞧我！"黛玉又拍自己的脑袋，"都忘了和你说了！医生还特别吩咐过，除了海鲜以外，辣的东西也千万不能吃，否则马上毒发，倒地身亡！"

湘云彻底失望，生怕黛玉死了以后就彻底没人请客了，只得作罢："那好吧。甲哥，等你病好了，一定要记得请我！"

"一定一定！"黛玉拍胸脯打包票。

其实从理论上来说，一个人说话时的口气越坚决，那话本身的可信度就越低。这一点从那些西方政客竞选前后的言行不一致上，就可以看得出来。只可惜湘云涉世未深，没学到政客的圆滑，居然对黛玉的话信以为真。

二人坐在位子上聊着，然后看见他们班的书呆子探春穿着棕色毛衣，头发剪得短短的，夹着书从教室外面走了进来。

"哟小乐子，好久不见！"湘云二人看见他，立马打招呼，"小乐子，这些日子你上哪儿去了，怎么觉得你好久都没出现的样子。"

"没有啊，"探春扶扶鼻梁上的眼镜，无奈地说，"我一直都在这里，哪儿也没去啊。"

"我说小乐子，"湘云看见他手里的书，"你成天没事看那么多书干啥，多来找我们谈谈人生，聊聊理想嘛！瞧你，一整天缩在角落里看书，都快被我们给忘了。再这样下去，你会没朋友的！"

其实湘云这话说得不对，德国思想家歌德说过："读一本好的书，就像是和一个高尚的朋友对话。"探春有那么多书，可见他朋友其实真不少，而且还都是高尚的朋友。

"小乐子，你看什么书哪？"黛玉看到探春手里拿的一本黄色封面的书，指指，"那是什么小黄书？"

"不不！"探春慌忙说，"这不是小黄书，这是很正经的书！"

"呵呵，我知道我知道，"黛玉答，"你手里拿的不是一本小小的黄色封面的书嘛，简称小黄书。你不用做贼心虚！"

探春："……"

"什么小黄书，快拿我看看！"湘云两眼放光。

探春只得把书朝他们递过去。二人拿到书，看书的封面，那书的名字长得像一串鼻涕，叫什么《考不会，做题难，名师教你来解答》。湘云二人一看又是教辅书，立马就失去了翻的欲望。

书的封面下方还写着一行黑体字："本书作者，福州著名教育专家马邕材先生，拥有多年丰富教学经验，且连续三年押中高考考题。"

"好奇怪的名字，"黛玉指着作者的名字，一个字一个字地念，"马、巴、材。"

"错了，甲哥，那个字不念巴！"湘云说。

"那念什么？"

"不知道。"

"……"

"我之所以不知道，是因为我从来没见过这么奇怪的字。"湘云振振有词，"但是我这么博学，这个世界上怎么可能有我不认识的字呢。所以，我的结论是，它其实是一个错别字！"说完，转头问探春："我说得对吧？"

"……"探春表示还是黛玉说的靠谱一些。

"奇怪的作者，奇怪的书名，"黛玉说，"小乐子，你为什么要看这种乱七八糟的书啊？"

探春视书为挚友，连忙为书辩解："这可不是乱七八糟的书，这才是我们高中生应该看的正书。虽然标题有点长，可是内容很丰富的。里面介绍了很多学习方法，让我获益匪浅。写这本书的作者，就是那位马邕材专家，在全省都是很有名的专家。"

"噢，这么有名——"湘云说，"难道居然比我还有名？"

"……是、是的。"

"不错不错！"湘云赞叹起来，"比我还有名，看来果然很有名！有机会倒要见识见识这位专家。"

探春等他们把玩完书，放回自己书桌抽屉，起身又要出教室。湘云二人叫："小乐子，你又要去哪里？"

"去乙楼开例会咧，"探春答，"我们志愿者部换届选举，今天要选部长。"

"什么，换届选举？"

"学生会呀，你们不知道么？不仅是我们志愿者部，近期整个学校学生会都要换届。"

"喔。"黛玉点点头。

"啊！学生会换届选举要来了！"湘云却叫起来，"天哪，我感到十分震惊！"

"我没听错吧，你刚才说震惊？"黛玉问。

"对！我十分的震惊！"湘云捂着胸口，"甲哥，当我听小乐子说学生会换届选举要来的消息时，我就像听到了你大姨妈要来了的消息一样震惊！"

"我大姨妈来了？我怎么可能会有大姨妈？"黛玉吓一跳，"我知道的，我外公一家四姐妹，我妈排行最大，我有二姨妈三姨妈小姨妈，可是我就是没有大姨妈！"

"放心，放心，"湘云拍拍他肩膀，"我当然知道你不可能有大姨妈，只是打一个比喻而已。甲哥，现在好比说如果你有大姨妈，而且你大姨妈还来了，那你是不是也会像我知道学生会换届选举要来了一样震惊？"

"喔，"黛玉思考良久，然后得出结论，"如果真的是这样的话，那可的确是一件十分令人震惊的事啊……"